Los lobos del invierno

Los lobos del invierno

Anne Rice

Traducción de Javier Guerrero

Barcelona • Madrid • Bogotá • Buenos Aires • Caracas • México D.F. • Miami • Montevideo • Santiago de Chile

Título original: *The Wolves of Midwinter*
Traducción: Javier Guerrero
1.ª edición: junio 2014

Consell de Cent, 425-427 - 08009 Barcelona (España)
www.edicionesb.com

Printed in Spain
ISBN: 978-84-666-0223-5
DL B 9686-2014

Impreso por LIBERDÚPLEX, S.L.
Ctra. BV 2249, km 7,4
Polígono Torrentfondo
08791 Sant Llorenç d'Hortons

Dedicado a
Victoria Wilson,
Nancy Rice Diamond,
Millie Ball
y al padre Joseph Cocucci

¿Qué puedo yo darle,
pobre como soy?
Si fuera un pastor
le traería un cordero,
si fuera un rey mago
cumpliría con mi parte,
pero lo que puedo darle se lo doy,
le doy mi corazón.

CHRISTINA ROSSETTI (1872),
«En el crudo invierno»

1

Era a principios de un diciembre muy frío y gris, bajo el sempiterno embate de la lluvia, pero el fuego de leña de roble nunca había ardido con tanta fuerza en las enormes estancias de Nideck Point. Los caballeros distinguidos, que en la jerga de Reuben se habían convertido en «Caballeros Distinguidos», ya estaban hablando de las fiestas de Yule, de tradiciones antiguas y venerables, de recetas de hidromiel y comida para un banquete, y ya habían encargado guirnaldas verdes a carretadas para adornar los umbrales, las repisas de las chimeneas y la barandilla de la escalinata del viejo caserón.

Para Reuben sería una Navidad como ninguna otra. La pasaría allí, en esa casa, con Felix Nideck, Margon y Stuart, y con todos sus seres queridos. Esa gente era su nueva familia. Era el mundo reservado pero jovial y sin distingos de los morfodinámicos al que Reuben ya pertenecía, mucho más que al mundo de su familia humana.

Una encantadora ama de llaves suiza, de nombre Lisa, se había incorporado a la casa solo un par de días antes. La majestuosa mujer, con su ligero acento alemán y sus modales exquisitos, ya se había convertido en la señora de Nideck Point y como tal se ocupaba de infinidad de pequeños detalles de manera automática y sin esfuerzo, proporcionando una mayor tranquilidad a todos. Llevaba un peculiar uniforme, un vestido camisero de seda negra que le llegaba muy por debajo de las rodillas, se había recogido el cabello rubio en un moño y sonreía con donaire.

Los otros, Heddy, la doncella inglesa, y Jean Pierre, el ayuda de cámara de Margon, aparentemente la habían estado esperando y la respetaban. Los tres hablaban con frecuencia de manera casi furtiva, susurrando en alemán mientras se ocupaban de su trabajo.

Todas las tardes Lisa encendía «las luces de las tres en punto», como las llamaba, para cumplir el deseo de Herr Felix de que no se olvidaran nunca, y así las numerosas habitaciones siempre ofrecían un aspecto acogedor al acercarse la oscuridad del invierno. Lisa también se encargaba de los fuegos en los hogares, que se habían vuelto indispensables para la paz espiritual de Reuben.

En San Francisco, los pequeños fuegos de gas de su casa eran agradables, sí, un lujo incluso, pero a menudo quedaban completamente olvidados. En cambio, en Nideck Point, el crepitar de las llamas en el hogar formaba parte de la vida, y Reuben dependía de ellas, de su calor, de su fragancia y su brillo misterioso y parpadeante, como si Nideck Point no fuera una casa sino el corazón de un gran bosque que era el mundo, con su oscuridad eternamente invasiva.

Desde la llegada de Lisa, Jean Pierre y Heddy habían ganado en confianza para ofrecer a Reuben y a Stuart todas las comodidades imaginables, como llevarles café o té motu proprio o entrar en las habitaciones para hacer las camas en cuanto ellos las abandonaban adormilados.

Reuben sentía que era su hogar, que cobraba forma de manera cada vez más completa en torno a él, sin olvidar sus misterios. Y desde luego no quería responder los frecuentes mensajes telefónicos que recibía de San Francisco, de su madre y su padre, o de Celeste, que en los últimos días no había parado de llamarlo.

El simple sonido de la voz de Celeste diciéndole «Cielito» lo ponía nervioso. Su madre lo llamaba «niñito» de vez en cuando. Podía soportarlo. Pero Celeste ya únicamente usaba ese viejo apelativo de Cielito cuando hablaba con él. Todos los mensajes iban dirigidos a Cielito, y ella tenía una forma de decirlo que a Reuben le resultaba cada vez más sarcástica o degradante.

La última vez que habían hablado cara a cara, justo después del día de Acción de Gracias, Celeste había arremetido contra él como de costumbre, por abandonar su vieja vida y desplazarse a ese rincón remoto del condado de Mendocino, donde aparentemente él podía «no hacer nada» y «convertirse en nada» y vivir de su cara bonita y «la adulación de todos estos nuevos amigos tuyos».

—No es verdad que no haga nada —protestó él con suavidad.

—Incluso los Cielitos tienen que hacer algo en la vida —replicó ella.

Por supuesto, Reuben no podía contarle a Celeste lo que realmente había ocurrido en su mundo, y aunque se decía a sí mismo que ella tenía la mejor de las intenciones en sus preocupaciones interminables y criticonas, a veces se preguntaba cómo era posible. ¿Por qué había amado a Celeste o pensado que la amaba? Y lo que tal vez fuera más significativo, ¿por qué lo había amado ella? Parecía imposible que llevaran un año comprometidos cuando la vida de Reuben quedó patas arriba, y en ese momento lo que él más deseaba era que ella lo dejase en paz, que lo olvidara, que disfrutase de su nueva relación con el pobre Mort —el mejor amigo de Reuben— y lo convirtiera en su «obra en curso». Mort amaba a Celeste, y al parecer Celeste le correspondía. Entonces, ¿por qué no había acabado todo entre ellos?

Reuben echaba exasperantemente de menos a Laura, con la que siempre había compartido todo, y desde que ella se había marchado de Nideck Point para volver a su casa, para reflexionar sobre su decisión crucial, no había tenido ninguna noticia suya.

En un impulso, Reuben se metió en el coche y se dirigió hacia el sur para ir a ver a Laura a su casa, en la linde del bosque de Muir.

Durante todo el camino meditó sobre las muchas cosas que habían estado ocurriendo. Quería escuchar música, soñar despierto, disfrutar del trayecto, con lluvia o sin ella, pero numerosas cuestiones lo asediaban, aunque no le provocaban tristeza.

Era por la tarde, el cielo estaba plomizo y reluciente y la lluvia no daba tregua. Sin embargo, Reuben ya estaba acostumbrado a ese clima y había llegado a considerarlo una parte del encanto invernal de su nueva existencia.

Había pasado la mañana en la población de Nideck con Felix, mientras este se ocupaba de los preparativos para decorar la calle principal con plantas y luces de cara a la feria navideña. Todos los árboles quedarían envueltos en luces, y Felix costearía las bombillas y los adornos de los escaparates, siempre y cuando los propietarios lo aceptasen, y lo cierto era que lo aceptaban encantados. Extendió un cheque al propietario del hotel por decoraciones especiales en el salón, y departió con varios residentes igualmente ansiosos por engalanar sus casas.

Felix había encontrado a más interesados en las viejas tiendas vacías de la calle principal: un comerciante de jabones y champús, uno especializado en ropa *vintage* y otro en encajes, tanto antiguos como modernos. Felix también había comprado el único cine de Nideck y lo estaba rehabilitando, aunque nadie tenía claro con qué finalidad.

Reuben no pudo evitar sonreír ante todo ese aburguesamiento excesivo. Eso sí, Felix no había descuidado aspectos más prácticos de Nideck. Había contactado con dos contratistas retirados que querían abrir un negocio de ferretería y bricolaje, y varias personas estaban interesadas en la idea de un café y un quiosco. Nideck contaba con unos trescientos habitantes y ciento cuarenta y dos hogares. No daba para que se mantuvieran tantos negocios, pero Felix sí podía hacerlo, y lo haría hasta que el lugar se convirtiera en un destino pintoresco, encantador y popular. Ya había vendido cuatro parcelas a personas que construirían casas lo bastante cerca del centro para ir hasta allí andando.

El anciano alcalde, Johnny Cronin, estaba entusiasmado. Felix le había ofrecido una especie de subvención para que abandonara su «miserable empleo» en una compañía de seguros situada a noventa kilómetros.

Se acordó que pronto se organizaría una feria que se celebraría el domingo de Navidad y a la que invitarían a artesanos de todo tipo, para lo cual se publicarían anuncios en los periódicos locales. Felix y el alcalde todavía continuaban hablando mientras cenaban en el comedor principal del hotel cuando Reuben decidió que tenía que marcharse.

Aun en el caso de que Laura no estuviera dispuesta a hablar de la decisión que había tomado, Reuben necesitaba verla, tenía que robarle un abrazo. Demonios, si no estaba en casa, se contentaría con sentarse un rato en su salita, o quizá se tumbara a echar una siesta en su cama.

Tal vez no fuese justo para ella que Reuben hiciera esto, o tal vez sí. Él la amaba, la amaba más de lo que había amado a ninguna novia o amante. No podía soportar estar sin ella, y quizá debiera decírselo. ¿Por qué no? ¿Qué podía perder? No impediría que ella tomara la decisión por sí sola en ningún caso. Y tenía que dejar de temer lo que pensaría o sentiría en función de lo que ella decidiera hacer.

Cuando Reuben enfiló el sendero de entrada de la casa de Laura ya oscurecía.

Recibió otro mensaje urgente de Celeste en su iPhone. No le hizo caso.

La casita de tejado inclinado emplazada entre los árboles estaba agradablemente iluminada ante el gran abismo oscuro del bosque, y Reuben olió el fuego de leña de roble. De repente se le ocurrió que debería haber llevado un regalo, unas flores tal vez, o quizás incluso... un anillo. No había pensado en ello, y se sintió abatido de repente.

¿Y si tenía compañía, un hombre cuya existencia él ignoraba? ¿Y si no le abría la puerta?

Bueno, Laura acudió a la puerta. La abrió para él.

Y en el momento en que Reuben puso los ojos en ella no deseó otra cosa que hacerle el amor. Laura vestía unos tejanos desteñidos y un viejo jersey gris que hacía que sus ojos parecieran más oscuros. No llevaba maquillaje y tenía un aspecto espléndido, con el cabello suelto sobre los hombros.

—Ven aquí, monstruo —dijo en voz baja y provocadora, abrazándolo con fuerza y cubriéndole de besos la cara y el cuello—. Mira este pelo oscuro, hum, y estos ojos azules. Empezaba a pensar que eras producto de un sueño.

Reuben la abrazó con fuerza y deseó que ese momento no acabara nunca.

Laura lo condujo al dormitorio del fondo. Tenía las mejillas sonrosadas y estaba radiante, con el cabello hermosamente desordenado y más abundante de lo que Reuben recordaba, desde luego más rubio que como él lo recordaba, preñado de luz solar, pensó, y la expresión de la joven le pareció taimada y deliciosamente íntima.

En la salamandra de hierro ardía un fuego encantador y había sendas lámparas de gas encendidas a los lados de la cama de roble con almohadas de encaje y una suave colcha de boatiné en tonos pálidos.

Laura abrió el embozo y ayudó a Reuben a quitarse la camisa, la chaqueta y los pantalones. El aire era cálido, seco y dulce, como siempre en casa de Laura, en su pequeño cubil.

La sensación de alivio había debilitado a Reuben, pero eso solo duró unos segundos, y enseguida la estuvo besando como si nunca se hubieran separado. No tan deprisa, no tan deprisa, se decía, pero no sirvió de nada. Todo fue muy apasionado, exuberante y divinamente brusco.

Después se quedaron tumbados, adormilados, mientras las gotas de lluvia resbalaban por las ventanas. Él se despertó sobresaltado, y al volverse vio a Laura con los ojos abiertos, mirando al techo. La única luz procedía de la cocina, donde había comida cocinándose. La olió. Pollo al horno con vino tinto. Conocía muy bien ese aroma y, de repente, tenía demasiada hambre para pensar en ninguna otra cosa.

Cenaron juntos en la mesa de roble redonda; Reuben con una bata de felpa y Laura con uno de esos encantadores camisones blancos de franela que a ella tanto le gustaban. Ese tenía un entredós de bordado azul y cinta igualmente azul en el cuello, los puños y el cierre, así como botones del mismo color, un complemento favorecedor para la sonrisa deslumbrante y la piel radiante de Laura.

Comieron en silencio. Reuben lo devoró todo como de costumbre y, para su sorpresa, Laura también dio cuenta de la cena en lugar de limitarse a esparcirla por el plato.

Cuando terminaron los invadió la calma. El fuego crepitaba en la chimenea del salón y la casita parecía un lugar seguro y sólido frente a la lluvia que martilleaba en el tejado y las ventanas. ¿Cómo habría sido crecer bajo ese techo? No podía imaginarlo. Morfodinámico o no, Reuben se dio cuenta de que el gran bosque todavía representaba para él lo salvaje.

Le encantaba que no charlaran, que pudieran pasar horas sin hablar, que hablaran sin hablar, pero ¿qué estaban diciéndose sin palabras en ese preciso momento?

Laura, sentada inmóvil en la silla de roble, con la mano izquierda en la mesa y la derecha en el regazo, daba la impresión de haber estado observando a Reuben mientras este rebañaba el plato. Él lo notó en ese momento y sintió algo particularmente tentador en ella, en la plenitud de sus labios y en la cabellera que le enmarcaba el rostro.

Entonces lo comprendió y sintió un escalofrío. ¿Por qué diantre no se había dado cuenta de inmediato?

—Lo has hecho —susurró—. Has aceptado el Crisma.

Laura no respondió, como si él no hubiera dicho nada.

Sus ojos eran más oscuros, sí, y su cabellera mucho más abundante, e incluso las cejas rubias y grises se habían oscurecido, de manera que parecía una hermana de sí misma, casi idéntica, pero al mismo tiempo completamente diferente, hasta con un brillo más oscuro en las mejillas.

Dios santo, pensó Reuben. Y acto seguido sintió que el corazón le daba un vuelco y que se mareaba. Así les había parecido él a los demás en esos días anteriores a la transformación que había experimentado, cuando aquellos que lo rodeaban sabían que le había «ocurrido» algo y él se había sentido completamente distante y sin miedo.

¿Laura estaba tan distante de él como él lo había estado de toda su familia? No, eso no podía ser. Se trataba de Laura, que acababa de recibirlo, que acababa de llevarlo a su cama. Se ruborizó. ¿Cómo era posible que no se hubiese dado cuenta?

Nada cambió en la expresión de ella, nada en absoluto. Lo mismo le había ocurrido a él. Había tenido esa misma mirada, había sido consciente de que los demás querían algo de él pero incapaz de ofrecérselo. Sin embargo, más tarde, en sus brazos, Laura había sido suave, cariñosa, cercana, entregándose, confiando...

—¿Felix no te lo contó? —preguntó ella.

Su voz parecía diferente ahora que Reuben lo sabía. Tenía un timbre más rico, y habría jurado que los huesos del rostro eran ligeramente más grandes, aunque quizá se lo imaginase debido al miedo que sentía.

Reuben fue incapaz de pronunciar las palabras. Las desconocía. Recuperó un destello de pasión y se sintió inmediatamente excitado. La deseaba otra vez y, sin embargo, se sentía... ¿qué? ¿Enfermo? ¿Estaba enfermo de miedo? Se odió.

—¿Cómo te encuentras? —logró decir—. ¿Te sientes mal? Me refiero a si notas algún efecto secundario.

—Estaba un poco mareada al principio —respondió ella.

—¿Estabas sola y nadie...?

—Thibault ha venido todas las noches —lo interrumpió Laura—. A veces, Sergei. Otras, Felix.

—Esos demonios —susurró Reuben.

—No, Reuben —dijo Laura de la manera más sencilla y sincera—. No debes pensar ni por un momento que ha pasado nada malo.

—Lo sé —murmuró él. Sentía una palpitación en la cara y en las manos. Nada menos que en las manos. La sangre se agolpaba en sus venas—. Pero ¿estuviste alguna vez en peligro?

—No, ni por un instante —contestó Laura—. Eso, sencillamente, no ocurre. Me lo explicaron. Cuando se ha transmitido el Crisma y las personas no han sufrido heridas reales, no existe riesgo. Los que mueren, lo hacen cuando el Crisma no puede sanar las heridas.

—Me lo figuraba —dijo él—. Pero no tenemos un manual para consultar cuándo empezar a preocuparnos, ¿verdad?

Laura no respondió.

—¿Cuándo lo decidiste?

—Casi de inmediato —respondió ella—. No pude resistirlo. No tenía sentido que me dijera que lo estaba sopesando, considerándolo como merecía. —Su voz adoptó un tono más amable, y también su expresión. Era Laura, su Laura—. Lo quería y se lo dije a Felix y también a Thibault.

Reuben la estudió, reprimiendo el impulso de llevarla otra vez a la cama. Laura tenía la piel tersa, juvenil, y aunque nunca había parecido vieja, había sido convincentemente mejorada, no cabía duda. Reuben tenía que hacer un considerable esfuerzo para no besarla en los labios.

—Fui al cementerio —prosiguió Laura—. Hablé con mi padre. —Apartó la mirada; obviamente, no le resultaba fácil—. Bueno, hablé como si pudiera hablar con mi padre —continuó—. Están todos enterrados allí, ya lo sabes, mi hermana, mi madre, mi padre. Hablé con ellos. Hablé con ellos de todo eso. Pero había tomado mi decisión antes de salir de Nideck Point. Sabía que iba a hacerlo.

—Durante todo este tiempo di por sentado que lo rechazarías, que dirías que no.

—¿Por qué? —preguntó Laura con suavidad—. ¿Por qué pensaste eso?

—No lo sé —respondió él—. Porque habías perdido mucho y podías querer mucho más. Porque habías perdido a tus hijos y podías querer otra vez un niño, no un hijo morfodinámico, sea lo que sea, sino un niño. O porque creías en la vida y pensabas que en sí misma merece lo que damos por ella.

—¿Merece la pena dar incluso la vida? —preguntó Laura.

Reuben no respondió.

—Hablas como si lo lamentaras —añadió Laura—. Pero supongo que tenía que ocurrir.

—No lo lamento. No sé lo que siento, pero podía imaginarte diciendo que no. Podía imaginarte deseando otra oportunidad con una familia, un marido, un amante e hijos.

—Lo que nunca has comprendido, Reuben, lo que pareces absolutamente incapaz de comprender, es que esto significa que no morimos. —Lo dijo sin dramatismo, pero él se sintió herido porque sabía que era cierto—. Toda mi familia ha muerto —agregó Laura bajando la voz—. ¡Toda mi familia! Mi padre, mi madre, sí, en su momento; pero mi hermana, asesinada en el robo a una licorería, y mis hijos, muertos, arrebatados de la más cruel de las maneras. Oh, la verdad es que nunca había hablado de estas cosas; no debería hacerlo ahora. Detesto que la gente airee su sufrimiento y sus pérdidas. —Sus facciones se endurecieron. Luego una expresión ausente se apoderó de ella, como si la hubieran arrastrado otra vez al peor de los tormentos.

—Sé lo que estás diciendo —dijo Reuben—. No sé nada de la muerte. Nada. Hasta la noche en que mataron a Marchent, solo conocía a una persona que hubiera muerto, el hermano de Celeste. Oh, mis abuelos, sí, están muertos, pero fallecieron cuando yo era muy pequeño y, por supuesto, eran muy viejos. Y luego Marchent. Conocía a Marchent desde hacía menos de veinticuatro horas y fue una conmoción. Estaba aturdido. No fue la muerte, fue una catástrofe.

—No tengas prisa en conocer la muerte —dijo Laura, un poco derrotada.

—¿No debería?

Reuben pensó en gente a quien él mismo había arrebatado la vida, en los hombres malvados a los que el Lobo Hombre había arrancado la vida sin titubear. Y comprendió de repente que muy pronto Laura tendría ese poder animal de matar como él había matado, mientras que ella misma sería invulnerable.

No tenía palabras.

Las imágenes se agolpaban en su mente llenándolo de una tristeza ominosa, casi de desesperación. Imaginó a Laura en un cementerio de pueblo, hablando con los muertos. Se acordó de las fotos de los hijos de Laura que había visto. Pensó en su propia familia, siempre presente, y luego en su propio poder, en esa fuerza ilimitada de la que disfrutaba al subirse a los tejados, cuando las voces lo emplazaban a abandonar su humanidad y convertirse en el inquebrantable Lobo Hombre que mataría sin arrepentimiento ni compasión.

—Pero ¿no has cambiado por completo? ¿Todavía no?

—No, todavía no —dijo ella—. Solo he experimentado los cambios menores por el momento. —Apartó la mirada sin mover la cabeza—. Oigo el bosque —dijo con una leve sonrisa—. Puedo oír la lluvia de manera distinta a como la oía antes. Sé cosas. Sabía que te acercabas. Miro las flores y juro que las veo crecer, las veo florecer, las veo morir.

Reuben no habló. Era hermoso lo que ella estaba diciendo, y aun así lo atemorizaba. Incluso la expresión ligeramente reservada de ella lo asustaba. Laura estaba desviando la mirada.

—Hay un dios nórdico, ¿no, Reuben?, capaz de oír crecer la hierba.

—Heimdal —dijo él—. El guardián del hogar. Puede oír crecer la hierba y ver a cien leguas, de día o de noche.

Laura rio.

—Sí. Veo las estrellas a través de la niebla, a través de la capa de nubes; veo el cielo que nadie más ve desde este bosque mágico.

Reuben debería haber dicho: «Pues espera, espera hasta que el cambio pleno se produzca en ti», pero se había quedado sin voz.

—Oigo los ciervos en el bosque —continuó ella—. Los estoy oyendo ahora mismo. Casi puedo... captar su olor. Es tenue. No quiero imaginar cosas.

—Están ahí. Dos, justo al otro lado del calvero —dijo Reuben.

Laura volvía a observarlo con impasibilidad, y él no soportaba mirarla a los ojos. Pensó en los ciervos, tan tiernos, animales exquisitos. Si no dejaba de pensar en ellos, le entrarían ganas de matarlos a los dos y devorarlos. ¿Cómo se sentiría Laura cuando eso le ocurriera a ella, cuando no pudiera pensar en nada más que en hundir sus colmillos en el cuello del ciervo y arrancarle el corazón mientras seguía latiendo?

Reuben era consciente de que Laura se estaba moviendo, rodeando la mesa para acercarse a él. El aroma suave y limpio de su piel lo pilló por sorpresa al tiempo que el bosque retrocedía en su mente, se hacía más tenue. Laura se acomodó en la silla desocupada, a la derecha de Reuben, y le puso una mano en la mejilla.

Lentamente, él la miró a los ojos.

—Estás asustado —dijo Laura.

Reuben asintió.

—Lo estoy.

—Estás siendo sincero.

—¿Eso es bueno?

—Te quiero mucho —dijo ella—. Mucho. Es mejor eso que decir lo que es debido, que te des cuenta de que estaremos juntos en esto, de que ahora nunca me perderás como podrías haberme perdido, de que pronto seré invulnerable a las mismas cosas que no pueden hacerte daño.

—Eso es lo que debería decir, lo que debería pensar.

—Quizá. Pero no cuentas mentiras, Reuben, salvo cuando te ves obligado, y los secretos no te gustan y te duelen.

—Así es. Y ahora los dos somos un secreto, Laura, un gran secreto. Somos un secreto peligroso.

—Mírame.

—Estoy intentando hacerlo.

—Solo dímelo todo, suéltalo.

—Sabes de qué se trata —dijo él—. Cuando llegué aquí esa primera noche, cuando yo, el Lobo Hombre, estaba paseando por la hierba y te vi, eras un ser tierno e inocente, puramente humano y femenino y maravillosamente vulnerable. Estabas de pie en el porche y eras tan...

—Atrevida.

—No temías nada, pero eras frágil, inmensamente frágil. Incluso al enamorarme de ti tuve miedo por ti, miedo de que abrieras la puerta así a algo como yo. No sabías lo que era yo en realidad. No tenías ni idea. Pensabas que era un simple salvaje, sabes que era así, salido del corazón del bosque, algo que no pertenecía a las ciudades de los hombres, ¿lo recuerdas? Hiciste de mí un mito. Yo quería abrazarte, protegerte, salvarte de ti misma, ¡salvarte de mí!, de tu temeridad al invitarme a pasar como lo hiciste.

Laura parecía estar sopesando algo. Estuvo a punto de hablar pero se reprimió.

—Solo quería quitarte todo el dolor —dijo Reuben—. Y cuanto más sabía yo de tu dolor, más quería suprimirlo. Sin embargo, por supuesto, no podía. Solo podía comprometerte, llevarte conmigo a medio camino de este secreto.

—Yo quería ir —dijo ella—. Te quería. Quería el secreto, ¿no?

—Pero yo no era una bestia primigenia del bosque —dijo él—. No era un inocente hombre mitológico peludo, era Reuben Golding, el cazador, el asesino, el Lobo Hombre.

—Lo sé —dijo Laura—. ¿Y acaso yo no te amé a cada paso del camino sabiendo lo que eras?

—Sí. —Reuben suspiró—. Entonces, ¿de qué tengo miedo?

—De no amar a la morfodinámica en que me he convertido —dijo ella simplemente—. De no quererme cuando sea tan poderosa como tú.

Reuben no pudo responder. Tomó aire.

—Y Felix, y Thibault, ¿saben cuándo se producirá el cambio pleno?

—No. Dicen que será pronto. —Laura esperó y, al ver que él no decía nada, continuó—: Te asusta no quererme más, que no sea esa rosada, tierna y vulnerable criatura que encontraste en esta casa.

Reuben se odió por no responder.

—¿No puedes estar contento por mí? ¿No puedes estar contento de que comparta esto contigo?

—Lo estoy intentando —dijo él—. De verdad que lo intento.

—Desde el primer momento en que me amaste, estabas abatido por no poder compartirlo conmigo, sabes que era así —dijo Laura—. Hablamos de ello y al mismo tiempo no hablamos de ello: del hecho de que yo podía morir y tú no podías entregarme este don por temor a matarme; del hecho de que podría no compartirlo nunca contigo. Hablamos de eso. Lo hicimos.

—Lo sé, Laura. Tienes todo el derecho a estar furiosa conmigo. A estar decepcionada. Dios sabe que decepciono a la gente.

—No, no lo haces —dijo ella—. No digas esas cosas. Si estás hablando de tu madre y esa espantosa Celeste... sí, bueno, las decepcionas porque eres mucho más sensible de lo que ellas imaginan, porque no crees en su mundo despiadado de ávida ambición y sacrificio nauseabundo. ¡Y qué! Decepciónalas.

—Vaya —susurró él—. Nunca te había oído hablar así.

—Bueno, ya no soy Caperucita Roja, ¿verdad? —Rio—. En serio. No saben quién eres. Pero yo sí y tu padre también, y Felix, y no me estás decepcionando. Me amas. Amas la persona que era y temes perder a esa persona. Eso no es decepcionante.

—Creo que debería serlo.

—Era todo una hipótesis tuya —dijo ella—: que podías compartir el don conmigo, que yo podría morir si no lo hacías. Era una hipótesis que poseyeras el don. Todo fue demasiado precipitado para ti.

—Eso es verdad —dijo Reuben.

—Mira, no espero de ti nada que no puedas darme —dijo ella—. Solo permíteme esto: ser parte de ti, incluso aunque tú y yo ya no seamos amantes. Permíteme eso, ser parte de ti y de Felix y de Thibault y...

—Por supuesto, sí. ¿Crees que alguna vez me permitirán apartarte? ¿Piensas por un minuto que yo haría eso? ¡Laura!

—Reuben, no hay ningún hombre vivo que no sea posesivo con la mujer que ama, que no quiera controlar su acceso a ella y el acceso de ella a él y a su mundo.

—Laura, todo eso lo sé...

—Reuben, tienes que sentir algo sobre el hecho de que me dieran el Crisma, tanto si querías que lo hicieran como si no, porque tomaron su decisión sobre mí conmigo fundamentalmente, sin verme como parte de ti. Y yo tomé mi decisión del mismo modo.

—Como tenía que ser, por el amor de... —Calló—. No me gusta lo que estoy descubriendo sobre mí —continuó—. Pero esto es la vida y la muerte, y es tu decisión. ¿Y crees que podría soportarlo si hubieran dejado que decidiera por ti, si te hubieran tratado como si fueras mi posesión?

—No —dijo ella—, pero no siempre podemos razonar con nuestros sentimientos.

—Bueno, te quiero —dijo Reuben—. Y aceptaré esto. Lo haré. Te amaré después tanto como te amo ahora. Mis sentimientos podrían no atender a la razón, pero les daré una orden directa.

Ella rio. Y él también lo hizo, a regañadientes.

—Ahora, cuéntame. ¿Por qué estás aquí sola ahora que el cambio puede producirse en cualquier momento?

—No estoy sola —dijo Laura—. Thibault está aquí. Lleva aquí

desde antes de oscurecer. Está ahí fuera, esperando a que te marches. Estará conmigo cada noche hasta que esto se resuelva.

—Bueno, entonces ¿por qué no vienes a casa ahora mismo? —preguntó.

Laura no respondió. Había apartado la mirada otra vez, como si escuchara los sonidos del bosque.

—Vuelve conmigo ahora. Coge tus cosas y salgamos de aquí.

—Estás siendo muy valiente —dijo ella en voz baja—, pero quiero pasar por esto aquí. Y sabes que es mejor para los dos.

Reuben no podía negarlo. No podía negar que estaba aterrorizado por el hecho de que la transformación pudiera producirse justo mientras estaban allí sentados. La mera idea era más de lo que podía soportar.

—Estás en buenas manos con Thibault —dijo.

—Por supuesto.

—Si fuera Frank, lo habría matado con mis garras desnudas.

Laura sonrió, pero no protestó.

Reuben estaba siendo ridículo, ¿no? Al fin y al cabo, ¿acaso Thibault no se había sentido fortalecido por el don, al margen de cuándo lo hubiera recibido? ¿Cuál era la diferencia real entre los dos hombres? Uno tenía aspecto de anciano erudito y el otro de donjuán, pero ambos eran morfodinámicos de pura sangre. Sin embargo, Thibault poseía la elegancia de la edad mientras que Frank estaba permanentemente en la flor de la vida. Reuben comprendió de repente con claridad meridiana que Laura sería siempre tan hermosa como en ese momento y que él mismo, él mismo, nunca envejecería, ni tendría aspecto de anciano: nunca se convertiría en el hombre sabio y venerable que era su padre; nunca envejecería más allá del momento presente. Podría haber sido la juventud de la urna griega de Keats.

¿Cómo podía no haberse dado cuenta de estas cosas, y de lo que debían significar para ella y deberían significar para él? ¿Por qué no se había transformado por esa conciencia, por ese conocimiento secreto? Era hipotético para él, Laura tenía razón.

Ella lo sabía. Siempre había sabido la trascendencia plena de todo ello. Laura había tratado de que él se diera cuenta y, al permitir que la idea calara, Reuben se sintió más avergonzado que nunca de temer el cambio en ella.

Se levantó y caminó hasta el dormitorio de atrás. Se sentía aturdido, casi somnoliento. La lluvia era intensa en ese momento y aporreaba el tejado del viejo porche. Estaba ansioso por llegar a la carretera, por dirigirse al norte en la oscuridad.

—Si Thibault no estuviera aquí, no se me ocurriría irme —dijo. Se puso la ropa, se abotonó la camisa apresuradamente y se enfundó el abrigo. Luego se volvió hacia Laura con lágrimas en los ojos—. Vuelve a casa lo antes que puedas.

Ella lo abrazó y él la sostuvo con la máxima fuerza con la que se atrevió, frotándose la cara en su pelo, besándole una y otra vez la suave mejilla.

—Te quiero, Laura —dijo—. Te quiero con todo mi corazón, Laura. Te quiero con toda mi alma. Soy joven y estúpido y no lo entiendo todo, pero te amo, y quiero que vuelvas a casa. No sé qué tengo que ofrecerte que los demás no puedan darte, y ellos son más fuertes, más elegantes e infinitamente más experimentados...

—Para. —Laura le puso los dedos en los labios—. Eres mi amor —susurró—. Mi único amor.

Reuben salió por la puerta de atrás y bajó los escalones. La lluvia convertía el bosque en un muro de oscuridad invisible; las luces de la casa solo iluminaban la hierba húmeda, y Reuben odiaba que la lluvia lo aguijoneara.

—Reuben —lo llamó Laura.

Estaba de pie en el porche como la primera noche. La linterna de queroseno al estilo del Viejo Oeste descansaba en el banco, pero apagada, de modo que Reuben no distinguía los rasgos de su amada.

—¿Qué pasa?

Ella bajó los escalones y se quedó bajo la lluvia.

Él no pudo evitar abrazarla de nuevo.

—Reuben, esa noche... Tienes que entenderlo. No me importaba lo que me ocurriera, no me importaba en absoluto.

—Lo sé.

—No importaba si vivía o moría. En absoluto. —La lluvia le resbalaba por el pelo, por el rostro vuelto hacia arriba.

—Lo sé.

—No creo que puedas saberlo —dijo ella—. Reuben, nunca me había ocurrido nada paranormal ni sobrenatural. Nada. Nunca tuve un presentimiento ni un sueño premonitorio. Nunca se me ha aparecido el espíritu de mi padre ni el de mi hermana ni el de mi marido o mis hijos, Reuben. Nunca he experimentado un momento reconfortante en el que sintiera su presencia. Nunca tuve el presentimiento de que siguieran vivos en alguna parte. Nunca he vivido la menor transgresión de las reglas del mundo natural. Allí, en el mundo natural, es donde yo vivía hasta que llegaste tú.

—Lo entiendo —dijo él.

—Fuiste una especie de milagro, algo monstruoso y al mismo tiempo fabuloso, y la radio y la tele y los diarios habían estado hablando de ti, contando esa historia del Lobo Hombre, de ese ser increíble, esa alucinación, esa quimera espectacular. No sé cómo describirlo, pero allí estabas, allí estabas, y eras absolutamente real y te vi y te toqué. ¡Y no me importó! No iba a huir. No me importaba.

—Lo entiendo. Lo sé. Lo supe entonces.

—Reuben, ahora quiero vivir. Quiero estar viva. Quiero estar viva con cada fibra de mi ser, ¿no lo ves? Y para ti y para mí, esto es estar vivos.

Reuben estaba a punto de cogerla en brazos, de llevarla otra vez a la casa, pero ella se apartó y levantó las manos. El camisón empapado se le pegaba a los pechos y el cabello oscuro le enmarcaba el rostro. Estaba calada hasta los huesos y no le importaba.

—No —dijo, retrocediendo pero sin dejar de sujetarlo con firmeza por las solapas—. Escucha lo que estoy diciendo. No creo en nada, Reuben. No creo que vuelva a ver a mi padre, ni a mis hijos, ni a mi hermana. Creo que simplemente se han ido. Pero quiero estar viva. Y esto significa que no moriremos.

—Lo entiendo —dijo él.

—Ahora me importa, ¿no te das cuenta?

—Sí —respondió Reuben—. Y quiero comprenderlo más, Laura. Y lo comprenderé más. Te lo prometo. Lo haré.

—Ahora vete, por favor —le rogó ella—. Pronto estaré en casa.

Reuben pasó junto a Thibault de camino a su coche. Thibault, corpulento y digno bajo un abeto de Douglas, con chubasquero negro brillante y paraguas, un gran paraguas negro, quizá lo saludó con la cabeza. Reuben no estaba seguro. Simplemente se subió al coche y se dirigió al norte.

2

Eran las diez en punto cuando llegó a casa. El ambiente era alegre, con un montón de guirnaldas de hoja perenne y olor dulce colocadas ya en las chimeneas, los fuegos encendidos como de costumbre y toda una serie de lamparitas iluminando los salones.

Felix estaba sentado a la mesa del comedor, enfrascado en una conversación con Margon y Stuart sobre los planes para Navidad, con un mapa o diagrama dibujado en un papel de envolver desplegado ante ellos y un par de libretas de hojas amarillas y bolígrafos a mano. Los caballeros iban en pijama y bata con solapas de satén del Viejo Mundo, mientras que Stuart llevaba su habitual sudadera oscura y vaqueros. Parecía un adolescente estadounidense sanote perdido en una película de Claude Rains.

Reuben sonrió para sus adentros. Le parecía maravilloso verlos a todos tan animados, tan felices a la luz del fuego. Era una delicia oler el té, los pasteles y todas las fragancias que ya identificaba con la casa: cera para lustrar los muebles; los troncos de roble ardiendo en el hogar y, por supuesto, el fresco aroma de la lluvia que siempre se abría paso hasta el caserón, ese caserón con tantos rincones oscuros y húmedos.

Jean Pierre, el viejo ayuda de cámara francés, cogió la gabardina húmeda de Reuben e inmediatamente puso una taza de té para él en la mesa.

Reuben se quedó sentado en silencio, tomándose el té, distraído, pensando en Laura, escuchando a medias y asintiendo para mostrar su conformidad con todos los planes navideños, vagamente consciente de que Felix se sentía estimulado por todo aquello, singularmente feliz.

—Así que estás en casa, Reuben —dijo este con alegría—. Has llegado justo a tiempo de oír nuestros grandes planes y aprobarlos, darnos tu permiso y tu bendición. —Tenía el fulgor habitual en los ojos oscuros con las comisuras arrugadas por su buen humor y hablaba con voz profunda y cargada de entusiasmo.

—En casa, pero agotado —confesó Reuben—, aunque sé que no podré dormir. Quizás esta es la noche para convertirme en lobo solitario y azote del condado de Mendocino.

—No, no, no —susurró Margon—. Lo estamos haciendo muy bien, cooperando entre nosotros, ¿no?

—Obedeciéndote a ti, querrás decir —soltó Stuart—. Quizá Reuben y yo deberíamos salir juntos esta noche y, en fin, meternos en verdaderos problemas como los lobitos que somos. —Cerró el puño y golpeó a Margon con una fuerza ligeramente excesiva en el brazo.

—Chicos —dijo Margon—, ¿alguna vez os he contado que en esta casa hay una mazmorra?

—¡Oh, con cadenas y todo, no me cabe duda! —exclamó Stuart.

—Asombrosamente completa —explicó Margon, entornando los ojos al mirarlo—. Y proverbialmente oscura, húmeda y lúgubre, algo que nunca impidió que algunos de los desdichados reclusos grabaran poesía macabra en las paredes. ¿Te gustaría pasar una temporada en ella?

—Mientras no me falten mi mantita ni mi portátil —dijo Stuart—, ni las comidas a tiempo. Podría descansar un poco.

Margon soltó otro gruñido socarrón y negó con la cabeza.

—«Huyen de mí los que una vez me buscaron» —recitó en un susurro.

—¡Oh, otro mensaje poético secreto no! —dijo Stuart—. No puedo soportarlo. La poesía es tan densa que me cuesta respirar.

—Caballeros, caballeros —medió Felix—. Un poco de brío y

ligereza acorde con estas fechas. —Miró intensamente a Reuben—. Hablando de mazmorras, quiero mostrarte las figuras para el belén. Será una Navidad espléndida, joven señor de la casa, si tú lo permites.

Felix continuó con una rápida explicación. Dieciséis de diciembre, el penúltimo domingo antes de Navidad, era el día perfecto para el festejo navideño en Nideck y el banquete en la casa para toda la gente del condado. Los puestos y las tiendas del «pueblo», como Felix solía llamarlo, cerrarían al oscurecer, y todos se acercarían a Nideck Point para la celebración. Por supuesto, las familias, la de Reuben y la de Stuart, debían asistir, así como los viejos amigos que quisieran incluir. Era el momento para recordarlos a todos. Y el padre Jim traería a los «desventurados» de su iglesia de Saint Francis, para lo cual pondrían autocares.

Por supuesto, invitarían al *sheriff* y a todos los agentes de la ley que tan recientemente habían estado husmeando por la finca la noche que el misterioso Lobo Hombre agredió y asesinó a los dos médicos rusos en el salón, y también a los periodistas: los invitarían a todos.

Instalarían enormes carpas en el jardín, mesas y sillas, estufas de aceite y lucecitas más allá de lo concebible.

—Imagina todo el robledal —dijo Felix, haciendo un gesto hacia el bosque al que daba la ventana del comedor— completamente engalanado con luces, con los troncos completamente revestidos de luces y los senderos cubiertos con una gruesa capa de mantillo, y actrices y cantantes de villancicos yendo de un lado a otro; aunque, por supuesto, el coro infantil y la orquesta estarán en la terraza delantera, junto al belén y el grueso de las mesas y las sillas. ¡Oh, demasiado espléndido! —Indicó el burdo diagrama que había dibujado en el papel de envolver—. Por supuesto, el banquete propiamente dicho lo serviremos en esta sala, de forma ininterrumpida, desde el anochecer hasta las diez de la noche, pero habrá mesas estratégicamente situadas en todos los puntos clave con ponche, hidromiel, bebidas, comida, lo que quiera la gente, y además la casa quedará abierta para que todos los habitantes de los alrededores puedan ver las salas y los dormitorios del misterioso Nideck Point de una vez por todas. Se acabaron los secretos sobre la «vieja casa» donde el Lobo Hombre campaba a sus anchas recientemente. No, se la mostraremos al mundo: «Bienvenidos, jueces, congresistas, agentes de policía, maestros, banqueros... ¡buena gente del norte de California! Fue desde este salón y desde esa ventana de la biblioteca donde el notorio Lobo Hombre saltó en plena noche.» Tuya es la palabra, joven señor, ¿hay que hacer todo esto?

—Se refiere a alimentar a toda la costa —dijo Margon solemnemente—, desde el sur de San Francisco a la frontera de Oregón.

—Felix, esta es tu casa —dijo Reuben—. ¡Suena de maravilla! —Y lo decía en serio. También sonaba imposible. No pudo evitar reírse.

Recuperó un recuerdo fugaz de Marchent describiéndole con entusiasmo que al «tío Felix» le encantaba dar fiestas, y casi estuvo tentado de compartir con él aquel recuerdo.

—Sé que ha pasado poco tiempo desde la muerte de mi sobrina —dijo Felix, cuya voz reflejó un brusco cambio de humor—. Soy bien consciente de eso, pero no creo que debamos estar abatidos por ello en nuestra primera Navidad. Mi querida Marchent no lo habría querido.

—La gente en California no guarda luto, Felix —dijo Reuben—. Al menos yo nunca la he visto hacerlo. Y no me imagino a Marchent molesta por esto.

—Creo que ella lo aprobaría todo de buen grado —convino Margon—, y además es muy sensato dejar que la gente de la prensa se mueva por la casa a placer.

—¡Oh, no lo estoy haciendo solo por eso! —dijo Felix—. Quiero una gran celebración, una fiesta. Esta casa debe tener vida nueva. Tiene que ser un faro que brille otra vez.

—Pero lo de ese belén (estás hablando de Jesús y María y José, ¿no?). Tú no crees en el Dios cristiano, ¿verdad? —le preguntó Stuart.

—No, desde luego que no —dijo Felix—, pero esta es la forma en que la gente celebra el solsticio de invierno en la época actual.

—Pero ¿acaso no es todo mentira? —preguntó Stuart—. Me

refiero a que entiendo que debemos librarnos de las mentiras y la superstición. ¿No es esa la obligación de los seres inteligentes? Y eso es lo que somos.

—No, no todo es mentira. —Felix bajó la voz para dar énfasis a sus palabras, como si implorara cortesmente a Stuart que considerara la cuestión de otra manera—. Las tradiciones casi nunca son mentira; las tradiciones reflejan las creencias y costumbres más profundas de la gente. Poseen su propia verdad, por su propia naturaleza.

Stuart estaba mirándolo con recelo y escepticismo en aquellos ojos azules y aquel rostro pecoso e infantil que, como siempre, lo hacía parecer un angelito rebelde.

—Creo que el mito de la Navidad es elocuente —continuó Felix—. Siempre lo ha sido. Piensa en ello. El Cristo niño fue desde el principio un símbolo brillante del eterno retorno. Y eso es lo que hemos celebrado siempre en el solsticio de invierno. —Su voz era reverente—. El nacimiento glorioso del dios en la noche más oscura del año, esa es la esencia.

—Vaya, vaya —dijo Stuart con un punto de burla—. Bueno, consigues que parezca que se trata de algo más que de coronas navideñas en las tiendas y villancicos grabados en los grandes almacenes.

—Siempre ha sido más que eso —terció Margon—. Incluso la parafernalia más comercial de las tiendas es hoy un reflejo de cómo se entretejen las formas paganas y las cristianas.

—Sois nauseabundamente optimistas, chicos —dijo Stuart con seriedad.

—¿Por qué? —preguntó Margon—. ¿Porque no andamos alicaídos lamentando nuestros monstruosos secretos? ¿Por qué deberíamos hacerlo? Vivimos en dos mundos. Siempre ha sido así.

Stuart estaba desconcertado y frustrado, pero en términos generales se iba dejando convencer.

—Puede que yo ya no quiera seguir viviendo en ese viejo mundo —dijo—. Quizá sigo pensando que puedo dejarlo atrás.

—Eso no te lo crees ni tú —dijo Margon—. No sabes lo que dices.

—Yo estoy completamente a favor —dijo Reuben—. En el pasado me entristecían los villancicos, los himnos, el pesebre, todo, porque nunca fui muy creyente, pero cuando tú lo describes así, bueno, puedo aceptarlo. Y a la gente le encantará, seguro. Me refiero a todo esto. Nunca he estado en una fiesta de Navidad como la que estás planeando. De hecho, apenas voy a celebraciones navideñas de ningún tipo.

—Sí, les encantará —dijo Margon—. Siempre les gusta. Felix tiene una forma de conseguir que les guste y que deseen volver año tras año.

—Todo se hará bien —concluyó Felix—. No sobra tiempo, pero tengo el suficiente, y el dinero no será obstáculo este primer año. El año que viene lo planificaremos mejor. Quizás este año intente que haya más de una orquesta. Deberíamos tener una pequeña en el robledal. Y por supuesto, un cuarteto de cuerda aquí, en el rincón de esta sala. Y si puedo hacerme una idea de cuántos niños vendrán...

—Vale, nobleza obliga, lo entiendo —dijo Stuart—, pero yo pienso en ser un morfodinámico, no en servir ponche de huevo a mis viejos amigos. O sea, ¿qué tiene que ver todo esto con ser morfodinámico?

—Bueno, te diré ahora mismo lo que tiene que ver —intervino Margon bruscamente, con la mirada clavada en Stuart—. Esta fiesta se celebrará el penúltimo domingo antes de Nochebuena, como ha explicado Felix, y satisfará los deseos de vuestras respectivas familias. Hará más que eso: les proporcionará recuerdos espléndidos. Luego, el veinticuatro de diciembre, aquí no habrá nadie salvo nosotros, así que podremos celebrar la fiesta de Yule como siempre lo hemos hecho.

—Esto se pone interesante —dijo Stuart—. Pero ¿qué haremos exactamente?

—Es hora de enseñártelo —respondió Felix—. Si caminas hacia el noreste desde la casa durante aproximadamente diez minutos, llegarás a un viejo calvero. Está rodeado de piedras grandes, muy grandes de hecho. Un arroyuelo discurre a su lado.

—Conozco el sitio —dijo Reuben—. Es como una ciudadela

rudimentaria. Laura y yo lo encontramos. No queríamos trepar por las rocas al principio, pero encontramos una vía de entrada. Teníamos mucha curiosidad.

El destello de un recuerdo: el sol colándose a través del dosel de ramas, la amplia superficie de suelo cubierto de hojas podridas y árboles jóvenes que retoñaban de viejos tocones, y las enormes rocas grises desiguales tapizadas de liquen. Habían encontrado una flauta allí, un flautita de madera, preciosa. Reuben no sabía qué había sido de ella. Seguramente la tenía Laura, que la había lavado en el arroyo y no había tocado más que unas pocas notas con ella. De repente, Reuben oyó su sonido tenue y lastimero mientras Felix continuaba:

—Bueno, así es como celebramos nuestros ritos durante años —explicó, con voz paciente como siempre y mirando tranquilizador a Stuart y Reuben—. Ya no quedan restos de nuestras viejas hogueras. Pero ahí es donde nos reunimos para formar nuestro círculo, para beber nuestro hidromiel y bailar.

—«Y los peludos danzarán» —dijo Margon con melancolía.

—Conozco esa frase —dijo Stuart—. ¿De dónde viene? Es deliciosamente espeluznante. Me encanta.

—Es el título de un relato breve —explicó Reuben—, y son palabras evocadoras.

—Vayamos más atrás —dijo Felix, sonriendo—. Hojeemos la vieja Biblia de Douay-Reims.

—Exacto —dijo Reuben—. Por supuesto. —Y citó de memoria—: «Sino que se guarecerán allí las fieras, y sus casas estarán llenas de serpientes, y allí habitarán los avestruces, y los peludos danzarán: y los búhos se responderán unos a otros en las casas y las sirenas en los templos de placer.»

Felix soltó una risita aprobatoria y Margon también se rio.

—¡Oh, cuánto os gusta que el genio este reconozca alguna cita o palabra arcana! —dijo Stuart—. ¡El prodigio literario ataca de nuevo! Reuben, el primero de la clase de los morfodinámicos.

—Acepta una lección suya, Stuart —dijo Margon—. Reuben lee, recuerda y comprende. Almacena siglos de poesía. Él piensa. Medita. Avanza.

—¡Oh, vamos! —dijo Stuart—. Reuben no es de verdad. Salió de la cubierta de *Gentlemen's Quarterly*.

—Uf —soltó Reuben—. Debería haberte dejado en el bosque de Santa Rosa después de que mataras a tu padrastro.

—No, no deberías haberlo hecho —dijo Stuart—, pero sabes que estoy bromeando, tío. Venga, en serio, ¿cuál es tu secreto para recordar las cosas así? ¿Tienes un catálogo de fichas en la cabeza?

—Tengo un ordenador en la cabeza, igual que tú —dijo Reuben—. Mi padre es poeta, y leía el libro de Isaías en voz alta cuando yo era niño.

—Isaías —dijo Stuart con voz profunda—. ¿No a Maurice Sendak ni las aventuras de Winnie the Pooh? Claro que, por supuesto, estabas destinado a crecer para convertirte en Lobo Hombre, así que las normas usuales no son aplicables en tu caso.

Reuben sonrió y negó con la cabeza. Margon soltó un gruñido grave de desaprobación.

—Parvulario de morfodinámicos —dijo—. Creo que me gusta.

Felix no estaba prestando la menor atención. Estudiaba otra vez sus diagramas y listas de Navidad. Estaba empezando a imaginar esa fiesta y se entusiasmaba con ella del mismo modo que se había entusiasmado con la casa en cuanto la había visto.

—¡Isaías! —siguió burlándose Stuart—. ¿Y vosotros, impíos inmortales, danzáis en círculo porque lo decía Isaías?

—No seas estúpido —le advirtió Margon. Estaba enfadado—. Te estás equivocando por completo. Bailábamos en nuestro círculo en el solsticio de invierno antes de que Isaías llegara a este mundo. Y esa noche lloraremos a Marrok, que ya no está con nosotros (uno de los nuestros que hemos perdido últimamente) y os daremos la bienvenida entre nosotros (formalmente) a ti, a Reuben y a Laura.

—Espera un momento —dijo Stuart, sacando a Reuben de su ensueño—. Entonces, ¿Laura se ha decidido? ¡Va a estar con nosotros! —Estaba eufórico—. Reuben, ¿por qué no nos lo contaste?

—Basta por ahora —dijo Felix con amabilidad. Se levantó—.

Reuben, acompáñame. Como señor de la casa, has de conocer un poco mejor las cámaras del sótano.

—Si son mazmorras, quiero verlas —dijo Stuart.

—Siéntate —le ordenó Margon en voz grave y un tanto siniestra—. Ahora, presta atención. Tenemos más trabajo que hacer con estos planos.

3

Pese a que estaba cansado, Reuben se apuntó a un viaje al sótano y siguió a Felix de buen grado por la escalera. Cruzaron con rapidez la vieja sala de calderas y accedieron al primero de los numerosos pasadizos que creaban un laberinto antes del túnel final que conducía al mundo exterior.

En la última semana, los electricistas habían estado cableando esos pasadizos de techo bajo y algunas de las misteriosas cámaras, pero quedaba mucho por hacer y Felix le explicó que algunas de las salas nunca dispondrían de luz eléctrica.

Había quinqués y linternas en armarios, aquí y allá, entre puertas cerradas, y Reuben se dio cuenta siguiendo a Felix a la tenue luz de las bombillas del techo de que no tenía ni idea de la extensión de la construcción subterránea. Las paredes rudimentariamente revocadas brillaban por la humedad en algunos sitios y, yendo detrás de Felix por territorio completamente desconocido, Reuben vio al menos diez puertas a ambos lados del estrecho pasillo.

Felix, que sostenía una linterna grande, se detuvo ante una puerta con cerradura de combinación.

—¿Qué pasa? ¿Qué te inquieta? —Puso una mano firme en el hombro de Reuben—. Has venido triste. ¿Qué ha pasado?

—Bueno, no ha pasado nada —dijo Reuben, aliviado en parte por hablar de ello y en parte avergonzado—. Es solo que Laura ha tomado una decisión, como estoy seguro que ya sabes. Yo no lo sabía. He estado con ella esta tarde. La echo de menos y no entiendo cómo puedo desear tanto que venga a casa y estar al mismo tiempo tan asustado de lo que le está ocurriendo. Quería traerla aquí por la fuerza y quería huir.

—¿De verdad no lo entiendes? —Los ojos oscuros de Felix estaban cargados de preocupación protectora—. Para mí es muy fácil comprenderlo —dijo—, y no debes culparte por ello, en absoluto.

—Siempre eres amable, Felix, siempre amable —le aseguró Reuben—, y se me ocurren muchas preguntas acerca de quién eres y qué sabes...

—Me doy cuenta de eso —dijo Felix—. Pero lo que en realidad cuenta es quiénes somos ahora. Escucha, te he querido como si fueras mi hijo desde el momento en que te conocí. Y si pensara que te ayudaría que te contara toda la historia de mi vida, lo habría hecho. Pero no te ayudaría en absoluto. Esto has de vivirlo por ti mismo.

—¿Por qué no estoy contento por ella? —preguntó Reuben—. Contento de compartir con ella este poder, estos secretos. ¿Qué me pasa? Desde el momento en que supe que la quería deseé darle el Crisma. Ni siquiera sabía que se llamara así, pero sabía que, si podía darse, transmitirse de algún modo, quería...

—Por supuesto que sí —dijo Felix—. Pero ella no es simplemente un ideal mental tuyo, es tu amante. —Vaciló—. Una mujer. —Se volvió hacia la pequeña cerradura de combinación y, colocándose la linterna bajo el brazo, giró con rapidez el dial—. Eres posesivo con ella, tienes que serlo —continuó Felix. Abrió ligeramente la puerta, pero no entró—. Y ahora ella es una de los nuestros y eso no está en tus manos decidirlo.

—Eso es exactamente lo que ella dijo —respondió Reuben—. Y sé que debería alegrarme de que no esté en mis manos, de que haya sido aceptada sin condiciones, de que sea vista íntegramente como la persona que es...

—Sí, por supuesto que deberías alegrarte, pero ella es tu pareja.

Reuben no respondió. Estaba viendo otra vez a Laura junto

al arroyo, sosteniendo esa flautita de madera y luego tocándola cautelosamente, produciendo esa melodía que se elevaba de forma plañidera, como una pequeña plegaria.

—Sé que posees una capacidad de amar excepcional —dijo Felix—. La he visto, la he sentido, lo supe la primera vez que hablamos en el bufete de abogados. Amas a tu familia. Amas a Stuart y amas profundamente a Laura, y si por alguna razón no pudieras soportar seguir cerca de ella, bueno, te ocuparías de ello con amor.

Reuben no estaba tan seguro de eso, y de repente lo abrumaron las dificultades, las potenciales dificultades. Pensó en Thibault bajo el árbol, cerca de la casa de Laura, esperando tranquilamente en la oscuridad, y unos celos rabiosos se apoderaron de él: celos porque Thibault le había transmitido a ella el Crisma; celos porque Thibault, que se había ganado la simpatía de Laura desde el principio, podía estar más cerca de ella de lo que él estaba...

—Vamos —dijo Felix—. Quiero que veas las estatuas.

La linterna proyectó un largo haz amarillo ante ellos cuando entraron en una sala fría de baldosas blancas. Incluso el techo estaba embaldosado. Enseguida Reuben distinguió un gran grupo de figuras de belén de mármol blanco, finamente talladas, robustas y barrocas por sus dimensiones y sus ropajes, tan fabulosas como las mejores estatuas italianas que había visto. Seguramente procedían de algún *palazzo* del siglo XVI o de una iglesia del otro lado del océano.

Lo dejaron sin respiración. Felix sostuvo la linterna mientras Reuben examinaba las figuras, limpiando el polvo de los ojos de mirada abatida de la Virgen, de su mejilla. Ni siquiera en la famosa Villa Borghese había visto nada representado en piedra con tanta plasticidad y vitalidad. La figura alta del José barbudo se alzaba ante él, ¿o era uno de los pastores? Bueno, ahí estaban el cordero y el buey, sí, elegantemente detallados, y de repente, cuando Felix movió la linterna, aparecieron los opulentos y espléndidos Reyes Magos.

—Felix, esto es un tesoro —susurró.

¡Qué patético el belén navideño que Reuben había imaginado!

—Bueno, no se han sacado en Navidad desde hace al menos

cien años. Mi querida Marchent nunca vio estas figuras. Su padre detestaba estos espectáculos y yo pasé demasiados inviernos en otras partes del mundo. Pero se exhibirán estas Navidades con los accesorios apropiados. Tengo carpinteros preparados para construir un pesebre. ¡Oh, ya verás! —Suspiró.

Felix dejó que la luz de la linterna pasara sobre la enorme figura de un camello suntuosamente enjaezado y sobre la mula, con sus grandes ojos tiernos... tan parecidos a los ojos de los animales que Reuben había cazado, los ojos suaves y ciegos de los animales que había matado. Sintió un escalofrío al mirarlos, pensando otra vez en Laura y el aroma de ciervo cerca de su casa.

Estiró el brazo para tocar los dedos perfectos de la Virgen. Entonces la luz se posó en el niño Jesús, una figura sonriente y radiante con el cabello alborotado y ojos brillantes de alegría, tumbado en un lecho de paja de mármol con los brazos abiertos.

Sintió dolor al mirarlo, un dolor terrible. Hacía mucho, mucho tiempo, creer en tales cosas lo entusiasmaba, ¿no? Cuando de niño miraba una figura como aquella, experimentaba la aceptación de que significaba un amor profundo e incondicional.

—Menuda historia —dijo Felix en un susurro—: que el Creador del Universo descendería hacia nosotros bajo esta forma humilde; que descendería más y más y más desde los confines de su Creación para nacer entre nosotros. ¿Alguna vez ha existido un símbolo más hermoso de nuestra esperanza desesperada en que, en el solsticio de invierno, el mundo nacerá de nuevo?

Reuben no podía hablar. Durante mucho tiempo los viejos símbolos habían carecido de significado para él. Se había tragado el habitual argumento frívolo de rechazo, que se trataba de una festividad pagana con una historia cristiana injertada. ¿No era algo merecedor del rechazo tanto de los devotos como de los impíos? No era de extrañar que Stuart fuera tan suspicaz. El mundo actual sospechaba de tales cosas.

Cuántas veces se había sentado en silencio en la iglesia, observando a su querido hermano Jim celebrar la misa y pensando: absurdo, todo absurdo. Había anhelado salir del templo y volver al mundo brillante y abierto, mirar simplemente un cielo estrellado o escuchar el trino de los pájaros que cantan incluso en la oscuridad, estar solo con sus convicciones más profundas por simples que fueran.

En cambio, en ese momento lo invadía otro sentimiento, más profundo y magnífico, que no se limitaba a una elección excluyente. Se le estaba ocurriendo una posibilidad majestuosa: que cosas dispares podrían estar unidas de un modo que aún hemos de comprender.

Habría deseado hablar con Jim inmediatamente, aunque asistiría a esa fiesta de Navidad y se quedarían los dos ante ese belén y hablarían como siempre habían hecho. Y Stuart, Stuart llegaría a comprenderlo, a verlo.

Sintió un gran alivio de que Felix estuviera allí, con su determinación y su visión, para hacer que algo tan grande como esa fiesta de Navidad funcionara.

—Margon no está cansado de Stuart, ¿verdad? —preguntó de repente—. Supongo que comprende que Stuart es solo condenadamente exuberante.

—¿Hablas en serio? —Felix rio con voz suave—. Margon ama a Stuart. —Bajó la voz hasta convertirla en un susurro confidencial—. Debes dormir como un tronco, Reuben Golding. Vaya, es Zeus secuestrando a Ganímedes todas las noches.

Reuben rio a su pesar. En realidad no dormía como un tronco, o al menos no todas las noches.

—Y tendremos los mejores músicos —continuó Felix como si hablara consigo mismo—. Ya he hecho llamadas a San Francisco y encontrado hoteles a lo largo de la costa donde podrían alojarse. Voces líricas, eso es lo que quiero en el coro de adultos. Y traeré el coro infantil de Europa si hace falta. Tengo un director joven que me comprende. Quiero los viejos villancicos, los villancicos tradicionales, los que encierran en parte la irresistible profundidad de la celebración.

Reuben permaneció en silencio. Estaba observando a Felix, aprovechando para mirarlo largamente mientras este contemplaba con amor su familia de centinelas de mármol y pensando: vida eterna y ni siquiera empiezo a saber... Pero sabía que adoraba a

Felix, que Felix era la luz que brillaba en su camino, que Felix era el profesor en esa nueva escuela en la que se había encontrado.

—Hace mucho tuve un espléndido hogar en Europa —dijo Felix. Se calló, y su rostro, habitualmente alegre y animado, quedó ensombrecido y casi adusto—. Sabes lo que nos mata, ¿verdad, Reuben? No son las heridas ni la pestilencia, sino la inmortalidad en sí. —Hizo una pausa—. Estás viviendo un tiempo dichoso ahora, Reuben, y así seguirá mientras tu generación esté en la tierra, hasta que aquellos a los que amas ya no estén. Entonces empezará para ti la inmortalidad y, algún día, dentro de varios siglos, recordarás estas Navidades y a tu querida familia, y a todos nosotros juntos en esta casa.

Se levantó, con impaciencia, antes de que Reuben tuviera tiempo de responder, e hizo un gesto para que se pusieran en marcha.

—¿Es esta la época más fácil, Felix? —preguntó Reuben.

—No. No siempre. No todos tienen la extraordinaria familia que tú tienes. —Hizo una pausa—. Te has confiado a tu hermano Jim, ¿verdad? Quiero decir que sabe lo que eres y lo que somos.

—En confesión, Felix —explicó Reuben—. Sí, pensaba que te lo había dicho. Tal vez no. Pero fue en confesión, y mi hermano es de esa clase de sacerdotes católicos que morirían antes que romper el secreto de confesión; pero sí, lo sabe.

—Eso percibí desde el primer momento —dijo Felix—. Los otros también lo notaron, por supuesto. Cuando la gente lo sabe, lo notamos. Lo descubrirás en su momento. Creo que es maravilloso que hayas gozado de una oportunidad así. —Estaba cavilando—. Mi vida fue muy diferente. Pero no es momento para esa historia.

—Debéis confiar, todos vosotros —dijo Reuben—, en que Jim nunca...

—Querido muchacho, ¿crees que alguno de nosotros haría daño a tu hermano?

Cuando llegaron a la escalera, Felix volvió a enlazar a Reuben con el brazo e hizo una pausa, con la cabeza baja.

—¿Qué pasa, Felix? —preguntó Reuben. Quería decirle de

alguna manera lo mucho que le importaba y corresponder al entusiasmo de las palabras que le había dicho.

—No debes temer lo que ocurrirá con Laura —dijo Felix—. Nada es eterno con nosotros; solo lo parece. Y cuando deja de parecerlo, bueno, es cuando empezamos a morir. —Frunció el entrecejo—. No quería decir eso, quería decir...

—Lo sé —lo interrumpió Reuben—. Quieres decir una cosa y surge otra.

Felix asintió.

Reuben lo miró a los ojos.

—Creo que sé lo que estás diciendo. Estás diciendo: «Atesora el dolor.»

—Sí, vaya, quizás es lo que estoy diciendo —dijo Felix—. Atesora el dolor; atesora lo que tienes con ella, incluido el dolor. Atesora lo que puedes tener, incluso el fracaso. Atesóralo, porque si no vivimos esta vida, si no vivimos plenamente año tras año y siglo tras siglo, bueno, entonces morimos.

Reuben asintió.

—Por eso las estatuas siguen aquí, en el sótano, después de todos estos años. Por eso las traje aquí desde mi patria. Por eso construí esta casa. Por eso estoy otra vez bajo este techo y tú y Laura sois una llama esencial. Tú y Laura y la promesa de lo que sois. Vaya, no soy tan bueno con las palabras como tú, Reuben. Consigo que parezca que necesito que os améis. No es así. No es eso lo que quiero decir, en absoluto. Voy a calentarme las manos ante el fuego y a maravillarme de ello. Eso es todo.

Reuben sonrió.

—Te quiero, Felix —dijo.

No había mucha emoción en su voz ni en su mirada, solo una convicción profunda de ser comprendido y de que realmente no hacían falta más palabras.

Sus miradas se encontraron y ninguno necesitó decir nada.

Subieron la escalera.

En el comedor, Margon y Stuart seguían trabajando. Stuart continuaba insistiendo en la estupidez y lo insípido de los rituales, y Margon protestaba suavemente, argumentando que Stuart estaba siendo un incordio incorregible a propósito, como si estuviera discutiendo con su madre o sus antiguos profesores de la escuela. Stuart reía con picardía y Margon sonreía a su pesar.

Entró Sergei, el gigante de pelo rubio y ojos azules abrasadores. Llevaba la ropa húmeda de lluvia y manchada, el cabello polvoriento y con trocitos de hojas. Parecía confundido. Se desarrolló una curiosa conversación silenciosa entre Sergei y Felix, y a Reuben le invadió una extraña sensación. Sergei había estado cazando; Sergei había sido el Lobo Hombre esa noche; la sangre palpitaba en él. Y la sangre de Reuben lo sabía y Felix lo sabía. Stuart también lo percibió. Lo miró con fascinación y resentimiento, y luego miró a Margon.

Pero Margon y Felix simplemente volvieron al trabajo.

Sergei se fue a la cocina.

Reuben subió para ponerse cómodamente con su portátil junto al fuego a investigar costumbres navideñas y ritos paganos del solsticio de invierno, y quizás empezar un artículo para el *Observer*. Billie, su directora, lo llamaba cada dos días para pedirle más material. Era lo que querían sus lectores, le había explicado. Y a él le gustaba la idea de impregnarse de actitudes diferentes, tanto positivas como negativas, acerca de la Navidad, de investigar por qué éramos tan ambivalentes sobre el asunto, por qué las antiguas tradiciones solían inquietarnos en igual medida que el gasto y las compras, y cómo podíamos empezar a pensar en las Navidades de una manera nueva y comprometida. Era agradable pensar en algo que no fueran los viejos tópicos cínicos.

Cayó en la cuenta de algo, de que intentaba buscar una forma de expresar lo que estaba aprendiendo en ese momento sin revelar el secreto de cómo estaba aprendiéndolo, y de decir cómo el aprendizaje en sí había cambiado de forma tan absoluta para él.

—Así será —susurró—. Contaré lo que sé, sí, pero siempre me guardaré algo.

Sin embargo, quería mantenerse ocupado. Costumbres navideñas, espíritu navideño, ecos del solsticio de invierno, sí.

4

Dos de la mañana.

La casa dormía.

Reuben bajó la escalera en zapatillas y bata gruesa de lana.

Jean Pierre, que solía encargarse del turno de noche, estaba durmiendo con los brazos cruzados sobre la encimera de la cocina y la cabeza apoyada en ellos.

El fuego de la biblioteca no se había extinguido del todo.

Reuben removió las brasas y lo avivó. Cogió un libro de la estantería e hizo algo que siempre había deseado hacer. Se acurrucó en el asiento de la ventana, bastante cómodo gracias al tapizado acolchado de terciopelo, y colocó un cojín entre su cabeza y el cristal húmedo y frío. La lluvia resbalaba por él a solo unos centímetros de sus ojos. La lámpara del escritorio le bastaba para leer un poco, y un poco, con esa luz tenue e indirecta, era todo cuanto quería leer.

Se trataba de un libro sobre la antigüedad en Oriente Próximo. A Reuben le había parecido que lo apasionaría por toda la cuestión de dónde había ocurrido algún suceso antropológico trascendental, pero perdió el hilo casi de inmediato. Apoyó la cabeza en el marco de madera de la ventana y contempló con los párpados entornados la pequeña danza de llamas en el hogar.

Un viento errático retumbaba en las ventanas. Las gotas de lluvia impactaban en el cristal como perdigones. Entonces se oyó ese suspiro de la casa que Reuben percibía con tanta frecuencia cuando estaba solo como en ese momento y en completo silencio.

Se sentía a salvo y feliz, y ansioso por ver a Laura, ansioso por hacerlo lo mejor posible. A su familia le encantaría la fiesta del día dieciséis, sencillamente le encantaría. Grace y Phil nunca habían sido más que anfitriones ocasionales de sus amigos más íntimos. A Jim le parecería maravillosa, y hablarían. Sí, Jim y Reuben tenían que hablar. No solo porque Jim era el único que conocía a Reuben, que conocía sus secretos, que lo sabía todo. La cuestión era que estaba preocupado por Jim, preocupado por las consecuencias que podía tener para él cargar con sus secretos. ¿Cuánto estaría sufriendo, por el amor de Dios, un sacerdote obligado por el secreto de confesión, conociendo semejantes secretos que no podía mencionar a ningún otro ser vivo? Reuben echaba terriblemente de menos a su hermano y lamentó no poder llamarlo en ese momento.

Empezó a adormilarse. Se espabiló y se subió el cuello blando de la bata. De repente cobró «conciencia» de que había alguien cerca, había alguien, y era como si hubiera estado hablando con esa persona, a pesar de que ya estaba más que despierto y seguro de que eso era imposible.

Miró hacia arriba y a su izquierda. Esperaba que la oscuridad de la noche reinara en la ventana, porque todas las luces exteriores se habían apagado hacía mucho. Sin embargo, vio una figura de pie fuera, observándolo, y se dio cuenta de que a quien estaba viendo era a Marchent Nideck y de que ella lo estaba mirando a él desde el otro lado del cristal, a solo unos centímetros.

Su terror fue total, pero no se movió. Sintió el terror como algo que le atravesaba la piel. Continuó mirando a Marchent, resistiendo con todas sus fuerzas el impulso de apartarse.

Ella tenía los ojos pálidos ligeramente entornados, ribeteados de rojo y clavados en Reuben como si estuviera hablándole, implorándole, con los labios ligeramente separados, muy frescos y suaves y naturales, y las mejillas enrojecidas por el frío.

A Reuben el corazón le retumbaba en los oídos, atronador, y la sangre le galopaba por las arterias con tanta presión que sintió que no podía respirar.

Marchent llevaba el mismo *negligé* que la noche en que la mataron. Perlas, seda blanca y encaje. Qué bonito era aquel encaje, tan grueso, pesado y recargado, pero estaba manchado de sangre, de sangre seca. Con una mano Marchent agarró el encaje del cuello (allí estaba el brazalete, en su muñeca, la delicada ristra de perlas que llevaba ese día) y estiró la otra mano hacia él como si pudiera atravesar el cristal con los dedos.

Reuben se apartó precipitadamente y se la encontró de pie en la alfombra, mirándolo. No había sentido un pánico semejante en toda su vida.

Ella continuó mirándolo con expresión aún más desesperada y el cabello despeinado, pero sin que la lluvia se lo mojara. Estaba seca de pies a cabeza y tenía un aspecto refulgente. Luego la figura, simplemente, se desvaneció como si nunca hubiera estado allí.

Reuben se quedó quieto, mirando el cristal oscuro, tratando de encontrar otra vez el rostro de Marchent, sus ojos, su forma, cualquier cosa de ella; pero no había nada y nunca en la vida se había sentido tan completamente solo.

Notaba la piel electrificada y había empezado a sudar. Muy lentamente bajó la mirada a sus manos y descubrió que las tenía cubiertas de vello. Las uñas se le habían alargado y al tocarse la cara se dio cuenta de que también allí había pelo.

Había empezado a transformarse por efecto del miedo, pero la transformación se había interrumpido, a la espera quizá de una señal personal respecto a si debía reanudarse. Eso lo había hecho el terror.

Reuben se miró las palmas de las manos, incapaz de moverse.

Oyó sonidos definidos detrás de él, pisadas familiares en el suelo de tablones. Se volvió muy despacio y se encontró a Felix, con la ropa arrugada y el cabello oscuro despeinado de estar en la cama.

—¿Qué pasa? —le preguntó—. ¿Qué ha ocurrido? —Se acercó.

Reuben no podía hablar. El pelo largo de lobo no estaba retrocediendo, ni tampoco su miedo. Quizá «miedo» no fuera la palabra adecuada, porque nunca había temido nada natural hasta aquel punto.

—¿Qué ha pasado? —preguntó otra vez Felix, acercándose más todavía. Estaba muy preocupado y su actitud era obviamente protectora.

—Marchent —susurró Reuben—. La he visto ahí fuera.

Otra vez notó la sensación de cosquilleo. Bajó la mirada y vio que los dedos emergían entre el vello en retroceso. Notó también que el pelo desaparecía de su cuero cabelludo y su pecho.

La expresión de Felix lo sobresaltó. Nunca lo había visto con un aspecto tan vulnerable, casi quebrado.

—¿Marchent? —dijo. Entornó los ojos. Aquello le resultaba sumamente doloroso, y no cabía la menor duda de que creía lo que le estaba contando.

Reuben se explicó con rapidez. Repasó todo lo ocurrido. Se estaba acercando al armario de los abrigos, situado junto a la antecocina, cuando habló con Felix, que iba tras él. Se puso su abrigo grueso y cogió la linterna.

—¿Qué estás haciendo? —le preguntó Felix.

—Tengo que salir. Tengo que buscarla.

La lluvia era moderada, poco más que una llovizna. Reuben bajó apresuradamente los escalones de la entrada y rodeó el lateral de la casa hasta que estuvo de pie junto al ventanal de la biblioteca, cosa que nunca había hecho. Como mucho había ido en coche por el sendero de grava hasta la parte posterior de la propiedad. Los cimientos estaban elevados y no había ninguna cornisa en la que Marchent, una Marchent viva que respirara, pudiera haberse resguardado.

La ventana brillaba por encima de Reuben a la luz de la lámpara y el robledal que se extendía a su derecha, más allá del sendero de grava, estaba impenetrablemente oscuro y cargado del sonido de las gotas de lluvia, la lluvia que siempre se abría paso entre las hojas y las ramas.

Vio la figura alta y delgada de Felix observando por la ventana, pero no parecía estar viéndolo a él que lo miraba desde abajo. Daba la impresión de estar mirando hacia la oscuridad.

Reuben se quedó muy quieto, dejando que la fina llovizna le empapara el cabello y el rostro. Luego se volvió y, armándose de valor, miró hacia el robledal. Apenas consiguió ver nada.

Lo invadió un terrible pesimismo, una ansiedad rayana en el pánico. ¿Podía sentir la presencia de ella? No, no podía. Y el hecho de que Marchent, en forma espiritual, en la forma que fuera, estuviera perdida en esa oscuridad lo aterrorizaba.

Regresó lentamente a la puerta principal, sin dejar de mirar la impenetrable oscuridad que lo rodeaba. ¡Qué amplia y premonitoria parecía, y qué distante y horrorosamente impersonal era el rugido del océano que no podía ver!

Solo la casa resultaba visible, la casa con sus elegantes ornamentos y las luces encendidas, la casa como un baluarte contra el caos.

Felix, que estaba esperándolo en el umbral, lo ayudó a quitarse el abrigo.

Reuben se hundió en el sillón, el gran sillón orejero que Felix normalmente ocupaba cada tarde al lado de la chimenea de la biblioteca.

—Pero la he visto —dijo—. Estaba aquí, vívida, con su bata, la que llevaba la noche que la mataron. Tenía toda la bata llena de sangre.

Lo atormentó revivir la experiencia de repente. Sintió de nuevo la misma alarma que había experimentado la primera vez que la había mirado a la cara.

—No era... feliz. Me estaba pidiendo algo, quería algo.

Felix se quedó de pie en silencio, con los brazos cruzados, sin hacer ningún esfuerzo por disimular el dolor que sentía.

—La lluvia no tenía ningún efecto en ella, en la aparición o lo que fuera —explicó Reuben—. Marchent brillaba; no, refulgía, Felix. Estaba mirando al interior de la casa, quería algo. Era como Peter Quint en *Otra vuelta de tuerca*. Estaba buscando a alguien o algo.

Silencio.

—¿Qué sentiste al verla? —preguntó Felix.

—Terror. Y creo que ella lo sabía. Puede que se haya sentido decepcionada.

Felix volvió a quedarse en silencio. Luego, al cabo de un momento, habló otra vez, muy educado y con voz calmada.

—¿Por qué sentiste terror? —preguntó.

—Porque era... Marchent —dijo Reuben, tratando de no balbucir—. Y eso tiene que significar que Marchent existe en alguna parte. Tiene que significar que Marchent es consciente en alguna parte, y no en algún encantador mundo posterior, sino aquí. ¿No tiene que significar eso?

—No sé lo que significa —dijo Felix—. Nunca he sido un vidente de espíritus. Los espíritus acuden a los que pueden verlos.

—Pero me crees.

—Por supuesto que sí —dijo—. No era una sombra lo que estás describiendo...

—La he visto con claridad absoluta. —Otra vez las palabras le salieron de forma apresurada—. Vi las perlas de su *négligé* y el encaje, ese viejo y pesado encaje en el cuello, un encaje precioso. He visto el brazalete, las perlas que llevaba cuando estuve con ella, ese brazalete fino con filigrana de plata y perlitas.

—Yo le regalé ese brazalete —dijo Felix. Fue más un suspiro que palabras.

—Le vi la mano. La ha estirado como si quisiera tocarme a través del cristal. —Una vez más Reuben notó el hormigueo en la piel, pero lo combatió—. Deja que te pregunte algo —continuó—. ¿La enterraron aquí, en algún cementerio familiar o algo? ¿Has estado en su tumba? Me avergüenza decir que ni siquiera se me había pasado por la cabeza visitar su tumba.

—Bueno, no podías asistir al funeral —dijo Felix—. Estabas en el hospital. Pero no creo que hubiera funeral. Pensaba que habían enviado sus restos a Sudamérica. A decir verdad, sinceramente, no sé si es cierto.

—¿Podría ser que no esté donde quiere estar?

—No creo que eso le importe a Marchent en absoluto —dijo Felix. Su voz era antinaturalmente monótona—. Pero ¿qué sé yo de eso?

—Algo va mal, Felix, muy mal, o no habría venido. Mira, yo nunca había visto un fantasma, nunca había tenido siquiera un presentimiento o un sueño premonitorio. —Se acordó de Laura diciendo esas mismas palabras, más o menos, esa misma tarde—. Pero conozco historias de fantasmas. Mi padre asegura que ha visto fantasmas. No le gusta hablar de eso en la mesa de una cena numerosa, porque la gente se ríe de él, pero sus abuelos eran irlandeses y él ha visto más de un fantasma. Si los fantasmas te miran, si saben que estás ahí, bueno, quieren algo.

—¡Ah, los celtas y sus fantasmas! —dijo Felix, pero no pretendía ser frívolo. Estaba sufriendo y esas palabras fueron como un paréntesis—. Tienen el don. No me sorprende que Phil lo tenga. Pero no puedes hablar de estas cosas con Phil.

—Lo sé —dijo Reuben—. Y, sin embargo, es justamente la persona que podría saber algo.

—Y la persona que podría sentir más de lo que quieres que sienta, si empiezas a hablarle de todas las cosas que te desconciertan, todas las cosas que te han ocurrido bajo este techo.

—Lo sé, Felix, no te preocupes. Lo sé.

Estaba asombrado por la expresión sombría y herida de Felix; parecía estremecerse bajo la arremetida de sus propios pensamientos.

Reuben estaba repentinamente avergonzado. Se había puesto eufórico con la aparición, por espeluznante que hubiera sido. Le había proporcionado energía, así que no había pensado ni por un segundo en Felix y en lo que seguramente estaba experimentando en ese momento.

Felix había traído a Marchent; había conocido y amado a Marchent de formas que Reuben no podía ni imaginar, y él, Reuben, continuaba dándole vueltas al asunto. La aparición había sido suya, su posesión única y brillante. De repente se avergonzaba de sí mismo.

—No sé lo que digo, ¿verdad? —preguntó—. Pero sé que la he visto.

—Murió violentamente —dijo Felix, en el mismo tono grave y descarnado. Tragó saliva y se agarró los brazos, un gesto que Reuben nunca le había visto hacer—. A veces, cuando la gente muere así, no puede seguir adelante.

Ninguno de los dos habló durante un buen rato y por fin Felix se apartó, dando la espalda a Reuben para acercarse a la ventana.

—Oh, ¿por qué no volví antes? —dijo finalmente con la voz ronca—. ¿Por qué no me puse en contacto con ella? ¿En qué estaba pensando para dejar pasar año tras año...?

—Por favor, Felix, no te culpes. No eres responsable de lo que ocurrió.

—La abandoné al tiempo, como siempre los abandono... —Felix volvió al calor del fuego muy despacio y se sentó en la otomana, delante de la butaca, frente a Reuben—. ¿Puedes contarme otra vez cómo ha ocurrido todo? —preguntó.

—Sí. Me miraba directamente —dijo Reuben, tratando de no ceder otra vez al torrente de palabras excitadas—. Estaba justo al otro lado del cristal. No tengo ni idea de cuánto tiempo llevaba allí, observándome. Nunca me había sentado en el asiento de la ventana. Quería desde siempre acurrucarme en ese cojín de terciopelo rojo, ¿sabes?, pero nunca había llegado a hacerlo.

—Ella lo hacía siempre de pequeña —dijo Felix—. Era su lugar. Yo trabajaba aquí durante horas, y ella se quedaba leyendo junto a esa ventana. Siempre tenía un montoncito de libros ahí, escondidos detrás de las colgaduras.

—¿Dónde? ¿En el lado izquierdo? ¿Se sentaba con la espalda apoyada en el lado izquierdo de la ventana?

—La verdad es que sí. El rincón de la izquierda era su rincón. Yo le insistía en que forzaba la vista cuando caía el sol. Se quedaba leyendo allí hasta que casi no había luz. Incluso en lo más crudo del invierno le gustaba leer ahí. Bajaba en bata, con sus calcetines gruesos y se acurrucaba. Y no quería una lámpara de pie. Decía que veía suficientemente bien con la luz del escritorio. Le gustaba así.

—Eso es justo lo que yo he hecho —dijo Reuben en voz baja.

Hubo un silencio. El fuego se había reducido a ascuas.

Finalmente, Reuben se levantó.

—Estoy agotado. Me siento como si hubiera corrido muchos

kilómetros. Me duelen todos los músculos. Nunca he sentido una necesidad tan grande de dormir.

Felix se levantó reticente.

—Bueno —dijo—, mañana haré algunas llamadas. Hablaré con el hombre de Buenos Aires. No debería ser difícil confirmar que la enterraron como ella quería.

Reuben y Felix se acercaron juntos a la escalera.

—Hay algo que tengo que preguntarte —dijo el primero—. ¿Qué te impulsó a bajar cuando lo hiciste? ¿Oíste un ruido o sentiste algo?

—No lo sé —dijo Felix—. Me desperté. Experimenté una especie de *frisson*, como lo llaman los franceses. Algo iba mal. Y luego, por supuesto, te vi y noté el pelo de lobo que te estaba creciendo. Nos señalamos mutuamente de alguna manera impalpable cuando cambiamos, eres consciente de eso.

Hicieron una pausa en el pasillo del piso de arriba, ante la puerta de Felix.

—No temes quedarte solo, ¿verdad? —le preguntó este.

—No. En absoluto —dijo Reuben—. No era esa clase de miedo. No tenía miedo de ella ni de que me hiciera daño. Era algo completamente diferente.

Felix no se movió para alcanzar el pomo. Entonces dijo:

—Ojalá la hubiera visto.

Reuben asintió. Por supuesto, Felix lo deseaba. Por supuesto, Felix se preguntaba por qué había acudido a Reuben. ¿Cómo no iba a preguntárselo?

—Pero los fantasmas acuden a aquellos que pueden verlos, ¿no? —inquirió Reuben—. Es lo que has dicho. Me parece que mi padre dijo lo mismo una vez que mi madre se mofaba.

—Sí, lo hacen.

—Felix, ¿deberíamos plantearnos si ella quiere que te devuelvan esta casa?

—¿Deberíamos planteárnoslo? —preguntó Felix, abatido. Parecía deshecho. Su habitual alegría se había esfumado por completo—. ¿Por qué iba a querer que yo tenga algo, Reuben, después de la forma en que la abandoné?

Reuben no dijo nada. Recordó vívidamente a Marchent, su rostro, su expresión angustiada, la forma en que había estirado el brazo hacia la ventana. Se estremeció.

—Está sufriendo —murmuró.

Miró otra vez a Felix, vagamente consciente de que la expresión de Felix le recordaba horriblemente la de Marchent.

5

El teléfono lo despertó temprano; cuando vio el nombre de Celeste destellando en la pantalla, no contestó. Medio dormido, la había oído dejar un mensaje. «Supongo que es una buena noticia para alguien —decía con voz inusitadamente monocorde—, pero no para mí. Hablé con Grace de ello y, bueno, estoy teniendo en cuenta también los sentimientos de Grace. De todos modos, necesito verte, porque no puedo tomar una decisión aquí sin ti.»

¿De qué demonios estaba hablando? Reuben tenía escaso interés en saberlo y escasa paciencia. Lo abrumó el sentimiento más extraño e inesperado: no recordaba por qué había reivindicado un día amar a Celeste. ¿Cómo se había comprometido con ella? ¿Por qué había pasado tanto tiempo en compañía de alguien que personalmente le desagradaba tanto? Ella lo había hecho tan desgraciado durante tanto tiempo que el mero sonido de su voz lo irritaba y lo hería un poco, cuando de hecho su mente tendría que haber estado ocupada con otras cosas.

Probablemente Celeste necesitaba permiso para casarse con Mort, el mejor amigo de Reuben. Eso era. Tenía que ser eso. Solo habían pasado dos meses desde que Reuben y Celeste habían roto su compromiso y se sentía incómoda por las prisas. Por supuesto, Celeste había consultado a Grace porque la adoraba. Mort y Celeste eran habituales en la casa de Russian Hill. Habían estado cenando allí tres veces por semana. A Mort siempre le había encantado Phil. A Phil le encantaba hablar de poesía con Mort, y Reuben se preguntaba cómo le sentaba eso a Celeste, porque ella siempre había considerado a Phil una persona patética.

En la ducha, Reuben reflexionó y llegó a la conclusión de que las dos personas a las que realmente quería ver ese día eran su padre y su hermano Jim.

¿No había alguna forma de mencionar el tema de los fantasmas a Phil sin contarle lo que le había ocurrido?

Phil había visto espíritus, sí, y conocía las viejas tradiciones sobre la cuestión, indudablemente, pero había un muro entre Reuben y todos aquellos que no compartían las verdades de Nideck Point, y era un muro que él no podía derribar.

En cuanto a Jim, su suspicacia respecto a los fantasmas y espíritus era predecible. No, Jim no creía en el diablo, y quizá tampoco creía en Dios. Pero era sacerdote y acostumbraba decir las cosas que pensaba que un sacerdote tenía que decir. Reuben se dio cuenta de que realmente no se había confiado a Jim desde que los Caballeros Distinguidos habían accedido a su vida, y estaba avergonzado. De haber tenido que volver a hacerlo, nunca le habría confiado a Jim la verdad sobre el don del lobo. Había sido muy injusto.

Después de vestirse y tomarse un café, Reuben llamó a la única persona en el mundo con la cual podía compartir su inquietud, y esa era Laura.

—Mira, no hace falta que vengas hasta aquí —le propuso ella inmediatamente—. Encontremos algún sitio alejado de la costa. Está lloviendo en el Wine Country, pero creo que no mucho.

A Reuben le encantó la idea.

Era mediodía cuando llegó al centro comercial de Sonoma y vio el Jeep de Laura a la puerta del café. El sol había salido, aunque el suelo estaba húmedo, y en el centro de la ciudad se notaba el ajetreo habitual a pesar del ambiente húmedo y frío. A Reuben le encantaba Sonoma, y le encantaba ese centro comercial. Tenía la impresión de que nada malo podía ocurrirle en una pequeña localidad tan apacible y agradable de California. Por un momento deseó ir de tiendas después de comer.

En cuanto vio a Laura esperándolo, sentada a la mesa, se asombró de nuevo por los cambios que se habían producido en ella. Sí, los ojos azules eran más oscuros; el cabello rubio, exuberante; aparte de eso, una especie de vitalidad reservada parecía infectar su expresión e incluso su sonrisa.

Después de pedir el sándwich más grande de la carta, una sopa y una ensalada, Reuben empezó a hablar.

Lentamente, relató la historia del fantasma, entreteniéndose en cada pequeño detalle. Quería que Laura tuviera una imagen completa de la sensación de calma de la casa y, por encima de todo, de la intensidad de la aparición de Marchent y la elocuencia de sus gestos y su rostro atribulado.

El ambiente del café abarrotado era ruidoso, pero no tanto como para que no pudieran hablar en un tono discreto. Por fin Reuben terminó de contárselo todo, incluida la conversación con Felix, y se comió la sopa con hambre lobuna, como era habitual en él, olvidándose por completo de las buenas maneras y tomándosela toda directamente del bol. Verdura fresca dulce, caldo espeso.

—Bueno, ¿me crees? —preguntó—. ¿Crees que realmente la vi? —Se limpió la boca con la servilleta y empezó con la ensalada—. Te estoy diciendo que no fue ningún sueño.

—Sí. Creo que la viste —dijo Laura—. Y obviamente Felix tampoco creyó que lo hubieras imaginado. Supongo que lo que me asusta es que la veas otra vez.

Reuben asintió.

—Pero crees que existe en alguna parte; me refiero a la Marchent real y verdadera. ¿Crees que está en una especie de purgatorio?

—No lo sé —respondió Laura con franqueza—. Has oído hablar de espíritus terrenales, ¿verdad? No sé si conoces la teoría de que algunos fantasmas son espíritus terrenales, gente que ha muerto y simplemente no puede seguir adelante. No sé si algo de eso es cierto. Nunca he creído mucho en ello, pero la persona muerta permanece aquí, por confusión o por algún vínculo emocional, cuando debería estar avanzando hacia la luz.

Reuben se estremeció. Había oído esa teoría. Había oído a su padre hablando de la muerte terrenal. Phil se refería a la muerte terrenal como un sufrimiento en una especie de infierno creado para ellos.

Le asaltaron pensamientos vagos sobre el fantasma de Hamlet y sus horripilantes descripciones de fuegos de tormento en los cuales existía. Había críticos literarios que opinaban que el fantasma del padre de Hamlet procedía en realidad del infierno. Pero esas ideas eran absurdas. Reuben no creía en el purgatorio. No creía en el infierno. De hecho, hablar del infierno siempre le había resultado muy ofensivo. Siempre le había parecido que quienes creían en el infierno tenían escasa o nula empatía por los que en él sufrían. Más bien al contrario, de hecho, parecían deleitarse con la idea de que la mayor parte de la raza humana terminaría en un lugar tan horrible.

—Pero ¿qué significa espíritu terrenal exactamente? —preguntó—. ¿Dónde está Marchent en este momento? ¿Qué está sintiendo?

Le sorprendió ligeramente que Laura se estuviera comiendo lo que había pedido; cortó con rapidez varios trozos de ternera, los devoró y dio cuenta del plato de *scaloppine* sin pararse a respirar. Cuando la camarera trajo el sándwich de rosbif, pasó con naturalidad al tema que los ocupaba.

—No lo sé —dijo—. Estas almas, suponiendo que existan, están atrapadas, se aferran a lo que pueden ver y oír de nosotros y de nuestro mundo.

—Eso tiene perfecto sentido —susurró Reuben. Se estremeció una vez más sin poder evitarlo.

—Esto es lo que haría en tu lugar —dijo Laura de repente, secándose los labios y tragando la mitad del refresco de cola helado que tenía en el vaso—. Estaría dispuesta a descubrir lo que quiere el fantasma, ansiosa por hacerlo. Lo que quiero decir es que, si es la personalidad de Marchent Nideck, si hay algo coherente, real y con sentimiento ahí, bueno, ábrete a ello. Sé que es fácil para mí decirlo en un café abarrotado y alegre, a plena luz del día. Además, por supuesto, yo no he visto nada; pero es lo que trataría de hacer.

Reuben asintió.

—No tengo miedo de ella —dijo—. Tengo miedo de que esté sufriendo, de que ella, Marchent, exista en un lugar y no sea un buen lugar. Quiero consolarla, hacer lo que pueda para darle lo que quiere.

—Por supuesto.

—¿Crees que es concebible que esté preocupada por la casa, por el hecho de que Felix haya vuelto, aunque yo sea el propietario de la finca? Marchent no sabía que Felix estaba vivo cuando me la regaló.

—No creo que tenga nada que ver con eso —dijo Laura—. Felix es rico. Si quisiera, Nideck Point podría hacerte una oferta para comprártela. No vive allí como invitado tuyo porque carezca de medios. —Continuó comiendo mientras hablaba, limpiando el plato con facilidad—. Felix es dueño de todas las propiedades que rodean Nideck Point. Le oí hablar de eso con Galton y los albañiles. No es ningún secreto. Se lo estaba comentando como si tal cosa al contratarlos para que hicieran otro trabajo. La casa Hamilton, al norte, le pertenece desde hace cinco años. Y compró la Drexel, al este, mucho antes. Los hombres de Galton están trabajando ahora en esas casas. Felix es propietario de las tierras que se extienden al sur de Nideck Point, desde la costa hasta la población de Nideck. Hay casas antiguas en esa zona, casas como la de Galton, pero Felix está dispuesto a comprar cualquiera de ellas en cuanto los propietarios quieran vender.

—Entonces planeaba volver —concluyó Reuben—. Siempre había planeado volver. Y quiere la casa. Tiene que quererla.

—No, Reuben, te equivocas —dijo ella—. Sí que planeaba regresar algún día, pero no mientras Marchent tuviera algo que ver con la propiedad. Cuando ella se trasladó a Sudamérica, los agentes de Felix hicieron repetidas ofertas bajo nombres distintos para comprar la casa, pero Marchent siempre se negó a venderla. El propio Felix me lo dijo. No es ningún secreto. Estaba esperando que ella la dejara. Luego los acontecimientos lo pillaron completamente desprevenido.

—La cuestión es que ahora la quiere —dijo Reuben—. Es evidente que la quiere. Él mismo la construyó.

—Pero no tiene ninguna prisa —repuso Laura.

—Se la regalaré. No me costó ni un centavo.

—Pero ¿crees que este fantasma sabe todas esas cosas? —preguntó Laura—. ¿Le importan a este fantasma?

—No —dijo Reuben. Negó con la cabeza. Pensó en el rostro crispado de Marchent, en su mano extendida como si tratara de tocarlo a través del cristal—. Quizás estoy sobre la pista equivocada. Tal vez son los planes para Navidad lo que inquieta su espíritu, planes para celebrar una fiesta tan poco después de su muerte, o puede que no se trate de eso.

Volvía a tener una sensación palpable de Marchent, como si la aparición implicara una intimidad nueva y siniestra y la tristeza que él había sentido estuviera mucho más profundamente arraigada en ella.

—No, los planes de la fiesta no la ofenderían. Eso no sería motivo suficiente para devolverla de allí donde esté, para hacer que te visite de esta forma.

Reuben, perdido en sus pensamientos, se quedó en silencio. Se dio cuenta de que no podría saber nada más hasta que ese espíritu volviera a aparecérsele.

—Los fantasmas suelen presentarse durante el solsticio de invierno, ¿verdad? —preguntó Laura—. Piensa en todas las historias de fantasmas de la cultura inglesa. Siempre ha sido lo tradicional que los fantasmas se aparezcan en esta época del año, momento en el que son fuertes, como si el velo entre los vivos y los muertos se volviera frágil.

—Sí, Phil siempre decía lo mismo —explicó Reuben—. Por eso el *Cuento de Navidad* de Dickens nos atrapa de ese modo. Es la antigua tradición sobre los espíritus que nos llega en este momento del año.

—Ven conmigo —dijo Laura tomándole la mano—. No pienses más en eso ahora. —Pidió la cuenta—. Hay un pequeño hostal cerca de aquí. —Le dedicó la sonrisa más incandescente, discretamente conocedora—. Siempre es divertido estar en una cama diferente con diferentes vigas en el techo.

—Vámonos —dijo él.

A dos manzanas de distancia, en una encantadora cabaña estilo Craftsman acurrucada en un jardín, hicieron el amor en una vieja cama de latón bajo un techo inclinado. Había flores amarillas en el papel pintado; una vela en la vieja repisa de la chimenea de hierro forjado; pétalos de rosa en las sábanas.

Laura fue brusca, urgente, inflamándolo con su hambre. De repente, se detuvo y se apartó.

—¿Puedes transformarte ahora? —le susurró—. Hazlo, por favor. Sé el Lobo Hombre para mí.

La habitación estaba en penumbra, silenciosa, con los postigos blancos cerrados contra la luz del atardecer que se disipaba.

Antes de que Reuben pudiera contestar, la metamorfosis había comenzado.

Se encontró de pie junto a la cama, con su cuerpo revelando la piel lobuna, las garras, los tendones tensos y largos de brazos y piernas. Le parecía notar cómo le crecía la melena; era como si oyera el vello sedoso que le cubría la cara. Miró con ojos nuevos los muebles pintorescos y frágiles de la habitación.

—¿Esto es lo que quieres, señora? —preguntó con su habitual voz de barítono de Lobo Hombre, mucho más oscura y más rica que su voz normal—. ¿Nos estamos arriesgando a que nos descubran por esto?

Laura sonrió.

Estaba estudiándolo como nunca antes. Le pasó las manos por la piel de la frente, le agarró con los dedos el cabello más largo y áspero de la cabeza.

Reuben la atrajo hacia sí y la tendió en los tablones desnudos. Ella empujó y tiró como si quisiera provocarlo, golpeándole el pecho con los puños incluso mientras lo besaba, presionando la lengua contra los colmillos de él.

6

Reuben regresó de Sonoma entrada la tarde. Caía una lluvia fina pero persistente y la luz era casi tan escasa como en el crepúsculo.

Al divisar la casa sintió un alivio inmediato. Los trabajadores acababan de decorar todas y cada una de las ventanas de la fachada con lucecitas navideñas de color amarillo vivo, perfectamente alineadas, y la puerta delantera estaba enmarcada por una gruesa guirnalda enroscada con las luces.

¡Qué alegre y acogedora parecía! Los hombres habían terminado y los camiones salieron del sendero en cuanto él entró. Solo quedó uno, para la brigada de operarios que trabajaba en la casa de huéspedes, al final de la cuesta, que no tardaría en marcharse.

El aspecto de los salones también era tremendamente acogedor, con los fuegos habituales encendidos y un gran árbol de Navidad sin decorar a la derecha de las puertas del invernadero. Habían puesto más guirnaldas, verdes y hermosas, en las repisas de las chimeneas, y la deliciosa y dulce fragancia de las plantas de hoja perenne se percibía por doquier.

Sin embargo, la casa estaba vacía, y eso resultaba extraño. Reuben no había estado solo en aquella casa desde que habían llegado los Caballeros Distinguidos. Por las notas de la encimera de la cocina Reuben se enteró de que Felix se había llevado a Lisa a comprar a la costa, Heddy estaba durmiendo una siesta y

Jean Pierre había llevado a Stuart y Margon a cenar al pueblo de Napa.

Por extraño que fuera, a Reuben no le importó. Estaba sumido en sus pensamientos sobre Marchent. Había estado pensando en ella durante el largo trayecto de regreso desde Sonoma, y solo entonces se le ocurrió, al poner una cafetera, que la tarde con Laura había sido fantástica (la comida, hacer el amor en el hostal) porque ya no había tenido miedo de los cambios experimentados por ella.

Se dio una ducha rápida, se puso el *blazer* azul y pantalones grises de lana, como hacía a menudo para cenar, y se encaminó por el pasillo hacia la escalera donde había oído el sonido tenue de una radio procedente del lado oeste de la casa, su lado de la casa.

Solo necesitó un momento para localizar el origen del sonido: la antigua habitación de Marchent.

El pasillo estaba oscuro y penumbroso como siempre, porque carecía de ventanas y solo había en él unos cuantos apliques de pared con pantalla de pergamino y bombilla de escasa potencia. Reuben vio un hilo de luz bajo la puerta del dormitorio de Marchent.

Notó otra vez aquella siniestra pulsación de terror, lenta en esta ocasión. Sintió que llegaba la transformación, pero hizo cuanto pudo para detenerla. Allí de pie, temblando, se quedó sin saber muy bien qué hacer.

Una docena de motivos podían explicar la luz y el sonido de la radio. Tal vez Felix hubiera dejado ambas cosas encendidas después de buscar algo en el armario o en el escritorio de Marchent.

Reuben era incapaz de moverse. Combatió el hormigueo que sentía en la cara y las manos, pero no consiguió eliminarlo por completo. En ese momento vio en sus manos lo que alguien podría llamar un vello hirsuto, y un rápido examen de la cara le confirmó que la tenía igual. Que así fuera. Pero ¿de qué le servirían esas sutiles mejoras frente a un posible fantasma?

En la radio sonaba una vieja canción melódica, maravillosa, de los años noventa. La conocía, estaba familiarizado con el ritmo lento e hipnótico y la profunda voz femenina. *Take Me As I Am*, eso era. Mary Fahl y el October Project. Había bailado esa canción con su novia del instituto, Charlotte. Ya entonces era una vieja canción. La sensación resultaba demasiado palpable, demasiado real.

De repente estaba tan enfadado con su propio pánico que llamó a la puerta.

El pomo giró lentamente y se abrió. Reuben vio la figura de Marchent mirándolo, con la lámpara detrás, iluminando solo parcialmente la habitación.

Se quedó patidifuso mirando la figura oscura. Poco a poco los rasgos de esta se hicieron visibles: los ángulos familiares del rostro de Marchent y sus ojos grandes, infelices e implorantes.

Llevaba el mismo *négligé* manchado de sangre, y Reuben vio la luz que destellaba en aquella infinidad de pequeñas perlas.

Trató de hablar, pero tenía los músculos del rostro y la mandíbula petrificados, al igual que los brazos y las piernas.

No había ni medio metro de distancia entre ellos.

Sentía que tenía el corazón a punto de estallar.

Notó que retrocedía apartándose de la figura, y de pronto toda la escena se oscureció. Se encontraba otra vez de pie en el pasillo vacío y silente, temblando, sudando, y la puerta de la habitación de Marchent estaba cerrada.

En un arrebato de furia, abrió la puerta y entró en la habitación a oscuras. Buscó a tientas el interruptor de la pared hasta que lo encontró y encendió una serie de pequeñas lámparas repartidas por la estancia.

Tenía todo el pecho y los brazos sudados, los dedos resbaladizos de sudor. El cambio a lobo se había interrumpido. El vello de lobo había desaparecido. Sin embargo, seguía sintiendo el cosquilleo y los temblores en manos y pies. Se obligó a inspirar lentamente varias veces.

No sonaba ninguna radio, ni siquiera vio ninguna, y la habitación estaba tal y como la recordaba de la última vez que la había inspeccionado antes de que llegaran Felix, Margon y los demás: recargadas cortinas con volantes blancos en las ventanas, en el dosel de la pesada cama de bronce de cuatro columnas y en un tocador pasado de moda situado en el rincón norte, adornado con una falda con los mismos volantes blancos de encaje almidonado; la colcha de calicó rosa y el mullido confidente, junto a la chimenea, tapizado de la misma tela; un escritorio muy femenino, como todo lo demás, estilo Reina Ana, y estantes blancos con unos pocos libros de tapa dura.

La puerta del armario estaba entornada. No había nada dentro salvo media docena de perchas acolchadas. Eran bonitas, algunas forradas de tela, otras de seda color pastel, perfumadas. En la barra del armario, perchas vacías: un símbolo para él de la pérdida repentina, de la horrible realidad de que Marchent se había desvanecido en la muerte.

Había polvo en los estantes superiores. Polvo en el suelo de madera noble. No había nada que encontrar, nada a lo que un espíritu errante pudiera verse tristemente vinculado, si eso hacían los espíritus errantes.

—Marchent... —susurró. Se llevó la mano a la frente, sacó el pañuelo y se secó el sudor—. Marchent, por favor —susurró de nuevo. No recordaba si un fantasma podía leerte la mente—. Marchent, ayúdame —dijo, pero su susurro resonó en la habitación vacía, tan desconcertante para él como de repente era todo lo demás.

El cuarto de baño estaba inmaculado, con los armarios vacíos. No había ninguna radio a la vista. Olía a lejía.

Qué bonito era el papel pintado, un clásico estampado *toile de Jouy* azul y blanco con figuras bucólicas. Era el mismo de los colgadores acolchados.

Imaginó a Marchent bañándose en la gran bañera ovalada con patas y una ola de su presencia íntima lo pilló con la guardia baja, fragmentos de momentos uno en brazos del otro esa noche espantosa, fragmentos del rostro de ella, cálido contra el suyo, y su voz suave y tranquilizadora.

Se volvió e inspeccionó la escena que tenía ante sí y luego se acercó despacio a la cama. No era una cama alta en absoluto; se sentó en el borde, de cara a la ventana, y cerró los ojos.

—Marchent, ayúdame —dijo entre dientes—. Ayúdame. ¿Qué pasa, Marchent?

Si había experimentado un pesar como ese, no lo recordaba. Le temblaba el alma. De repente, se echó a llorar. El mundo le parecía vacío, carente de toda esperanza, de cualquier posibilidad de soñar.

—Siento mucho lo que ocurrió —dijo con la voz ronca—. Vine en cuanto te oí gritar, Marchent. Juro por Dios que lo hice, pero eran demasiado para mí los dos y, además, llegué demasiado tarde. —Agachó la cabeza—. Dime lo que quieres de mí, por favor.

Estaba llorando como un niño. Pensó en Felix la noche anterior, en la biblioteca del piso de abajo, preguntándose por qué no había vuelto a casa en todos esos años, sintiendo un espantoso arrepentimiento. Pensó en Felix la noche anterior, en el pasillo, diciendo con desánimo: «¿Por qué iba a querer que yo tenga algo, después de la forma en que la abandoné?»

Sacó el pañuelo, convertido en un gurruño de lino húmedo, y se secó la nariz y la boca.

—No puedo responder por Felix —dijo—. No sé por qué hizo lo que hizo. Pero puedo decirte que te quiero. Habría dado mi vida para impedir que te hicieran daño. Lo habría hecho sin pensarlo dos veces.

Lo recorrió una especie de oleada de alivio, aunque le parecía un alivio barato e inmerecido. La irreversibilidad de la muerte de Marchent merecía algo mejor. La irrevocabilidad de su muerte lo dejaba anonadado. Sin embargo, había dicho apresuradamente muchas cosas que había estado ansiando decir y eso le hacía sentirse bien, aunque quizás a ella no le importaran en absoluto. No tenía ni idea de si Marchent existía o no en algún ámbito desde donde pudiera verlo u oírlo, ni de qué había sido la aparición en la puerta.

—Pero todo esto es cierto, Marchent —dijo—. Y me dejaste el regalo de esta casa sin que yo hiciera nada para merecerlo, nada, y estoy vivo y no sé lo que te ha ocurrido, Marchent, no lo entiendo.

No tenía más que decir en voz alta. En su corazón, dijo: «Te amaba mucho.»

Pensó en lo desgraciado que se sentía cuando la conoció. Pensó en lo desesperadamente que había querido librarse no solo de su amada familia, sino también de su penosa relación con Celeste. Celeste no lo había amado, ni siquiera le había gustado, y ella tampoco a él. Esa era la verdad. Había sido todo vanidad, pensó de repente: el deseo de ella de tener el «novio guapo», como con tanta frecuencia se refería a él cuando hablaba con los demás en aquel tono tan burlón, y él, que por su parte se había creído obligado a desear a una mujer lista y adorable a la que su madre quería muchísimo. La verdad era que Celeste lo había hecho desgraciado, y en cuanto a su familia, bueno, necesitaba escapar de ellos una temporada para descubrir lo que quería hacer.

—Y ahora, gracias a ti —susurró—, vivo en este mundo.

Recordando de repente el amor de Marchent por Felix, su dolor por él, su convicción de que estaba muerto, sintió un dolor que apenas podía soportar. ¿Qué derecho tenía él al Felix por el que ella había llorado? La injusticia de aquello, el horror de aquello, lo paralizó.

Durante un buen rato se quedó allí sentado, temblando como si tuviera frío cuando no lo tenía, con los ojos cerrados, preguntándose por todo ello, muy lejos ya del terror y el asombro que había sentido solo un momento antes. Había cosas peores que el miedo en este mundo.

Surgió un ruido de la cama, el sonido de los muelles y el colchón crujiendo, y sintió que algo en el colchón se movía hacia su derecha.

Reuben se puso lívido y se le aceleró el pulso.

¡Marchent estaba sentada a su lado! Lo supo. Sintió la mano de ella de repente en la suya, carne suave, y la presión de sus pechos en el brazo.

Lentamente Reuben abrió los ojos y miró a los de Marchent.

—¡Oh, Dios del cielo! —susurró. No pudo evitar pronunciar esas palabras, aunque fuera de forma arrastrada y lenta—. Dios del cielo —fue lo que dijo al obligarse a mirarla, a mirar de verdad sus labios pálidos y rosados y los finos perfiles de su rostro.

El cabello rubio de Marchent resplandecía a la luz. La seda del *négligé* blanco, contra el brazo de Reuben, subía y bajaba al ritmo de su respiración. Él podía sentir su respiración. Marchent se acercó aún más, cubrió con su mano fría la mano derecha de Reuben y se la apretó mientras con la otra le sujetaba el hombro izquierdo.

Él la miró directamente a los ojos suaves y húmedos. Se obligó a hacerlo. Sin embargo, apartó la mano derecha de la de Marchent con una brusquedad que no logró controlar e hizo con ella la señal de la cruz. Fue como un espasmo, y se ruborizó de vergüenza.

Ella soltó un leve suspiro. Frunció las cejas y el suspiro se convirtió en gemido.

—¡Lo siento mucho! —dijo Reuben—. Dime... —Estaba tartamudeando, apretando los dientes por el pánico—. Dime qué puedo hacer.

La expresión de Marchent era de indescriptible tormento. Lentamente, bajó la mirada y la apartó, con lo que el cabello le cayó sobre la mejilla. Reuben quería tocárselo, tocarle la piel, tocarla toda. Entonces Marchent volvió a mirarlo con desesperación y pareció a punto de hablar; estaba pugnando desesperadamente por hablar.

Enseguida la visión se iluminó como si se estuviera llenando de luz y luego se disolvió.

Había desaparecido como si no hubiera existido nunca. Reuben estaba solo en la cama, solo en el dormitorio de Marchent, solo en la casa. Los minutos iban pasando mientras él permanecía allí sentado, incapaz de moverse.

Marchent no iba a volver y él lo sabía. Fuera lo que fuese en ese momento, fantasma o espíritu terrenal, se había agotado hasta el límite de sus fuerzas y no iba a volver. Y él sudaba otra vez, con el corazón latiéndole en los oídos. Le ardían las palmas de las manos y las plantas de los pies. Notaba el vello de lobo bajo su piel como agujas. Era una tortura retener la transformación.

Sin decidir hacerlo, se levantó y se apresuró a bajar la escalera y salir por la puerta de atrás.

La oscuridad fría se iba asentando, las nubes descendían y el bosque iba ensombreciéndose a su alrededor. La lluvia invisible suspiraba como un ser vivo en los árboles.

Se subió al coche y condujo. No sabía dónde se dirigía, solo que tenía que alejarse de Nideck Point, alejarse del miedo, de la impotencia, de la pena. La pena es como un puñetazo en el cuello, pensó. La pena te estrangula. La pena era algo más espantoso que cualquier otra cosa que hubiera conocido.

Iba por carreteras secundarias, vagamente consciente de que se dirigía hacia el interior, con el bosque a ambos lados allí donde fuera. No estaba pensando sino sintiendo, sofocando la transformación poderosa, notando una y otra vez el minúsculo crecimiento del pelo como agujas en todo su cuerpo mientras lo contenía. Oía las voces, las voces del Jardín del Dolor, y escuchaba el sonido ineludible de alguien que lloraba desesperadamente, alguien capaz de hablar, alguien que seguía vivo, alguien que estaba suplicándole a él sin saberlo, alguien hasta quien podía llegar.

Dolor en alguna parte, como un aroma en el viento, de una niña amenazada, dando patadas, sollozando.

Aparcó en un grupo de árboles junto a la carretera y, cruzando los brazos de manera defensiva sobre el pecho, escuchó. Las voces se hicieron más claras. Una vez más notó el vello de lobo pinchándole como agujas. Su piel estaba viva. Sentía un hormigueo en el cuero cabelludo y le temblaban las manos al pugnar por contenerlo.

—¿Y dónde estarías sin mí? —rugió el hombre—. ¿Crees que no te meterían en la cárcel? ¡Desde luego que te meterían en la cárcel!

—Te odio —sollozó la niña—. Me estás haciendo daño. Siempre me haces daño. Quiero irme a casa.

La voz del hombre ahogó la de ella con imprecaciones guturales y amenazas. ¡Ah! El rancio y predecible sonido del mal, de la ambición, del egoísmo puro. ¡Dame el aroma!

Notó que reventaba la ropa; cada centímetro del cuero cabelludo y del rostro le ardió cuando el pelo se liberó; las garras le crecieron, los pies velludos le salieron de los zapatos; la melena le cayó hasta los hombros. «¿Quién soy realmente? ¿Qué soy realmente?» Con qué rapidez el vello lo cubrió por completo y qué poderoso se sintió de estar solo, solo y cazando como había cazado en esas primeras noches emocionantes antes de que llegaran los morfodinámicos mayores, cuando estuvo al borde de cuanto podía abarcar, imaginar, definir, buscando ese poder cautivador.

Partió hacia el bosque con su pelaje de lobo, corriendo a cuatro patas hacia la niña, con los músculos en tensión, encontrando y recorriendo las sendas quebradas a través del bosque sin dar ni un traspié. «Yo pertenezco a esto, soy esto.»

Estaban en una vieja caravana destartalada y semioculta por un manto de robles rotos y gigantescos abetos. En las ventanas pequeñas y siniestras destellaba la luz azulada de la televisión en un patio húmedo atestado de bombonas de butano, cubos de basura y neumáticos viejos, con una furgoneta oxidada y mellada aparcada a un lado.

Se quedó rondando el lugar, vacilando, decidido a no meter la pata como había hecho en el pasado. Sin embargo, estaba vorazmente hambriento del hombre malvado que se hallaba a solo unos centímetros, a su alcance. Las voces de la televisión charlaban dentro. La niña se estaba asfixiando y el hombre la golpeaba. Oyó el zurriagazo del cinturón de cuero. El aroma de la niña era dulce y penetrante. Le llegó el olor fétido y nauseabundo del hombre en oleadas sucesivas, una pestilencia que se mezclaba con su voz y el tufo rancio de sudor de su ropa sucia.

La rabia atenazó la garganta a Reuben, que soltó un gruñido largo y grave.

La puerta saltó con demasiada facilidad cuando tiró de ella. La lanzó a un lado. Una ráfaga de aire pútrido le asaltó las fosas nasales. Se metió en el espacio estrecho, como un gigante, inclinando la cabeza para no darse con el techo bajo. Toda la caravana se mecía bajo su peso. La televisión parloteante se hizo trizas en el suelo cuando agarró al esquelético matón de cara colorada por la camisa de franela y lo arrojó fuera, hacia las latas y las botellas rotas del patio.

Qué calmado estaba Reuben cuando alcanzó al hombre («Bendícenos, Señor, y bendice estos alimentos que por tu bondad vamos a recibir»), qué natural se sentía. El tipo le dio una patada y lo golpeó, con el rostro desfigurado por el terror (el mismo terror que Reuben había sentido al abrazarlo Marchent), antes de que, lenta y pausadamente, le mordiera el cuello. «Alimenta la bestia que hay en mí.»

Oh, era demasiado exquisita, demasiado salada, con demasiada sangre y demasiados latidos incesantes; era demasiado dulce la viscosa vida del malvado, mucho más de lo que su memoria podría retener. Hacía demasiado que no cazaba solo y se daba un festín con su víctima elegida, su presa elegida, sus enemigos elegidos.

Tragó grandes bocados de la carne del hombre, pasando la lengua por el cuello y la mejilla del malvado.

Le gustaban los huesos de la mandíbula; le gustaba morderlos, le gustaba sentir que sus dientes chocaban con la quijada al morder lo que quedaba del rostro del hombre.

No había en todo el mundo ningún sonido salvo el que él producía al masticar y tragar esa carne tibia y ensangrentada.

Solo la lluvia cantaba en el bosque brillante que lo envolvía, como si estuviera despojado de todos los pequeños ojos que habían contemplado aquella Eucaristía impura. Se abandonó a la comida, devorando la cabeza entera del hombre, sus hombros y sus brazos. La caja torácica ya era suya, y continuó deleitándose con el sonido crujiente de huesos finos y huecos, hasta que de repente no pudo comer más.

Se lamió las patas, lamió las partes blandas de sus garras, se secó la cara y se lamió otra vez la garra, limpiándose con ella como haría un gato. ¿Qué quedaba del hombre? ¿Una pelvis y dos piernas? Arrojó los restos a lo profundo del bosque y oyó una sucesión de sonidos suaves cuando cayeron. Luego se lo pensó mejor. Se movió con rapidez entre los árboles; recuperó el cadáver, o lo que quedaba de él, y se lo llevó lejos de la caravana, a un pequeño calvero embarrado junto a un arroyuelo. Allí cavó con rapidez en la tierra húmeda y enterró los restos, cubriéndolos lo mejor que pudo. Tal vez allí no lo encontraran nunca.

Empezaba a lavarse las patas en el arroyo, echándose agua helada en la cara velluda, cuando oyó que la niña lo llamaba. Su voz era un trino agudo.

—¡Lobo Hombre! ¡Lobo Hombre! —decía ella una y otra vez.

—Lobo Hombre... —susurró él.

Se apresuró a ir en su busca. La encontró, casi histérica, junto a la puerta de la caravana.

Era una niña de siete u ocho años a lo sumo, dolorosamente delgada, con el cabello rubio enredado. Le rogó que no la dejara. Llevaba tejanos y una camiseta sucia. Se le estaba poniendo la piel azulada por el frío y tenía la carita sucia de lágrimas y mugre.

—He rezado para que vinieras —sollozó—. He rezado para que me salvaras, y lo has hecho.

—Sí, corazón —dijo Reuben en voz baja y lobuna—. He venido.

—Él me robó de mi mamá —sollozó la niña. Le enseñó las muñecas, marcadas por las sogas con las que la había atado—. Me dijo que mi mamá estaba muerta. Sé que no es verdad.

—Él ya no está, preciosa —dijo el Lobo Hombre—. No volverá a hacerte daño. Ahora quédate aquí hasta que encuentre una manta para abrigarte. Te llevaré a un lugar seguro. —Le acarició la cabecita con la máxima suavidad posible. Qué extremadamente frágil parecía y, aun así, qué incomprensiblemente fuerte.

Había una manta del ejército en la cama sucia de la caravana.

El Lobo Hombre envolvió a la niña en la manta como a un recién nacido. Sus grandes ojos permanecían posados en él con confianza absoluta. Luego la cogió con el brazo izquierdo y se adentró con rapidez en la espesura.

No sabía cuánto tiempo llevaba viajando. Era emocionante para él tenerla a salvo en sus brazos. La niña estaba en silencio, doblada contra él, un tesoro.

Siguió avanzando hasta que vio las luces de una población.

—¡Te dispararán! —gritó ella cuando vio las luces—. ¡Lobo Hombre! —le suplicó—. Lo harán.

—¿Dejaría yo que alguien te hiciera daño? —le preguntó él—. Estate en silencio, cielo.

La niña se acurrucó contra él.

En los aledaños de la población, avanzó con lentitud, manteniéndose a cubierto entre el monte bajo y tras los árboles dispersos, hasta que vio una iglesia de ladrillo cuya parte posterior daba al bosque. Había luces en el pequeño edificio de la rectoría y un viejo columpio de metal en un patio adoquinado. El gran letrero rectangular enmarcado en madera de la carretera rezaba en grandes letras negras móviles: «Iglesia del Buen Pastor. Corrie George, pastora. Servicio los domingos a mediodía.» Había un número de teléfono en cifras cuadradas.

Cogió a la niña con ambos brazos y se acercó a la ventana, tranquilizándola porque tenía miedo otra vez. Estaba llorando:

—Lobo Hombre, no dejes que te vean... —dijo.

Vio a una mujer corpulenta en la rectoría, sola, sentada a una mesa de cocina marrón, vestida con pantalones azul oscuro y una blusa sencilla, que sostenía un libro en rústica en alto para leer mientras comía. Llevaba el cabello gris ondulado muy corto y tenía una cara sencilla y seria. El Lobo Hombre la observó un buen rato en silencio, aspirando su olor, limpio y bueno. No le cupo duda.

Dejó a la niña en el suelo, le quitó cuidadosamente la manta manchada de sangre, e hizo un gesto hacia la puerta de la cocina.

—¿Sabes tu nombre, cielo? —le preguntó.

—Susie —dijo ella—. Susie Blakely. Y vivo en Eureka. También sé mi número de teléfono.

El Lobo Hombre asintió.

—Ve a buscar a esa señora, Susie. Tráemela. Vamos.

—No, Lobo Hombre, vete, por favor. Llamará a la policía y te matarán.

Viendo que él no se iba, sin embargo, la niña hizo lo que le había pedido.

Cuando la mujer salió, Reuben se quedó mirándola, preguntándose qué veía ella realmente a la luz tenue de la ventana del monstruo alto y peludo que era, más animal que hombre, pero con un rostro bestial de hombre. La lluvia era apenas una llovizna. Casi no la notaba. La mujer no tenía miedo.

—Bueno, eres tú —dijo. Tenía una voz agradable, y la niñita, a su lado, se aferraba a ella, señalaba y asentía.

—Ayúdela —le pidió Reuben a la mujer, consciente de lo profunda y bestial que era su voz—. El hombre que le hacía daño ya no está. Nunca lo encontrarán. No queda rastro de él. Ayúdela. Ha vivido experiencias terribles, pero sabe su nombre y el lugar del que proviene.

—Sé quién es —dijo la mujer entre dientes. Se acercó un poco más a él, mirándolo con unos ojos pequeños y pálidos—. Es la niña de los Blakely. Lleva desaparecida desde el verano.

—Entonces se ocupará...

—Tienes que marcharte de aquí. —Meneaba un dedo como si hablara con un niño gigante—. Te matarán si te ven. Estos bosques están plagados de provincianos chiflados con ideas descabelladas desde la última vez que apareciste, y van armados. Ha venido gente de fuera del estado para cazarte. Lárgate de aquí.

Él se echó a reír, pero se arrepintió al darse cuenta de lo muy extraño que había tenido que parecerles a ambas aquella bestia enorme de pelo oscuro riendo entre dientes como un hombre.

—Por favor, vete, Lobo Hombre —dijo la niñita, con las mejillas pálidas enrojecidas—. No le diré a nadie que te he visto. Diré que me escapé. Por favor, vete, corre.

—Cuenta lo que tengas que contarles —dijo—. Cuéntales lo que te liberó.

Les dio la espalda para irse.

—¡Me has salvado la vida, Lobo Hombre! —gritó la niña.

Él se volvió otra vez hacia ella. Miró largamente a aquella criatura, su rostro fuerte y levantado, el fuego tranquilo de sus ojos.

—No te pasará nada, Susie —dijo—. Te quiero, corazón.

Un instante después, ya no estaba.

Corrió hacia la espesura rica y fragante del bosque, con la manta ensangrentada al hombro, abriéndose paso a increíble velocidad entre zarzas, ramas rotas y hojas húmedas y crujientes, con el alma elevándose al poner kilómetros entre él y la iglesia.

Una hora y media después, cayó exhausto en su cama. Estaba seguro de que se había colado sin que nadie se diera cuenta. Se sentía culpable, culpable por salir sin el permiso de Felix o Margon y por haber hecho justo aquello que los Caballeros Distinguidos no querían que él y Stuart hicieran. Sin embargo, estaba exultante y agotado. Culpable o no, por el momento no le importaba.

Estaba casi dormido cuando oyó un aullido lastimero en la noche. Quizá ya estuviera soñando. Entonces lo oyó otra vez.

Cualquiera habría dicho que se trataba del aullido de un lobo, pero él sabía que no lo era. Distinguía al morfodinámico en el sonido, una nota profunda y quejumbrosa que ningún animal era capaz de producir.

Se incorporó. No tenía ni idea de qué clase de morfodinámico podía hacer semejante sonido ni por qué.

Lo oyó otra vez: un aullido largo y grave que hizo que el vello le creciera de nuevo en el dorso de las manos y en los brazos.

«Los lobos salvajes aúllan para indicar su presencia a sus congéneres, ¿no? Pero nosotros no somos verdaderos lobos, ¿verdad? Somos algo que no es humano ni animal. ¿Y cuál de nosotros emitiría un sonido tan extraño y lúgubre?»

Se recostó en la almohada, obligando al vello de todo su cuerpo a retroceder y a dejarlo en paz.

Oyó otra vez el aullido de aflicción, cargado de dolor y súplica.

Estaba más que medio dormido y precipitándose al reino onírico cuando lo oyó por última vez.

Tuvo un sueño. Estaba confundido incluso en el sueño. Marchent estaba allí, en una casa del bosque, una casa vieja llena de gente y habitaciones iluminadas y figuras que iban y venían. Marchent lloraba y lloraba mientras hablaba con la gente que la rodeaba. Lloraba y lloraba, y él no podía soportar el sonido agónico de su voz, la visión de su rostro levantado al hacer un gesto y discutir con aquella gente. Los demás no parecían oírla, tenerla en cuenta ni responderle. Él no veía con claridad a la gente. No podía ver nada con claridad. En un momento, Marchent se levantó y salió corriendo de la casa. Descalza y con la ropa desgarrada, corrió por el bosque frío y húmedo. Los árboles jóvenes le arañaban las piernas desnudas. Había figuras poco definidas en la negrura que la rodeaba, siluetas oscuras que parecían estirarse hacia ella mientras corría. Él no soportaba ver aquello. Estaba aterrorizado mientras corría tras ella. La escena cambió. Marchent estaba sentada al lado de la cama de Felix, la cama que habían compartido, llorando otra vez. Él le dijo cosas, no sabía qué (todo estaba ocurriendo de forma muy rápida y confusa), y ella repuso: «Lo sé, lo sé, pero no sé cómo.» Y él sintió que no podía soportar ese dolor.

Se despertó en la luz gris y gélida de la mañana. El sueño se hizo añicos como si fuese de hielo. Recordó a la niña, a la pequeña Susie Blakely, y comprendió abatido que iba a tener que responder ante los Caballeros Distinguidos por lo que había hecho. ¿Ya habría salido en las noticias? «El Lobo Hombre ataca de nuevo.» Se levantó inquieto y estaba pensando otra vez en Marchent al meterse en la ducha.

7

No miró el móvil hasta que estuvo en la escalera. Tenía mensajes de texto de su madre, su padre y su hermano, que básicamente decían: «Llama a Celeste.»

¿Qué demonios querría?

Un sonido asombroso le dio la bienvenida cuando se acercó a la cocina. Obviamente, Felix y Margon estaban discutiendo. Hablaban en uno de sus idiomas antiguos y la discusión era acalorada.

Reuben se quedó junto a la puerta de la cocina el tiempo suficiente para confirmar que iban en serio. Margon tenía la cara colorada mientras bramaba entre dientes a un claramente enfurecido Felix.

Aterrador. No tenía ni idea de lo que significaba aquello, pero se volvió y se fue. Nunca había podido soportar que Phil y Grace pelearan en serio o, para ser franco, nunca había soportado que dos personas cualesquiera tuvieran una discusión violenta en su presencia.

Fue a la biblioteca, se sentó al escritorio y marcó el número de Celeste, pensando enfadado que era la última persona en el mundo cuya voz quería oír. Quizá si no le hubieran asustado tanto las discusiones y las voces airadas, se habría desembarazado de Celeste mucho antes y de una vez por todas.

Cuando la llamada fue directamente al buzón de voz, dijo:

—Soy Reuben. ¿Quieres hablar? —Y colgó.

Levantó la mirada y se encontró con Felix, de pie, con una taza de café en la mano. Parecía completamente calmado y tranquilo ya.

—Toma —dijo, dejando el café en el escritorio—. ¿Has llamado a tu antigua bien amada?

—Cielo santo, ¿también ha hablado contigo? ¿Qué está pasando?

—Es importante —dijo Felix—. Críticamente importante.

—¿Alguien ha muerto?

—Justo lo contrario —dijo Felix. Pestañeó y parecía incapaz de contener una sonrisa.

Iba vestido formalmente, como siempre, con un abrigo confeccionado a mano y pantalones de lana, el cabello oscuro bien peinado, preparado para lo que pudiera depararle el día.

—¿No era de eso de lo que estabais discutiendo? —preguntó Reuben tentativamente.

—Oh, no, en absoluto. Quítate eso de la cabeza. Deja que yo me ocupe del inimitable Margon. Llama a Celeste, por favor.

El teléfono sonó y Reuben respondió de inmediato. En cuanto Celeste dijo su nombre se dio cuenta de que había estado llorando.

—¿Qué ha pasado? —preguntó, tratando de parecer lo más compasivo y amable que podía—. Celeste, ¡dime!

—Bueno, podrías haber contestado al teléfono, ¿sabes, Cielito? Llevo días llamándote.

Cada vez más gente le decía eso, y cada vez más tenía que inventar excusas vergonzosas, cosa que, en aquel preciso momento, no deseaba hacer.

—Lo siento, Celeste, ¿qué querías?

—Bueno, en cierto modo la crisis ha pasado porque me he decidido.

—¿Respecto a qué concretamente?

—A casarme con Mort —dijo—. Porque, no importa lo que hagas en la torre de marfil en la que vives, Cielito, tu madre va a quedarse con el bebé. Eso lo ha apaciguado bastante; eso y mi negativa a abortar al primogénito aunque sea hijo de un cabeza hueca.

Estaba demasiado asombrado para decir ni una palabra. Algo despertó en él, algo tan parecido a la pura felicidad que apenas sabía lo que era, pero no se atrevió a albergar esperanzas, todavía no.

Ella continuó hablando.

—Pensaba que estaba protegida, por eso ni siquiera me molesté en decírtelo. Bueno, no fue una falsa alarma. No estaba protegida. La cuestión es que ya estoy de cuatro meses. Es un niño y está perfectamente sano.

Continuó hablando sobre la boda y explicando que Mort estaba de acuerdo con todo, y que Grace ya había solicitado un año sabático en el hospital para ocuparse del niño. Grace era la mujer más maravillosa del mundo por dejarlo todo para hacer eso, y también era una cirujana brillante, y Reuben nunca sabría realmente lo afortunado que era de tener una madre como Grace. Reuben no apreciaba nada, de hecho, ni nunca lo había hecho. Por eso podía pasar de los mensajes de teléfono y de correo electrónico de la gente y aislarse en una mansión del norte de California como si el mundo no existiera...

—Eres la persona más egoísta y mimada que he conocido —le gritó—. Francamente, me pone enferma la forma en que todo simplemente te llueve del cielo, la forma en que esa mansión te llovió del cielo, la forma en que, no importa lo que ocurra, siempre alguien hace el trabajo sucio por ti y limpia lo que ensucias...

El torrente continuó.

Reuben se dio cuenta de que estaba mirando a Felix y que este lo estaba mirando con el habitual afecto protector, esperando sin necesidad de dar explicaciones a oír lo que Reuben tenía que decir.

—Celeste, no tenía ni idea —dijo Reuben, interrumpiéndola de repente.

—Bueno, por supuesto que no. Ni yo tampoco. ¡Tomaba la píldora, por el amor de Dios! Pensé que podía estar embarazada justo antes de que te marcharas. Luego, como he dicho, creí que no lo estaba. Y después... Bueno, me hice la ecografía ayer. No habría abortado ni aunque hubieras tratado de convencerme. Este bebé va a venir al mundo. La verdad, Cielito, es que no quiero hablar contigo. —Colgó.

Reuben dejó el teléfono. Con la mirada perdida, pensaba en multitud de cosas y en que la felicidad resplandecía, dejándolo completamente mareado. Entonces oyó la voz de Felix, suave y confiada.

—Reuben, ¿no te das cuenta? Es el único niño humano normal que tendrás.

Levantó la mirada hacia Felix. Estaba sonriendo estúpidamente, lo sabía. Casi reía de pura felicidad, pero no podía articular palabra.

El teléfono estaba sonando otra vez, pero apenas lo oía. Las imágenes se precipitaban en cascada en su mente. Y en el caos de sus emociones en conflicto se había formado una resolución.

Felix atendió el teléfono y sostuvo el auricular para él.

—Tu madre.

—Cariño, espero que estés contento con esto —dijo Grace—. Escucha, le he dicho que nos ocuparemos de todo. Nos ocuparemos del bebé. Me ocuparé del bebé, me ocuparé de este bebé.

—Mamá, quiero a mi hijo —dijo Reuben—. Estoy feliz, mamá. Estoy verdaderamente feliz; ni siquiera sé qué decir. He tratado de explicárselo a Celeste, pero no me ha escuchado. No quería escucharme. Mamá, soy muy feliz. ¡Dios santo, soy muy feliz!

Estaba recordando las palabras cortantes de Celeste, que lo confundían. ¿Qué demonios pretendía con aquella invectiva? En realidad no importaba. Lo que importaba era el bebé.

—Sabía que te alegrarías, Reuben —estaba diciendo Grace—. Sabía que no nos decepcionarías. Celeste tenía cita para el aborto cuando me lo contó. Pero le dije: «Celeste, no lo hagas, por favor.» Ella no quería hacerlo, Reuben. Si realmente hubiera querido abortar, no se lo habría dicho a nadie. Nunca nos habríamos enterado. Cedió enseguida. Mira, Reuben, ahora mismo está enfadada.

—Pero, mamá, no sé... no entiendo a Celeste —dijo—. Hagamos lo que podamos para hacerla feliz.

—Bueno, lo haremos, Reuben. Pero tener un bebé es complicado. Ya ha solicitado una baja de la fiscalía del distrito y está hablando de instalarse en el sur de California cuando esto termine. Mort va a presentarse a un puesto de trabajo en la Universidad de California, en Riverside. La cosa pinta bien. Estoy hablando de darle lo que necesite para trasladarse allí y empezar de nuevo. No sé, una casa, un adosado, lo que podamos. Saldrá bien, Reuben, pero está enfadada. Así que deja que esté enfadada y seamos felices.

—Mamá, no vas a dejar el trabajo un año —dijo Reuben—. No tienes por qué hacerlo. —Miró a Felix, que asintió—. Este niño va a crecer aquí, con su padre. No vas a renunciar a tu carrera por él, mamá. Va a venir a vivir aquí, y yo te lo llevaré todos los fines de semana para que lo veas, ¿entiendes? La habitación contigua a la mía es la oficina de Laura, pero la convertiremos en una habitación infantil. Hay muchas habitaciones que pueden ser la oficina de Laura. Ella estará encantada cuando se lo cuente.

Su madre estaba llorando. Phil se puso al teléfono y dijo:

—Enhorabuena, hijo. Estoy muy feliz por ti. Cuando tengas a tu primogénito en brazos... Bueno, Reuben, entonces comprenderás tu propia vida por primera vez. Sé que suena trillado, pero es verdad. Espera y verás.

—Gracias, papá —dijo Reuben. Le sorprendía lo contento que estaba de oír la voz de su padre.

Siguieron dándole vueltas al asunto varios minutos y luego Grace dijo que tenía que llamar a Jim, que Jim estaba muerto de miedo por la posibilidad de que Celeste pudiera cambiar de opinión y llamar otra vez a la clínica abortista. Grace tenía que contarle que todo iba bien. Celeste iría a comer con ellos y, si Reuben llamaba al florista de la avenida Columbus, podría mandarle flores a la una.

—¿Harás eso, Reuben, por favor?

Sí, haría eso, lo haría inmediatamente.

—Mira, mamá, voy a pagarlo todo —dijo—. Llamaré a Simon Oliver yo mismo. Déjame hacer esto. Deja que yo me ocupe del asunto.

—No, no, yo me encargaré —dijo Grace—. Reuben, eres nuestro único hijo, la verdad. Jim nunca será otra cosa que un sacerdote católico. Nunca se casará ni tendrá hijos. Cuando ya no estemos, todo lo nuestro será tuyo. En el fondo es lo mismo de dónde salga el dinero para pagar a Celeste todo esto.

Finalmente Grace colgó.

Reuben llamó de inmediato a la floristería.

—Un ramo grande, hermoso y alegre —le dijo al florista—. A la dama le encantan las rosas de todos los colores, pero ¿qué tiene con un aire primaveral? —Estaba mirando la luz gris que entraba por la ventana.

Al final, logró coger la taza de café, tomar un buen sorbo y volver a sentarse en la silla a pensar. Realmente no tenía ni idea de cómo se lo tomaría Laura, pero ella sabría, con tanta certeza como él, que lo que Felix acababa de decir era cierto.

El destino le había hecho un regalo extraordinario.

Era el único hijo natural del cual sería padre en este mundo. De repente, se dio cuenta con pavor de que aquello había estado a punto de no ocurrir. Sin embargo, había ocurrido. Iba a ser padre. Iba a dar a Grace y Phil un nieto, un nieto humano completo que crecería ante sus ojos. No sabía lo que el mundo le deparaba en ese sentido, pero eso lo cambiaba todo. Estaba agradecido, no estaba muy seguro a quién o a qué: a Dios, al destino, a la fortuna... A Grace, que había convencido a Celeste, y a Celeste, que iba a entregarle su bebé, y a Celeste por existir, y a los Hados por haber tenido lo que había tenido con ella. Entonces las palabras se agotaron.

Felix se quedó de espaldas al fuego, observándolo. Estaba sonriendo, pero con los ojos vidriosos y un poco enrojecidos. De repente tenía un aspecto terriblemente triste con esa sonrisa que la gente llama «filosófica».

—Me alegro por ti —susurró—. Me alegro muchísimo por ti.

—Dios bendito —dijo Reuben—. Le daría a Celeste todo lo que tengo en este mundo por ese niño, y ella me odia.

—Ella no te odia, hijo —repuso Felix con suavidad—. Simplemente no te ama, nunca lo ha hecho, y se siente muy culpable e incómoda por eso.

—¿Tú crees?

—Por supuesto. Lo supe la primera vez que la vi y oí su discurso interminable sobre tu «vida estupenda» y tu «conducta irresponsable» y todos sus consejos acerca de que debías planificar toda tu existencia.

—Todo el mundo lo sabía —dijo Reuben—. Todos. Yo era el único que no lo sabía. Pero ¿por qué estuvimos comprometidos entonces?

—Cuesta decirlo —respondió Felix—, pero ella no quiere un hijo ahora y por eso te entregará al niño. Yo en tu caso actuaría deprisa. Se casará felizmente con tu mejor amigo, Mort, con quien aparentemente no está mortalmente resentida, y quizá tenga un hijo con él más adelante. Es una mujer pragmática, además de hermosa y muy lista.

—Sí a todo eso —dijo Reuben.

En la mente de Reuben bullían los pensamientos más inesperados: ropa de bebé y cunas y niñeras y libros ilustrados; imágenes fugaces de un niño pequeño sentado en el asiento de la ventana, apoyado en los paneles en forma de diamante, y de él, Reuben, leyéndole un cuento. Todos los libros infantiles favoritos de Reuben seguían en el desván de Russian Hill: el volumen profusamente ilustrado de *La isla del tesoro* y *Secuestrado* y los viejos y venerables libros de poesía que tanto le gustaba leer a Phil.

Tuvo una visión nebulosa del futuro en la que un chico salía de casa con una mochila llena de libros de texto y luego parecía que había crecido y se había hecho un hombre. El futuro se desplazó, se nubló, se convirtió en una niebla en la cual Reuben tendría que dejar el círculo amable de su familia y su hijo; se vería obligado a hacerlo, a huir, incapaz ya de disimular el hecho de que no estaba envejeciendo, de que nada cambiaba en él. Entonces ese chico, ese hombre joven, ese hijo estaría con ellos, con Grace y con Phil, con Jim y también con Celeste, y quizá con Mort, sería uno de ellos cuando Reuben se marchara.

Miró por la ventana y, de repente, el pequeño mundo que había construido se derrumbó. Recordó a Marchent detrás del cristal y se dio cuenta de que estaba temblando otra vez.

Dio la impresión de que pasaba mucho tiempo con Reuben sentado allí, en silencio, y Felix en silencio junto al fuego.

—Hijo mío —dijo este último con suavidad—. Detesto entrometerme en tu felicidad justo ahora, pero me estaba preguntando si querrías acompañarme al cementerio de Nideck. He pensado que a lo mejor te gustaría venir. Mira, he hablado esta mañana con nuestro abogado, Arthur Hammermill, y bueno, parece que Marchent realmente fue enterrada allí.

—Oh, sí que quiero ir contigo —dijo Reuben—. Pero hay algo que debo decirte primero: anoche la vi otra vez.

Lenta y metódicamente repasó los detalles escalofriantes.

8

Se dirigieron al cementerio de Nideck bajo un cielo plomizo, con la lluvia reducida a una llovizna en el bosque circundante. Felix iba al volante de su robusto Mercedes.

Arthur Hammermill se había encargado de que enterraran a Marchent en el mausoleo familiar, explicó Felix, siguiendo las instrucciones claras del testamento de la difunta. El propio Hammermill había asistido a una breve ceremonia que reunió a unos pocos residentes de Nideck, incluidos los Galton y sus primos, a pesar de que no se había hecho ningún anuncio. En cuanto a los hermanos asesinos, habían sido incinerados, según sus propias instrucciones dadas a «amigos».

—Me avergüenza que nunca se me haya ocurrido visitar su tumba —dijo Reuben—. Estoy avergonzado. No cabe ni la más leve duda de lo que está causando que su espíritu aceche: es desgraciada.

Felix no apartó los ojos de la carretera en ningún momento.

—Yo tampoco he visitado la tumba —dijo con voz atormentada—. Tenía la conveniente idea de que había sido enterrada en Sudamérica, pero eso no es excusa. —Se le quebró la voz, como si estuviera al borde de derrumbarse—. Ella era la última de los descendientes de mi propia sangre.

Reuben lo miró, deseando preguntarle cómo había ocurrido.

—La última de mis consanguíneos, que yo sepa, porque todos los otros descendientes de mi familia desaparecieron hace mucho... y yo tampoco visité su tumba. Por eso lo estamos haciendo ahora, ¿no? Los dos vamos a visitar su tumba.

El cementerio, pegado a la población, ocupaba dos manzanas, rodeado de casas dispersas por los cuatro costados. A la parcheada carretera le convenía una buena reparación, pero las casas eran todas de estilo victoriano: pequeñas y sencillas pero bien construidas, con el tejado picudo, como las que a Reuben le encantaban siempre que las veía en incontables otros pueblos antiguos de California. Estas, pintadas de colores pastel frescos con rebordes blancos, le parecieron bonitas para Nideck. Había luces de Navidad multicolores en alguna que otra ventana y el cementerio en sí, delimitado por una verja de hierro con más de una puerta abierta, era un lugar bastante pintoresco, con el césped bien cuidado y salpicado de viejos monumentos.

La lluvia había cesado y no necesitaban llevar paraguas, aunque Reuben se protegía el cuello del sempiterno frío con la bufanda. El cielo estaba oscuro y monótono, y una niebla blanca envolvía el dosel del bosque.

Pequeñas lápidas redondeadas coronaban la mayoría de las tumbas. Muchas contaban con molduras y textos grabados. Reuben atisbó algún que otro epitafio poético. Había un pequeño mausoleo, una construcción de bloques de piedra con el techo plano y una puerta de hierro con el nombre NIDECK en letras mayúsculas. Muchas otras tumbas con el mismo apellido estaban dispersas a izquierda y derecha.

Felix tenía la llave de la puerta de hierro. A Reuben lo inquietó mucho oírla chirriar en la vieja cerradura.

Pronto estuvieron de pie en un pequeño espacio polvoriento e iluminado por una sola ventana de vidrio emplomado que había en la parte posterior de la pequeña construcción, con vestigios de lo que debían de haber sido sarcófagos del tamaño de un ataúd a ambos lados.

A Marchent la habían sepultado a la derecha y habían colocado una piedra rectangular cerca de la cabeza o de los pies del ataúd por algún motivo que a Reuben se le escapaba. La piedra llevaba grabados su nombre, Marchent Sophia Nideck, la fechas de nacimiento y de defunción, y un verso que sorprendió a Reuben: «Debemos amarnos o morir», del poeta W. H. Auden, cuyo nombre estaba grabado en letra pequeña al pie de la cita.

Reuben estaba aturdido. Se sentía atrapado y mareado, casi al borde de desmayarse en aquel reducido espacio.

Se apresuró a salir al aire húmedo, dejando a Felix solo dentro de la pequeña construcción. Temblaba y se quedó quieto, combatiendo la náusea.

Le pareció más espantoso que nunca, completamente espantoso, que Marchent estuviera muerta. Vio la cara de Celeste; vio una imagen dulcemente iluminada del niño con el que estaba soñando; vio las caras de todos aquellos a los que amaba, incluida la de Laura, la hermosa Laura, y experimentó el pesar por Marchent como un mareo que le revolvió el estómago.

«Así pues, este es uno de los grandes secretos de la vida, ¿no? Te enfrentas con la pérdida antes o después, y luego con una pérdida detrás de otra muy probablemente, y seguramente nunca es más fácil y cada vez estás viendo lo que te va a ocurrir a ti. Solo que eso a mí no me ocurrirá. No será así. Y no puedo hacerlo realidad.»

Miró con desánimo hacia delante, solo vagamente consciente de que un hombre cruzaba el cementerio desde una furgoneta aparcada en la carretera con un gran ramo de rosas blancas y helechos verdes en lo que parecía una vasija de piedra.

Pensó en las rosas que había enviado a Celeste. Tuvo ganas de llorar. Vio otra vez el rostro atormentado de Marchent cerca de él, muy cerca. Le pareció que iba a volverse loco.

Se apartó cuando el hombre se acercó al pequeño mausoleo, pero aun así oyó a Felix dándole las gracias y diciéndole que las flores tenía que dejarlas fuera. Oyó el chirrido de las llaves en la cerradura. Al cabo de un momento el hombre se había ido y Reuben estaba contemplando la larga fila de tejos, demasiado crecidos para seguir siendo pintorescos, que separaba el cementerio de las bonitas casas del otro lado, de las bellas ventanas en voladizo rodeadas de luces rojas y verdes. Una masa de pinos oscuros se alzaba detrás de las casas. De hecho, el bosque oscuro lo invadía todo y las casas, mirara hacia donde mirara, parecían pequeñas y osadas ante los abetos gigantescos. Los árboles eran descomunales en comparación con la callecita y el grupo de pequeñas tumbas que dormían en el césped verde y aterciopelado.

Quería darse la vuelta, mirar a Felix y decirle algo agradable, pero estaba tan profundamente inmerso ya en la visión de la noche anterior, mirando el rostro de Marchent, sintiendo la mano fría de ella en la suya, que no podía moverse ni hablar.

Felix se le acercó por detrás y dijo:

—No está aquí, ¿verdad? No percibes ninguna presencia de ella.

—No —dijo Reuben.

«No está aquí. Su rostro de sufrimiento estará grabado para siempre en mi alma, pero no está en este lugar, y no se la puede consolar aquí.

»Pero ¿dónde está? ¿Dónde está ahora?»

Se marcharon a casa pasando por la calle principal de Nideck, donde la decoración navideña oficial avanzaba a velocidad asombrosa. ¡Qué transformación! El Nideck Inn, de tres pisos, ya tenía lucecitas rojas hasta el tejado. Había coronas verdes en las puertas de las tiendas y guirnalda verde enrollada en las pintorescas farolas. Los operarios se afanaban en más de un lugar, con chubasquero amarillo y botas. La gente se detenía a saludar. Galton y su mujer, Bess, que estaban entrando en el hotel, probablemente para comer, se detuvieron y saludaron.

Todo esto animó a Felix, obviamente.

—Reuben —dijo—, creo que esta pequeña Winterfest va a salir de maravilla.

Solo cuando hubieron llegado otra vez a la estrecha carretera rural, Felix le dijo en voz muy baja y amable, su voz más protectora:

—Reuben ¿quieres contarme dónde fuiste anoche?

Reuben tragó saliva. Quería responder, pero no se le ocurrió qué decir.

—Mira, lo entiendo —dijo Felix—. Viste otra vez a Marchent.

Esto te resultó profundamente inquietante, por supuesto, y saliste después de eso, pero también lamento que lo hicieras.

Silencio. Reuben se comportaba como un escolar travieso, pero él mismo desconocía la razón por la que había salido. Sí, había visto a Marchent y obviamente había tenido que ver con eso, pero ¿por qué había despertado en él la necesidad de cazar? Lo único en lo que podía pensar era en el triunfo sangriento de la muerte y en la forma en que se había adentrado en el bosque después de dejar a la pequeña Susie Blakely, con la sensación de estar volando como Goodman Brown a través del mundo más oscuro y salvaje. Sabía que estaba ruborizándose, ruborizándose de vergüenza.

El coche recorría la estrecha carretera de Nideck, colina arriba, entre falanges de altísimos árboles.

—Reuben, sabes perfectamente bien lo que intentamos hacer —dijo Felix con paciencia, tan responsable como siempre—. Estamos tratando de llevaros a ti y a Stuart a lugares donde podréis cazar sin que se sepa y sin que reparen en vosotros. Pero si hacéis incursiones en nuestro pueblo, si os aventuráis hasta las poblaciones cercanas, volveremos a tener a la prensa encima. Habrá un enjambre de periodistas en torno a la casa pidiendo una declaración tuya sobre el Lobo Hombre. Eres la persona a la que se acude cuando se trata del Lobo Hombre, la persona a la que mordió un Lobo Hombre, que vio al Lobo Hombre no solo una sino dos veces, el periodista que escribe sobre el Lobo Hombre. Mira, querido muchacho, para todos nosotros es una cuestión de supervivencia en Nideck Point.

—Lo sé, Felix, lo siento. Lo siento mucho. Ni siquiera he visto las noticias.

—Bueno, yo tampoco, pero la cuestión es que dejaste tu ropa rasgada y ensangrentada y una manta manchada de sangre, nada menos, en la sala de calderas, Reuben, y todos los morfodinámicos pueden oler la sangre humana. Te has comido a alguien, sin duda, y esto no pasará inadvertido.

Reuben sintió que se ponía colorado. Demasiadas imágenes de la caza se agolpaban en él. Pensó en la carita como la luz de una vela de la pequeña Susie contra su pecho. Estaba desorientado, como si este cuerpo normal suyo en ese momento fuera una suerte de ilusión. Echaba de menos el otro cuerpo, los músculos del otro, los ojos del otro.

—Felix, ¿qué nos impide vivir en el bosque siempre, cubiertos de pelo, como los animales que somos?

—Sabes qué nos lo impide —dijo Felix—. Somos seres humanos, Reuben. Seres humanos. Y pronto tendrás un hijo.

—Sentí que tenía que ir —dijo Reuben entre dientes—. Simplemente lo hice. No lo sé. Tenía que devolver el golpe y sé que fue una estupidez, pero quería ir, sabe Dios que esa es la verdad. Quería ir solo. —Le contó a trompicones la historia de la niña de la caravana y cómo enterró los restos del cadáver—. Felix, estoy atrapado entre dos mundos y tenía que toparme con ese otro mundo, tenía que hacerlo.

Felix se quedó un rato callado.

—Sé que es muy tentador, Reuben —dijo por fin—. Esas personas nos tratan como ungidos por Dios.

—Felix, ¿cuánta gente hay sufriendo así? Esa niña no estaba a cien kilómetros de aquí. Están a nuestro alrededor, ¿no?

—Forma parte de la carga, Reuben. Forma parte del Crisma. No podemos salvarlos a todos, y cualquier intento de hacerlo terminará en fracaso y en nuestra propia ruina. No podemos convertir nuestro territorio en nuestro reino. Hace mucho que pasó la época en que eso era posible y no quiero perder Nideck Point otra vez tan pronto, querido. No quiero que te vayas, ni que se vaya Laura, ni que deba irse ninguno de nosotros. Reuben, no quemes tu vida mortal todavía, no extingas todos los lazos con ella. Mira, esto es culpa mía y culpa de Margon. No os hemos dejado cazar suficiente. No recordamos cómo fueron los primeros años. Esto cambiará, Reuben, te lo prometo.

—Lo siento, Felix. Pero sabes que esos primeros días, esos primeros días embriagadores, cuando no sabía lo que era o lo que ocurriría a continuación (o si era el único hombre bestia en todo el mundo), disfrutaba de una libertad hedonista. Tengo que superar eso, no puedo escaparme a voluntad y convertirme en Lobo Hombre. Me estoy esforzando para conseguirlo, Felix.

—Sé que lo haces. —Sonrió sin alegría—. Por supuesto que lo haces. Reuben, Nideck Point merece el sacrificio. Nos convirtamos en lo que nos convirtamos, allá donde vayamos, necesitamos un puerto, un refugio, un santuario. Necesito esto. Todos lo necesitamos.

—Lo sé —dijo Reuben.

—Me pregunto si es así —dijo Felix—. ¿Cómo puede un hombre sin edad, que no envejece, mantener una casa familiar, un trozo de tierra suyos? No imaginas lo que significa abandonar todo lo que consideras sagrado porque te ves obligado a ello. Debes ocultar que no cambias, tienes que aniquilar a la persona que eres para todos aquellos a los que amas. Tienes que abandonar tu casa y a tu familia y volver al cabo de décadas bajo el disfraz de algún desconocido, simulando ser el tío perdido, el hijo bastardo...

Reuben asintió.

Nunca había oído antes la voz de Felix tan cargada de dolor, ni siquiera cuando hablaba de Marchent.

—Nací en la tierra más hermosa imaginable —dijo Felix—, cerca del río Rin, en un idílico valle de los Alpes. Ya te lo había contado, ¿no? Lo perdí hace mucho tiempo. Lo perdí para siempre. La cuestión es que ahora vuelvo a ser propietario de esa misma tierra, de esos edificios antiguos. Lo he vuelto a comprar todo, absolutamente todo, pero no es mi hogar ni mi santuario. Eso no podré recuperarlo. Es un lugar nuevo para mí, la promesa de un nuevo hogar quizás en una nueva época, eso es lo más que puede ser. Pero ¿mi verdadero hogar? Eso lo he perdido irremediablemente.

—Lo entiendo —dijo Reuben—. De verdad que lo entiendo. Lo entiendo en la medida en que lo puedo entender. No sé cómo, pero lo hago.

—Pero el tiempo no se ha tragado Nideck Point para mí —dijo Felix con el mismo ardor—. No. Todavía no. Aún nos queda tiempo en Nideck Point antes de tener que escabullirnos, y a ti te queda tiempo, mucho tiempo, en Nideck Point. A ti y a Laura, y ahora también tu hijo podrá crecer en Nideck Point. Tenemos tiempo para vivir un capítulo entero aquí. —Felix se calló como si se contuviera deliberadamente.

Reuben aguardó, desesperado por encontrar una forma de expresar lo que sentía.

—Me comportaré, Felix —dijo—. Lo juro. No lo estropearé.

—No debes estropearlo por ti, Reuben —dijo Felix—. Olvídate de mí. Olvida a Margon, Frank y Sergei. Olvida a Thibault. No debes arruinártelo, ni a ti ni a Laura. Reuben, perderás todo lo que tienes aquí pronto; no desperdicies lo que tienes ahora.

—Tampoco quiero estropeártelo a ti —dijo Reuben—. Sé lo que significa Nideck Point para ti.

Felix no respondió.

A Reuben se le ocurrió una idea extraña que cobró forma mientras subían la empinada cuesta, de las puertas a la terraza.

—¿Y si Marchent necesita Nideck Point? —preguntó con voz suave—. ¿Y si es su refugio? ¿Y si ha mirado más allá, Felix, y no quiere proseguir? ¿Y si ella también quiere quedarse aquí?

—Entonces no estaría sufriendo cuando acude a ti —respondió Felix.

Reuben suspiró.

—Sí. ¿Por qué está sufriendo?

—El mundo podría estar lleno de fantasmas, por lo que sabemos. Podrían haber encontrado sus santuarios en torno a nosotros. Sin embargo, no nos muestran su dolor. No nos acosan como ella te acosa a ti.

Reuben negó con la cabeza.

—Está aquí y no puede seguir adelante. Está vagando, sola, desesperada porque yo la vea y la oiga.

Recordó su sueño otra vez, el sueño en el que había visto a Marchent en habitaciones llenas de gente que no se fijaba en ella, el sueño en el que la había visto correr sola en la oscuridad. Recordó esas curiosas figuras oscuras que había visto vagamente en el bosque apagado del sueño. ¿Estaban tratando de alcanzarla?

En voz baja, se lo describió todo a Felix.

—Pero había algo más que he olvidado —confesó.

—Siempre ocurre lo mismo con los sueños —dijo Felix.

Se quedaron dentro del coche aparcado ante la casa. El final del jardín, junto al precipicio, era apenas visible entre la niebla.

Oían, sin embargo, los martillazos y el ruido de las sierras de los obreros que estaban colina abajo, en la casa de huéspedes. Con sol o con lluvia, los hombres trabajaban en la casa de huéspedes.

Felix sintió un escalofrío. Inspiró profundamente y luego, después de una larga pausa, puso la mano en el hombro de Reuben. Como siempre, aquello tuvo un efecto tranquilizador en el joven.

—Eres un chico valiente —dijo.

—¿Tú crees?

—Oh, sí, mucho —dijo Felix—. Por eso ella ha acudido a ti.

Reuben estaba desconcertado, perdido de repente en demasiadas imágenes mentales en movimiento y sensaciones recordadas a medias, incapaz de razonar. Entre aquella mezcolanza, oyó otra vez la canción acechante que había sonado en la radio fantasma de la habitación fantasmal, y su ritmo fascinante lo paralizó.

—Felix, esta casa debería ser tuya —dijo—. No sabemos lo que quiere Marchent, por qué acecha, pero si soy un chico valiente, entonces tengo que decirlo. Esta es tu casa, Felix, no la mía.

—No —dijo Felix. Sonrió débilmente, sin alegría.

—Felix, sé que eres propietario de todos los terrenos que nos rodean, de todas las tierras hasta el pueblo y las que hay al norte y al este. Deberías recuperar la casa.

—No —dijo Felix con suavidad pero categórico.

—Si te la cedo... bueno, no hay forma de que puedas impedir que lo haga...

—No —dijo Felix.

—¿Por qué no?

—Porque si hicieras eso —dijo Felix, con los ojos empañados de lágrimas— ya no sería tu casa. Y entonces tú y Laura podríais iros. Y tú y Laura sois el calor que brilla en el corazón de Nideck Point. No puedo soportar la idea de que te vayas. No puedo hacer de Nideck Point mi hogar sin ti. Deja las cosas como están. Mi sobrina te regaló esta casa para deshacerse de ella, para desembarazarse de su pesar y desembarazarse de su dolor. Que siga todo tal como ella deseaba. Tú me trajiste otra vez aquí. En cierto sentido, ya me la has regalado. Ser propietario de un montón de habitaciones vacías significaría para mí poco o nada sin ti. —Abrió la puerta—. Ahora ven. Echemos un vistazo rápido al progreso de la casa de huéspedes. Queremos que esté lista cuando tu padre venga de visita.

Sí, la casa de huéspedes y la promesa de Phil de pasar largas temporadas con él durante las vacaciones. De hecho se lo había prometido, y Reuben lo deseaba intensamente.

9

Resultó que no dijeron nada en las noticias sobre la reaparición del Lobo Hombre en el norte de California. Reuben buscó en Internet y en todas las fuentes de noticias locales que conocía. Los periódicos y la televisión guardaban silencio sobre el tema, pero había una gran noticia que ocupaba mucho espacio en el *San Francisco Chronicle*.

Susie Blakely, una niña de ocho años desaparecida desde junio de su casa de Eureka (California), había sido encontrada por fin deambulando cerca de la población de Mountainville, en el norte del condado de Mendocino. Las autoridades habían confirmado que un carpintero, sospechoso de la desaparición desde hacía tiempo, era quien realmente la había secuestrado y mantenido prisionera. La había estado golpeando con frecuencia y haciéndole pasar hambre hasta que había escapado de su caravana la noche anterior.

Al carpintero se lo daba por muerto a consecuencia del ataque de un animal. La niña había sido testigo del hecho pero, demasiado traumatizada por la experiencia, no podía describirlo.

Salía una foto de Susie tomada poco antes de su desaparición. Ahí estaba esa carita luminosa.

Reuben buscó artículos antiguos en Google. Sus padres, obviamente, eran gente extremadamente buena que había acudido en numerosas ocasiones a los medios. En cuanto a la señora mayor, la pastora Corrie George, a quien Reuben había entregado a la chiquilla, no se la mencionaba en las noticias.

¿La pastora y la pequeña habían acordado no hablar del Lobo Hombre? Reuben estaba asombrado pero también preocupado. ¿Cómo iba a pesarles el secreto a esas inocentes? Estaba más avergonzado que nunca. No obstante, de no haber ido al bosque posiblemente habrían matado a esa preciosa pequeña en aquella sucia caravana.

En una comida tardía, con solo el ama de llaves Lisa de servicio, Reuben aseguró a los Caballeros Distinguidos que nunca más pondría en peligro su seguridad con una conducta tan imprudente. Enfurruñado, Stuart hizo varios comentarios acerca de que Reuben podría habérselo llevado consigo, pero Margon lo cortó con un gesto brusco e imperioso y brindó por la «maravillosa noticia» de Celeste.

Esto no impidió que Sergei sermoneara a conciencia a Reuben sobre los riesgos de lo que había hecho, y Thibault también se unió al rapapolvo. Se acordó que el sábado volarían durante un par de días, esta vez a las selvas de América del Sur, donde cazarían juntos antes de regresar a casa. La perspectiva tenía a Stuart en éxtasis. Reuben sintió una leve excitación, muy similar al deseo sexual. Ya podía ver y sentir la selva a su alrededor, un gran telón vibrante de vegetación húmeda, fragante, tropical, deliciosa, sin nada que ver con el frío lóbrego de Nideck Point. La idea de merodear por un universo tan denso y sin ley, en busca del «juego más peligroso», le hizo guardar silencio.

A la hora de cenar Reuben ya había hablado con Laura, que estaba verdaderamente encantada con los acontecimientos. Él y Lisa habían trasladado las pertenencias de Laura a una nueva oficina situada en el lado este de la casa. De hecho, le iría de maravilla a Laura, porque la luz de la mañana inundaba la habitación, mucho más cálida que cualquiera de Nideck Point orientada hacia el océano.

Reuben paseó por el dormitorio ya vacío durante una media hora, imaginando la habitación del bebé y luego investigó sobre todo lo necesario en Internet. Lisa comentó feliz la necesidad de una buena niñera alemana que durmiera en la habitación mientras el bebé fuera pequeño, y habló de las maravillosas tiendas suizas en las cuales se podía conseguir la canastilla más elegante imaginable y de la necesidad de rodear a un niño sensible de muebles elegantes, colores relajantes, música de Mozart y Bach y pinturas hermosas desde el inicio de su vida.

—Vamos, tienes que dejarme la cuestión de la niñera a mí —dijo Lisa con energía, enderezando las cortinas blancas de la nueva oficina—. Y encontraré a la más maravillosa de las mujeres para que haga este trabajo para ti. Tengo a alguien en mente. Una amiga querida, sí, muy querida. Pregunta al señor Felix y déjamelo a mí.

A Reuben le pareció bien. Sin embargo, de repente notó algo en ella, algo extraño que no podía precisar. En un momento en que Lisa se volvió y le sonrió, sintió inquietud respecto a ella, le pareció que algo no encajaba, pero desechó la idea.

Se quedó sonriendo mientras ella quitaba el polvo del escritorio de Laura. Su modo de vestir era mojigato, incluso pasado de moda, pero se movía con dinamismo y era más bien austera. Todo su porte le llamaba la atención, pero no conseguía dar con la causa.

Era delgada hasta el punto de ser esquelética, pero inusualmente fuerte. Lo había comprobado cuando forzó la ventana que había quedado bloqueada con pintura. Tenía, además, otras cosas extrañas, como en aquel momento, por ejemplo, en que se sentó ante el ordenador de Laura, lo encendió, y rápidamente se aseguró de que se conectaba a Internet debidamente.

«Reuben Golding, eres un sexista —se dijo—. ¿Por qué te parece sorprendente que una mujer suiza de cuarenta y cinco años sepa comprobar que un ordenador está en línea?» Había visto a Lisa con bastante frecuencia usar el ordenador de la casa en la antigua oficina de Marchent, y no escribía con dos dedos.

Ella pareció pillarlo estudiándola, y le dedicó una sonrisa sorprendentemente fría. Luego, apretándole el brazo al pasar, salió de la habitación.

Pese a todo su atractivo, que a Reuben le gustaba mucho, resultaba un tanto masculina. Sus pasos resonaban en el pasillo como los de un hombre. Más sexismo vergonzoso. Tenía unos ojos grises muy bonitos y una piel de aspecto suave, y ¿qué estaba pensando?

Se dio cuenta de que nunca había prestado demasiada atención a Heddy ni a Jean Pierre. De hecho, era un poco tímido con ellos, porque no estaba acostumbrado a «sirvientes», como Felix los llamaba con frecuencia. Sin embargo, también había algo extraño en ellos, en su forma de susurrar, sus movimientos casi furtivos y esa costumbre suya de nunca mirarlo a los ojos.

Ninguno de ellos demostraba el más mínimo interés por nada de lo que se decía en su presencia, y eso era extraño, pensándolo bien, porque los Caballeros Distinguidos hablaban muy abiertamente sobre sus diversas actividades delante de ellos, durante las comidas, y habría cabido pensar que eso despertaría su curiosidad, pero nunca lo hacía. De hecho, nadie bajaba la voz cuando hablaba, fuera de lo que fuera, para que los sirvientes no pudieran escucharlo.

Bueno, Felix y Margon conocían bien a esos sirvientes, así que, ¿quién era él para preguntar? Además, no podían ser más agradables con todo el mundo, de manera que mejor sería que olvidara el asunto. El bebé estaba en camino, sin embargo, y ahora que el bebé estaba en camino posiblemente se preocuparía por muchos detalles que antes le daban igual.

Por la tarde, Celeste había modificado ligeramente los términos del acuerdo.

Mort, después de una reflexión desesperante, no veía absolutamente ninguna razón por la que constar como marido en el registro, ni tampoco ella. Se acordó que Reuben viajara a San Francisco el viernes y se casara con Celeste en una sencilla ceremonia civil, en el Ayuntamiento. La ley de California no exigía análisis de sangre ni período de espera, gracias al cielo, y Simon Oliver redactaría un breve contrato prematrimonial que garantizara un sencillo acuerdo de divorcio consensual «sin faltas» en cuanto naciera el niño. Grace se ocuparía de los costes.

Celeste y Mort ya se habían instalado en el dormitorio de invitados de la casa de Russian Hill. Vivirían con Grace y Phil hasta que el niño llegara al mundo y fuera a vivir con su padre, pero Mort no quería estar presente en la boda.

Sí, reconoció Grace, Celeste estaba enfadada, enfadada con todo el mundo, preparada para despotricar. Estaba enfadada porque estaba embarazada y, en cierto modo, Reuben se había convertido en el archivillano, pero «debemos pensar en el bebé». Reuben estuvo de acuerdo.

También él, un poco mareado y enfadado, llamó a Laura. A ella le pareció bien el matrimonio. El hijo de Reuben sería su descendiente legal. ¿Por qué no?

—¿Te importaría venir conmigo? —preguntó Reuben.

—Por supuesto, te acompañaré —dijo ella.

10

Lo despertó en plena noche el aullido, la misma voz de morfodinámico solitario que había oído la noche anterior.

Eran las dos de la madrugada. No sabía cuánto tiempo llevaba oyéndolo, solo que finalmente había penetrado en su fina capa de sueños caóticos para empujarlo hacia la conciencia. Se incorporó en el dormitorio a oscuras y escuchó.

Continuó escuchándolo un buen rato, pero gradualmente se hizo más débil, como si el morfodinámico se estuviera alejando de Nideck Point de manera lenta y constante.

El sonido tenía el mismo tinte trágico y lastimero que la otra vez. Era decididamente siniestro. Finalmente, ya no pudo oírlo más.

Al cabo de una hora, dándose cuenta de que no podía volver a dormirse, Reuben se puso la bata y dio un paseo por los pasillos de la planta superior. Se sentía inquieto. Sabía lo que estaba haciendo. Estaba buscando a Marchent. Era un sufrimiento esperar a que ella lo encontrara.

De hecho, esperarla era como esperar la transformación del lobo en esos primeros días, después de experimentar el cambio por primera vez, y lo aterrorizaba. El circuito por los pasillos del piso de arriba le ayudaba a calmar los nervios. Solo estaban iluminados por algún que otro aplique, poco más que esas lucecitas que se dejan encendidas durante la noche, pero Reuben distinguía el hermoso lustre de las tablas de madera del suelo. El olor de la cera era casi dulce.

Le gustaba lo espaciosos que eran, la madera firme que apenas crujía bajo sus zapatillas y las habitaciones abiertas de las que solo podía distinguir los cuadrados pálidos de las ventanas con las cortinas descorridas que revelaban el tenue brillo de un cielo nocturno gris.

Caminó por el pasillo posterior y entró en una de las habitaciones más pequeñas, que nadie había ocupado desde su llegada, para tratar de ver por la ventana el bosque de detrás de la casa.

Aguzó el oído para volver a captar aquel aullido, pero no lo oyó. Alcanzaba a distinguir una luz muy tenue en el piso de arriba del edificio del servicio, a su izquierda. Creía que en la habitación de Heddy, pero no estaba seguro.

Sin embargo, apenas veía nada más del bosque oscuro.

Notó un escalofrío, un cosquilleo en la piel. Se tensó, profundamente consciente del vello de lobo que se erizaba en su interior, incitándolo, pero sin saber el motivo.

Luego, muy lentamente, al sentir el hormigueo en toda la cara y el cuero cabelludo, oyó ruidos en la oscuridad, choques sordos de las ramas y gruñidos. Entornó los ojos, sintiendo el pulso de la sangre de lobo en las arterias, notando que los dedos se le alargaban. Apenas distinguía dos figuras más allá del cobertizo, en el calvero: dos figuras lobunas parecían estar dándose empujoncitos, esquivándose mutuamente y gesticulando como seres humanos. Morfodinámicos, desde luego, pero ¿qué morfodinámicos?

Hasta ese momento, Reuben había estado convencido de ser capaz de reconocer a todos los demás en su forma de lobo, pero no tenía ni idea de quiénes eran esos dos. Estaba siendo testigo de una pelea violenta, de eso no cabía duda. De repente, el más alto de los dos lanzó al morfodinámico más bajo contra las puertas del cobertizo. Hubo una reverberación sorda procedente del bosque, como si este fuera la piel de un tambor.

La figura más pequeña soltó una retahíla de imprecaciones y la más alta, dando la espalda a la otra, alzó los brazos y soltó un aullido largo y quejumbroso pero cuidadosamente modulado.

El bajo se lanzó contra el alto, que le dio un empujón y otra vez pareció levantar la cabeza al aullar.

La escena paralizó a Reuben. La transformación lo invadía con ferocidad y luchó desesperadamente por detenerla.

Lo interrumpió un sonido, unas pisadas justo detrás de él. Se volvió de golpe y vio la figura familiar de Sergei recortada contra la luz pálida del pasillo.

—Déjalos en paz, lobito —le dijo con su voz bronca y profunda—. Déjalos que luchen.

Reuben se estremeció. Notó una serie de violentos escalofríos al luchar contra la transformación y salir por fin victorioso. Sentía la piel desnuda y fría, y estaba temblando.

Sergei se había colocado a su lado y estaba mirando al patio.

—Lucharán y terminarán con esto —dijo—, y sé que no hay nada que hacer con esos dos salvo dejarlos solos.

—Son Margon y Felix, ¿no?

Sergei miró a Reuben con evidente sorpresa.

—No lo sé —le confesó este.

—Sí, son Margon y Felix —dijo Sergei—. Pero no importa. La Nobleza del Bosque vendrá tarde o temprano, tanto si Felix la llama como si no.

—¿La Nobleza del Bosque? —preguntó Reuben—. ¿Qué es la Nobleza del Bosque?

—No importa, lobito —dijo—. Vete y déjalos solos. La Nobleza del Bosque siempre llega durante el solsticio de invierno. Cuando bailemos en Nochebuena, la Nobleza del Bosque nos rodeará. Tocarán gaitas y tambores para nosotros. No pueden hacer daño.

—Pero no lo entiendo —dijo Reuben. Volvió a mirar al calvero de detrás del cobertizo.

Felix, solo en ese momento, miraba el bosque. Levantó la cabeza y emitió otro gruñido quejumbroso.

Sergei ya se iba.

—¡Eh, espera, cuéntamelo, por favor! —le insistió Reuben—. ¿Por qué están peleando por esto?

—¿Te resulta tan inquietante que peleen? Acostúmbrate a eso,

Reuben. Siempre lo hacen. Siempre lo han hecho. Fue Margon quien trajo la familia humana de Felix a nuestro mundo. Nada separará nunca a Margon y Felix.

Sergei se marchó. Reuben oyó que se cerraba la puerta de su habitación.

El sonido del aullido procedía de lejos.

Cuatro de la mañana.

Reuben se había quedado dormido en la biblioteca. Estaba sentado en el sillón orejero de Felix, junto a la chimenea, con los pies en el guardafuegos. Había estado trabajando en el ordenador, tratando de encontrar las palabras «Nobleza del Bosque», sin dar con nada significativo. Luego se sentó junto al fuego, con los ojos cerrados, rogando a Marchent que entrara, rogándole que le dijera que estaba sufriendo. El sueño había llegado, pero Marchent no.

Cuando se despertó, notó enseguida que, de hecho, lo había despertado algún cambio particular en las cosas que lo rodeaban.

El fuego se había reducido, pero le habían añadido un leño y todavía ardía; habían colocado el grueso tronco de roble encima de los rescoldos de la hoguera que él había encendido dos horas antes. Solo la oscuridad rodeaba su sillón ante el resplandor del fuego, pero alguien se estaba moviendo en la habitación.

Lentamente, Reuben volvió la cabeza hacia la izquierda para mirar más allá de la oreja del sillón de cuero y vio la figura delgada de Lisa moviéndose.

Con destreza, la mujer enderezó las cortinas de terciopelo a la izquierda del ventanal y se agachó con facilidad para apilar los libros del suelo, y en el asiento de la ventana, mirándola con expresión de feroz y lloroso resentimiento, estaba Marchent.

Reuben no podía moverse. No podía respirar. La escena, la visión de Lisa viva y el fantasma en espantosa proximidad, desató un perfecto horror en él, seguramente más que ninguna aparición previa. Reuben abrió la boca, pero no articuló ningún sonido.

Los ojos temblorosos de Marchent seguían los gestos más pequeños de Lisa. Sufrimiento. Entonces Lisa se acercó a la figura fantasmal y ahuecó el cojín de terciopelo del asiento de la ventana. Cuando estuvo más cerca de la joven sentada, las dos mujeres se miraron.

Reuben ahogó un grito; sintió que se asfixiaba.

Marchent miró con furia y amargura a la otra, cuyo brazo literalmente la atravesó, y dio la impresión de que la irreductible Lisa miraba directamente a Marchent.

—¡No la molestes! —gritó Reuben sin pensar, antes de que pudiera reprimirse—. ¡No la tortures! —Estaba de pie temblando violentamente.

La cabeza de Marchent se volvió hacia él como la de Lisa, tendió los brazos hacia él y desapareció.

Reuben notó una presión, la presión de unas manos en los bíceps, y a continuación un suave cosquilleo de cabello y labios tocándolo; un instante después se había ido, completamente. El fuego ardía y crepitaba como por efecto del viento. Los periódicos en el escritorio susurraron y se asentaron.

—Oh, Dios —dijo Reuben, prácticamente sollozando—. ¡No podías verla! —tartamudeó—. Estaba allí, allí, en el asiento de la ventana. Me ha tocado. ¡Oh, Dios! Sintió que se le humedecían los ojos y respiraba con dificultad.

Silencio.

Levantó la mirada.

Lisa estaba de pie detrás del sofá Chesterfield con esa misma sonrisa fría que había visto en sus rasgos finos y delicados antes, con aspecto antiguo y joven al mismo tiempo, el pelo echado hacia atrás y el vestido de seda negra, tan mojigato, hasta los tobillos.

—Por supuesto que la he visto —dijo.

El sudor cubrió a Reuben. Lo sintió reptando en su pecho.

La voz de Lisa volvió a sonar otra vez, discreta y solícita al acercarse a él.

—La he estado viendo desde que llegué —dijo ella. Su expresión era de ligero desprecio o, como mínimo, de desaire.

—Pero has pasado a través de ella como si no estuviera —dijo Reuben, con las lágrimas resbalando por sus mejillas—. No deberías haberla tratado así.

—¿Y qué iba a hacer? —dijo la mujer, suavizando deliberadamente su actitud. Suspiró—. ¡No sabe que está muerta! Se lo dije, ¡pero no lo aceptará! ¿Debería tratarla como si fuera un ser vivo? ¿Eso la ayudará?

Reuben estaba atónito.

—Alto —dijo—. Despacio. ¿Qué quiere decir eso de que no sabe que está muerta?

—Que no lo sabe —repitió la mujer con un ligero encogimiento de hombros.

—Eso es... es demasiado espantoso —susurró Reuben—. No puedo creer algo así, que una persona no sepa que está muerta. No puedo...

Lisa lo condujo firmemente hacia la silla.

—Siéntate —dijo—, y deja que te traiga café, porque estás despierto y es inútil que vuelvas a la cama.

—Por favor, déjame solo —le pidió Reuben. Notaba que estaba a punto de darle un terrible dolor de cabeza.

La miró a los ojos. Algo no cuadraba en ella, no encajaba en absoluto, pero no podía determinar qué.

Por lo que había visto, sus movimientos deliberados, su conducta extraña había sido tan horrible como la visión de Marchent llorando, Marchent enfadada, Marchent perdida.

—¿Cómo puede no saber que está muerta? —preguntó.

—Te lo he dicho —respondió la mujer en voz baja pero férrea—. No lo aceptará. Es muy común, te lo aseguro.

Reuben se hundió en la silla.

—No me traigas nada. Déjame solo —dijo.

—Lo que quieres decir es que no quieres nada de mí —dijo— porque estás enfadado conmigo.

Un hombre habló detrás de Reuben. Era Margon. Se expresó en alemán, con brusquedad, y Lisa, inclinando la cabeza, se marchó inmediatamente de la sala.

Margon se acercó al sofá Chesterfield y se sentó frente al fuego. Llevaba la melena castaña suelta hasta los hombros. Iba vestido solo con una camisa tejana, vaqueros y zapatillas. Llevaba el cabello alborotado y lo miraba con afecto y empatía.

—No le hagas caso —dijo—. Lisa está aquí para hacer su trabajo, ni más ni menos.

—No me gusta —confesó Reuben—. Me avergüenza decirlo, pero es cierto. No obstante, ahora mismo esa es la menor de mis preocupaciones.

—Sé lo que te preocupa —dijo Margon—. Pero Reuben, si a los fantasmas no les hacen caso suelen seguir adelante. No ayuda mirarlos, reconocerlos, mantenerlos entretenidos aquí. Lo natural es que sigan adelante.

—Entonces, ¿estás al corriente de todo esto?

—Sé que has visto a Marchent —dijo Margon—. Felix me lo contó. Y Felix está sufriendo por esto.

—Tenía que decírselo, ¿no?

—Por supuesto que sí. No te culpo por contárselo a él ni a nadie. Pero escúchame, por favor. Lo mejor es no hacer caso a las apariciones.

—Eso me parece muy frío y cruel —dijo Reuben—. ¡Si pudieras verla, si pudieras verle la cara!

—La he visto hace un momento —dijo Margon—. No lo había hecho hasta ahora, pero la he visto en el asiento de la ventana. He visto que se levantaba e iba hacia ti. Pero Reuben, ¿no te das cuenta? En realidad no puede oírte ni comprenderte, tampoco hablar contigo. No es un espíritu tan fuerte y, por favor, créeme, lo último que quiero es que se haga fuerte, porque si se fortalece podría quedarse para siempre.

Reuben ahogó un grito. Sentía el demente impulso de persignarse, pero no le hizo. Le temblaban las manos.

Lisa había vuelto con una bandeja que dejó en la otomana de cuero, delante de Margon. La fragancia del café llenó la sala. Había dos jarras en la bandeja, dos tazas y platitos, los habituales cubiertos y viejas servilletas de lino.

Margon soltó una retahíla en alemán, obviamente alguna clase de reprimenda, al mirar a Lisa. Nunca hablaba con apresuramiento ni con severidad; no obstante, había un tono frío de reprobación en lo que decía. La mujer inclinó la cabeza otra vez, como había hecho antes, y asintió.

—Lo siento mucho, Reuben —dijo suavemente, con sinceridad—. Lo siento de verdad. Soy muy brusca y sistemática a veces. Mi mundo es un mundo de eficiencia. Lo siento mucho. Por favor, dame otra oportunidad para que puedas hacerte una mejor opinión de mí.

—Oh, sí, por supuesto —dijo Reuben—. No sabía lo que estaba diciendo. —Sintió inmediatamente pena por ella.

—He sido yo quien ha hablado mal —dijo Lisa, con su voz reducida a un susurro implorante—. Te traeré algo de comer. Tienes los nervios destrozados y debes comer. —Salió.

Se quedaron sentados en silencio hasta que Margon dijo:

—Te acostumbrarás a ella y a los demás. Hay uno o dos más en camino. Créeme, son expertos en servirnos o no los tendría aquí.

—Hay algo inusual en ella —confesó Reuben—. No consigo identificarlo. No sé cómo describirlo. Pero realmente ha sido muy servicial. No sé qué me pasa.

Sacó un pañuelo de papel doblado del bolsillo de su bata y se secó los ojos y la nariz.

—Todos tienen muchas cosas inusuales —dijo Margon—, pero llevo años trabajando con ellos. Son muy buenos con nosotros.

Reuben asintió.

—Es Marchent la que me preocupa, ya lo sabes, porque está sufriendo. ¡Y Lisa ha dicho una cosa terrible! No sé... ¿Es realmente posible que Marchent no sepa que está muerta? ¿Es concebible que el alma de un ser humano esté atada a esta casa, sin que él sepa que está muerto, sin que sepa que nosotros estamos vivos, pugnando por hablarnos y sin poder hacerlo? Escapa a mi comprensión. No puedo creer que la vida sea tan cruel con nosotros. Me refiero a que sé que ocurren cosas terribles en este mundo, constantemente y en todas partes, pero pensaba que después de la muerte, cuando la cuerda se cortara, no sé, que habría...

—¿Respuestas? —sugirió Margon.

—Sí, respuestas, claridad, revelación —dijo Reuben—. O eso o, gracias a Dios, nada.

Margon asintió.

—Bueno, quizá no es tan sencillo. No podemos saberlo. Estamos atados a estos cuerpos poderosos nuestros, ¿no? No sabemos lo que los muertos saben o dejan de saber, pero una cosa puedo decirte: finalmente siguen adelante. Pueden. Tienen elección, estoy convencido de ello.

El rostro de Margon solo mostraba amabilidad.

Al ver que Reuben no respondía ni decía nada, le sirvió una taza de café y, sin preguntar, le añadió dos sobres de edulcorante artificial, que era lo que Reuben siempre se echaba, y le ofreció el café después de revolverlo.

Un suave susurro sedoso y un intenso aroma de galletas recién horneadas anunciaron la llegada de Lisa, que sostuvo el plato humeante en la mano antes de dejarlo en la bandeja.

—Ahora come un poco —dijo—. El azúcar te despierta de madrugada. Despierta la sangre dormida.

Reuben tomó un largo sorbo de café. Estaba delicioso, pero lo asaltó la idea desagradable y terrible de que Marchent tal vez no pudiera notar ningún gusto. Quizá no podía oler nada ni saborear nada. Quizá solo podía ver y oír, lo que le parecía una penitencia espantosa.

Cuando levantó otra vez la mirada hacia Margon, la compasión que vio en el rostro de este lo puso al borde de las lágrimas. Margon y Felix tenían mucho en común más allá de la piel oscura asiática y los ojos oscuros. Se parecían tanto como si pertenecieran a una misma tribu. Sin embargo, Reuben sabía que eso no era posible. No lo era si Margon estaba diciendo la verdad sobre sus respectivos pasados, y todo indicaba que decía siempre la verdad, aunque a los otros no les gustara o no quisieran aceptarla. En ese momento, parecía un amigo sincero y preocupado, juvenil, empático, genuino.

—Explícame algo —dijo Reuben.

—Si puedo —repuso Margon con una sonrisita.

—¿Todos los viejos morfodinámicos son como tú, Felix, Sergei y los demás? ¿Son todos amables y educados como tú? ¿No hay algún morfodinámico rufián en algún sitio, grosero y detestable por naturaleza?

Margon soltó una carcajada triste.

—Nos halagas —dijo—. Debo confesar que hay algunos morfodinámicos muy desagradables compartiendo este mundo con nosotros. Ojalá pudiera decir que no.

—Pero ¿quiénes son?

—Ah, sabía que lo preguntarías de inmediato. ¿Te conformarás si te digo que estamos mejor si nos dejan en paz aquí y se quedan en su propio territorio y con sus propias maneras? Podemos seguir mucho tiempo sin entrar en contacto con ellos.

—Sí, me conformo. ¿Estás diciendo que no hay nada que temer de ellos?

—Temer no, no hay nada que temer, aunque te diré que hay morfodinámicos en este mundo a los que personalmente desprecio. No es probable que te encuentres con ellos mientras yo esté aquí, sin embargo.

—¿Definen el mal de una forma diferente a como lo definimos nosotros?

—Cada alma de la tierra define el mal a su propia manera —dijo Margon—. Lo sabes. No tengo que decírtelo. Pero a todos los morfodinámicos los ofende el mal y buscan destruirlo en los humanos.

—Pero ¿qué pasa con los otros morfodinámicos?

—Es infinitamente más complejo, como descubriste con el pobre Marrok. Quería matarte, sentía que debía, sentía que no tenía derecho a pasarte el Crisma, que tenía que aniquilar su error, pero sabes lo difícil que era para él, siendo Laura y tú tan completamente inocentes. Pero a ti, a ti no te costó matarlo simplemente porque trataba de matarte. Bueno, ahí tienes en esencia la historia moral de la raza humana y de todas las razas inmortales, ¿no?

—¿De todas las razas inmortales?

—Tú y Stuart... Si os respondiéramos a todas las preguntas os abrumaríamos. Vayamos paso a paso, por favor: así podemos posponer la revelación inevitable de que no tenemos todas las respuestas.

Reuben sonrió, pero no iba a dejar que se le escapara esa oportunidad entre los dedos, menos con el dolor que estaba experimentando en ese momento.

—¿Hay una ciencia de los espíritus? —preguntó Reuben.

Sintió las lágrimas agolpándose otra vez. Cogió una galleta, que todavía estaba caliente, y se la comió con facilidad, de un bocado. Era una galleta de avena deliciosa, su favorita, muy gruesa. Se tomó el resto del café y Margon le sirvió otra taza.

—No, la verdad es que no —dijo Margon—. Aunque la gente te dirá lo contrario. Te he dicho lo que sé, que los espíritus pueden seguir adelante y lo hacen. A menos, por supuesto, que no quieran. A menos, por supuesto, que hayan decidido quedarse.

—Pero lo que quieres decir es que desaparecen de nuestra vista, ¿no? —Reuben suspiró—. O sea, lo que estás diciendo es que te dejan, sí, pero no tienes modo de saber si han seguido adelante.

—Hay pruebas de que siguen adelante. Cambian, desaparecen. Alguna gente los ve con más claridad que otra. Tú eres capaz de verlos. Recibiste el don de tu familia paterna. Lo heredaste con la sangre celta. —Parecía que iba a decir algo más, pero entonces añadió—: Por favor, escúchame. No busques comunicarte con ella. Déjala ir, por su bien.

Reuben no podía responder.

Margon se levantó para irse.

—Espera, Margon, por favor.

El otro se quedó allí, con la mirada baja, preparándose para algo desagradable.

—Margon, ¿qué es la Nobleza del Bosque? —preguntó Reuben.

La expresión de Margon cambió. De repente, estaba exasperado.

—¿Quieres decir que Felix no te lo ha contado? —preguntó—. Creía que lo habría hecho.

—No, no me lo ha contado. Sé que estáis peleando por ella, Margon, os vi. Os oí.

—Bueno, deja que Felix te explique quiénes son y, ya puestos, podría explicarte toda su filosofía de vida, su insistencia en que todos los seres sensibles son capaces de vivir en armonía.

—¿No crees que puedan? —preguntó Reuben. Estaba pugnando por retener a Margon, tratando de que no dejara de hablar.

Margon suspiró.

—Bueno, digámoslo así: prefiero vivir en armonía en este mundo sin la Nobleza del Bosque, sin espíritus en general. Prefiero poblar mi mundo con criaturas de carne y hueso, no importa lo mutantes, impredecibles o malnacidas que sean. Tengo un respeto profundo y perdurable por la materia. —Repitió la palabra—: Materia.

—Como Teilhard de Chardin —dijo Reuben.

Se acordó del librito que había encontrado antes de conocer a Margon y a Felix, el librito de reflexiones teológicas de Teilhard que Margon le había dedicado a Felix. Teilhard decía que estaba enamorado de la materia.

—Bueno, sí —dijo Margon con una leve sonrisa—. Parecido a Teilhard. Pero Teilhard era sacerdote, como tu hermano. Teilhard creía en cosas en las que yo nunca he creído. No soy ortodoxo, recuérdalo.

—Creo que sí —dijo Reuben—. Pero tienes tu propia ortodoxia sin Dios.

—Oh, tienes razón, por supuesto —dijo Margon—, y quizás estoy equivocado. Digamos simplemente que creo en la superioridad de lo biológico sobre lo espiritual. Busco lo espiritual en lo biológico y en ningún otro sitio.

Y se fue sin decir una palabra más.

Reuben se recostó en el asiento, mirando sin ánimo la ventana distante. Los cristales estaban empañados y blanquecinos, de modo que los cuadrados enmarcados en plomo eran un espejo perfecto.

Después de un buen rato mirando el reflejo distante del fuego en un cristal, vio un destello que parecía flotar en la nada.

—¿Estás aquí, Marchent? —susurró.

Lentamente, ella cobró forma en el espejo, y mientras él miraba fijamente, adquirió color, se hizo sólida, plástica y tridimensional. Se sentó en el asiento de la ventana otra vez, pero no parecía la misma. Llevaba el mismo vestido marrón que el día que la conoció. Tenía el rostro húmedo y rosado como si estuviera viva, pero triste, muy triste, el cabello suave peinado, brillaban lágrimas en sus mejillas.

—Dime qué quieres —la instó él a responder, tratando desesperadamente de controlar el miedo. Se dispuso a levantarse e ir hacia ella, pero la imagen ya se estaba disolviendo. Un destello de movimiento, la forma fugaz de Marchent estirándose se hizo más delgada, se desvaneció como si estuviera hecha de píxeles y color y luz. Se había ido. Reuben se quedó allí de pie, temblando tanto como antes, con el corazón en la boca, mirando su propio reflejo en la ventana.

11

Reuben durmió hasta la tarde, cuando lo despertó una llamada de Grace. Sería mejor que fuera, dijo su madre, a firmar los documentos matrimoniales y que la ceremonia se celebrase al día siguiente por la mañana. Reuben mostró su conformidad.

Se detuvo al salir, solo para buscar a Felix, pero no lo encontró. Lisa pensaba que quizás hubiera ido a Nideck a supervisar los preparativos de la feria navideña.

—Estamos todos muy ocupados —le dijo, con un destello en la mirada, e insistió en que Reuben comiera.

Ella, Heddy y Jean Pierre habían puesto cuencos y bandejass de plata de ley en la larga mesa del comedor calientaplatos. Las puertas de la despensa estaban abiertas y había un montón de cajas de cubertería en el suelo, junto a la mesa.

—Ahora, escúchame, tienes que comer —insistió Lisa, yendo rápidamente hacia la cocina.

—No. —Reuben le dijo que cenaría con su familia en San Francisco—. Pero es divertido ver todos estos preparativos.

Lo era. Se dio cuenta de que faltaban solo siete días para la gran fiesta.

El robledal estaba atestado de trabajadores que llenaban las gruesas ramas grises de los árboles de lucecitas de Navidad. Ya estaban montando las tiendas en la terraza delantera de la casa. Galton y sus primos iban y venían. Habían llevado las magníficas estatuas de mármol del belén hasta un lado de la terraza, donde permanecían agrupadas a la intemperie, esperando a ser colocadas adecuadamente; a pesar de la llovizna, una cuadrilla de obreros construía algo que solo podía ser un pesebre navideño.

Reuben detestaba marcharse, pero no tenía elección. En cuanto al viaje que le esperaba, bueno, no iba a parar para recoger a Laura, que llegaría para la celebración nupcial del día siguiente en el Ayuntamiento.

Resultó que las cosas salieron peor de lo esperado.

Lo pilló un diluvio antes de alcanzar el Golden Gate y tardó más de dos horas en llegar a la casa de Russian Hill. La tormenta no daba indicios de amainar. La lluvia era de las que te empapan con solo correr del coche a la puerta de casa. Llegó despeinado y tuvo que ir a cambiarse de inmediato.

Ese fue el menor de sus problemas, sin embargo. En la firma de los documentos con Simon Oliver no hubo complicaciones, pero Celeste tenía un ataque de rabia al que dio rienda suelta con comentarios sarcásticos y resentidos al firmar la cesión de tutela del niño. Reuben reprimió un grito al ver las cantidades de dinero que estaban cambiando de manos, pero por supuesto no dijo nada.

No sabía lo que significaba gestar a un hijo y nunca lo sabría, ni tenía idea de lo que significaba renunciar a uno. Estaba contento por el hecho de que Celeste se marchara con suficiente dinero para el resto de su vida si planificaba las cosas bien.

Sin embargo, después de que los abogados se fueran y de soportar la cena en silencio, Celeste explotó en una andanada verbal acusando a Reuben de ser uno de los seres humanos más inútiles y menos interesantes jamás nacidos en el planeta.

Oír aquello no fue en absoluto fácil para Grace ni para Phil, pero no se levantaron de la mesa, y Grace no dejó de hacer gestos disimulados a Reuben pidiéndole paciencia. En cuanto a Jim, su expresión era compasiva pero extrañamente impávida, más estudiada que reflexiva. Iba como siempre bien vestido, con traje negro y alzacuellos. Su cabello castaño ondulado y sus ojos extremadamente agradables y atractivos completaban su imagen de sacerdote-estrella de cine, en opinión de Reuben. Jim era un hombre atractivo, pero nadie se refería nunca a ello, al menos si podía referirse al atractivo de su Reuben.

Reuben dijo poco o nada durante los primeros veinte minutos, mientras Celeste lo fustigaba tildándolo de haragán, guaperas que pierde el tiempo, zascandil inmerecidamente respetado, insulso y cabeza hueca que salía con animadoras, tipo sin ambición al que todo le resultaba tan fácil que no tenía ni la menor fibra moral. Nacido guapo y rico, desperdiciaba su vida.

Al cabo de un rato, Reuben apartó la mirada. Si el rostro de Celeste no hubiera estado colorado, contraído de rabia y arrasado de lágrimas, podría haberse enfadado. El caso era que sentía lástima y al mismo tiempo cierto desprecio por ella.

Nunca en la vida había sido perezoso y lo sabía. Tampoco había sido nunca «el chico insulso y cabeza hueca que salía con animadoras», pero no tenía ninguna intención de decirlo. Empezó a sentir un frío distanciamiento, incluso cierta tristeza. Celeste nunca lo había conocido lo más mínimo y, gracias a Dios, aquel era un matrimonio temporal. ¿Y si hubieran intentado casarse en serio?

Cada vez que ella mencionaba su «atractivo», él se daba cuenta de algo aún más profundo. Celeste lo despreciaba, lo despreciaba físicamente. Esa mujer con la cual había tenido intimidad en infinidad de ocasiones no podía soportarlo físicamente. Se le erizó el vello de la nuca al pensar en ello y en lo espantoso que podría haber sido un matrimonio real con Celeste.

—Y el mundo simplemente te da un bebé, del mismo modo que te da todo lo demás —dijo ella por fin, aparentemente concluyendo su razonamiento, agotada su furia, con un temblor en los labios—. Te odiaré hasta el día de mi muerte —añadió.

Celeste estaba a punto de continuar cuando él se volvió y la miró. Ya no sentía lástima, sino desagrado. La miró sin decir ni una palabra. Continuó mirándola a los ojos en silencio, y entonces, por primera vez, por primera vez en meses, ella pareció ligeramente asustada. De hecho, parecía asustada de Reuben como la primera vez que él había experimentado la influencia del Crisma, cuando empezó a cambiar de muchas formas sutiles antes de la transformación en lobo. Él no lo había entendido entonces y, por supuesto, ella nunca lo comprendió, pero había estado asustada.

Al parecer, los otros también percibieron cierto aumento del sufrimiento colectivo, y Grace empezó a hablar, pero Phil la instó a quedarse en silencio.

—He tenido que trabajar toda mi vida —dijo de pronto Celeste en voz baja y torturada—. Tuve que trabajar mucho de niña. Mi padre y mi madre dejaron una pequeña finca. Trabajé por todo. —Suspiró, obviamente exhausta—. A lo mejor no es culpa tuya que no sepas lo que eso significa.

—Exacto —dijo Reuben, cuyo tono de voz, profundo y brusco, lo sorprendió pero no lo detuvo—. Quizá nada de esto sea culpa mía. Quizá nada en nuestra relación haya sido nunca culpa mía, salvo no reconocer antes tu desprecio manifiesto por mí. Pero hace falta valor para ser cruel, ¿no?

Los demás estaban anonadados.

—¿No? —insistió Reuben.

Celeste bajó un momento la cabeza antes de volver a mirarlo. Parecía muy pequeña y vulnerable en la silla, con la cara blanca y demacrada y el bonito cabello despeinado. Su mirada se suavizó.

—Bueno, al fin y al cabo tienes voz —dijo con amargura—. Si lo hubieras descubierto un poco antes, tal vez nada de esto habría ocurrido.

—Oh, mentiras y estupideces —dijo Reuben—. Estupideces ególatras. Si no hay nada más que quieras decir, tengo cosas que hacer.

—¿Ni siquiera vas a decir que lo sientes? —preguntó ella con exagerada sinceridad. Estaba otra vez al borde de las lágrimas. Estaba palideciendo y temblando ante los ojos de Reuben.

—¿Que lo siento por qué? ¿Porque olvidaste tomar la píldora? ¿Porque la píldora no funcionó? ¿Que siento que una vida nueva vaya a venir a este mundo y que yo desee esa vida y tú no? ¿Qué es lo que hay que sentir?

Jim le hizo un gesto para que frenara.

Reuben miró fijamente a su hermano un momento y luego a Celeste.

—Te agradezco que estés dispuesta a tener este bebé —dijo—. Te agradezco que estés dispuesta a dármelo. Estoy muy agradecido. Pero no lamento absolutamente nada.

Nadie habló, ni siquiera Celeste.

—En cuanto a todas las mentiras y estupideces que has escupido durante la última hora, las he soportado como siempre he soportado tu crueldad y tu maldad, para mantener la paz. Así que, si no te importa, me gustaría disfrutar de un poco de paz ahora mismo. He terminado aquí.

—Reuben —dijo Phil con suavidad—, cálmate, hijo. Es solo una niña, igual que tú.

—Gracias, pero no necesito tu compasión —le dijo Celeste a Phil, echando chispas por los ojos—, y estoy segura de que no soy una niña.

La vehemencia con la que habló provocó un grito ahogado colectivo.

—Si alguna vez le hubieras enseñado a tu hijo algo práctico sobre lo que significa ser adulto en este mundo —continuó Celeste—, puede que las cosas fueran diferentes. La gente no puede permitirse tu aburrida poesía.

Reuben se había puesto furioso de repente. No confiaba en sí mismo para seguir hablando. Pero Phil ni siquiera pestañeó.

Grace se levantó abrupta y torpemente de la mesa, rodeó a Celeste y la ayudó a levantarse de la silla, aunque eso no era necesario desde el punto de vista físico.

—Estás cansada, muy cansada —le dijo con suavidad, solícita—. En cierto modo el agotamiento es una de las peores cosas.

A Reuben le asombró la forma en que Celeste aceptó aquella amabilidad sin una palabra de gratitud, como si fuera el deber de Grace ser amable con ella, o como si se hubiera acostumbrado a que lo fuera y lo diera por sentado.

Grace la acompañó al piso de arriba. Reuben deseaba desesperadamente hablar con su padre, pero Phil estaba mirando hacia otro lado con expresión abstraída y pensativa. Daba la impresión de estar completamente ausente de aquel momento y aquel lugar. ¿Cuántas veces había visto esa misma expresión en el rostro de Phil?

Todos permanecieron sentados en silencio hasta que reapareció Grace, que miró a Reuben un buen rato y por fin dijo:

—No sabía que pudieras enfadarte tanto. Vaya. Dabas miedo. —Se rio, incómoda.

Phil respondió con una risita e incluso Jim forzó una sonrisa. Grace puso su mano en la de Phil y ambos intercambiaron una mirada de intimidad silenciosa.

—¿Daba miedo? —preguntó Reuben. Todavía temblaba de rabia, el suyo era un temblor del alma—. Mira —dijo—, no soy un supermédico como tú, madre, ni soy un superabogado como ella. Tampoco soy un supersacerdote misionero de los barrios pobres como tú, Jim, pero no me parezco en nada al hombre que ella ha descrito aquí, y ninguno de vosotros ha pronunciado ni una palabra en mi defensa. Ni uno solo. Bueno, tengo mis sueños y mis aspiraciones y mis objetivos, y podrían no ser los vuestros, pero son los míos. He trabajado por ellos toda mi vida. No soy la persona que ella ha descrito, y podríais haber defendido a papá de ella, aunque no tuvierais estómago para defenderme. Él tampoco merecía su veneno.

—No, por supuesto que no —dijo Jim con rapidez—. Por supuesto que no. Pero Reuben, ella todavía puede desembarazarse de ese niño si cambia de opinión. ¿No lo entiendes? —Bajó la voz—. Esa es la única razón por la que hemos estado aquí sentados escuchándola. Nadie quiere arriesgarse a que descargue su ira contra este bebé.

—¡Oh, al diablo con ella! —dijo Reuben bajando la voz pese a su rabia—. No abortará, y menos con todo el dinero que ha cambiado de manos. No está loca y yo no voy a soportar más su maltrato. —Se levantó—. Papá, siento lo que te ha dicho. Ha sido feo y deshonesto como todo lo que sale de su boca.

—Olvídate de eso, Reuben —dijo Phil con calma—. Siempre me ha dado mucha lástima.

Esto sorprendió a Jim y también a Grace, aunque ella estaba

obviamente luchando con multitud de emociones. Todavía se aferraba a la mano de Phil.

Nadie habló, y Phil continuó:

—Yo crecí como ella, hijo, trabajando por todo lo que tengo —dijo—. Pasará mucho tiempo hasta que se dé cuenta de lo que verdaderamente quiere en este mundo. Por el bebé, Reuben, por el bebé, sé paciente con ella. Recuerda que este niño te librará de Celeste y librará a Celeste de ti. No está mal en absoluto, ¿no?

—Lo siento, papá, tienes razón. —Reuben estaba avergonzado, completamente avergonzado.

Abandonó la reunión.

Jim salió tras él, siguiéndolo en silencio por la escalera. Pasó junto a su hermano y entró en la habitación de este.

El pequeño fuego de gas ardía bajo la repisa de la chimenea y Jim ocupó su sillón orejero acolchado favorito junto al hogar.

Reuben se quedó en el umbral un momento y luego suspiró, cerró la puerta tras de sí y ocupó su viejo sillón, enfrente del de Jim.

—Deja que diga una cosa —empezó Reuben—. Sé lo que te he hecho. Sé la carga que te he impuesto al contarte cosas horribles, cosas atroces en confesión, atado como estás a mantener el secreto. Jim, si pudiera volver atrás, no lo haría. Pero cuando acudí a ti, te necesitaba.

—Y ahora ya no —dijo Jim con voz apagada y los labios temblorosos—, porque tienes todos esos amigos hombres lobo en Nideck Point, ¿verdad?, y a Margon, el distinguido sacerdote de los impíos, ¿verdad? Vas a criar a tu hijo en esa casa con ellos. ¿Cómo vas a hacerlo?

—Preocupémonos de eso cuando nazca el niño —dijo Reuben. Pensó un momento—. No desprecias a Margon y los demás. Sé que no lo haces. No puedes. Creo que lo has intentado y no has sido capaz.

—No, no los desprecio —reconoció Jim—. En absoluto. Eso es lo misterioso. No los desprecio. No veo cómo alguien podría despreciarlos basándome en lo que sé de ellos y en lo bien que te trataron.

—Me alivia oír eso —dijo Reuben—. Estoy más aliviado de

lo que puedo expresar. Sé lo que te he hecho con estos secretos. Créeme que lo sé.

—¿Te importa lo que piense? —preguntó Jim, sin sarcasmo ni amargura. Miró a Reuben como si sinceramente quisiera saberlo.

—Siempre —dijo Reuben—. Sabes que sí. Jim, fuiste mi primer héroe. Siempre serás mi héroe.

—No soy ningún héroe. Soy sacerdote, y soy tu hermano. Confiaste en mí. Confías en mí ahora. Estoy tratando desesperadamente de comprender qué puedo hacer por ayudarte. Además, deja que te diga que no soy ni he sido nunca el santo que tú crees. No soy tan buena persona como tú, Reuben. Quizá podríamos aclarar las cosas ahora. Sería bueno para los dos. He hecho cosas terribles en mi vida, cosas de las que no sabes nada.

—Eso me resulta muy difícil de creer —dijo Reuben.

Pero la voz de Jim era cruda y había una expresión en su mirada que Reuben nunca había visto.

—Bueno, tienes que creerme —dijo Jim—, y tienes que calmarte con Celeste. Esta es mi primera lección, mi primera preocupación. Quiero que escuches. Todavía podría librarse de ese bebé en cualquier momento. Oh, lo sé, tú no crees que lo haga y tal y cual, pero cálmate, Reuben. ¿Lo harás? Hasta que nazca este niño. —Calló, como si no supiera bien qué decir a continuación.

Cuando Reuben trató de hablar, empezó otra vez.

—Quiero decirte algunas cosas sobre mí, algunas cosas que podrían ayudarte a entender todo esto. Te pido que me escuches. Tengo que decírtelo, ¿vale?

Fue tan inesperado que Reuben no supo qué decir. ¿Cuándo lo había necesitado Jim?

—Por supuesto, Jim —respondió—. Cuéntame lo que quieras. ¿Cómo puedo negarte una cosa así?

—Vale, entonces escucha —dijo Jim—. Engendré un niño en una ocasión y lo maté. Lo engendré con la mujer de otro hombre. Lo hice con una hermosa joven que confió en mí y tendré esa sangre en mis manos toda la vida. No, no digas nada y escucha. A lo mejor volverás a confiarte a mí y a confiar en mí si sabes qué clase de persona soy y que siempre has sido mucho mejor que yo.

—Estoy escuchando, pero es solo que no...

—Tú tendrías unos once años cuando yo dejé la facultad de medicina —dijo Jim—, pero nunca supiste lo que ocurrió. Detestaba estudiar para ser médico, lo odiaba de verdad. Aunque cómo me dejé arrastrar solo por mamá y el tío Tim, por eso de que éramos una familia de médicos, por el abuelo Spangler y lo mucho que los adoraba a ellos y me adoraba es otra historia.

—Suponía que no querías hacerlo. ¿Qué más...?

—Eso no es lo importante —dijo Jim—. Bebía mucho en Berkeley. Me estaba pasando mucho y tenía una aventura con la mujer de uno de mis profesores, una hermosa inglesa. ¡Oh, al marido no le importaba! Al contrario; lo planeó. Me di cuenta enseguida. Tenía veinte años más que ella e iba en silla de ruedas a consecuencia del accidente de moto sufrido en Inglaterra a los dos años de casados. No tenían hijos. Eran él en su silla de ruedas, dando brillantes cursos en Berkeley, y Lorraine, una especie de ángel que lo cuidaba como si fuera su padre. Me invitaba a estudiar con él a su casa del sur de Berkeley, una de esas viejas casas hermosas de Berkeley con paneles oscuros, suelos de madera noble, viejas y grandes chimeneas de piedra y árboles al otro lado de las ventanas. El profesor Maitland llegaba a las ocho en punto y me decía que usara la biblioteca hasta la hora que quisiera: «Pasa la noche en la habitación de invitados, mira, aquí tienes la llave.»

Reuben asintió.

—Un chollo —comentó.

—Oh, sí, y Lorraine, tan dulce. No tienes ni idea. Dulce, esa es la palabra que siempre me viene a la cabeza cuando hablo de Lorraine. Muy dulce. Amable, reflexiva, con ese acento inglés cristalino y la nevera llena de cerveza, una cantidad inagotable de cerveza, y whisky escocés de malta en el aparador y en el dormitorio de invitados, y yo me aproveché de todo. Prácticamente me mudé allí. Al cabo de unos seis meses de que empezara todo me enamoré de ella, si es que alguien que bebe a todas horas puede enamorarse. Finalmente reconocí lo mucho que la amaba. Me emborrachaba hasta el sopor cada noche en esa casa y ella me estuvo cuidando tanto como cuidaba al profesor. Lorraine empezó a ocuparse de todas las cosas complicadas de mi vida.

Reuben asintió. Era todo muy nuevo e inimaginable para él.

—Era excepcional, realmente lo era —dijo Jim—. Nunca supe si comprendió del todo la forma en que el profesor Maitland lo había orquestado todo. Yo lo sabía, pero ella no. Al mismo tiempo, ella había decidido que no le haríamos daño si lo manteníamos en secreto y nunca mostrábamos ni un atisbo de afecto especial el uno por el otro cuando él estuviera cerca. Trató de ayudarme, sin embargo. No se limitaba a llenarme la copa. No dejaba de decirme: «Jamie, tu problema es el alcohol. Tienes que dejarlo.» De hecho me arrastró a dos reuniones de Alcohólicos Anónimos antes de que me diera una pataleta. Una y otra vez, ella terminaba los trabajos por mí, se ocupaba de mis pequeños proyectos, sacaba los libros que yo necesitaba de la biblioteca de la universidad, esa clase de cosas, pero no dejaba de decir: «Tienes que pedir ayuda.» Estaba faltando a clase y ella lo sabía. En ocasiones, yo le seguía la corriente, hacía un par de promesas, hacía el amor con ella y luego me emborrachaba. Finalmente se rindió. Simplemente me aceptó como era, igual que aceptaba al profesor.

—¿Mamá y papá sospechaban la cuestión de la bebida?

—Oh, mucho. Los esquivaba. Lorraine me ayudaba a esquivarlos. Inventaba excusas para mí cuando ellos se pasaban a verme y yo estaba borracho como una cuba en la habitación de invitados de su casa. Pero ya llegaré a papá y mamá. Lorraine se quedó embarazada. No tenía que haber ocurrido, pero ocurrió. Fue entonces cuando estalló la crisis. Me volví loco. Le dije que tenía que abortar y salí de la casa en un ataque de rabia.

—Ya veo —dijo Reuben.

—No, no lo ves. Ella vino a mi apartamento. Me dijo que nunca abortaría, que quería a ese hijo más que a nada en el mundo y que dejaría al profesor Maitland en un abrir y cerrar de ojos si yo se lo pedía. Cuando el profesor Maitland se enteró de lo del bebé, lo comprendió. Le ofreció el divorcio, sin problema. Ella tenía unos pequeños ingresos. Estaba lista para hacer las maletas y venirse conmigo. Yo estaba horrorizado, en estado de *shock*, quiero decir.

—Pero tú la amabas.

—Sí, Reuben, la amaba, pero no quería hacerme responsable de nada ni nadie. Por eso la aventura con ella había sido tan estupenda. ¡Estaba casada! Cuando ella trataba de imponerme algo, yo me levantaba y me iba a mi casa y no respondía al teléfono.

—Lo entiendo.

—De repente, se había convertido en una pesadilla. Estaba rogándome que me casara con ella, que me convirtiera en un marido, en un padre. Eso era lo último que yo quería. Mira, estaba tan metido en el alcohol en ese momento, que la única cosa en que podía pensar era en juntar cerveza y whisky, cerrar la puerta y emborracharme. Traté de explicarle todo esto: que estaba hecho polvo, lo sentía por ella, que no podía quererme, que tenía que desembarazarse del bebé inmediatamente. Lorraine no se lo creía y, cuanto más hablaba ella, más me emborrachaba yo. Trató de quitarme el vaso de la mano. Fue la espoleta. Nos peleamos, me refiero a una verdadera pelea. Empecé a lanzarle cosas, a dar portazos, a romperlo todo. Estaba como una cuba, diciéndole las cosas más amenazadoras, pero ella se negaba a aceptarlo. No dejaba de decirme: «Es el alcohol el que habla, Jamie. No quieres decir estas cosas.» Le pegué, Reuben. Empecé a darle bofetadas, luego la golpeé. Recuerdo su cara ensangrentada. Le pegué una y otra vez, hasta que estuvo en el suelo y seguí dándole patadas, diciéndole que nunca me comprendería, que era una zorra egoísta, una furcia egoísta. Le dije cosas que nadie debería decirle a otro ser humano. Se hizo un ovillo, tratando de protegerse...

—Eso era el alcohol, Jim —dijo Reuben con voz suave—. Nunca lo habrías hecho de no ser por el alcohol.

—Eso no lo sé, Reuben —dijo—. Yo era un tipo egoísta. Sigo siendo básicamente un tipo egoísta. Entonces pensaba que el mundo giraba en torno a mí. Tú solo tenías once o doce años. No tenías ni idea de cómo era yo realmente.

—¿Perdió el bebé?

Jim asintió. Tragó saliva. Estaba mirando el fuego de gas.

—Me desmayé en algún momento. Fundido a negro. Cuando me desperté, se había ido. Había sangre por todas partes: sangre en la alfombra, sangre en los tablones de madera, sangre en los muebles, en las paredes. Fue horrible. No puedes imaginar la cantidad de sangre que había. Fui siguiendo un rastro de sangre por los escalones y cruzando el jardín hasta la calle. Su coche ya no estaba.

Jim calló. Reuben cerró los ojos. Se oía el suave martilleo de la lluvia en los cristales. Por lo demás, la habitación estaba en silencio. La casa estaba en silencio. Luego Jim empezó a hablar otra vez.

—Continué en la peor borrachera que me he corrido nunca. Simplemente cerré la puerta y bebí. Sabía que había matado al bebé, pero estaba aterrorizado de haberla matado también a ella. Creía que la policía llegaría en cualquier momento. En cualquier momento llamaría el profesor Maitland. En cualquier momento. Podría haberla matado pegándole de aquel modo. La forma en que la pateé... Es increíble que no lo hiciera. Pasé días simplemente tirado en ese apartamento, bebiendo. Siempre almacenaba suficiente alcohol para hacerlo, y no sé cuánto tiempo pasó hasta que empezó a acabarse. No comía. No me duchaba. Nada. Solo bebía, bebía y me arrastraba por el apartamento, a cuatro patas en ocasiones, buscando para ver si quedaba algo en las botellas. Bueno, puedes imaginarte lo que pasó.

—Mamá y papá.

—Exacto. Aporrearon la puerta y eran papá y mamá. Resulta que habían pasado diez días, diez días, y que fue mi casero quien los llamó. Yo debía el alquiler y él estaba preocupado. Era un buen tipo. Bueno, el cabrón probablemente me salvó la vida.

—Gracias a Dios —dijo Reuben. Trataba de imaginarse todo aquello, pero no podía. Lo único que veía era a su hermano, sereno y fuerte, con su alzacuellos y su traje negro, sentado en el sillón de enfrente, contando una historia que apenas podía creer.

—Se lo conté todo —dijo Jim—. Me derrumbé y se lo conté todo. Estaba borracho, ¿entiendes?, así que me fue fácil babear, llorar, confesar todo lo que había hecho. Confesar cosas cuando estás como una cuba es pan comido. Sentía mucha pena por mí. Había destrozado mi vida. Le había hecho daño a Lorraine. Estaba suspendiendo en la facultad. Les dije a mamá y papá todo eso; simplemente, me sinceré. Y cuando mamá oyó cómo había pegado a Lorraine, cómo la había pateado, cómo había arrancado la vida a ese niño, bueno, puedes imaginarte la expresión de su rostro. Cuando vio las manchas de sangre en la alfombra, en el suelo, en las paredes... Luego los dos me metieron en la ducha, me lavaron y me llevaron directamente al Betty Ford Center de Rancho Mirage, California. Estuve allí noventa días.

—Jim, lo siento mucho.

—Reuben, fui afortunado. Lorraine podría haberme hecho meter entre rejas por lo que le hice. Por lo visto ella y el profesor Maitland habían vuelto a Inglaterra antes de que mamá y papá llamaran a mi puerta. Mamá se enteró de todo. La madre del profesor había sufrido un ictus grave en Cheltenham. Lorraine se había encargado de todas las gestiones en la universidad, así que estaba bien, aparentemente. Mamá lo verificó. La casa del sur de Berkeley estaba en venta. Si Lorraine había ingresado en un hospital después de mi paliza, bueno, nunca lo supimos.

—Te escucho, Jim, sé lo que me estás diciendo. Lo entiendo.

—No soy el héroe de nadie ni el santo de nadie, Reuben. Si no fuera por papá y mamá, si no me hubieran llevado al Betty Ford, si no hubieran estado a mi lado, no sé dónde habría acabado. No sé si seguiría vivo. Pero, mira, escucha lo que te estoy diciendo. Síguele el juego a Celeste por el bien del bebé. Esa es la lección número uno. Deja que tenga el bebé, Reuben, porque no sabes cómo lo lamentarías, hasta el día de tu muerte, si ella se desprende de él por algo que tú le hayas dicho. Reuben, hay veces en que es muy doloroso para mí incluso ver niños, ver niños pequeños con sus padres. Yo... Mira, no sé si podría trabajar en una parroquia católica normal, Reuben, con escuela y niños. Simplemente, no podría. Hay una razón por la que estoy metido en Tenderloin. Hay una razón para que mi misión haya sido trabajar con adictos. Hay una razón, ¿lo ves?

—Lo entiendo. Mira, voy a hablar con ella ahora, a disculparme.

—Hazlo, por favor —dijo Jim—. Quién sabe, Reuben, quizá de alguna manera este niño pueda mantenerte conectado a nosotros: a mí, a mamá y papá, a tu familia de carne y hueso, a cosas que nos importan a todos en la vida.

Reuben fue a llamar a la puerta de Celeste. La casa estaba en silencio, pero él vio la luz encendida en su habitación.

Iba en camisón, pero inmediatamente lo invitó a pasar. Estuvo fría, pero educada. Reuben se quedó de pie y se disculpó con ella lo más sinceramente que pudo.

—Oh, lo entiendo —dijo ella con aire levemente despectivo—. No te preocupes por eso. Pronto todo terminará entre nosotros.

—Quiero que seas feliz, Celeste —dijo.

—Lo sé, Reuben, y sé que serás un buen padre para este bebé. Lo serías aunque Grace y Phil no estuvieran aquí para hacer el trabajo sucio. Nunca he tenido ninguna duda sobre eso. En ocasiones, los hombres más infantiles e inmaduros se convierten en los mejores padres.

—Gracias, Celeste —dijo Reuben, forzando una sonrisa gélida. La besó en la mejilla.

No hubo necesidad de repetir esa conversación a Jim cuando volvió a su habitación.

Su hermano estaba junto al fuego, quieto y sumido en sus cavilaciones. Reuben se acomodó en su silla como antes.

—Cuéntame —dijo—, ¿es esta la verdadera razón de que te hicieras sacerdote?

Durante un buen rato, Jim no respondió. Entonces levantó la cabeza como si estuviera ligeramente mareado.

—Me hice sacerdote porque quise, Reuben —dijo en voz baja.

—Lo sé, Jim, pero ¿crees que tenías que enmendar lo que hiciste durante el resto de tu vida?

—No lo entiendes. —Jim parecía cansado, desmoralizado—. Me tomé mi tiempo para decidir qué hacer. Viajé. Pasé meses en una misión católica en el Amazonas y un año estudiando filosofía en Roma.

—Eso lo recuerdo —dijo Reuben—. Recibíamos esos grandes paquetes de Italia. No podía comprender que no vinieras a casa.

—Tenía muchas opciones, Reuben. Quizá por primera vez en

la vida tuve verdaderas opciones. De hecho, el arzobispo me planteó la misma pregunta cuando le pedí entrar en el seminario. Discutimos el asunto. Se lo conté todo. Hablamos de expiación y de lo que significa hacerse sacerdote, vivir como sacerdote un año tras otro durante el resto de tu vida. Insistió en otro año de sobriedad en el mundo antes de aceptar mi solicitud de entrada al seminario. Normalmente exigía cinco años de vida sobria, pero hay que reconocer que mi período de alcoholismo había sido relativamente corto. Aparte estaban la donación del abuelo Spangler y el apoyo constante de mamá. Trabajé todos los días en Saint Francis at Gubbio como voluntario durante ese año. Cuando entré en el seminario, llevaba tres años sobrio y estaba en estricta libertad vigilada. Una copa y estaría fuera. Pasé por todo eso porque quise, Reuben. Me hice sacerdote porque era lo que quería hacer con mi vida.

—¿Qué pasa con la fe? —preguntó Reuben. Estaba recordando lo que había dicho Margon, eso de que Jim era un sacerdote que no creía en Dios.

—Oh, se trata de la fe —dijo Jim. Su voz era baja ahora y más confidencial—. Por supuesto, se trata de fe, de fe en que este es el mundo de Dios y nosotros los hijos de Dios. ¿Cómo no iba a tratarse de fe? Creo que si uno ama verdaderamente a Dios con todo su corazón, tiene que amar al prójimo. No es una elección. No amas a los demás para ganar puntos ante Dios. Los amas porque estás tratando de verlos y abrazarlos como Dios los ve y los abraza. Los amas porque están vivos.

Reuben era incapaz de hablar. Negó con la cabeza.

—Piensa en ello —dijo Jim en un susurro—. Mira a cada persona y piensa: «Dios creó este ser; Dios puso un alma en este ser.» —Se sentó en la silla y suspiró—. Lo intento. Tropiezo. Me levanto. Lo intento otra vez.

—Amén —dijo Reuben en un susurro reverente.

—Quería trabajar con adictos, con borrachos, con gente cuya debilidad comprendía. Por encima de todo quería hacer algo que importara, y estaba convencido de que, siendo sacerdote, podría hacerlo. Podría cambiar la vida de la gente, quizás incluso salvar alguna de vez en cuando (salvar una vida, imagina) para compensar de algún modo la que había destruido. Podría decirse que Alcohólicos Anónimos y los Doce Pasos me salvaron tanto como mamá y papá. Y sí, me llevaron a tomar la decisión que tomé. Pero tuve elección y la fe formaba parte de ella. Salí de toda aquella pesadilla teniendo fe y tremendamente agradecido por no tener que ser médico. No te imaginas lo mucho que realmente deseaba no serlo. La medicina no necesita más corazones fríos, egoístas y bastardos. Gracias a Dios que me libré de eso.

—No lo entiendo —dijo Reuben—, pero yo nunca he tenido mucha fe en Dios.

—Lo sé —dijo Jim, mirando el pequeño fuego de gas—. Sabía eso de ti cuando eras niño. Pero yo siempre he tenido fe en Dios. La creación me habla de Dios. Veo a Dios en el cielo y en las hojas caídas. En mi caso siempre ha sido así.

—Creo que sé a qué te refieres —dijo Reuben en voz baja. Quería que Jim continuara.

—Veo a Dios en los pequeños gestos amables de la gente por el prójimo. Veo a Dios en los ojos de los marginados con los que trato. —Calló de repente, negando con la cabeza—. La fe es una decisión personal, ¿no? Es algo que reconoces tener o que reconoces no tener.

—Creo que tienes razón.

—Por eso nunca he sermoneado a la gente sobre el supuesto pecado de no creer —dijo Jim—. Nunca me oirás tachar a un descreído de pecador. Eso no tiene ningún sentido para mí.

Reuben sonrió.

—Y quizá por eso siempre das a la gente la impresión equivocada. Creen que no crees cuando, de hecho, lo haces.

—Sí, eso ocurre de vez en cuando —dijo Jim, con una sonrisa amable—. Pero no importa. El modo en que la gente cree en Dios es un tema amplio, ¿no te parece?

Se hizo un silencio entre ellos. Había muchas cosas que Reuben quería preguntar.

—¿Alguna vez viste o tuviste noticias de Lorraine? —preguntó.

—Sí —dijo Jim—. Le escribí una carta pidiéndole perdón alrededor de un año después de salir del Betty Ford. Le escribí más de una, pero me las devolvieron desde la dirección de reenvío que había dejado en Berkeley. Entonces conseguí que Simon Oliver me confirmara que ella estaba de hecho en Cheltenham y en esa dirección. No podía culparla por devolverme las cartas. Le escribí otra vez, exponiéndoselo todo en los términos más francos. Le dije cuánto lo sentía, que a mis ojos era culpable de asesinato por lo que le había hecho al bebé, que temía haberle causado a ella un perjuicio irreparable y que nunca pudiera tener hijos. Recibí una nota breve pero muy compasiva diciéndome que estaba bien y que no me preocupara. No le había causado ningún daño permanente; debía continuar con mi vida.

»Posteriormente, antes de entrar en el seminario, le escribí otra vez, preguntándole por su bienestar y contándole mi decisión de hacerme sacerdote. Le dije que con el tiempo mi sentimiento del daño que le había causado se había hecho más hondo. Le conté que los Doce Pasos y mi fe me habían cambiado la vida. Hice demasiado hincapié en mis propios planes y sueños y mi ego en esa carta. A toro pasado, en realidad fue algo egoísta por mi parte, pero también era una carta de desagravio, por supuesto. Ella me escribió una carta extraordinaria, simplemente extraordinaria.

—¿Por qué?

—Me decía, lo creas o no, que yo le había proporcionado la única felicidad real que había conocido en los últimos años. Continuaba diciendo algo sobre lo mal que había estado antes de que yo llegara a su vida, lo desmoralizada que se sentía hasta el día en que el profesor Maitland me llevó a su casa. Decía que su vida había cambiado completamente para mejor al conocerme y que no quería que me preocupara, que no le había hecho ni una pizca de daño. Decía que pensaba que sería un sacerdote maravilloso. Encontrar una vocación tan importante en este mundo era de hecho algo «inusitado». Recuerdo que usó esa palabra, «inusitado». A ella y al profesor les iba estupendamente, decía. Me deseaba lo mejor.

—Eso tuvo que impresionar al arzobispo —dijo Reuben.

—Bueno, en realidad sí. —Jim soltó una risita, restándole importancia—. Así era Lorraine —dijo—. Siempre amable, siempre considerada, siempre generosa. Lorraine siempre fue muy dulce. —Cerró los ojos un momento y continuó—: Hace un par de años, no recuerdo la fecha en realidad, leí un breve obituario del profesor en el *New York Times*. Espero que Lorraine haya vuelto a casarse. Rezo por que lo haya hecho.

—Da la impresión de que hiciste todo lo que pudiste —dijo Reuben.

—Ella y ese niño me persiguen —dijo Jim—. ¡Cuando pienso en todas las cosas que podría haber hecho por ese niño! Lo quiera o no, pienso en lo que podría haber hecho. En ocasiones simplemente no puedo tener niños cerca. No quiero estar en ningún lugar donde hay niños. Doy gracias a Dios por estar en la parroquia de Saint Francis, en Tenderloin, y por no tener que predicar a familias con hijos. Me carcome pensar en lo que podría haberle dado a ese niño.

Reuben asintió.

—Pero vas a amar a este pequeño sobrino tuyo que pronto llegará.

—Oh, desde luego —dijo Jim—, con todo mi corazón. Sí. Lo siento. No quería decir esas cosas sobre los niños. Es solo que...

—Créeme, lo entiendo —dijo Reuben—. Quizá no debería haberlo expresado así.

Jim desvió la mirada otra vez hacia el fuego durante un buen rato, como si no hubiera oído a su hermano.

—Pero toda mi vida me acecharán Lorraine y ese niño —dijo—, y lo que podría haber sido ese niño. No espero que dejen de acosarme. Lo merezco.

Reuben no respondió. No estaba del todo seguro de que Jim tuviera razón en todo aquello. La vida de su hermano parecía modelada por la culpa, por el remordimiento, por el dolor. Había muchas preguntas que quería hacerle, pero no se le ocurría cómo planteárselas. Se sentía más cerca que nunca de Jim, inconmensurablemente más cerca, pero perdido en cuanto a qué decirle. También era muy consciente de que él mismo vivía en un reino en el que acababa con una vida humana sin una pizca de remordimiento. Lo sabía. Sabía todo eso, pero no le provocaba ninguna emoción catastrófica.

—Varias veces, en los últimos dos años —continuó Jim—, he visto a Lorraine. Al menos eso creo. He visto a Lorraine en la iglesia. Nunca es más que un atisbo y siempre durante la misa, cuando no puedo abandonar el altar. La veo, al fondo, y entonces, por supuesto, cuando doy la última bendición, ya se ha ido.

—¿No crees que te lo estás imaginando?

—Bueno, lo creería de no ser por los sombreros.

—¿Los sombreros?

—A Lorraine le encantaban los sombreros. Le encantaban la ropa *vintage* y los sombreros *vintage*. No sé si es una cosa británica o qué, pero Lorraine siempre tuvo mucho estilo, y desde luego adoraba los sombreros. En cualquier función universitaria de entonces llevaba alguna pamela, normalmente con flores, y por la noche se ponía esos sombreros negros de cóctel con velo, ¿sabes?, los que llevaban las mujeres hace años. En realidad probablemente no sabes cuáles. Coleccionaba ropa *vintage* y sombreros *vintage*.

—Y la mujer que ves en la iglesia lleva un sombrero.

—Siempre, y es un verdadero sombrero de Lorraine Maitland. Es, mira, un sombrero como los de Bette Davis o Barbara Stanwyck. Y además están su cabello, su larga melena rubia y lisa, y su rostro y la forma de la cabeza y los hombros. Tú a mí me reconocerías a distancia. Yo te reconocería a distancia. Estoy seguro de que es Lorraine. A lo mejor ahora vive aquí o puede que solo me lo esté imaginando.

Jim hizo una pausa, mirando las llamas del fuego de gas, y entonces continuó.

—Ahora no estoy enamorado de Lorraine. Creo que lo estuve, con alcohol o sin él. Sí, estuve enamorado de ella, pero ahora no lo estoy, y la verdad es que no tengo derecho a localizarla si vive aquí. No tengo derecho a inmiscuirme en su vida, a hacerle revivir todos esos recuerdos, pero egoístamente me encantaría saber que es feliz, que ha vuelto a casarse y quizá tiene hijos. ¡Si pudiera saber eso a ciencia cierta! ¡Ella quería tanto ese bebé! Quería ese bebé más de lo que me quería a mí.

—Ojalá supiera qué decirte —dijo Reuben—. Me rompe el corazón que estés pasando por esto, y créeme, saldré a comprarle piña a Celeste a medianoche si es lo que quiere.

Jim rio.

—Creo que te irá bien con Celeste, siempre y cuando no te enfrentes a ella. Deja que crea en todas las cosas malas que tiene que creer.

—Te entiendo.

—Hace falta más valor para renunciar a este bebé de lo que Celeste está dispuesta a reconocer. Así que deja que descargue su rabia en ti.

—Es lo que hago —dijo Reuben, levantando las manos.

Jim estaba mirando otra vez el fuego, las llamas azules y anaranjadas que lamían el aire.

—¿Cuándo fue la última vez que crees que viste a Lorraine?

—No hace mucho —dijo Jim—. Unos seis meses, tal vez. Un día de estos voy a alcanzarla fuera de la iglesia, y eso será cuando ella decida que es el momento. Si me dice que le hice tanto daño que no pudo tener hijos, bueno, eso será exactamente lo que mereceré oír.

—Jim, si le causaste tanto daño, podría denunciarte. Podría denunciarte incluso ahora por lo que ocurrió, ¿no?

—Sí —dijo Jim. Asintió y miró a Reuben—. Desde luego que podría. Siempre he sido sincero con mis superiores acerca de esto, como te he contado, pero ellos también han sido sinceros conmigo. Sabían que lo que había hecho había ocurrido en una pelea de borracho. Era un alcohólico debilitado. No lo consideraron un crimen premeditado. Un hombre que mata no puede ser sacerdote. Sin embargo, cualquier escándalo, en cualquier momento, podría hundirme. Una carta al arzobispo, una amenaza de hacerlo público, con eso bastaría. Lorraine podría hundirme, sí, y la gran misión personal de Jim en los suburbios de San Francisco terminaría como si nada.

—Bueno, ella probablemente lo sabe —dijo Reuben—. A lo mejor solo quiere hablar contigo y se está armando de valor.

Jim lo estaba sopesando.

—Es posible —dijo.

—O te sientes tan culpable por todo eso que cualquier mujer bonita con sombrero te parece Lorraine.

Jim sonrió y asintió.

—Eso podría ser —concedió—. Si es Lorraine, probablemente tratará de protegerme de la verdad pura y dura sobre lo que le hice. Ese era el tono de sus cartas. Es dulce, muy dulce. Era la persona más amable que he conocido. Solo puedo imaginar cómo fue para ella cuando me dejó ese último día. ¿Cómo lo soportó? Volver a casa enferma, con hemorragia, perder un bebé y tener que contárselo a Maitland. —Negó con la cabeza—. No sabes lo protectora que era con Maitland. No es de extrañar que él se la llevara de allí y volvieran a Inglaterra. Ictus. No creo que su madre tuviera un ictus. Vaya si lo decepcioné. Me eligió para que fuera un consuelo para su mujer y la golpeé hasta casi matarla.

Reuben estaba completamente perdido.

—Bueno, escucha, esta es la segunda lección —dijo Jim—. No soy un santo. Nunca lo fui. Tengo una vena mezquina de la cual no sabes nada y siempre la tendré. Trabajo con adictos en mi iglesia porque soy un adicto y los comprendo y comprendo las cosas que han hecho. Así que deja de pensar que tienes que protegerme de las cosas que te están pasando. Puedes acudir a mí y contarme lo que te sucede y yo puedo soportarlo, Reuben. Te lo juro.

A Reuben le parecía estar mirando a Jim a través de una enorme brecha abierta entre ellos.

—No puedes hacer mucho para ayudarme —dijo Reuben—. No estoy huyendo de lo que soy ahora.

—¿Has pensado en hacerlo? —preguntó Jim.

—No, no quiero —dijo Reuben.

—¿Has pensado en tratar de revertirlo?

—No.

—Nunca has pensado en preguntar a tus augustos mentores si puede revertirse o no.

—No —reconoció Reuben—. Nos lo habrían dicho a Stuart y a mí si pudiera revertirse.

—¿Lo habrían hecho?

—Jim, eso... no es posible. Eso es indiscutible. No estás entendiendo el poder del Crisma. Has visto un Lobo Hombre con tus propios ojos, pero nunca has visto a uno de nosotros experimentar el cambio. No es algo que pueda revertirse en mi caso. No. —«¿Renunciar a la vida eterna? ¿Renunciar a ser inmune a las enfermedades, al envejecimiento?»—. Pero por favor. Por favor. Quiero que sepas que estoy haciendo el mejor uso que puedo del don del lobo.

—El don del lobo —dijo Jim con una leve sonrisa—. Qué bonita expresión. —No estaba siendo sarcástico. Parecía estar soñando, paseando la mirada por la habitación a oscuras y fijándola quizás en las ventanas mojadas de lluvia. Reuben no estaba seguro.

—Recuerda, Jim —dijo—, que Felix y Margon están haciendo todo lo que está en su mano para guiarnos a Stuart y a mí. No es un reino sin ley, Jim. No nos faltan leyes ni reglas ¡ni conciencia! Recuerda que podemos percibir el mal. Podemos olerlo. Podemos distinguir el olor de la inocencia y el del sufrimiento. Si alguna vez he de llegar al fondo de lo que somos, de lo que son nuestros poderes, de lo que significan, bueno, será a través de otros como Margon y Felix. El mundo no me va a ayudar con todo esto. No puede. Sabes que no puede. Es imposible.

Jim pareció considerarlo durante un rato y luego asintió.

—Entiendo por qué te sientes así —murmuró, y luego pareció sumirse en sus pensamientos—. Dios sabe que no he sido de mucha ayuda hasta el momento.

—Sabes que no es cierto, y sabes cómo es mi vida en Nideck Point.

—Oh, sí, es magnífica. Es maravillosa. Esa casa y esos amigos tuyos son como nada que haya imaginado. Has sido recibido por una especie de aristocracia monstruosa, ¿verdad? Es como una corte real. Sois todos príncipes de sangre. ¿Cómo puede competir con eso la «vida normal»?

—Jim, ¿recuerdas la película *Tombstone*? ¿Recuerdas lo que le dice Doc Holliday a Wyatt Earp cuando Doc está muriendo? Vimos la película juntos, ¿lo recuerdas? Doc le dice a Wyatt: «La vida normal no existe, Wyatt. Solo existe la vida.»

Jim rio entre dientes. Cerró los ojos un momento y luego volvió a mirar el fuego.

—Jim, sea lo que sea, estoy vivo. Absoluta y completamente vivo. Formo parte de la vida.

Jim lo observó con otra de esas encantadoras sonrisas suyas.

Lentamente, Reuben le contó lo ocurrido con Susie Blakely. No lo planteó con fanfarronería ni lo adornó. Sin mencionar en absoluto el fantasma de Marchent, le explicó que había ido a cazar porque lo necesitaba, infringiendo las reglas establecidas por los regios Felix y Margon, y de qué manera había rescatado a Susie y la había llevado a la iglesia de la pastora George. Susie ya estaba con sus padres.

—Esa es la clase de cosas que hacemos, Jim —dijo—. Así son los morfodinámicos. Esta es nuestra vida.

—Lo sé —respondió Jim—. Lo entiendo. Siempre lo he sabido. Leí lo de esa niña. ¿Crees que lamento que le salvaras la vida? ¡Demonios, salvaste todo un autocar de niños secuestrados! Sé estas cosas, Reuben. Olvidas dónde trabajo, dónde vivo. No soy ningún sacerdote de parroquia de un barrio residencial que aconseja a parejas casadas sobre el decoro público. Sé lo que es el mal. Lo distingo en cuanto lo veo y, a mi manera, también lo huelo. Puedo oler la inocencia y la impotencia y la necesidad desesperada, pero conozco el peligro de enfrentarse al mal jugando a ser Dios. —Se interrumpió, frunciendo ligeramente las cejas, sopesando algo, y luego añadió—: Quiero amar como Dios, pero no tengo derecho a arrebatar una vida como Dios. Ese derecho le corresponde solo a Él.

—Mira, te lo dije la primera vez que me confesé: eres libre de llamarme y hablar de esto en cualquier momento; puedes abordar el asunto libremente. Cuando necesites hablar...

—¿Tenemos que hablar de mis necesidades? Estoy pensando en ti. Pienso en ti alejándote cada vez más de la vida ordinaria, y ahora quieres llevarte a tu hijo a Nideck Point. Ni siquiera el milagro de este niño te devolverá a nosotros, Reuben. Quizá no pueda.

—Jim, allí es donde vivo y este es el único hijo humano que tendré.

Jim se estremeció.

—¿Qué quieres decir?

Reuben se lo explicó. En adelante cualquier niño que engendrara sería con otro morfodinámico y también sería morfodinámico, casi con toda seguridad.

—Así que Laura no puede concebir un hijo contigo —dijo Jim.

—Bueno, pronto podrá. Se va a convertir en una de nosotros. Mira, Jim, lo siento. Siento sacar esto a relucir contigo, porque no hay nada que puedas hacer para ayudarme, salvo guardarme el secreto y seguir siendo mi hermano.

—¿Laura ha tomado esta decisión? ¿Por sí sola?

—Por supuesto que sí. Mira todo lo que ofrece el Crisma, Jim. No envejecemos. Somos invulnerables a la enfermedad o la degeneración. Pueden matarnos, sí, pero la mayoría de las heridas no nos afectan en absoluto. Eludiendo accidentes y percances, podemos vivir para siempre. No adivinarías la edad de Margon ni la de Sergei o la de cualquiera de los otros. Sabes de qué estoy hablando. Lo sabes, Felix. Has pasado horas hablando con esos hombres. ¿Crees que Laura rechazará la vida eterna? ¿Quién tiene la fortaleza necesaria para hacer eso?

Silencio. La pregunta obvia era si Jim la hubiera rechazado de habérsela ofrecido, aunque Reuben no tenía intención de llegar a eso.

Su hermano parecía confundido, alicaído.

—Mira, quiero pasar un poco de tiempo con mi pequeño —dijo Reuben—. Unos años al menos. Quizá después vaya a la escuela en San Francisco y viva con mamá y papá, o quizás a alguna escuela de Inglaterra o Suiza. Tú y yo nunca quisimos, pero podríamos haber hecho lo mismo, y mi pequeño puede tenerlo. Lo protegeré de lo que soy. Los padres siempre tratan de proteger a sus hijos de... de algo, de muchas cosas.

—Entiendo lo que estás diciendo —murmuró Jim—. ¿Cómo podría no entenderlo? Pienso en ese niño, en el niño de Lorraine, mi hijo, todo el tiempo. Supongo que tendría doce años ahora, no lo sé...

Jim parecía cansado y viejo, pero no derrotado. En cierto modo estaba elegante como siempre, con alzacuellos y el traje negro que, también como siempre, constituía una especie de armadura. De repente, Reuben sintió pánico al mirarlo. No podía saber hasta qué punto aquello lo había afectado. Trató de imaginarlo. Trató de ponerse en la piel de Jim, pero simplemente no pudo, y la historia de Lorraine y el bebé solo lo hizo sufrir más por el bienestar de Jim.

¡Qué diferente de la noche que Reuben había entrado en forma de lobo en el confesionario de la iglesia de St. Francis, tremendamente necesitado de Jim, torturado y confuso! Ahora solo quería proteger a Jim de todo eso y no sabía cómo hacerlo. Quería hablarle del fantasma de Marchent, pero no podía. No podía añadir más carga sobre Jim.

Cuando su hermano se levantó para irse, Reuben no lo detuvo. Le sorprendió que se volviera hacia él y lo besara en la frente. Jim murmuró algo con suavidad, algo sobre el amor, y luego salió de la habitación, cerrando la puerta tras de sí.

Reuben se quedó sentado en silencio un buen rato, luchando contra las ganas de llorar. Lamentaba no estar en Nideck Point. Multitud de preocupaciones se abatieron sobre él. ¿Y si Celeste abortaba? ¿Cómo demonios iba a vivir Phil bajo el mismo techo que Celeste, que no podía disimular su desprecio por él? Demonios, ¿acaso no era la casa de su padre? Reuben tenía que apoyarlo. Tenía que llamarlo, que visitarlo, que pasar tiempo con él. Si al menos hubiera estado acabada la casa de huéspedes de Nideck Point... En cuanto lo estuviera, llamaría a su padre y lo instaría a instalarse en ella por tiempo indefinido. Tenía que encontrar una forma de demostrarle a Phil lo mucho que lo amaba y que siempre lo había amado.

Finalmente, se tumbó y se quedó dormido, exhausto por las vueltas mentales que estaba dando. Solo entonces se sumergió en las imágenes de Nideck Point; solo en ese momento oyó la voz tranquilizadora de Felix y reflexionó, en ese mundo a medio camino entre dormir y soñar, acerca de que su tiempo en esa casa había terminado realmente y el futuro le deparaba cosas hermosas. Quizá fuera así también para Celeste. Quizá sería feliz, y él la conocía lo suficientemente bien para saber que si sacrificaba a ese hijo se sentiría desdichada.

La boda estaba prevista para las once en el despacho del juez. Laura los estaba esperando bajo la cúpula del Ayuntamiento cuando entraron. Enseguida besó a Celeste y le dijo que estaba espléndida. Se ganó su simpatía y le dijo que se alegraba de volver a verla, todo ello de forma un poco despreocupada, predecible y ridícula.

Entraron inmediatamente en el despacho del juez y en cinco minutos todo había terminado. Reuben lo encontró triste y bastante lúgubre; Celeste no le hizo el menor caso, como si ni siquiera existiera, al dar el «sí, quiero».

Jim permaneció en un rincón de la sala con los brazos cruzados y la mirada baja.

Casi habían llegado a las puertas del edificio cuando Celeste anunció que tenía algo que decir y pidió que todos se colocaran a un lado.

—Siento todo lo que dije ayer —anunció con monotonía e insensibilidad—. Tienes razón. Nada de esto es culpa tuya, Reuben. Es culpa mía y lo siento, y siento lo que dije a Phil. Nunca debería haberla tomado con Phil de esa manera.

Reuben sonrió y asintió con agradecimiento. Una vez más, como había hecho la noche anterior, la besó en la mejilla.

Laura estaba visiblemente confundida y un poco ansiosa, mirándolos alternativamente. En cambio, Grace y Phil estaban notablemente tranquilos, como si les hubieran advertido que eso iba a ocurrir.

—Todos lo entendemos —dijo Grace—. Estás embarazada y tienes los nervios de punta. Todos lo saben. Reuben lo sabe.

—Haré lo que esté en mi mano para facilitar las cosas —dijo Reuben—. ¿Quieres que esté en la sala de partos? Allí estaré.

—¡Oh, no seas tan condenadamente servil! —le respondió Celeste con brusquedad—. No soy capaz de deshacerme de un bebé solo porque el embarazo sea inoportuno. Nadie tiene que pagarme para que tenga un bebé. Si fuera capaz de abortar, el bebé ya no existiría.

Jim se acercó enseguida y puso el brazo derecho en torno a Celeste. Sujetó la mano de Grace con su izquierda.

—San Agustín escribió algo en cierta ocasión, algo en lo que pienso con frecuencia —dijo—. «Dios triunfa sobre la ruina de nuestros planes.» Quizás eso es lo que está ocurriendo aquí. Cometemos errores garrafales, nos equivocamos y, de alguna manera, se abren nuevas puertas, surgen nuevas posibilidades, oportunidades con las que nunca hemos contado. Confiemos en que eso sea lo que nos está ocurriendo a todos nosotros.

Celeste le dio a Jim un beso fugaz, y enseguida lo abrazó y apoyó la cabeza en el pecho del sacerdote.

—Estamos contigo a cada paso del camino, querida —dijo este. Estaba allí de pie como un roble—. Todos nosotros.

Era una actuación magistral, hecha con convicción, pensó Reuben. Le resultaba obvio que Jim despreciaba a Celeste. Aunque tal vez Jim simplemente estuviera amándola, amándola realmente como trataba de amar a todos. ¿Qué iba a hacer ahora?, pensó Reuben.

Sin una palabra más, la pequeña reunión se disolvió. Grace y Phil se llevaron a Celeste, Jim puso rumbo a la iglesia de St. Francis y Reuben se llevó a Laura a comer.

Cuando se sentaron en la penumbra del restaurante italiano y hablaron por fin, Reuben le contó brevemente a Laura con desesperanza lo ocurrido la noche anterior y cómo había herido a Celeste.

—No debería haberlo hecho —dijo, alicaído de repente—, pero es que tenía que decir algo. Te digo que creo que ser odiado es doloroso, pero ser profundamente despreciado lo es aún más, y eso es lo que recibo de ella, un intenso desprecio. Es como una llama. Siempre lo sentía cuando estaba con ella, y me ha marchitado el alma. Ahora lo sé porque la desprecio y, que Dios me ayude, quizá siempre lo hice y he sido tan deshonesto como ella.

De lo que quería hablar era de Marchent. Necesitaba hablar de Marchent. Quería volver al mundo de Nideck Point, pero estaba atrapado allí, fuera de su elemento, en su viejo mundo, ansioso por escapar de él.

—Reuben, Celeste nunca te quiso —dijo Laura—. Salía contigo por dos razones: tu familia y tu dinero. Amaba ambas cosas y no quería reconocerlo.

Reuben no respondió. La verdad era que no creía a Celeste capaz de semejante cosa.

—Lo entendí en cuanto pasé un rato con ella —dijo Laura—. Estaba intimidada por ti, por tu educación, tus viajes, tu don con las palabras, tu educación. Quería todas esas cosas para sí misma y la culpabilidad la corroía. De ahí su sarcasmo, sus pullas constantes, la forma en que continuaba incluso cuando tú ya no estabas comprometido, la forma en que simplemente no podía parar. Nunca te ha querido. Y ahora, ¿no lo ves?, está embarazada y lo aborrece, pero está viviendo en el hermoso hogar de tus padres y acepta dinero para el bebé, grandes cantidades de dinero, sospecho, y está avergonzada y apenas puede soportarlo.

Eso tenía sentido. De hecho, de repente tenía todo el sentido del mundo. Parecía que una luz se hubiera encendido en su mente a la cual podía leer su extraño pasado con Celeste con claridad por primera vez.

—Es probablemente como una pesadilla para ella —dijo Laura—. Reuben, el dinero confunde a la gente. Lo hace. Es un hecho, confunde a la gente. Tu familia tiene mucho. Actúan como si no lo tuvieran: tu madre no para de trabajar, como una mujer enérgica que se ha hecho a sí misma; tu padre es un idealista y un poeta que lleva la misma ropa que compró hace veinte años; Jim actúa igual, de un modo místico, espiritual, obligándose a predicar a otros de tal manera que está perpetuamente agotado. Tu padre siempre está luchando con su viejo mundo o tomando notas en un libro como si tuviera que dar una clase por la mañana. Tu madre rara vez disfruta de una noche de sueño decente. Tú también eres un poco así. Trabajas noche y día en tus artículos periodísticos para Billie, aporreando el ordenador hasta que prácticamente te quedas dormido encima. Sin embargo, tenéis dinero, y desde luego no tenéis ni idea de cómo es vivir sin él.

—Tienes razón —dijo Reuben.

—Mira, ella no lo planeó. Simplemente no sabía lo que estaba haciendo. Pero ¿por qué la has escuchado? Eso es lo que siempre me he preguntado.

Eso le encendió una bombilla. Marchent le había dicho algo similar, aunque se le escapaba exactamente qué. Algo sobre el misterio de que escuchara a quienes lo criticaban y le bajaban los humos. Y su familia, desde luego, lo hacía mucho, y lo había hecho mucho antes de que Celeste se uniera al coro. Quizás inconscientemente habían invitado a Celeste a unirse al coro. Quizás esa había sido la puerta de entrada de Celeste, aunque ni él ni ella se hubieran dado cuenta nunca. Una vez que hubo continuado con el implacable escrutinio de Cielito y Niñito, bueno, se dio por sentado que ella hablaba el lenguaje común. Quizá se había sentido a gusto con Celeste porque le hablaba en ese lenguaje común.

—Al principio me gustaba mucho —dijo Reuben en voz baja—. Me lo pasaba bien con ella. La encontraba guapa. Me gustaba que fuera lista. Me gustan las mujeres listas. Disfrutaba de estar con ella. Luego las cosas empezaron a torcerse. Debería haber hablado. Debería haberle dicho lo a disgusto que estaba.

—Y lo habrías hecho en su momento —dijo Laura—. Todo habría terminado de forma completamente natural e inevitable si no hubieras ido a Nideck Point. De hecho, terminó de manera natural, salvo que ahora está el bebé.

Reuben no respondió.

El restaurante se estaba llenando, pero se sentaron en un pequeño círculo de intimidad, a la mesa de un rincón, con las luces atenuadas, pesadas cortinas y fotos enmarcadas en torno a ellos absorbiendo el sonido.

—¿Es tan difícil que alguien me ame? —preguntó él.

—Sabes que no —dijo ella sonriendo—. Es fácil amarte, tan fácil que todos los que te conocen te aman. Felix te adora. Thibault te ama. Todos te quieren. ¡Incluso Stuart!, y eso que Stuart es un chico que, a su edad, supuestamente debería estar enamorado de sí mismo. Eres un tipo agradable, Reuben. Eres un tipo bueno y amable, y te diré otra cosa: eres humilde, Reuben. Algunos simplemente no comprenden la humildad. Tienes una forma de abrirte a lo que te interesa, de abrirte a otras personas (como Felix, por ejemplo) para aprender de ellas. Puedes sentarte a la mesa en Nideck Point y escuchar con calma a todos los ancianos de la tribu de los morfodinámicos con asombrosa humildad. Stuart no es capaz. Tiene que flexionar los músculos, retar, instigar, provocar. Tú simplemente sigues aprendiendo. Por desgracia, alguna gente confunde eso con debilidad.

—Es una valoración demasiado generosa, Laura —dijo Reuben. Sonrió—. Pero me gusta tu forma de ver las cosas.

Laura suspiró.

—Reuben, Celeste ya no forma realmente parte de ti. No puede. —Frunció el entrecejo y se le crisparon un poco los labios, como si le resultara particularmente doloroso decirlo. Continuó en voz baja—: Vivirá y morirá como cualquier ser humano. Su camino siempre ha sido duro. Pronto descubrirá lo poco que el dinero cambiará eso para ella. Puedes permitirte perdonárselo todo, ¿no?

Reuben miró a Laura a los ojos.

—Por favor —dijo ella—. Nunca sabrá, ni por un momento, la clase de vida que se abre para nosotros dos.

Reuben entendía el significado gramatical de lo que le decía, aunque desconocía lo que significaba desde el punto de vista emocional. Pero sabía lo que tenía que hacer.

Cogió el teléfono y mandó un mensaje de texto a Celeste. Escribió sin abreviar las palabras: «Lo siento. De verdad. Quiero que seas feliz. Cuando todo esto acabe, quiero que seas feliz.»

Qué terrible cobardía escribirlo en su iPhone cuando no podía decirlo en persona.

Al cabo de un momento ella respondió. Aparecieron las palabras: «Siempre serás mi Cielito.»

Reuben miró el iPhone impávido y borró el mensaje.

Salieron de San Francisco a las tres y media, antes de la hora punta de tráfico de la tarde. Sin embargo, se circulaba despacio bajo la lluvia y Reuben no llegó a Nideck Point hasta pasadas las diez.

Una vez más, las alegres luces de Navidad de la casa lo reconfortaron de inmediato. Cada ventana de la fachada de tres pisos estaba limpiamente definida por las luces y la terraza ordenada; las tiendas estaban dobladas todas juntas, del lado del océano, y un gran pesebre bien construido había cobrado forma en torno a la Sagrada Familia. Habían puesto las estatuas apresuradamente a cubierto en él y, aunque sin heno ni vegetación todavía, la belleza de las figuras era impresionante: estoicas y elegantes bajo el techado de madera, con las caras iluminadas por las luces de la casa y la oscuridad fría alrededor. Reuben tenía ciertos indicios de lo maravillosa que iba a ser la fiesta de Navidad.

Sin embargo, lo que más le impresionó fue mirar a la derecha de la casa, de cara a la fachada, y ver la miríada de luces parpadeantes que habían transformado el bosque de robles.

—Winterfest —susurró.

Si el clima no hubiera sido tan húmedo y frío, habría dado un paseo hasta allí. Ardía en deseos de hacerlo, de caminar por el robledal. Rodeó la casa por el lado derecho, pisando la gravilla del sendero, y vio que habían extendido una gruesa capa de astillas de madera al pie de los árboles. La decoración de luces y los senderos alfombrados de mantillo suavemente iluminados parecían extenderse sin fin.

En realidad, no tenía ni idea de hasta dónde llegaba el bosque hacia el este. Él y Laura habían paseado muchas veces por él, pero nunca hasta el extremo más oriental. La magnitud de aquella empresa, esa iluminación del bosque en honor a los días más oscuros del año, lo dejó pasmado.

Sintió un dolor agudo al pensar en el abismo que lo separaba de aquellos a quienes amaba, pero luego pensó: «Vendrán a la feria navideña y estarán aquí con nosotros para el banquete y las canciones. Hasta Jim vendrá.» Se lo había prometido. También asistirían Mort y Celeste, se aseguraría de ello. Entonces, ¿por qué sentía aquel dolor? ¿Por qué se lo permitía? ¿Por qué no pensaba en lo que compartirían mientras pudieran? Se acordó otra vez del bebé; dio media vuelta y se apresuró hacia el pesebre. Estaba oscuro y el niño Jesús de mármol era apenas visible, pero distinguió las mejillas regordetas, la sonrisa de su rostro y los deditos de sus manos.

El viento procedente del océano lo dejó helado. Una niebla gruesa le escoció de repente, soplando con tanta fuerza contra sus ojos que le lloraron. Pensó en todas las cosas que había hecho por su hijo, en todas las cosas de las que tendría que asegurarse. Algo era absolutamente cierto: nunca dejaría que el secreto del Crisma entrara en la vida de su hijo; lo protegería de él aunque tuviera que llevárselo de Nideck Point llegado el caso. Sin embargo, el futuro era demasiado vasto y estaba demasiado poblado para preverlo todo de golpe.

Tenía frío y sueño, y no sabía si Marchent lo estaba esperando. ¿Marchent sentía el frío? ¿Era concebible que el frío fuera lo único que sentía, un inhóspito y terrible frío emocional mucho peor que el que él estaba sintiendo en ese momento?

Lo inundó una tremenda euforia.

Volvió al Porsche y sacó la gabardina del maletero. Era una gabardina con forro completo y nunca se había molestado en hacerle el dobladillo. Detestaba el frío y le gustaba que fuera larga. Se la abotonó de arriba abajo, se subió el cuello y continuó caminando.

Se adentró en la enorme oscuridad ventosa del robledal, levantando la cabeza para contemplar el milagro de las luces cenitales y mirar a su alrededor. Continuó caminando, consciente de que la niebla se estaba haciendo más densa y de que tenía el rostro y las manos mojadas, pero sin preocuparse por eso. Metió las manos en los bolsillos.

Las ramas iluminadas se extendían por doquier; la capa de mantillo era gruesa y permitía caminar con seguridad. Cuando miró por encima del hombro, la casa ya estaba lejos. Las ventanas iluminadas apenas se veían, como un destello desdibujado más allá de los árboles.

Le dio la espalda y continuó hacia el este. No había llegado al final de ese bosque exquisitamente iluminado, pero la niebla gruesa ya envolvía las ramas delante y detrás de él.

Sería mejor que volviera.

De repente, las luces se apagaron.

Se quedó paralizado, en la más completa oscuridad. Supo por supuesto lo que había ocurrido. Habían conectado las luces de Navidad con la iluminación exterior de la propiedad, con los reflectores de las fachadas delantera y posterior. A las once y media las luces de fuera se apagaban, así que también se habían apagado las luces navideñas de aquel país de las maravillas.

Reuben se volvió de golpe y echó a andar de vuelta. De inmediato tropezó con una raíz y se dio de bruces con el tronco de un árbol. Apenas veía nada a su alrededor.

Lejos, las luces de la biblioteca y las ventanas del comedor todavía marcaban su destino, pero eran tenues y en cualquier momento alguien podía apagarlas, sin tener ni idea de que él estaba ahí fuera.

Trató de aumentar el ritmo, pero tropezó y cayó con las palmas de las manos contra el mantillo.

Era una situación ridícula. Ni siquiera su vista mejorada le permitía ver nada.

Se levantó y se abrió camino despacio y asegurándose de dónde pisaba. Había mucho espacio para caminar, solo tenía que ceñirse al camino. Cayó una vez más, sin embargo, y cuando intentó orientarse se dio cuenta de que ya no veía luz en ninguna dirección.

¿Qué tenía que hacer?

Por supuesto, podía provocar la transformación, estaba seguro de ello, quitarse la ropa y transformarse, y entonces vería con claridad su camino a la casa, por supuesto que sí. Como morfodinámico no tendría ningún problema, ni siquiera en aquella oscuridad espantosa.

Pero ¿y si Lisa o Heddy estaban levantados? ¿Y si uno de ellos estaba apagando las luces? Vaya, Jean Pierre estaría en la cocina como siempre.

Le parecía absurdo arriesgarse a ser visto, y absurda la idea de ceder al cambio por razones tan mundanas y luego tener que esconderse otra vez bajo su piel humana y vestirse apresuradamente en el frío gélido antes de entrar por la puerta de atrás. Era absurdo.

No, caminaría con cuidado.

Se puso en marcha otra vez, con los brazos por delante, e inmediatamente tropezó con una raíz, aunque en esta ocasión algo lo detuvo antes de caer de bruces. Algo lo había tocado, había tocado su brazo derecho e incluso lo había agarrado. Reuben logró recuperar el equilibrio y pasar por encima de las raíces sin caer.

¿Había sido una zarza o algún arbolito que brotaba de las raíces? No lo sabía. Se quedó muy quieto. Algo se estaba moviendo cerca de él. Quizás había llegado un ciervo al bosque, pero no captaba el olor de ninguno. Gradualmente se dio cuenta de que había movimiento a su alrededor. Sin el más leve crujido de hojas ni ramas, el movimiento prácticamente lo rodeaba.

Una vez más, sintió un roce en su brazo y, acto seguido, lo que le pareció una mano, una mano firme, en la espalda. Esa cosa, fuera lo que fuese, lo instaba a seguir adelante.

—¡Marchent! —susurró. Se quedó quieto, negándose a moverse—. Marchent, ¿eres tú?

No recibió respuesta del silencio. La oscuridad del bosque era tan impenetrable que no podía verse sus propias manos cuando las levantó, pero fuera lo que fuese esa cosa, esa persona, lo que fuera se acercó con rapidez a él y lo instó a avanzar.

La transformación lo inundó con tanta presteza que no tuvo tiempo de tomar una decisión. Estaba reventando la ropa antes de que pudiera siquiera desabotonársela. Se quitó la gabardina y la dejó caer. Oyó la piel de sus zapatos desgarrándose ruidosamente y, cuando alcanzó toda su altura de morfodinámico, vio a pesar de la oscuridad las formas definidas de los árboles, sus hojas agrupadas, incluso las minúsculas luces de cristal entretejidas en las ramas.

Aquello que había estado sosteniéndolo se había apartado, pero al volverse, vio la pálida figura de un hombre apenas discernible en la niebla en movimiento. Se fijó con atención y vio otras figuras. Hombres, mujeres, incluso figuras más pequeñas que debían ser niños. Fueran lo que fuesen, estaban retrocediendo, moviéndose en completo silencio, hasta que ya no pudo verlos más.

Corrió hacia la casa, esprintando con facilidad entre los árboles, con los restos desgarrados de la ropa al hombro.

Al pie de las ventanas oscuras y vacías de la cocina, trató de revertir la transformación, pugnando violentamente por conseguirlo, pero no lo lograba. Cerró los ojos, deseando con toda su voluntad cambiar, pero el pelaje de lobo no lo abandonaba. Se apoyó contra las piedras y miró al robledal. Consiguió ver las figuras otra vez. Muy lentamente distinguió la más cercana, de un hombre, parecía, que lo estaba mirando. Era delgado, con ojos grandes, cabello largo muy oscuro y una leve sonrisa en los labios. Llevaba ropa sencilla, ligera, una especie de camisa pasada de moda con mangas abullonadas; pero la figura ya estaba palideciendo.

—Vale, no quieres hacerme ningún daño, ¿verdad? —dijo.

Se oyó un suave susurro procedente del bosque, pero no provenía del monte bajo ni de las ramas superiores. Eran esas criaturas riendo. Reuben captó la silueta muy pálida de un perfil de cabello largo. Una vez más se estaban alejando de él.

Suspiró profundamente.

Oyó un fuerte chasquido. Alguien había encendido una cerilla en alguna parte. Rogó porque no fueran Lisa ni otro criado.

La luz se encendió en el extremo norte de la casa y pareció penetrar la neblina como si estuviera hecha de minúsculas partículas doradas. Allí estaban otra vez los hombres, las mujeres y esas figuras pequeñas, hasta que de repente desaparecieron por completo.

Reuben pugnó por transformarse, apretando los dientes. La luz se hizo más brillante y un haz lo iluminó desde la izquierda. Era Lisa. ¡Dios santo, no! Sostenía la linterna de queroseno.

—Entra, señor Reuben —dijo, sin alterarse lo más mínimo por verlo en su forma de lobo, simplemente estirándose hacia él—. ¡Entra! —insistió.

Él sintió una emoción más que curiosa al mirarla. Sintió vergüenza o lo más parecido a la vergüenza que había sentido. Lo estaba viendo desnudo y monstruoso y sabía su nombre, sabía quién era, lo sabía todo de él y podía verlo sin su consentimiento, sin que deseara que lo viera. Era dolorosamente consciente de su tamaño y del aspecto que debían tener su rostro velludo y su boca, un morro sin labios.

—Vete, por favor —dijo—. Entraré cuando esté preparado.

—Muy bien —dijo Lisa—. Pero no debes tenerles miedo. De todos modos se han ido. —Lisa dejó la linterna en el suelo y dejó a Reuben solo. Estaba furioso.

Transcurrieron unos quince minutos hasta que Reuben propició el cambio. Tembló de frío al perder el pelaje de lobo. Apresuradamente se puso la camisa desgarrada y lo que quedaba de sus pantalones. Los zapatos y la gabardina habían quedado en algún lugar del bosque.

Entró precipitadamente, con intención de subir corriendo la escalera hasta su habitación, cuando vio a Margon sentado a la mesa de la cocina, solo, con la cabeza apoyada en las manos, el cabello sujeto en una cola y los hombros hundidos.

Reuben se quedó allí con ganas de hablarle, desesperado por hablarle, por contarle lo que había visto en el robledal. Margon le dio la espalda, sin embargo. No fue un gesto hostil. Simplemente volvió sutilmente la cabeza inclinada, como si estuviera diciéndole: «Por favor, no me mires; por favor, no me hables ahora.»

Reuben suspiró y negó con la cabeza.

En el piso de arriba encontró la chimenea de su habitación encendida y la cama preparada. Le habían dejado el pijama encima y, en la mesilla, una jarrita de porcelana con chocolate caliente y una taza también de porcelana.

Lisa salió del cuarto de baño con el aspecto de quien está ocupado en multitud de tareas. Le dejó la bata de felpa blanca en la cama.

—¿Quieres que te prepare un baño, joven señor?

—Me ducho —dijo Reuben—, pero gracias.

—Muy bien, señor —respondió ella—. ¿Te apetece un resopón?

—No, señora —respondió. Estaba lívido por el hecho de que

Lisa estuviera allí. Vestido con aquella ropa sucia y desgarrada esperó, mordiéndose la lengua.

Lisa pasó a su lado y lo rodeó en dirección a la puerta.

—¿Quiénes eran esas criaturas del bosque? —preguntó él—. ¿Eran la Nobleza del Bosque? ¿Eran ellos?

Lisa se detuvo. Estaba inusualmente elegante con su vestido de lana negro y las manos muy blancas en contraste con las bocamangas oscuras. Pareció reflexionar un momento.

—Seguramente deberías plantear estas preguntas al señor, joven señor, pero no esta noche —dijo finalmente, levantando un dedo enfático como una monja—. El señor está molesto esta noche y no es momento para preguntarle por la Nobleza del Bosque.

—Entonces, eso es lo que vi —dijo Reuben—. ¿Y quiénes demonios son exactamente esa Nobleza del Bosque?

Lisa bajó la mirada, reflexionando visiblemente antes de hablar, y luego lo miró, arqueando las cejas.

—¿Y quiénes crees que son, joven señor? —le preguntó.

—¡No son espíritus del bosque!

Lisa asintió con ademán grave y bajó la mirada otra vez. Suspiró. Por primera vez, Reuben reparó en el gran camafeo que llevaba al cuello, cuyo marfil era del color de las manos delgadas que entrelazó ante sí como a la espera de una orden. Algo tenía Lisa que heló la sangre a Reuben. Siempre lo hacía.

—Eso es una forma elegante de describirlos —concedió ella—: como los espíritus del bosque, porque es en el bosque donde son más felices y siempre lo han sido.

—¿Y por qué a Margon le enfurece tanto que hayan venido? ¿Qué hacen que tanto lo molesta?

Lisa suspiró otra vez y bajó la voz hasta convertirla en un susurro.

—No le gustan —dijo—, por eso está molesto. Pero siempre vienen en el solsticio de invierno. No me sorprende que hayan venido tan pronto. Les encantan la niebla y la lluvia. Les encanta el agua. Así que aquí están. Llegan en el solsticio de invierno, cuando los morfodinámicos están aquí.

—¿Habías estado antes en esta casa?

Lisa esperó antes de responder.

—Hace mucho tiempo —repuso finalmente con una leve sonrisa gélida.

Reuben tragó saliva. Lisa le estaba helando la sangre, pero no le tenía miedo e intuía que ella no pretendía asustarlo. En sus modales había orgullo y obstinación.

—Ah —dijo Reuben—, entiendo.

—¿Sí? —En su voz y su rostro había una leve tristeza—. No lo creo. Sin duda, joven señor, no creerás que los morfodinámicos son los únicos eternos bajo el cielo. Sin duda sabes que hay muchas otras especies eternas ligadas a esta tierra que tienen un destino secreto.

Cayó el silencio entre ambos, pero Lisa no se movió para irse. Lo miró como si lo hiciera desde la profundidad de sus propios pensamientos, con paciencia, esperando.

—No sé lo que eres —dijo Reuben. Estaba pugnando por parecer seguro y educado—, y desde luego no sé lo que son ellos, pero no tienes que estar atenta a todas y cada una de mis necesidades. No me hace falta y no estoy acostumbrado a ello.

—Pero es mi función, señor —respondió Lisa—. Siempre ha sido mi lugar. Mi gente cuida de su gente y de otros eternos como vosotros. Ha sido así durante siglos. Vosotros sois nuestros protectores y nosotros somos vuestros sirvientes, y ese ha sido siempre nuestro lugar en este mundo. Pero vamos, estás cansado. Tu ropa está hecha añicos.

Lisa llenó la taza de Reuben de chocolate caliente.

—Toma esto y acércate al fuego.

Reuben cogió la taza y se tomó el chocolate espeso de un trago.

—Está bueno —dijo.

Curiosamente, lo ponía menos nervioso que antes pero sentía por ella más curiosidad, y un tremendo alivio de que supiera lo que era y lo que eran todos. La carga de mantener el secreto ante ella y los demás había desaparecido, aunque no podía evitar preguntarse por qué Margon no lo había aliviado de esa carga antes.

—No debes temer nada, señor —dijo Lisa—, ni de mí ni de

los de mi especie, nunca, porque siempre te hemos servido. Tampoco de la Nobleza del Bosque, porque son inofensivos.

—Hadas, eso es lo que son. Los elfos del bosque.

—Oh, yo no los llamaría así —dijo Lisa, cuyo acento alemán se hizo ligeramente más marcado—. Esas palabras no les gustan, te lo aseguro, y nunca los verás aparecer con gorro y zapatos puntiagudos —continuó con una risita—. Tampoco son seres diminutos con alitas. No, mejor que te olvides de llamarlos «hadas». Ven, por favor, deja que te ayude a quitarte esta ropa.

—Bueno, eso puedo entenderlo —dijo Reuben—. Y realmente es un poco un consuelo. ¿Te importaría contarme si hay enanos y troles fuera?

Lisa no respondió.

Reuben estaba tan incómodo con la camisa rasgada y los pantalones mojados que dejó que le ayudara, olvidando hasta que fue demasiado tarde que no llevaba ropa interior, por supuesto. Lisa le puso la bata de felpa sobre los hombros al instante, envolviéndolo rápidamente en cuanto él metió los brazos en las mangas y atándole el cinturón como si fuera un niño pequeño. Era casi tan alta como él, y sus gestos decididos otra vez le parecieron extraños, sin que importara lo que ella era.

—Bueno, cuando el señor esté de mejor humor quizá te lo explique todo —dijo en su tono más suave. Bajó la voz, riendo entre dientes—. Si en Nochebuena no aparecieran, le decepcionaría —dijo ella—. De hecho, sería terrible que no aparecieran en ese momento. Pero no le gusta en absoluto que estén aquí ahora, ni que hayan sido invitados. Cuando los invitan se vuelven audaces, y eso lo irrita considerablemente.

—Invitados por Felix, quieres decir —dijo Reuben—. Eso es lo que ha estado pasando. Felix aullando...

—Sí, invitados por el señor Felix, y es prerrogativa suya y no mía contarte el motivo.

Lisa recogió la ropa sucia y estropeada e hizo un pequeño hatillo con ella, obviamente para tirarlo.

—Hasta que los augustos señores decidan explicároslo a ti y a tu joven compañero Stuart, déjame asegurarte que la Nobleza del Bosque no puede causarte ni el más leve daño. Y no debes dejar que hagan que te... que te suba la sangre como ha ocurrido esa noche.

—Entiendo —dijo Reuben—. Me han pillado completamente por sorpresa y me han desconcertado.

—Bueno, si no quieres desconcertarlos tú a ellos, lo cual por cierto no te aconsejo bajo ningún concepto, no los llames «hadas», «elfos», «enanos» ni «troles». Con eso bastará. No pueden causarte un daño real, pero ¡pueden ser un incordio increíble!

Con una risa ruidosa y aguda, Lisa se volvió para salir, pero antes dijo:

—La gabardina. La has dejado en el bosque. Me ocuparé de que la laven y la cepillen. Ahora duerme. —Salió y cerró la puerta tras de sí, dejándolo con todas las preguntas en la punta de la lengua.

12

En la casa imperaba un agradable barullo de gente yendo y viniendo por todas partes.

Thibault y Stuart estaban decorando el enorme árbol de Navidad y reclutaron a Reuben para que los ayudara. Thibault llevaba traje y corbata, como casi siempre; con el rostro arrugado y las cejas pobladas parecía el maestro al lado de Stuart, quien, en tejanos recortados y camiseta, subía como un ángel joven y musculoso por la ruidosa escalera de mano hasta el último peldaño para decorar las ramas más altas.

Thibault había puesto un disco de villancicos navideños tradicionales interpretados por el coro del St. John's College de Cambridge, y la música era relajante y evocadora.

La intrincada iluminación de todas las ramas del árbol ya estaba lista y lo que había que hacer en ese momento era colgar las incontables manzanas doradas y plateadas, pequeños adornos ligeros que centelleaban con hermosura en medio de las gruesas agujas de pino. Aquí y allá añadían casitas y figuritas humanas comestibles de galleta de jengibre con un aroma delicioso.

Stuart quería comérselas, y también Reuben, pero Thibault les prohibió con severidad incluso pensarlo. Lisa había decorado personalmente todas y cada una de ellas y no había suficientes. Los «niños» debían «comportarse».

Habían colocado en la cúspide del árbol un elegante san Nicolás con la cabeza de porcelana, demacrado pero benevolente, y túnica de terciopelo verde claro, y espolvoreado todas las ramas, desde arriba hasta abajo, con alguna clase de dorado sintético. El efecto era magnífico, impresionante.

Stuart, con su sempiterna sonrisa y aquellas pecas que se le ponían más oscuras cuando reía, hizo gala de su optimismo habitual al explicar a Reuben que había podido invitar a «todos» a la fiesta de Navidad, incluso a las monjas de su instituto y a todos sus amigos, y también a las enfermeras que había conocido en el hospital.

Thibault se ofreció para ayudar a Reuben a añadir a cualquier amigo de la facultad o del periódico en el último momento, pero Reuben ya se había ocupado de todo eso... cuando Felix había llamado a su puerta para ofrecerse a ayudarlo. Habían hecho numerosas llamadas de teléfono. La directora de Reuben en el *San Francisco Observer* asistiría con la redacción al completo. Iban a venir tres amigos de la facultad. Tampoco faltarían sus primos de Hillsborough ni el hermano de Grace, el tío Tim de Río de Janeiro, que vendría en avión con su hermosa esposa, Helen, porque ambos querían ver aquella fabulosa casa. Incluso la hermana mayor de Phil, Josie, que vivía en una residencia de Pasadena, viajaría hasta allí. Reuben adoraba a su tía Josie. Jim se traería unas cuantas personas de la parroquia de St. Francis y varios de los voluntarios que lo ayudaban regularmente con el comedor social.

Entretanto la actividad continuaba a su alrededor. Lisa y los del servicio de catering habían dispuesto todos los platos y bandejas de plata en la gigantesca mesa del comedor, y Galton y sus hombres se arremolinaban en el patio trasero, despejando una antigua zona de aparcamiento situada detrás de las habitaciones del servicio para los camiones frigoríficos que llegarían el día del banquete. Un grupo de adolescentes que obedecían órdenes de Jean Pierre y Lisa (todo el mundo obedecía las de Lisa) estaban colocando guirnaldas en los marcos de todas las puertas y ventanas interiores.

Reuben pensó que tanto verde podría haber quedado ridículo en una casa pequeña, pero resultaba perfecto en esas habitaciones inmensas. Estaban colocando grupos de velones en las repisas de las chimeneas y Frank Vanderhoven había traído una caja de cartón llena de viejos juguetes de madera de la época victoriana para colocarlos bajo el árbol cuando terminaran.

A Reuben le encantaba todo aquello. No solo lo distraía, sino que lo reconfortaba. Cuando pasaron Heddy y Jean Pierre, trató de no examinarlos en busca de pistas de la naturaleza que compartían con la imponente Lisa.

Del exterior llegaba el ruido de martillos y sierras.

En cuanto a Felix, se había marchado antes de mediodía en avión a Los Ángeles para encargarse de los «últimos detalles» con los actores y otra gente que trabajaría disfrazada en la feria navideña de Nideck o en la fiesta de la casa, una vez terminada esta. Haría escala en San Francisco antes de volver a casa para ocuparse de la orquesta que estaba reuniendo.

Margon había ido a recibir al coro de niños de Austria que cantaría en la fiesta. Les habían prometido una semana en Estados Unidos como parte de su remuneración. Después de ocuparse de alojarlos en los hoteles de la costa, iba a comprar algunas estufas de aceite más para el exterior, o eso les dijeron a Reuben y Stuart.

Frank y Sergei, ambos hombres muy grandes, iban y venían continuamente con cajas de porcelana y cubertería de plata y otros adornos de los almacenes del sótano. Frank iba elegante, con un polo y tejanos limpios y planchados. Como siempre, incluso cargando cajas, tenía esa pátina suya de Hollywood. Sergei, el gigante de la casa, con el cabello rubio desordenado, llevaba la camisa tejana arrugada y sudada. Parecía un poco aburrido pero era como siempre simpático.

Un equipo de doncellas profesionales estaba inspeccionando todos los baños de los pasillos interiores del piso de arriba para asegurarse de que estuvieran adecuadamente equipados para los invitados al banquete. El domingo, las doncellas se quedarían a las puertas de esos cuartos de baño para darles indicaciones.

Los transportistas tocaban el timbre cada veinte minutos y había algunos periodistas fuera desafiando la llovizna para fotografiar el belén de estatuas y la actividad incesante.

En realidad era deslumbrante y tranquilizadora, sobre todo porque no había podido localizar ni a Felix ni a Margon para preguntarles nada.

—Cuenta con que toda la semana será así —dijo Thibault con naturalidad al sacar los adornos de la caja para dárselos a Reuben—. Llevamos así desde ayer.

Al final hicieron una pausa para comer, tarde, en el invernadero, el único lugar que no estaban decorando porque las flores tropicales resultaban impropias de la Navidad.

Lisa les sirvió bandejas con montones de costillas recién cortadas, patatas enormes aliñadas con mantequilla y nata agria y boles de zanahorias y calabacines humeantes. El pan estaba recién horneado. Lisa desplegó la servilleta de Stuart y se la puso en el regazo, y habría hecho lo mismo por él si hubiera tenido ocasión. Sirvió café a Reuben, con dos sobrecitos de edulcorante, vino a Thibault y cerveza a Sergei.

Reuben percibió en Lisa cierta dulzura que no había visto antes, pero sus gestos y movimientos le seguían pareciendo extraños. Un rato antes la había visto subida a una escalera de cinco peldaños para limpiar unas manchas de los cristales de las ventanas delanteras sin agarrarse a nada.

En ese momento echó carbón en la estufa Franklin blanca y se quedó cerca, llenando las copas sin decir una palabra, mientras Sergei atacaba su comida como un perro, usando el cuchillo solo de vez en cuando y metiéndose rollos de carne en la boca con los dedos e incluso despedazando la patata del mismo modo. Thibault comió como un director de escuela que da ejemplo a los alumnos.

—¿Es así como se comía en la época en que naciste? —le preguntó Stuart a Sergei.

Le encantaba provocar a Sergei a la menor ocasión. Solo al lado del gigante Sergei el musculoso y alto Stuart parecía pequeño, y más de una vez los grandes ojos azules de Stuart se entretenían repasando el cuerpo de Sergei como si disfrutara de esa visión.

—¡Ah! Estás deseando saber cuándo llegué a este mundo, ¿eh, lobito? —dijo Sergei. Le dio un empujón en el pecho.

Stuart se mantuvo en sus trece, achicando los ojos con cara de condescendencia, alegre y burlón.

—Apuesto a que fue en una granja de los Apalaches, en mil novecientos cincuenta y dos —dijo—. Cuidabas de los cerdos hasta que te escapaste para alistarte en el Ejército.

Sergei soltó una risotada sarcástica.

—Oh, eres un animalito muy listo. ¿Y si te dijera que soy el gran san Bonifacio en persona, el que llevó el primer árbol de Navidad a los paganos de Alemania?

—Y un cuerno —dijo Stuart—. Es una historia ridícula y lo sabes. Después me dirás que eres George Washington y que tú mismo talaste el cerezo.

Sergei rio otra vez.

—¿Y si soy el mismísimo san Patricio que sacó las serpientes de Irlanda? —preguntó Sergei.

—Si viviste en esos tiempos —dijo Stuart—, eras un remero cabezota de un barco vikingo y pasabas el tiempo saqueando pueblos de la costa.

—No te equivocas mucho —dijo Sergei, todavía riendo—. En serio: fui el primer Románov que gobernó Rusia. Fue entonces cuando aprendí a leer y escribir y cultivé mi gusto por la buena literatura. Ya vivía siglos antes. También fui Pedro el Grande. Eso fue divertidísimo, sobre todo la fundación de San Petersburgo. Y antes de eso fui san Jorge, el que mató al dragón.

Stuart se dejó llevar por el tono burlón de Sergei.

—No. Yo sigo apostando por Virginia Occidental —dijo—, al menos en una encarnación, y antes de eso te enviaron aquí como esclavo. ¿Y tú, Thibault, dónde crees que nació Sergei?

Thibault negó con la cabeza y se limpió la boca con la servilleta. Con el rostro muy arrugado y el cabello gris aparentaba ser décadas mayor que Sergei, pero eso no significaba que lo fuera.

—Fue mucho antes de mi época, jovencito —dijo—. Soy el neófito de la manada, debo confesarlo. Incluso Frank ha visto mundos de los cuales yo no sé nada. Pero es inútil preguntar la verdad a estos caballeros. Solo Margon habla de orígenes, y todos lo ridiculizan cuando lo hace, incluido yo, debo confesarlo.

—Yo no lo ridiculicé —dijo Reuben—. Estuve pendiente de cada palabra que dijo. Ojalá todos nos bendijeran un día con sus historias.

—¡Bendecidnos! —exclamó Stuart con un gruñido—. Eso podría ser el fin de la inocencia para ti y para mí, y nuestra muerte literalmente por aburrimiento. A eso hay que sumarle que en ocasiones me sale un terrible sarpullido alérgico cuando la gente se pone a contar una mentira detrás de otra.

—Dame una oportunidad de adivinarlo, Thibault —aventuró Reuben—. ¿Es justo?

—Por supuesto, faltaría más —respondió Thibault.

—Tu época fue el siglo XIX y tu lugar de nacimiento Inglaterra.

—Casi —dijo Thibault con una sonrisa conocedora—. Pero no nací morfodinámico en Inglaterra. Estaba viajando en los Alpes en ese momento. —Se interrumpió, como si la conversación le hubiera traído a la mente alguna idea profunda y no demasiado agradable. Se quedó sentado muy quieto. Luego pareció despertar de su ensimismamiento, cogió su café y se lo tomó.

Sergei soltó una larga cita, sospechosamente poética pero en latín. Thibault sonrió y asintió.

—Ya estamos otra vez con el erudito que come con las manos —dijo Stuart—. Te digo que no estaré contento hasta ser tan alto como tú, Sergei.

—Lo harás —dijo Sergei—. Eres un cachorro, como dice siempre Frank. Ten paciencia.

—Pero ¿por qué no puedes hablar de dónde y cuándo naciste con naturalidad —dijo Stuart—, como haría cualquiera?

—Porque no se habla de eso —dijo Sergei con brusquedad—. Y cuando se habla con naturalidad suena ridículo.

—Bueno, Margon desde luego tuvo la decencia de responder a nuestras preguntas inmediatamente.

—Margon te contó un viejo mito —dijo Thibault—, que él afirma que es una historia cierta, porque necesitabas un mito, necesitabas saber de dónde venimos.

—¿Estás diciendo que era todo mentira? —preguntó Stuart.

—De hecho, no. ¿Cómo voy a saberlo? Pero al maestro le encanta contar historias, y las historias cambian de vez en cuando. No tenemos el don de una memoria perfecta. Las historias tienen vida propia, sobre todo las historias vitales de Margon.

—¡Oh, no, por favor, no me digas eso! —se quejó Stuart. Parecía francamente inquieto por la idea, casi enfadado—. La de Margon es la única influencia estabilizadora en mi nueva existencia.

—Y necesitamos influencias estabilizadoras —dijo Reuben entre dientes—. Sobre todo influencias estabilizadoras que nos cuenten cosas.

—Ambos estáis en excelentes manos —dijo Thibault en voz baja—, y te estoy provocando hablándote de tu mentor.

—Lo que nos contó sobre los morfodinámicos era todo cierto, ¿verdad? —dijo Stuart.

—¿Cuántas veces nos has preguntado eso? —le preguntó Sergei. Su voz era tan profunda como la de Thibault y un poco más severa—. Lo que dijo era cierto por lo que él sabe. ¿Qué más quieres? ¿Yo procedo de la tribu que describió? No lo sé. ¿Cómo voy a saberlo? Hay morfodinámicos por todo el mundo. Pero te diré una cosa: nunca he encontrado a ninguno que no reverencie a Margon *el Impío*.

Eso calmó a Stuart.

—Margon es una leyenda entre los inmortales —continuó Sergei—. Hay inmortales en todas partes que no querrían otra cosa que sentarse a los pies de Margon durante todo el día. Ya lo descubrirás. No tardarás en verlo. No menosprecies a Margon.

—No es momento para todo esto —dijo Thibault con una pizca de sarcasmo—. Tenemos demasiadas cosas que hacer, cosas prácticas, cosas pequeñas, las cosas de la vida que realmente importan.

—Como doblar miles de servilletas —dijo Stuart—, y bruñir cucharitas de café, colgar adornos y llamar a mi madre.

Thibault rio entre dientes.

—¿Qué sería del mundo sin servilletas? ¿Qué sería de la civilización occidental sin servilletas? ¿Podría prescindir Occidente de las servilletas? ¿Y qué sería de ti, Stuart, sin tu madre?

Sergei soltó una risotada ruidosa.

—Bueno, sé que yo puedo pasar sin servilletas —dijo, y se lamió los dedos—. La evolución de la servilleta ha ido del hilo al papel, y sé que Occidente no puede prescindir del papel. Es completamente imposible. Tú, Stuart, eres demasiado joven para prescindir de tu madre. Me gusta tu madre. —Apartó la silla, se tomó la cerveza de un trago y se fue a buscar a Frank para «poner esas mesas bajo los robles».

Thibault dijo que ya era hora de volver al trabajo y se levantó para ponerse en marcha. Sin embargo, ni Reuben ni Stuart se movieron. Stuart le hizo un guiño a Reuben, que miró significativamente a Lisa, que los estaba observando.

Thibault vaciló. Luego se encogió de hombros y se marchó sin ellos.

—Lisa, será mejor que nos dejes un minuto —dijo Reuben.

Con cara de reprobación, Lisa se fue, cerrando las puertas del invernadero tras de sí.

—¡Qué demonios está pasando! —gritó inmediatamente Stuart—. ¿Por qué está furioso Margon? Él y Felix ni siquiera se hablan. ¿Y qué pasa con Lisa? ¿Qué está pasando aquí?

—No sé por dónde empezar —dijo Reuben—. Si no consigo hablar con Felix antes de esta noche voy a volverme loco. Pero ¿a qué te refieres con eso de Lisa? ¿Qué le has notado?

—¿Estás de broma? No es una mujer, es un hombre —dijo Stuart—. Fíjate en cómo camina y se mueve.

—¡Oh, eso es! —dijo Reuben—. Por supuesto.

—A mí me da igual, claro —dijo Stuart—. ¿Quién soy yo para criticarla si quiere ponerse un vestido de noche? Soy gay, soy defensor de los derechos humanos. Si quiere ser Albert Nobbs, ¿por qué no? Pero tiene más cosas raras. También las tienen Heddy y Jean Pierre. No son... —Calló.

—¡Dilo!

—No usan manopla para tocar cosas calientes —dijo Stuart susurrando, aunque ya no era necesario—. Mira, se escaldan cuando preparan café y té; dejan que el agua hirviendo los salpique o sumergen en ella los dedos y no se queman. Además, nadie se molesta en ser discreto cuando ellos están presentes. Margon dice que lo entenderemos todo en su momento. ¿Cuándo? Y algo más está pasando en esta casa. No sé cómo describirlo, pero hay ruidos, gente invisible en la casa. No creas que estoy loco.

—¿Por qué iba a pensar eso? —preguntó Reuben.

Stuart soltó una risa extraña.

—Sí, claro —dijo. Las pecas se le oscurecieron otra vez y se puso un poco colorado cuando negó con la cabeza.

—¿Qué más has notado? —lo incitó a proseguir Reuben.

—No me refiero al espíritu de Marchent —dijo Stuart—. Que Dios me ayude, yo no he visto eso. Sé que tú lo has visto, pero yo no. Pero te digo que hay algo más en esta casa por las noches. Las cosas se mueven, se agitan, y Margon lo sabe y está furioso por eso. Dijo que era culpa de Felix, que Felix era un supersticioso y un loco. Dijo que tenía que ver con Marchent y que Felix estaba cometiendo un error terrible.

Stuart se recostó en la silla como si no tuviera nada más que contar. De repente, a Reuben le pareció muy inocente, tanto como se lo había parecido la primera vez que lo vio, la noche espantosa en que unos matones acabaron con la vida del compañero y amante de Stuart, y en el caos Reuben lo mordió sin querer y le transmitió el Crisma.

—Bueno, puedo decirte lo que sé de todo esto —dijo Reuben. Se había decidido.

No iba a tratar a Stuart como lo estaban tratando a él. No iba a guardarse las cosas ni a andarse con juegos. No iba a hacer vagas sugerencias de esperar a que hablara el jefe. Se lo contó todo a Stuart.

Le describió con detalle las visitas de Marchent y le explicó que Lisa podía verla. Stuart puso unos ojos como platos cuando Reuben se lo contó.

A continuación, le relató lo que le había ocurrido la noche anterior. Describió a los miembros de la Nobleza del Bosque, que habían actuado con amabilidad, tratando de ayudarlo en la oscuridad, y que él se había enrabietado y se había transformado. Describió a Margon sentado con desánimo en la cocina y las extrañas palabras de Lisa sobre la gente del bosque. Le contó lo que había dicho Sergei y, por último, le confió todas las revelaciones de Lisa.

—Dios mío, lo sabía —dijo Stuart—. Lo saben todo de nosotros. Por eso nadie es discreto cuando están sirviendo en el comedor. ¿Y dices que ellos son también alguna clase de tribu de inmortales que existen para servir a otros inmortales?

—Los Eternos, eso es lo que ella dijo —dijo Reuben—. Lo oí con letras mayúsculas. Pero no me preocupo por ella ni por ellos, sean lo que sean. Lo que me importa es la Nobleza del Bosque.

—Tiene que ver con el fantasma de Marchent —dijo Stuart—. Sé que es así.

—Bueno, supongo que sí, pero ¿en qué sentido exactamente? Esa es la cuestión. ¿Cómo están relacionados con Marchent? —Pensó otra vez en sus sueños de Marchent corriendo en la oscuridad y aquellas formas que la rodeaban y estiraban los brazos hacia ella. No podía comprenderlo.

Stuart estaba bastante agitado. Parecía a punto de llorar, a punto de convertirse en un niño pequeño ante los ojos de Reuben como había hecho en el pasado. Pero su pequeño *tête-à-tête* terminó de repente.

Thibault regresó.

—Caballeros, os necesito a los dos —dijo.

Tenía una lista de encargos para cada uno y la madre de Stuart había llamado otra vez para preguntar qué debía ponerse para la fiesta.

—¡Maldita sea! —dijo Stuart—. Se lo he dicho cincuenta veces. Que lleve lo que quiera. A nadie le importa. Esto no es un almuerzo de Hollywood.

—No, esa no es la forma de enfocar este asunto con las mujeres, joven —dijo Thibault con suavidad—. Ponte al teléfono, escucha todo lo que te diga, di que te parece maravilloso, que adoras un color o una prenda que te describa, que estará realmente arrebatadora, y dale todas las explicaciones que puedas sobre eso. Así quedará más que satisfecha.

—Genio —dijo Stuart—. ¿Te importaría hablar con ella?

—Si quieres, desde luego que lo haré —dijo Thibault con paciencia—. Es una niña pequeña, ¿sabes?

—Dímelo a mí —se quejó Stuart con un gruñido—. ¡Buffy Longstreet! —Se burló del nombre artístico de su madre—. ¿Quién demonios usa toda la vida el nombre de Buffy?

Frank estaba en el umbral.

—Vamos, cachorro —dijo—. Hay trabajo que hacer. Si habéis terminado de zumbar en torno al árbol de Navidad como un par de pequeños espíritus del bosque, podéis venir a ayudar con estas cajas.

Hasta última hora de la tarde Reuben no encontró a Thibault solo. Este se había puesto la gabardina negra e iba hacia su coche. Toda la propiedad seguía llena de trabajadores.

—¿Y Laura? —le preguntó—. Estuve con ella ayer, pero no me dijo nada.

—No hay mucho que decir —le explicó Thibault—. Cálmate. Voy a verla ahora. El Crisma se está tomando su tiempo con Laura. Esto ocurre a veces en el caso de las mujeres. El Crisma no tiene nada de científico, Reuben.

—Eso me contaron —dijo Reuben, pero lo lamentó de inmediato—. No hay ciencia que valga para nosotros; no hay ciencia que valga para los fantasmas y probablemente no hay ciencia que valga para los espíritus del bosque.

—Bueno, hay un montón de teorías pseudocientíficas, Reuben. No quieres implicarte en todo eso, ¿verdad? Laura lo está haciendo bien. Lo estamos haciendo bien. La fiesta de Navidad será espléndida y nuestra fiesta de Yule será más alegre de lo habitual, porque os tenemos a ti y a Stuart y tendremos a Laura. Ahora debo ponerme en camino. Ya llego tarde.

13

Miércoles por la mañana a primera hora.

La casa dormía.

Reuben dormía. Desnudo bajo el grueso edredón, dormía con la cara contra la almohada fría. Vete, casa. Vete, miedo. Vete, mundo.

Soñaba.

Estaba en el bosque de Muir, y él y Laura caminaban solos entre secuoyas gigantescas. El sol proyectaba sus rayos polvorientos sobre el suelo oscuro del bosque. Estaban tan unidos que eran como una sola persona, su brazo derecho rodeándola, el izquierdo de Laura en torno a él y el perfume de su cabello embriagándolo.

Lejos, entre los troncos, vieron un calvero donde la luz del sol estallaba violentamente y calentaba la tierra, y allí fueron y se tumbaron abrazados. En el sueño no importaba si alguien aparecía, si alguien los veía. El bosque de Muir era suyo, su bosque. Se quitaron la ropa; las prendas desaparecieron. Qué maravillosamente libre se sentía Reuben, como si llevara su pelaje de lobo. ¡Tan libre, tan maravillosamente desnudo! Ahí estaba Laura, a su lado, mirándolo a los ojos con aquellos iris azules, opalescentes, con el cabello desplegado en abanico en la tierra oscura, ese cabello rubio tan hermoso. Se inclinó para besarla. ¡Laura! La suya era una forma de besar como la de ninguna otra, hambrienta pero paciente, complaciente pero expectante. Sintió el calor de sus pechos contra su pecho desnudo, la humedad de su vello púbico. Se levantó lo suficiente para guiar su sexo hacia el de ella. Éxtasis en ese pequeño santuario. El sol teñía el aire de dorado, resplandecía en los helechos frondosos que los rodeaban en aquel templo de altas secuoyas. Laura levantó ligeramente las caderas y entonces el peso de él la hizo bajar con firmeza contra la tierra dulce y fragante. Adoptó un ritmo delicioso montándola, amándola, besando su deliciosa boca suave al tomarla, al entregarse a ella: «Te quiero, mi divina Laura.» Se acercó al orgasmo, con los ojos cerrados y arrollado por una ola de placer que subió y subió hasta que apenas pudo soportarlo y abrió los ojos.

Marchent.

Yacía debajo de él en la cama, rogándole con ojos atormentados, con la boca temblorosa y el rostro arrasado de lágrimas.

Reuben soltó un alarido.

Se levantó de la cama de un salto y golpeó la pared del otro lado. Estaba gritando, gritando de horror.

Marchent se incorporó en la cama, agarrando la sábana para taparse los pechos desnudos, mirándolo con pánico. Abrió la boca, pero las palabras no le salieron. Estiró el brazo. Tenía el cabello enredado y húmedo.

Reuben estaba ahogándose, sollozando.

Alguien llamó a la puerta y enseguida la abrió.

Reuben se sentó llorando contra la pared. La cama estaba vacía. Stuart estaba allí de pie.

—Joder, tío, ¿qué es esto?

Se oyeron pasos subiendo la escalera. Jean Pierre estaba detrás de Stuart.

—¡Oh, madre de Dios! —sollozó Reuben. No podía contener el llanto—. Dios santo. —Pugnó por levantarse, pero volvió a caer al suelo y se golpeó la cabeza contra la pared.

—Basta, Reuben —gritó Stuart—. ¡Basta! Ahora estamos contigo, no pasa nada.

—Señor, tenga —dijo Jean Pierre, llevándole la bata y cubriéndole los hombros con ella.

Lisa apareció en la puerta en camisón blanco.

—Voy a perder el juicio —tartamudeó Reuben, con un nudo en la garganta—. ¡Voy a perder el juicio! —Gritó a viva voz—. ¡Marchent!

Se cubrió la cara con las manos.

—¿Qué quieres? ¿Qué puedo hacer, qué quieres? Lo siento, lo siento, lo siento, Marchent. Marchent, perdóname.

Se volvió y clavó las uñas en la pared como si pudiera atravesarla. Volvió a golpearse la cabeza contra ella.

Unas manos firmes lo sujetaron.

—Tranquilo, señor, tranquilo —dijo Lisa—. Jean Pierre, cambia esas sábanas. Ven, Stuart, ayúdame.

Pero Reuben yacía acurrucado junto a la pared, inconsolable, con el cuerpo cerrado como un puño y los párpados apretados.

Pasaron unos minutos.

Finalmente, abrió los ojos y dejó que lo ayudaran a levantarse. Se arrebujó con bata, como si estuviera congelado. Regresaron a su mente destellos del sueño: sol, el olor del perfume terroso de Laura; el rostro de Marchent, sus lágrimas, sus labios, sus labios, sus labios, siempre habían sido sus labios y no los de Laura. Había sido el beso único de Marchent.

Reuben estaba sentado a la mesa. ¿Cómo había llegado allí?

—¿Dónde está Felix? —preguntó. Miró a Lisa—. ¿Cuándo estará en casa Felix? Tengo que encontrarlo.

—En cuestión de horas estará aquí, señor —dijo Lisa, tranquilizándolo—. Lo llamaré. Me aseguraré de ello.

—Lo siento —susurró Reuben. Se quedó sentado, desconcertado, mirando cómo Jean Pierre rehacía la cama—. Lo siento mucho.

—Súcubo... —susurró Lisa.

—No digas eso —dijo Reuben—. No digas esa palabra malvada. ¡No sabe lo que está haciendo! No lo sabe, te lo digo. No es un demonio. Es un fantasma. Está perdida y luchando, y yo no puedo salvarla. No la llames súcubo. No uses ese lenguaje demoníaco.

—No pasa nada, tío —dijo Stuart—. Ahora estamos todos aquí. Ya no la ves, ¿no?

—Ahora no está aquí —dijo Lisa, cortante.

—Está —repuso Reuben con suavidad—. Siempre está aquí. Sé que está. La sentí anoche. Supe que estaba aquí. No tiene fuerza para atravesar. Quería hacerlo. Está aquí ahora mismo, llorando.

—Bueno, tienes que volver a la cama y dormir.

—No quiero —dijo Reuben.

—Mira, tío, me quedaré aquí —dijo Stuart—. Necesito una almohada y una manta. Ahora vuelvo. Me tumbaré aquí, al lado de la chimenea.

—Sí, quédate, ¿lo harás, Stuart?

—Ve a buscar su almohada y su manta, Jean Pierre —dijo Lisa. Se quedó de pie detrás de Reuben, sujetándolo por los hombros, masajeándoselos con dedos de hierro. Pero era agradable.

«No me sueltes —pensó—. No me sueltes.» Se levantó y le cogió la mano, aquella mano firme y fría.

—¿Te quedarás conmigo?

—Por supuesto que sí —dijo ella—. Stuart, túmbate junto al fuego y duerme ahí. Yo me sentaré en esta silla y vigilaré para que él pueda dormir.

Reuben se tumbó boca arriba en la cama recién hecha. Tenía miedo de darse la vuelta si intentaba dormir y ver a Marchent acostada a su lado.

Pero estaba muy cansado, demasiado cansado.

Gradualmente, se fue quedando dormido.

Oía a Stuart roncando con suavidad.

Lisa se quedó sentada serena y tranquila, mirando hacia la ventana distante. El cabello suelto le caía hasta los hombros. Nunca la había visto así peinada. Llevaba el camisón blanco almidonado y planchado, con flores desvaídas bordadas en el cuello. Claramente era un hombre, un hombre delgado y de huesos delicados, con una piel impecable y ojos grises penetrantes. Lisa siguió mirando la ventana sin moverse, quieta como una estatua.

14

Estaban reunidos en torno a la mesa del comedor, el lugar de las conversaciones, el lugar para la historia, el lugar de las decisiones.

El fuego en la chimenea y las velas de cera virgen proporcionaban la única iluminación. Había un candelabro en la mesa y otro en cada uno de los aparadores de roble oscuro.

Frank se había ido para estar «con una amiga» y no volvería hasta la fiesta navideña del domingo. Thibault se había marchado pronto para estar con Laura.

Así que quedaban Stuart, pálido y claramente fascinado y asustado por todo el procedimiento; el gigante Sergei, que parecía sorprendentemente interesado; Felix, triste y ansioso por que se celebrara la reunión; Margon, de mal humor y contrariado, y Reuben, todavía crispado por la visita de esa mañana. Todos iban vestidos con ropa informal, con jerséis y tejanos de una u otra clase.

Habían cenado y los sirvientes se habían «retirado». En ese momento solo Lisa, con su habitual vestido gazmoño de seda negra y el camafeo, permanecía con los brazos cruzados junto a la chimenea. Habían servido café, galletas de jengibre y nata, manzanas y ciruelas frescas con queso francés suave y cremoso.

Flotaba un tenue olor a cera, como de incienso y, por supuesto, el del fuego, el del siempre reconfortante fuego de roble, y la fragancia del vino ahora mezclada con la del café.

Felix se había sentado de espaldas al fuego, con Reuben enfrente. Stuart al lado de Felix, y Margon ocupaba como siempre la cabecera de la mesa, a la izquierda de Reuben, a cuya derecha estaba Sergei. Era la disposición habitual.

Una fuerte ráfaga de viento sacudió la ventana. El pronóstico era que el tiempo empeoraría durante la noche. No obstante, se esperaba que mejorara para la feria del domingo.

El viento aullaba en las chimeneas y la lluvia repiqueteaba como pedrisco en los cristales.

Habían apagado la iluminación del robledal, pero las demás luces exteriores estaban encendidas. Los obreros se habían marchado de la propiedad; por un momento al menos, todo estaba listo para la fiesta de Navidad. Había acebo, muérdago y guirnaldas de pino en la repisa y los laterales de la chimenea y en torno a las ventanas y las puertas. Su dulce aroma en ocasiones impregnaba el aire y en otras desaparecía por completo, como si la vegetación de cuando en cuando contuviera la respiración.

Margon se aclaró la garganta.

—Quiero ser el primero en hablar —dijo—. Quiero decir lo que sé sobre este plan audaz y por qué estoy en contra. Quiero que se me escuche en lo referente a esta cuestión.

Llevaba la melena suelta y un poco más peinada de lo normal, quizá porque Stuart había insistido en cepillársela. Parecía una especie de príncipe renacentista de piel oscura. Incluso su aterciopelado jersey color borgoña realzaba esa impresión, tanto como los anillos de pedrería en sus dedos oscuros y delgados.

—No, por favor, te lo ruego. Cállate —dijo Felix con un pequeño gesto implorante.

Su piel dorada normalmente no se ruborizaba, pero Reuben vio el rubor en sus mejillas y chispas de rabia en sus ojos castaños. Parecía un hombre mucho más joven que el caballero educado que Reuben sabía que era.

Sin esperar a que Margon hablara, miró a Reuben y dijo:

—He invitado a la Nobleza del Bosque por una razón. —Miró a Stuart y otra vez a Reuben—. Siempre han sido nuestros amigos. Y los he convocado porque pueden acercarse al espíritu de

Marchent e invitarla a unirse a su grupo, pueden aliviar el espíritu de Marchent y hacerle comprender lo que le ha ocurrido.

Margon puso los ojos en blanco y se recostó en la silla, cruzando los brazos, exudando rabia por cada poro.

—¡Nuestros amigos! —Escupió las palabras con desdén.

—Pueden hacerlo y lo harán si se lo pido —continuó Felix—. La llevarán hasta su grupo y, si se lo permiten, ella puede elegir unirse a ellos.

—¡Dios mío! —exclamó Margon—. ¡Menudo destino! Y esto es lo que haces a quienes tienen parentesco de consanguinidad contigo.

—No me hables de consanguinidad —le espetó Felix—. ¿Qué recuerdas tú de tus parientes?

—Vamos, por favor, no os peleéis otra vez —rogó Stuart.

Estaba asombrado. Él también se había peinado el cabello grueso y rizado para asistir a la reunión, incluso se lo había cortado un poco, lo cual solamente resaltaba su aspecto de gigante pecoso de seis años.

—Desde tiempos inmemoriales han vivido en los bosques —dijo Felix, mirando otra vez a Reuben—. Estaban en los del Nuevo Mundo antes de que el *Homo sapiens* llegara aquí.

—No, no es verdad —dijo Margon con asco—. Llegaron aquí por las mismas razones que nosotros.

—Siempre han estado en los bosques —insistió Felix, con los ojos fijos en Reuben—. En los bosques de Asia y África, los bosques de Europa, los bosques del Nuevo Mundo. Tienen relatos originarios y creencias sobre su lugar de procedencia.

—«Relatos» —recalcó Margon—. Digamos mejor que tienen leyendas ridículas y supersticiones absurdas, como el resto de nosotros. Todos los eternos tenemos historias. Ni siquiera los eternos podemos vivir sin ellas, no más que el género humano puede vivir sin ellas, porque todos los eternos de este mundo procedemos del género humano.

—Eso no lo sabemos —dijo Felix con paciencia—. Sabemos que nosotros fuimos humanos. Es lo único que sabemos. En definitiva no importa, y menos en el caso de la Nobleza del Bosque, porque sabemos lo que puede hacer. Lo que puede hacer es lo que importa.

—¿Importa si la Nobleza del Bosque cuenta mentiras? —preguntó Margon.

Felix estaba cada vez más agitado.

—Están aquí y son reales y podrán ver a Marchent en esta casa, oírla, hablarle e invitarla a ir con ellos.

—¿Ir con ellos adónde? —dijo Margon—. ¿Para quedarse siempre ligada a la tierra?

—¡Por favor! —exclamó Reuben—. Margon, deja hablar a Felix. Déjale explicar qué es la Nobleza del Bosque. ¡Por favor! Yo no puedo ayudar al espíritu de Marchent. No sé cómo hacerlo. —Se había puesto a temblar, pero no iba a rendirse—. Esta tarde he recorrido toda la casa. He caminado por la propiedad bajo la lluvia. Le he hablado a Marchent. He hablado y hablado y hablado. Sé que no puede oírme. Y cada vez que la veo está más abatida.

—Mira, tío, esto es verdad —dijo Stuart—. Margon, sabes que beso el suelo que pisas, tío. No quiero cabrearte. No soporto que te cabrees conmigo. Eso lo sabes. —Se le estaba enronqueciendo la voz, casi se le quebraba—. Pero, por favor, tienes que entender por lo que está pasando Reuben. No estuviste aquí anoche.

Margon iba a interrumpirlo, pero Stuart le hizo un gesto.

—Además, tenéis que empezar a confiar en nosotros —dijo Stuart—. Confiamos en vosotros, pero vosotros no confiáis en nosotros. No nos contáis lo que está ocurriendo a nuestro alrededor. —Miró a Lisa por encima del hombro, que le devolvió una mirada de indiferencia.

Margon levantó las manos y luego volvió a cruzar los brazos, mirando al fuego. Miró con un destello de rabia a Stuart y a Felix.

—Está bien —susurró. Hizo un gesto a este último para que hablara—. Explícate. Adelante.

—La Nobleza del Bosque es antigua —dijo Felix, tratando de recuperar su habitual porte razonable—. Los dos habéis oído hablar de ella. Habéis oído hablar de esos seres en los cuentos de hadas que os enseñaron de pequeños; pero los cuentos de hadas los han domesticado, los han retratado como seres pintorescos. Olvidad los cuentos de hadas, las imágenes de elfos.

—Sí, se parece más al universo de Tolkien —dijo Stuart.

—Esto no es el universo de Tolkien —le espetó Margon, indignado—. Esto es la realidad. No vuelvas a mencionarme a Tolkien, Stuart. No menciones a ninguno de tus nobles y reverenciados escritores de fantasía. Ni a Tolkien, ni a George R. R. Martin ni a C. S. Lewis, ¿me has oído? Son maravillosamente imaginativos e ingeniosos, incluso divinos en la forma que tienen de regir sus mundos imaginarios, pero esto es la realidad.

Felix levantó las manos para pedir silencio.

—Mira, los he visto —dijo Reuben con suavidad—. Tienen aspecto de hombres, mujeres, niños.

—Y lo son —dijo Felix—. Tienen lo que llamamos un cuerpo sutil. Pueden atravesar cualquier barrera, cualquier pared, y salvar cualquier distancia al instante. También pueden adoptar forma visible, una forma tan sólida como la nuestra, y en esa forma son capaces de comer, beber y hacer el amor como nosotros.

—No —rebatió Margon, irritado—. ¡Simulan hacer estas cosas!

—El hecho es que creen que las hacen —dijo Felix—. ¡Y pueden volverse completamente visibles para cualquiera! —Se detuvo, tomó un trago de café y se limpió otra vez los labios con la servilleta. Luego reanudó su explicación con calma—. Tienen personalidades distintas, linajes e historias. Pero lo más importante de todo es que poseen la capacidad de amar. —Puso énfasis en la última palabra—. Pueden amar, y aman. —Las lágrimas se le agolparon en los ojos al mirar a Reuben—. Y por eso los he invitado.

—Iban a venir de todos modos, ¿no? —dijo Sergei en voz alta, haciendo gestos de impaciencia con ambas manos. Miró fijamente a Margon—. ¿No estarán aquí la noche del solsticio de invierno? Siempre están aquí. Si preparamos fuego, si nuestros músicos tocan, si tocamos los tambores y las flautas y danzamos, vienen. Tocan para nosotros y danzan con nosotros.

—Sí, vienen y pueden irse con la misma rapidez con la que llegan —dijo Felix—. Pero les he rogado que vengan pronto y que se queden para implorar su ayuda.

—Muy bien —dijo Sergei—. Entonces, ¿cuál es el problema? ¿Crees que los obreros saben que están aquí? No lo saben. Nadie lo sabe salvo nosotros, y nosotros lo sabemos solo cuando ellos quieren que lo sepamos.

—Precisamente, cuando quieren que lo sepamos —dijo Margon—. Han estado entrando y saliendo de esta casa desde hace días. Probablemente estén ahora en esta habitación. —Se estaba caldeando cada vez más—. Escuchan lo que estamos diciendo. ¿Crees que se irán cuando chasques los dedos? Bueno, no lo harán. Se irán cuando les apetezca irse. Y si les apetece gastarnos bromas, nos volverán locos. Crees que un espíritu inquieto es una cruz que hay que llevar, Reuben. Espera a que empiecen ellos con sus trucos.

—Creo que están aquí —dijo Stuart con suavidad—. En serio, Felix, creo que están. Pueden mover cosas cuando son invisibles, ¿no? Me refiero a cosas ligeras como las cortinas, y apagar velas o avivar el fuego de la chimenea.

—Sí, pueden hacer todo eso —dijo Felix, mordaz—, pero normalmente solo lo hacen cuando se sienten ofendidos o insultados, o ignorados o rechazados. Yo no quiero causarles ninguna ofensa. Quiero darles la bienvenida, darles la bienvenida esta misma noche en esta casa. Su capacidad para hacer travesuras es un precio pequeño si pueden hacerse cargo del espíritu sufriente de mi sobrina. —Estaba llorando y no se molestó en ocultarlo.

Felix estaba consiguiendo que las lágrimas también se le agolparan en los ojos a Reuben. Sacó el pañuelo y lo dejó en la mesa. Hizo un gesto a Felix con él, que negó con la cabeza, y sacó el suyo. Se secó la nariz y continuó.

—Quiero invitarlos formalmente. Sabes lo que eso significa para ellos. Quieren que se les ofrezca comida, los presentes adecuados.

—Están listos —dijo Lisa en voz baja desde la chimenea—. He dejado la crema que he preparado para ellos en la cocina y sus galletas de mantequilla, las cosas que les gustan. Está todo allí.

—Son un puñado de fantasmas mentirosos —dijo Margon entre dientes, mirando a Stuart y a Felix—. Es lo único que son y lo único que han sido siempre. Son espíritus de los muertos y no lo saben. Llevan creando una mitología propia desde tiempos remotos, mentira sobre mentira, haciéndose más fuertes. No son nada más que fantasmas mentirosos, fantasmas cuyo poder ha ido evolucionando desde los albores del intelecto y la memoria.

—No lo entiendo —dijo Stuart.

—Stuart, todo está evolucionando constantemente en este planeta —dijo Margon—. Y los fantasmas no son ninguna excepción. Cierto que los seres humanos mueren a cada minuto y sus almas ascienden o tropiezan con la esfera terrenal y vagan en un páramo creado por ellos mismos durante años de tiempo terrestre. Colectivamente, sin embargo, los habitantes de la esfera terrenal han ido evolucionando. Los terrenales tienen sus eternos; lo terrenales tienen supersticiones propias. Por encima de todo, tienen personalidades poderosas y espléndidas que se han ido fortaleciendo a lo largo de los siglos y han ido sosteniendo sus cuerpos etéreos y enfocándose para manipular la materia de formas que los fantasmas anteriores del planeta ni siquiera soñaron.

—¿Quieres decir que han aprendido a ser fantasmas? —preguntó Reuben.

—Han aprendido cómo dejar de ser simples fantasmas y desarrollar personalidades descarnadas sofisticadas —dijo Margon—. Por último, y esto es lo más importante, han aprendido a hacerse visibles.

—Pero ¿cómo lo hacen? —preguntó Stuart.

—Fuerza mental, energía —dijo Margon—. Concentración, foco. Atraen hacia su cuerpo sutil, ese cuerpo etéreo que poseen, partículas materiales. Los más fuertes de estos fantasmas, los pertenecientes a la gran nobleza, si quieres, llegan a hacerse tan visibles y sólidos que ningún humano que los mire, los toque o haga el amor con ellos podría saber que son espíritus.

—¡Dios mío, podrían estar caminando a nuestro alrededor! —dijo Stuart.

—Los veo todo el tiempo. Pero lo que estoy tratando de decirte es que esta Nobleza del Bosque no es más que una tribu de esos viejos fantasmas evolucionados, que por supuesto se cuentan entre los más astutos, expertos y formidables.

—Entonces, ¿por qué se molestan en inventar fábulas sobre ellos? —preguntó Stuart.

—No consideran que sus leyendas originarias sean simples fábulas —intervino Felix—. En modo alguno. Es ofensivo sugerir que sus creencias son meras fábulas.

Margon soltó una risita burlona, demasiado amable para que fuera una risa amenazadora y que cesó de inmediato.

—No hay nada bajo el sol ni bajo la luna —dijo Margon—, ni entidad ni intelecto alguno que no necesite creer algo sobre su esencia, algo sobre su propósito, la razón de su sufrimiento, su destino.

—Entonces, lo que estás diciendo es que Marchent es un nuevo fantasma —argumentó Reuben—, un fantasma bebé, un fantasma que no sabe cómo aparece o desaparece...

—Exactamente —dijo Margon—. Está confundida, luchando. Lo que ha logrado conseguir ha sido gracias a la intensidad de sus sentimientos, a su deseo desesperado de comunicarse contigo, Reuben. Y hasta cierto punto su éxito hasta ahora ha dependido de tu sensibilidad para ver su presencia etérea.

—¿La sangre celta? —preguntó Reuben.

—Sí, pero hay mucha gente sensible capaz de ver espíritus en este mundo. La sangre celta es solo un ingrediente facilitador. Yo veo espíritus. No los veía al principio de mi vida, pero a partir de determinado momento empecé a verlos. Ahora los veo en ocasiones incluso antes de que estén concentrados y decididos a comunicarse.

—Vayamos al grano —dijo Felix con suavidad—. No sabemos lo que realmente ocurre cuando muere una persona. Sabemos que algunas almas se separan del cuerpo o que el cuerpo las suelta y siguen adelante y nunca se vuelve a saber de ellas. Sabemos que algunas se convierten en fantasmas. Sabemos que estos parecen confundidos y que con frecuencia son incapaces de vernos o verse entre sí. Pero los de la Nobleza del Bosque ven a todos los fantasmas, todas las almas, todos los espíritus, y pueden comunicarse con ellos.

—Entonces deben venir —dijo Reuben—. Tienen que ayudarla.

—¿En serio? —preguntó Margon—. ¿Y si hay algún Creador del Universo que ha diseñado la vida y la muerte? ¿Y si no quiere que estas entidades terrenales permanezcan aquí, adquiriendo poder, mintiéndose a sí mismas, poniendo su supervivencia personal por encima del gran plan del destino?

—Bueno, acabas de describirnos, ¿no? —dijo Felix. Su voz seguía tensa, pero estaba calmado—. Acabas de describirnos a nosotros. ¿Y quién determina si, en el plan ordenado por el Creador de Todas las Cosas, estos espíritus terrenales no están cumpliendo un destino divino?

—¡Ah, sí, claro, muy bien! —dijo Margon con voz cansada.

—Pero ¿quiénes creen ser estos seres de la Nobleza del Bosque? —preguntó Stuart.

—Hace mucho que no se lo pregunto —repuso Margon.

—En algunas partes del mundo —explicó Felix— afirman que descienden de ángeles caídos. En otros lugares dicen que son la prole de Adán antes de que se emparejara con Eva. Lo curioso es que la humanidad tiene infinidad de historias sobre ellos en todo el mundo; pero todas tienen en común que no descienden de humanos. Son otra especie de ser.

—Paracelso escribió sobre esto —dijo Reuben.

—Exacto. —Felix le dedicó una sonrisa triste—. Tienes razón.

—Pero, sea cual sea la verdad sobre la cuestión, ellos pueden abrazar a Marchent.

—Sí —dijo Margon—. No hacen otra cosa que invitar a los recién muertos a unirse a sus filas... si los encuentran fuertes y distintos e interesantes.

—Normalmente, hacen falta siglos para que se fijen en un alma terrenal persistente —dijo Felix—. Pero han venido porque les he pedido que vengan y los invitaré a acoger a Marchent.

—Creo que los he visto en un sueño —dijo Reuben—. Tuve un sueño. Vi a Marchent recorriendo un bosque oscuro y estos espíritus trataban de alcanzarla para tranquilizarla. Creo que eso era lo que estaba ocurriendo.

—Bueno. Como no puedo impedir que esto ocurra —dijo Margon con cansancio—, doy mi consentimiento.

Felix se levantó.

—Pero ¿adónde vas? —le preguntó Margon—. Están aquí, ahora. Pídeles que se muestren.

—Bueno, ¿no es lo adecuado que me levante para recibir a la Nobleza del Bosque en la casa de Reuben?

Juntó las manos de forma reverencial, como en una plegaria.

—Elthram, bienvenido a la casa de Reuben —dijo en voz baja—. Elthram, bienvenido a la casa del nuevo señor de este bosque.

15

Hubo un cambio en la atmósfera, una leve corriente de aire que hizo temblar la llama de las velas. Lisa se puso firme, apoyada en la pared de paneles de madera, y miró de repente hacia el extremo de la mesa. Sergei se recostó en su silla, suspirando, con una sonrisa en los labios, como si estuviera disfrutando de lo que ocurría.

Reuben siguió la dirección de la mirada de Lisa. Stuart hizo lo mismo.

Allí, algo apenas definido tomó forma en la oscuridad. Fue como si la oscuridad misma se hiciera más densa. La llama de las velas se enderezó. Gradualmente apareció una figura. Fue primero la tenue proyección de una imagen que adquirió progresivamente nitidez hasta volverse finalmente un ser tridimensional y vivo.

Era la figura de un hombre corpulento, ligeramente más alto que Reuben, huesudo, de cabeza grande y pelo negro brillante. De constitución robusta, tenía los huesos del rostro prominentes y hermosamente simétricos, la piel oscura como el caramelo y unos grandes ojos verdes almendrados, unos ojos que brillaban en el rostro oscuro y le conferían un aspecto ligeramente maníaco, al que contribuían las gruesas cejas rectas y la leve sonrisa de su boca grande y sensual. Tenía la frente alta y el cabello desordenado, tan abundante que llevaba parte de él peinado hacia atrás, aunque la gran masa de la melena le caía en ondas oscuras y brillantes hasta los hombros. Al menos aparentemente llevaba una camisa de gamuza beis claro y pantalones del mismo color. La hebilla de bronce de su cinturón, muy ancho y oscuro, tenía forma de cara. Tenía las manos muy grandes.

No había forma de determinar su raza, a juicio de Reuben. Podía provenir de la India. Era imposible saberlo.

La aparición miró a Reuben reflexivamente y esbozó una reverencia. A continuación miró uno por uno a los demás del mismo modo. El rostro se le iluminó teatralmente al posar sus ojos en Felix.

Rodeó la mesa por detrás de Stuart para saludar a este último, que se había levantado.

—Felix, mi viejo amigo —dijo en un inglés claro y sin acento—. ¡Cuánto me alegro de verte y qué contento estoy de que hayas vuelto al bosque de Nideck!

Se abrazaron.

Su cuerpo parecía tan real y sólido como el de Felix. A Reuben lo maravilló que no hubiera nada ni siquiera levemente terrorífico u horrible en esa figura. De hecho, su fantástica materialización parecía el descubrimiento natural de alguien sólido que ya hubiera estado allí desde el principio, sujeto a la gravedad y respirando como todos ellos.

El hombre miraba fijamente a Reuben, que rápidamente se levantó y le tendió la mano.

—Bienvenido, joven señor de estos bosques —dijo Elthram—. Amas el bosque tanto como lo amamos nosotros.

—Sí que lo amo. —Estaba temblando y tratando de ocultarlo. La mano que agarraba la suya era cálida y firme—. Perdóname —tartamudeó—. Todo esto es muy emocionante.

El aroma que emanaba de la figura era el aroma del exterior, de hojas, de seres vivos, pero también de polvo, un olor muy fuerte de polvo. Pero Reuben pensó que el olor del polvo es limpio.

—De hecho, es muy emocionante también para mí que me hayas invitado a tu casa —dijo Elthram sonriendo—. Nuestra gente os ha estado viendo a ti y a tu señora caminando en el bosque, y ningún humano de por aquí ama más el bosque que tu querida dama.

—Estará encantada de oírlo —dijo Reuben—. Ojalá estuviera aquí para conocerte.

—Ya me conoce —dijo Elthram—, aunque no lo sepa. Nos conocemos de toda la vida, ella y yo. La conocí cuando era una criatura que paseaba por el bosque de Muir con su padre. La Nobleza del Bosque reconoce a quienes pertenecen al bosque. Nunca olvida a los que son amables con el bosque.

—Compartiré todo esto con ella —dijo Reuben— en cuanto pueda.

Se oyó un resoplido de burla procedente de Margon.

El hombre se fijó en él. Decir que perdió la apariencia de vida sería quedarse corto. Se quedó inmediatamente herido y silenciado. Su figura palideció un instante, perdiendo solidez. La piel se le puso mate. Corrigió esto enseguida, aunque tenía los párpados entornados y temblaba levemente, como si esquivara golpes invisibles.

Margon se levantó y salió del comedor.

Fue un momento sin duda terrible para Stuart, que se desilusionó en cuanto Margon empezó a levantarse. Sin embargo, Felix estiró el brazo y le puso la mano derecha en el hombro al chico.

—Quédate con nosotros —le dijo en voz baja pero cargada de autoridad. Se volvió hacia el hombre—. Siéntate, por favor, Elthram —Le indicó la silla de Margon. Era lógico que la ocupara, pero el gesto resultó como mínimo un poco brusco—. Mira, Stuart, este es nuestro buen amigo Elthram de la Nobleza del Bosque, y sé que te unes a mí para darle la bienvenida a casa.

—¡Por supuesto! —respondió Stuart. Estaba ruborizado.

Elthram se sentó e inmediatamente saludó a Sergei, al que también trató de «viejo amigo».

Sergei prorrumpió en una larga carcajada y asintió con la cabeza.

—Tienes un aspecto espléndido, querido amigo —dijo—. Sencillamente espléndido. Siempre me invitas a pensar en el más bendito y el más tempestuoso de los tiempos.

Elthram reconoció el halago con un hermoso brillo en aquellos ojos intensos. A continuación, miró con intensidad a Reuben.

—Deja que te tranquilice, Reuben —dijo—. No queríamos asustarte en el bosque. Queríamos ayudarte. Estabas desorientado en la oscuridad y no sabíamos que captarías nuestra presencia tan deprisa. Por eso nuestros intentos fallaron. —Su voz tenía un tono medio, similar al de la voz de Reuben o de Stuart.

—¡Oh, no te preocupes! —dijo Reuben—. Sé que estabais tratando de ayudarme. Eso lo entendí. Simplemente, no sabía qué erais.

—Sí —dijo—. Con frecuencia, cuando ayudamos a alguien que se ha perdido, tarda en darse cuenta de que somos nosotros quienes lo hacemos, ¿sabes? Nos enorgullecemos de la sutileza. Pero tienes un don, Reuben. No nos dimos cuenta de la fuerza de ese don y el resultado fue un malentendido.

Sin duda los ojos verdes en el rostro oscuro eran el rasgo más desconcertante de aquel hombre, incluso de haberlos tenido más pequeños habrían resultado sorprendentes. Y los tenía muy grandes, con pupilas enormes. Parecía imposible que fueran una mera ilusión, aunque, bien pensado, no eran una simple ilusión. ¿O sí?

«¿Y todo esto son partículas atraídas a un cuerpo etéreo? —pensó Reuben—. ¿Y todo esto puede dispersarse?» En ese momento parecía imposible. La revelación de ninguna presencia era tan impactante como la idea de que algo tan sólido y vital como aquel hombre pudiera simplemente desaparecer.

Felix se había sentado otra vez y Lisa había puesto una taza grande ante Elthram y se la estaba llenando con lo que parecía leche de una jarrita de plata.

Elthram le dedicó a Lisa lo que seguramente era una sonrisa un poco traviesa y le dio las gracias. Agradecido, de hecho, miró la leche con obvio placer. Se llevó la taza a los labios, pero no bebió.

—Bueno, Elthram —dijo Felix—, ya sabes que te he pedido que vinierais para...

—Sí, lo sé —lo interrumpió Elthram—. Ella está aquí, sí, definitivamente, y no tiene intención de ir a ninguna otra parte. Todavía no puede vernos ni oírnos, pero lo hará.

—¿Por qué está acechando? —preguntó Reuben.

—Está apenada y confundida —dijo Elthram.

La anchura de su rostro era ligeramente desorientadora para Reuben, posiblemente porque estaban sentados muy cerca y el hombre era ligeramente más alto incluso que Sergei, que era el más alto de los Caballeros Distinguidos.

—Sabe que ha muerto —continuó Elthram—, sí, lo sabe. Pero todavía no está segura de qué ha causado su muerte. Sabe que sus hermanos están muertos, pero no entiende que fueron ellos quienes de hecho le quitaron la vida. Busca respuestas y teme el portal del cielo cuando lo ve.

—Pero ¿por qué? ¿Por qué temer el portal del cielo? —preguntó Reuben.

—Porque no cree en la vida después de la muerte —explicó Elthram—. No cree en cosas invisibles.

Su discurso resultaba más moderno que el de los Caballeros Distinguidos y sus maneras amables eran extremadamente atractivas.

—Cuando los nuevos muertos ven el portal del cielo, ven una luz blanca, Reuben —continuó—. En ocasiones en esa luz blanca ven a sus antepasados o a sus padres fallecidos. En ocasiones solo ven luz. Con frecuencia nosotros vemos lo que creemos que ellos ven, pero no podemos estar seguros. Esta luz ya no es accesible para ella ni la invita a seguir adelante, pero está claro que no sabe por qué sigue siendo ella misma, Marchent, cuando creía tan firmemente que la muerte sería el final de su identidad.

—¿Qué está tratando de contarme? —preguntó Reuben—. ¿Qué quiere de mí?

—Se aferra a ti porque puede verte —dijo Elthram—, así que, ante todo, quiere que sepas que está aquí. Quiere preguntarte lo que le ocurrió y por qué ocurrió y qué te ocurrió a ti. Ella sabe que ya no eres un ser humano, Reuben. Puede verlo, sentirlo, probablemente ha sido testigo de tu transformación a tu estado animal. Estoy casi seguro de que ha sido testigo de ello. Eso la asusta, la aterroriza. Es un fantasma lleno de terror y pesar.

—Esto tiene que terminar —dijo Reuben. Estaba temblando

otra vez y eso era algo que no soportaba—. No podemos permitir que sufra. No ha hecho nada para merecerlo.

—Tienes razón, desde luego —convino Elthram—. Pero entiende que en este mundo, en tu mundo y nuestro mundo, el mundo que compartimos, sufrir con frecuencia tiene poco que ver con que uno lo merezca o no.

—Pero la ayudaréis —dijo Reuben.

—Lo haremos. La rodeamos ahora; la rodeamos cuando está soñando y desconcentrada e inconsciente. Tratamos de levantarle el ánimo, de provocar que se concentre en su cuerpo espiritual y se convierta otra vez en alguien que aprende.

—¿Qué quiere decir alguien que aprende? —preguntó Reuben.

—Los espíritus aprenden cuando están concentrados. La focalización implica la concentración del cuerpo espiritual, la concentración de la mente. Cuando el recién muerto cruza al otro lado, su mayor tentación en el estado terrenal es esparcirse, extenderse, quedar suelto como aire y soñar. Un espíritu puede flotar en ese estado para siempre, y en ese estado la mente no piensa tanto como sueña, si es que hay alguna capacidad narrativa en esa mente.

—¡Ah, exactamente lo que yo pensaba! —dijo Stuart de repente, aunque acto seguido volvió a hundirse e hizo un gesto de disculpa.

—Habéis estudiado esto —le dijo Elthram muy jovial—. Tú y Reuben lo habéis estudiado en vuestros ordenadores, en Internet, habéis leído todo lo que se puede encontrar sobre fantasmas y espíritus.

—Un montón de historias confusas —dijo Stuart—, sí.

—Yo no las he estudiado lo suficiente —dijo Reuben—. He estado demasiado concentrado en mí mismo, en mi propio sufrimiento. Debería haberlas estudiado.

—Pero hay parte de verdad en muchas de esas historias —continuó Elthram.

—Entonces, cuando un espíritu soñador se concentra —dijo Stuart—, cuando se centra, empieza a pensar realmente.

—Sí —dijo Elthram—. Piensa, recuerda, y la memoria lo es

todo para la educación y la fibra moral de un espíritu. Al hacerse más fuerte, sus sentidos también se fortalecen; puede ver el mundo físico otra vez, como antes, aunque no de manera perfecta, y oír sonidos físicos como antes e incluso oler y tocar las cosas.

—Y al hacerse más fuerte logra aparecerse —propuso Reuben.

—Sí. Puede aparecérsele a alguien que tiene el don con más facilidad que a otros; pero sí, al condensar la energía, al imaginar su propia energía con la forma de su antiguo cuerpo físico, puede aparecerse a alguien tanto de manera accidental como a propósito.

—Ya veo. Lo voy entendiendo —dijo Stuart.

—Pero ten en cuenta que el espíritu de Marchent desconoce estas cosas: ella responde cuando ve o siente la presencia de Reuben y cuando Reuben responde a ella. El acto de concentrarse, de enfocarse, de agruparse, ocurre sin que ella comprenda del todo que eso es lo que está haciendo. Así es como aprenden los fantasmas.

—Librada a sus propios medios, ¿continuará aprendiendo? —preguntó Felix.

—No necesariamente —dijo Elthram—. Podría permanecer así durante años.

—Eso es demasiado espantoso —comentó Reuben.

—Lo es —convino Felix.

—Confía en nosotros, viejo amigo —dijo Elthram—. No la abandonaremos. Es pariente de consanguinidad tuya y tú fuiste el señor de estos grandes bosques a lo largo de muchas décadas. Una vez que nos reconozca, en cuanto deje de apartarse de nosotros y vuelva a la memoria de sus sueños, cuando se permita concentrarse en nosotros, podremos enseñarle más de lo que soy capaz de explicarte ahora en palabras.

—Pero podría no reparar en ti durante años, ¿no? —preguntó Felix.

Elthram sonrió. Era una sonrisa tremendamente compasiva. Estiró el brazo izquierdo y, volviéndose, colocó ambas manos sobre la derecha de Felix.

—No lo hará —dijo—. No dejaré que no repare en mí. Sabes lo persistente que llego a ser.

—Entonces —preguntó Reuben—, ¿estás diciendo que ella dio la espalda a la luz blanca, al portal, como lo llamas, porque no creía en la vida después de la muerte?

—Puede haber muchas razones mezcladas para que los espíritus no vean el portal —dijo Elthram—. Me parece que en su caso es esta, sumada al hecho de que temía la existencia del más allá por otras razones: temía encontrar allí espíritus con los que no quería encontrarse; los espíritus de sus padres, por ejemplo, a los que odiaba al final de sus vidas.

—¿Por qué los odiaba? —preguntó Reuben.

—Porque sabía que habían traicionado a Felix —dijo Elthram—. Ella lo sabía.

—¿Y sabes todo esto simplemente estando aquí, donde está su espíritu? —preguntó Stuart.

—Llevamos aquí mucho tiempo. Estuvimos aquí mientras ella crecía, por supuesto. Estuvimos aquí durante muchos momentos de su vida. Podría decirse que la conocemos desde siempre, porque conocíamos a Felix y la casa de Felix y a la familia de Felix, y sabemos mucho de lo que le ocurrió.

Aquello estaba entristeciendo a Felix, casi hundiéndolo. Enterró la cara en las manos.

—No tengas miedo —dijo Elthram—. Estamos aquí para hacer lo que nos has pedido.

—¿Qué pasa con los espíritus de sus hermanos? —preguntó Reuben—. De los hombres que la mataron a cuchilladas.

—Han desaparecido de la tierra —dijo Elthram.

—¿Vieron el portal y subieron?

—No lo sé —dijo Elthram.

—¿Qué pasa con el espíritu de Marrok? —preguntó Reuben.

Elthram se quedó un momento callado.

—No está aquí. Pero los espíritus de morfodinámicos casi nunca se entretienen.

—¿Por qué no?

Elthram sonrió, como si aquella pregunta fuera sorprendente e incluso ingenua.

—Saben demasiado sobre la vida y la muerte. Quienes no saben demasiado de la vida y la muerte son los que permanecen, los que no están preparados para la transición.

—¿Ayudáis a otros espíritus, a espíritus persistentes? —preguntó Stuart.

—Lo hacemos. Nuestra sociedad es como muchas sociedades de la tierra. Nos reunimos, nos conocemos, nos invitamos, aprendemos, etcétera.

—Y en tu grupo, la Nobleza del Bosque, aceptáis espíritus errantes.

—Lo hacemos. —Elthram dio la impresión de sopesar un momento lo que iba a decir—. No todos quieren unirse a nosotros —añadió—. Al fin y al cabo, somos la Nobleza del Bosque. Pero solo somos un grupo de espíritus de este mundo. Hay otros. Y muchos espíritus no necesitan compañía y evolucionan de virtud en virtud por su cuenta.

—Este portal al cielo, ¿alguna vez se abre para ti? —preguntó Reuben.

—No soy un fantasma —respondió Elthram—. Siempre he sido lo que soy. Elegí este cuerpo físico; lo construí yo mismo y lo perfeccioné; de vez en cuando lo altero y lo refino. Nunca he tenido un cuerpo humano etéreo, sino solo un cuerpo espiritual etéreo. Siempre he sido un espíritu. Y no, no hay portal en el cielo que se abra para alguien como yo.

Se oyó el sonido suave de alguien entrando en la habitación otra vez y Margon salió de la penumbra y ocupó la silla del extremo de la mesa.

Elthram pareció afligido. Le temblaba otra vez la mirada, como si alguien le estuviera haciendo daño, pero mantuvo los ojos fijos en Margon a pesar de todo.

—Si te ofendo, lo siento —le dijo.

—No me ofendes —repuso Margon—, pero fuiste de carne y hueso una vez, Elthram. Toda vuestra Nobleza del Bosque fue de carne y hueso alguna vez. Habéis dejado vuestros huesos en la tierra como todos los seres vivos.

Estas palabras hirieron a Elthram, que se estremeció. Todo su cuerpo se tensó como si fuera a encogerse ante un ataque.

—¿Así que enseñarás tus ingeniosas aptitudes a Marchent? —le preguntó Margon—. Le enseñarás a gobernar en la esfera astral como tú la gobiernas. ¡Usarás su intelecto y su memoria para ayudarla a convertirse en un fantasma sin parangón!

Stuart parecía a punto de llorar.

—Por favor, no digas nada más —le pidió Felix en voz baja.

Margon seguía mirando fijamente a Elthram, que se había puesto más tieso.

—Bueno, cuando hables con Marchent —dijo—, por amor a la verdad recuérdale el portal. No la instes a quedarse contigo.

—¿Y si no hay nada más allá del portal? —preguntó Stuart—. ¿Y si es un portal a la aniquilación? ¿Y si la existencia continúa solo para los terrenales?

—En ese caso, así es como debe ser —dijo Margon.

—¿Cómo sabes que debe ser así? —le preguntó Elthram. Se estaba esforzando por ser cortés—. Somos la gente del bosque —dijo en voz baja—. Estábamos aquí antes de que existieras, Margon, y desconocemos el destino. Así que, ¿cómo vas a conocerlo tú? ¡Oh, la tiranía de los que no creen en nada!

—Hay quienes vienen del otro lado del portal, Elthram —dijo Margon.

Elthram pareció sorprendido.

—Sabes que hay quienes han venido del otro lado del portal —insistió.

—¿Crees eso y, sin embargo, dices que nosotros no venimos del otro lado del portal? —preguntó Elthram—. Tu espíritu nació de la materia, Margon, y ansía la materia. Nuestros espíritus nunca se arraigaron en lo físico. Y sí, puede que hayamos venido aquí desde el otro lado del portal, pero solo sabemos de nuestra existencia aquí.

—Te vuelves más listo cada vez, ¿eh? Y cada vez eres más poderoso.

—¿Y por qué no? —preguntó Elthram.

—No importa lo listo que te vuelvas, nunca serás capaz de beberte realmente esa leche. No puedes comerte la comida que tanto te gusta. Sabes que no puedes.

—Crees que sabes lo que somos, pero...

—Sé lo que no sois —dijo Margon—. Las mentiras tienen consecuencias.

Silencio. Los dos siguieron mirándose.

—Algún día, quizá —contestó Elthram en voz baja—, también podremos comer y beber.

Margon negó con la cabeza.

—La gente de antaño sabía de fantasmas o dioses (como los llamaba), saboreaba la fragancia de las ofrendas quemadas —dijo Margon—. La gente de antaño sabía de fantasmas o dioses (como los llamaba), se entusiasmaba con la humedad, se entusiasmaba con la lluvia que caía y le encantaban los arroyos del bosque o el campo, o los líquidos que se evaporaban. Eso os carga eléctricamente, ¿verdad? La lluvia, el agua de los arroyos o de una cascada. Podéis cavar para lamer la humedad de una libación vertida en una tumba.

—No soy un fantasma —susurró Elthram.

—Pero ningún espíritu, fantasma o dios —insistió Margon— es capaz realmente de comer ni de beber.

Los ojos de Elthram destellaron de rencor. No respondió.

—Seres como este, Stuart —dijo Margon mirando a Stuart—, han engañado a los humanos desde la prehistoria, simulando una omnisciencia que no poseen, una divinidad de la cual no saben nada.

—Por favor, Margon, te lo ruego —dijo Felix en voz baja—. No sigas.

Margon hizo un gesto displicente de aceptación, pero negó con la cabeza. Apartó la mirada al fuego.

Reuben se encontró mirando a Lisa, que estaba muy quieta junto a la chimenea, observando inexpresiva a Elthram. Se limitaba a vigilar. Quizá tuviera la cabeza en otra parte.

—Le contaré a Marchent lo que sé, Margon —dijo Elthram.

—Le enseñarás a invocar el recuerdo de su cuerpo físico —dijo Margon—. Es decir, a retroceder, a fortalecer su cuerpo etéreo para que se parezca a su cuerpo físico perdido, para buscar una existencia material.

—¡No es material! —dijo Elthram levantando la voz solo ligeramente—. No somos materiales. Hemos adoptado forma corpórea para parecernos a vosotros, porque os vemos y os conocemos y venimos a vuestro mundo, el mundo que habéis hecho de materia, pero no somos materiales. Somos la gente invisible y podemos ir y venir.

—Sí que sois materiales; simplemente, sois de otra clase de materia —arguyó Margon—. ¡Eso es todo! —Se estaba acalorando—. Estáis deseando ser visibles en nuestro mundo; lo queréis más que ninguna otra cosa.

—No, eso no es verdad —dijo Elthram—. ¡Qué poco sabes de nuestra verdadera existencia!

—Mira cómo te pones colorado —comentó Margon—. ¡Vaya, mejoras constantemente!

—Todos debemos mejorar en lo que hacemos —dijo Elthram con aire de resignación—. ¿Por qué deberíamos ser diferentes a vosotros en ese sentido?

Felix agachó la cabeza sin resignación ni aceptación, solo con desdicha.

—¿Entonces qué? ¿Es mejor dejar que Marchent sufra en la confusión? —preguntó Reuben—. ¿Tener la esperanza de que se deslice permanentemente en sueños? —No podía permanecer callado más tiempo—. Su intelecto sobrevive, ¿no? Ella es Marchent y está aquí, sufriendo.

Felix asintió.

—En sueños quizá vea el portal a los cielos —dijo Margon—. Una vez que se concentre en lo físico, quizá no vuelva a verlo nunca.

—¿Y si es el portal a la inexistencia? —preguntó Reuben.

—Esa es la impresión que me da a mí —dijo Stuart—. La luz blanca destella cuando la energía del espíritu se desintegra. Eso es lo que pienso de ese portal al cielo. Es lo que pienso que podría ser.

Reuben se estremeció.

Margon miró a Elthram desde la otra punta de la larga mesa. Con los enormes ojos entornados, parecía calibrar algo que ya no sabía describir con palabras.

Sergei, que había permanecido todo el tiempo sentado en silencio, inspiró larga y elocuentemente.

—¿Queréis saber lo que opino? —dijo—. Opino que por esta noche lo dejemos, Margon. Estos niños lobos y yo vamos a cazar. Que Felix se quede para seguir preparando la feria de Navidad. Dejemos que Elthram y la Nobleza del Bosque se ocupen de su tarea.

—Me parece una idea excelente —dijo Felix—. Tú y Thibault llevaos a los chicos lejos de aquí. Satisfaced su necesidad de cazar. Si puedo hacer algo para cooperar contigo, Elthram, lo haré, ya lo sabes.

—Sabes las cosas que me gustan —repuso Elthram, sonriendo—. Deja que cenemos contigo, Felix. Llévanos a tu mesa. Recíbenos en tu casa.

—¡Cenar! —rezongó Margon.

Felix asintió.

—Las puertas están abiertas, amigo mío.

—Considero que llevarse a los chicos es una idea excelente —dijo Elthram—. Llévate a Reuben lejos de aquí, así tendré una oportunidad mejor con Marchent. —Se levantó lentamente, empujando la silla hacia atrás y poniéndose de pie sin valerse de brazos ni manos.

Reuben se fijó en eso y, una vez más, reparó en su tremenda estatura; cercana a los dos metros, calculó, teniendo en cuenta que él medía metro noventa, que Stuart lo superaba y que Sergei era ligeramente más alto todavía.

—Te doy las gracias —prosiguió—. No imaginas hasta qué punto valoramos tu bienvenida, tu hospitalidad, tu invitación.

—¿Cuántos más de vosotros, de la Nobleza del Bosque, están en esta habitación ahora mismo? —preguntó Margon—. ¿Cuántos más estáis vagando por esta casa? —Pretendía ser acusatorio, provocativo—. ¿Puedes ver mejor cuando reúnes este cuerpo físico, cuando has cargado sus partículas con tu electricidad sutil, cuando miras por esos cautivadores ojos verdes entornados?

Elthram parecía atónito. Se apartó de la silla, con las manos aparentemente entrelazadas detrás de la espalda, parpadeando como si Margon fuera una luz deslumbrante.

Dio la impresión de decir entre dientes algo inaudible.

Oyeron de nuevo una serie de sonidos suaves; el aire amenazó las velas y el fuego. A continuación se oscureció la penumbra que los rodeaba y, gradualmente, fue apareciendo una gran masa de figuras. Reuben pestañeó, tratando de ver mejor, de distinguirlas más, pero ellas mismas estaban haciéndose visibles. Había muchas mujeres de cabello largo y niños y hombres, todos vestidos con la misma ropa de gamuza que Elthram. Los había de todos los tamaños. Llenaron la habitación, a su alrededor, detrás y delante de ellos, en torno a la mesa y en los rincones.

Reuben estaba aturdido. Era consciente de movimientos de desplazamiento, gestos y susurros, casi como un zumbido de insectos en pleno verano entre las flores. Trataba de captar este o aquel detalle: cabello largo pelirrojo, cabello liso, cabello gris; ojos vagando hacia él, danzando sobre la mesa; la luz temblorosa de las velas; incluso manos tocándole los hombros, acariciándole la mejilla o la cabeza. Sintió que estaba perdiendo la conciencia. Todo lo que veía tenía aspecto de ser material, de estar vivo; sin embargo, daba la impresión de estar latiendo cada vez más rápido, como si estuviera alcanzando un pináculo de alguna clase. Frente a él, Stuart miraba frenéticamente de derecha a izquierda, con el ceño fruncido y la boca abierta en lo que sonaba como un gemido.

Margon se levantó y los miró como si fuera el menos preparado para aquel número. Reuben no veía a Lisa porque había demasiados seres agrupados delante de ella. Felix simplemente los miraba, sonriendo a muchos de ellos y asintiendo en señal de acuerdo. El grupo fue haciéndose cada vez más apretado, como si otros estuvieran empujando lentamente las filas delanteras, de manera que las caras quedaron plenamente iluminadas por las velas. Las había de todas las formas y tamaños: nórdicas, asiáticas, africanas, mediterráneas. Reuben no podía clasificarlas todas, solo lo suponía. Toscos en el porte y la manera de vestir, parecían sin embargo todos benévolos. Ni una sola expresión era de ingratitud, ni siquiera de curiosidad o intrusiva en modo alguno, sino que todas eran mansas o, a lo sumo, contenidas. Se propagaron las risas como una onda dibujada con el trazo fino de una pluma. Reuben otra vez tuvo la sensación de que aquellos que lo rodeaban se empujaban en silencio, y vio frente a él a dos que se inclinaban para besar a Stuart en ambas mejillas.

De repente, con una ráfaga de viento que hizo temblar incluso las vigas, todo el grupo desapareció.

Las paredes crujieron. El fuego rugió en la chimenea y las ventanas vibraron como si fueran a romperse. Un rumor amenazador sacudió la estructura de la casa; bandejas y copas tintinearon y repiquetearon en los aparadores y se elevó un silbido de la cristalería de la mesa.

Todos se habían ido, se habían desintegrado de repente.

Las velas se apagaron.

Lisa estaba pegada a la pared, como si viajara en un barco en medio del oleaje, con los ojos entornados. Stuart se había puesto blanco como el papel. Reuben resistió el impulso de persignarse.

—Impresionante —dijo Margon entre dientes, con sarcasmo.

La lluvia azotaba de pronto insistente las ventanas con tanta fuerza que los cristales gemían en los marcos. Toda la casa estaba crujiendo, retorciéndose, y el silbido agudo del viento en las chimeneas llegaba de todas partes. El agua aporreaba los tejados y las paredes. Las ventanas vibraban y retumbaban como si estuvieran a punto de estallar.

De pronto, el mundo, el suave mundo familiar, quedó en silencio a su alrededor.

Stuart soltó un grito ahogado. Se llevó las manos a la cara, mirando a Reuben con aquellos ojos azules suyos entre los dedos. Estaba obviamente encantado.

Reuben apenas pudo contener una sonrisa.

Margon, de pie con los brazos cruzados, tenía una expresión extrañamente satisfecha, como si hubiera demostrado su tesis. Sin embargo, Reuben no sabía cuál era exactamente esa tesis.

—Nunca olvidéis con qué os enfrentáis —les dijo a Stuart y

Reuben—. Es muy fácil tentarlos para que hagan una demostración de poder. Siempre me ha maravillado eso. Nunca olvidéis que puede haber multitudes a vuestro alrededor, en cualquier momento, infinidad de fantasmas sin hogar, inquietos, errantes.

Felix permaneció sentado, calmado y sereno, mirando la madera pulida que tenía delante, donde Reuben veía reflejado el brillo del fuego.

—Escúchalos, mi querida Marchent —dijo con sentimiento—. Escúchalos y deja que enjuaguen tus lágrimas.

16

¿Dónde estaban? ¿Importaba? Reuben y Stuart se sentían tan hambrientos que les daba igual. También estaban agotados. La vieja mansión en ruinas se encontraba en la ladera de la montaña, y la selva ecuatorial que avanzaba retorciéndose ya la estaba reclamando: las ventanas en arco sin cristal, las columnas griegas desconchadas, los suelos cubiertos de hojas en descomposición y suciedad.

Un tesoro escondido de criaturas hambrientas se escabullía entre los restos fétidos y la maleza marchita que obstruía pasillos y escaleras.

Su anfitrión, Hugo, era el único morfodinámico que habían visto aparte de los Caballeros Distinguidos: un gigante, un hombre descomunal de cabello castaño largo apelmazado y ojos negros de maníaco, vestido con harapos que antaño podían haber sido una camisa y unos pantalones cortos caqui. Iba descalzo, cubierto de tierra.

Después de acompañarlos a las habitaciones sucias en las que podrían dormir en colchones manchados y podridos, Sergei dijo entre dientes:

—Esto es lo que pasa cuando un morfodinámico vive permanentemente como un animal.

La mansión olía a zoo urbano en pleno verano. De hecho, el calor era balsámico y relajante después del frío inclemente del norte de California. Sin embargo, era como una toxina que agotaba y debilitaba a Reuben a cada paso.

—¿Tenemos que quedarnos aquí? —preguntó Stuart en voz baja—. ¿No hay un motel norteamericano, un hostalito o un bonito alojamiento con algunos viejos nativos, en una cabaña, en alguna parte?

—No hemos venido por los servicios de la casa —dijo Margon—. Ahora escuchadme, los dos. No pasamos todas nuestras horas lupinas cazando seres humanos y nunca ha habido ninguna ley que diga que debamos hacerlo. Hemos venido para merodear por las ruinas antiguas de estas selvas (ruinas de templos, de tumbas, de una ciudad) de un modo en que los hombres y las mujeres no pueden hacerlo, como morfodinámicos. Nos alimentaremos de roedores de la selva mientras tanto. Veremos cosas que nadie ha visto en siglos.

—Esto es un sueño —afirmó Reuben—. ¿Por qué no había pensado en estas cosas? —Un millar de posibilidades se abrían ante él.

—Primero llenad el estómago —dijo Margon—. Nada puede haceros daño aquí, ni los animales ni las serpientes ni los insectos ni los nativos si alguno se atreve a acercarse. Dejad la ropa aquí donde estáis y respirad y vivid como morfodinámicos.

Enseguida le obedecieron, desprendiéndose de la camisa y los pantalones empapados de sudor.

El pelaje de lobo se abrió paso en todo el cuerpo de Reuben, eliminando el calor al igual que siempre eliminaba el frío. La enervante debilidad en sus miembros se evaporó con una inyección de poder. Enseguida lo asaltaron los zumbidos, suspiros y voces de la selva. Al otro lado de las colinas y valles que los rodeaban, la selva bullía como un gran ser fungoso y ondulante.

Bajaron sin esfuerzo hasta el entramado de hojas de borde afilado y enredaderas con pinchos. El cielo nocturno, rosado y luminiscente, les permitió deslizarse sin temor por la ladera.

Los perniciosos roedores de pelaje marrón se alejaban de ellos en todas direcciones. La caza era fácil, la presa grande y acre ahogaba gritos de impotencia mientras, con dientes afilados, los morfodinámicos rasgaban la piel y los tendones y provocaban chorros de sangre.

Se dieron un festín revolcándose ruidosamente en el monte bajo, mientras en la selva que los rodeaba se disparaban las alarmas de los seres vivos, grandes y pequeños, que los temían. Los micos nocturnos chillaban en las copas de los árboles. Ramas podridas y viejos troncos de árbol se quebraban bajo su peso; sus movimientos más leves azotaban y arrancaban enredaderas duras y fibrosas; las serpientes se sacudían desesperadamente entre el follaje mientras los insectos se agolpaban a su alrededor, tratando sin éxito de cegarlos o detenerlos.

Una y otra vez, Reuben atrapó gruesas y suculentas ratas, grandes como mapaches, y desgarró la sedosa piel para morder la carne. Siempre la carne, la misma carne salada y empapada de sangre. El mundo devora al mundo para crear el mundo.

Al final, todos se tumbaron bajo una cubierta de hojas de palma rotas y ramas ganchudas, satisfechos, cansados y adormilados. Qué colosal era el aire caliente e inmóvil, el rumor profundo de vida maligna a su alrededor.

—Venid —dijo Margon.

Lo siguieron mientras él abría un túnel en el denso follaje, moviéndose con gracilidad a cuatro patas, saltando de vez en cuando para trazar el mapa de un habilidoso pasaje a través de la selva, muy por encima del suelo.

Llegaron a un valle profundo que dormía bajo ese dosel verde y retorcido.

Olían el mar a lo lejos y, por un momento, a Reuben le pareció haber oído subir y bajar las olas, olas ecuatoriales, sin viento, lamiendo una y otra vez una playa imaginada.

No había en aquel lugar más olor de humanos que alrededor de la mansión. Reinaba el engañoso pero tranquilizador silencio del mundo natural, con el sonido de la muerte cociéndose a fuego lento: muerte en las copas de los árboles; muerte en el suelo de la selva. Ninguna voz humana lo quebraba.

A Reuben le heló la sangre pensar de repente cuánto tiempo había pasado el mundo entero como ese lugar, libre de ojos y oídos humanos, de lenguaje humano. ¿Margon estaba pensando en esas mismas cosas? Margon, que había nacido en una época en la que el mundo no había atacado despiadadamente la estirpe de millones y millones de años tropicales.

Reuben se sintió invadido por una soledad terrible y una sensación de fatalidad. Sin embargo, era una percepción de valor incalculable, un momento de valor incalculable. Y se sentía magníficamente alerta, lo maravillaba el universo de formas cambiantes y movimientos que podía elegir en la oscuridad etérea. Se sabía hombre y morfodinámico a la vez. Sergei se levantó sobre las patas traseras y echó la cabeza atrás, con la boca abierta y los colmillos brillando, como si estuviera tragándose la brisa. Incluso Stuart, con su gran figura lobuna marrón e imprecisa, casi tan grande como la de Sergei, parecía satisfecho por el momento. Estaba agachado pero no para saltar, sino simplemente examinando con los ojos azules brillantes el valle que se extendía a sus pies y las distantes laderas del otro lado.

¿Margon estaba soñando? Cambió ligeramente el peso de un pie al otro, con los grandes brazos peludos caídos a los costados, como si la brisa lo estuviera limpiando.

—Por aquí —dijo finalmente, señalando.

Se adentraron con él en lo que para los seres humanos habría sido una maraña impracticable de enredaderas y hojas afiladas, punzantes y amenazadoras. Atravesando ruidosamente una zona tras otra de bosque bajo, fétido y húmedo, avanzaron inexorablemente mientras los pájaros chillaban hacia el cielo y los lagartos se escabullían a su paso.

Por delante, Reuben vio la enorme mole de una pirámide. A cuatro patas recorrieron su enorme base y luego subieron los empinados escalones, desgarrando el techo de ramas que la cubría como si fuera papel de envolver.

Qué nítidos los curiosos relieves mayas bajo el cielo rosado, tan exquisitamente tallados, con brazos y piernas retorcidos como las serpientes y las enredaderas de la selva que los rodeaba. Con la cara solemne de perfil, los ojos entornados y la nariz como el pico de un gran pájaro, las cabezas estaban coronadas de plumas.

Había formas y patrones misteriosos incrustados en los cuerpos, como aprisionados en el tejido mismo del mundo tropical.

Continuaron, pisando con las patas las imágenes de piedra al arrancar el velo de follaje.

Qué privados e íntimos resultaban esos momentos. Lejos, en el mundo prosaico, reliquias como aquellas se preservaban en los museos, intocables y descontextualizadas de una noche como esa.

Sin embargo, allí Reuben apretó las almohadillas de las patas y la frente contra aquel monumento, disfrutando de la superficie tosca e incluso del profundo aroma de la respiración de la piedra que se deshacía.

Se separó de los demás y subió por la pirámide, ganando tracción con facilidad gracias a sus garras y ascendiendo hasta quedar bajo las estrellas tenues y titilantes.

La neblina, iluminada por la luz de la luna, trataba de devorar los luceros celestes, o eso podría haberse dicho un poeta cuando, en realidad, todo el mundo oloroso y tembloroso que lo rodeaba, hecho de tierra y flora y fauna impotente, de nubes gaseosas y aire húmedo, suspiraba y cantaba con un millón de propósitos entrecruzados y, en última instancia, sin ningún propósito conocido, en un caos accidental que servía ciegamente a la belleza incomprensible que Reuben contemplaba.

«¿Qué somos que todo esto nos parece tan hermoso? ¿Qué somos si, poderosos en este momento como leones y sin temor a nada, sin embargo vemos esto con los ojos y el corazón de seres pensantes, creadores de música, creadores de historia, creadores de arte? Creadores de los sinuosos grabados que cubren esta vieja estructura empapada de sangre? ¿Qué somos si sentimos cosas como la que estoy sintiendo?»

Vio a los otros rondando, correteando, deteniéndose y avanzando de nuevo. Bajó a reunirse con ellos.

Durante horas merodearon entre paredes melladas, por edificios bajos de techo plano y por las pirámides mismas, buscando caras, formas y diseños geométricos, hasta que finalmente Reuben se cansó y tuvo ganas de sentarse otra vez bajo el cielo a disfrutar con los cinco sentidos del inconfundible ambiente de aquel lugar secreto y descuidado. Sin embargo, la pequeña manada siguió avanzando hacia el aroma del mar. Él también quería ver la costa. Soñó de repente con correr por la interminable arena desierta.

Margon iba en cabeza y Sergei se movía con rapidez detrás de él. Reuben dio alcance a Stuart y siguieron viajando sin forzar el ritmo hasta que Margon se detuvo de repente y se irguió cuan alto era.

Reuben sabía la razón. Él también las había oído: voces en la noche donde no debía haberlas.

Subieron hasta un acantilado de poca altura. El gran océano templado, ese tentador mar tropical tan diferente del océano frío del norte, se extendía más allá de él, titilando maravillosamente bajo las nubes incandescentes. Al pie vieron el camino serpenteante que conducía a una playa irregular de arena aparentemente blanca. Las espumosas olas negras chocaban contra las rocas.

Las voces procedían del sur. Margon se encaminó en esa dirección. ¿Por qué? ¿Qué oía?

Al ir tras él, todos lo oyeron. Reuben percibió el cambio en Stuart y en sí mismo, el delicioso endurecimiento del cuerpo, el ensanchamiento del pecho.

Gritos en la noche, gritos infantiles.

Margon echó a correr y todos intentaron desesperadamente mantener su ritmo.

Avanzaron en dirección sur, más allá de una serie de acantilados, hacia donde la vegetación desaparecía para dejar paso a un promontorio rocoso. Cuando se detuvieron los azotó un viento que se había vuelto más intenso y más fresco.

Mucho más abajo, a su izquierda, atisbaron la forma de una casa provista de luz eléctrica y enclavada en la ladera, rodeada de extensos jardines cuidados, piscinas iluminadas y aparcamientos pavimentados. La casa era un conglomerado de tejados planos embaldosados y amplias terrazas. Reuben alcanzaba a oír el ruido de máquinas. Había coches en los aparcamientos, como escarabajos exóticos.

Se alzó un coro con sordina de gritos y palabras de desesperación. Había niños en la casa. Niños y niñas aterrorizados, agitados y sin esperanza. Por encima del deprimente coro de sufrimiento se alzaban las voces más profundas de hombres que hablaban en inglés, tratándose con naturalidad y camaradería, y las más bajas de mujeres que se expresaban en otro idioma, hablando de disciplina y dolor.

—Aquí están los mejores, los mejores de todos —dijo una grave voz masculina—. No encontraréis nada igual en ninguna parte del mundo, ni siquiera en Asia.

Una niña lloraba sin palabras. Una voz airada de mujer le ordenaba obediencia en un idioma extranjero, con una melosidad amenazadora.

El aroma de la inocencia y el sufrimiento, el aroma del mal y otros aromas extrañamente ambiguos e inclasificables, odiosos y desagradables, los rodeaban.

Margon saltó desde el borde del risco, con los brazos levantados. Cayó pesadamente en el techo de baldosas. Todos lo siguieron, aterrizando en silencio sobre las almohadillas de sus patas. ¿Cómo no iban a seguirlo? Stuart emitió un sonido grave que no era un rugido ni un gruñido. Sergei le respondió.

Una vez más saltaron, esta vez a una terraza espaciosa. Ah, qué lugar tan maravilloso, con flores que se mecían en la brisa, espléndidas a la suave luz eléctrica y las piscinas relucientes como joyas extrañas. Las palmeras se balanceaban con la caricia del viento.

Tenían ante sí los muros de una mansión con ventanales, luces sutiles y relajantes, cortinas que se hinchaban y se retorcían en la brisa nocturna.

El susurro de un niño rezando.

Con un rugido, Margon entró en la habitación, provocando una cacofonía de gritos y chillidos.

Los niños saltaron de la cama y corrieron a los rincones mientras la mujer y el hombre semidesnudo corrían para salvar la vida.

—¡El Chupacabra! —rugió la mujer.

Olor de maldad, de maldad habitual y vieja. La mujer le lanzó una lámpara al morfodinámico que se acercaba. Soltó una retahíla de maldiciones, como un fluido tóxico.

Margon agarró a la mujer por el cabello y Stuart atrapó al hombre que gimoteaba y sollozaba. Al cabo de un instante estaban muertos y sus restos eran arrastrados por la habitación y arrojados por encima del muro del jardín.

Desnudos, un niño y una niña de pelo negro y brillante se encogieron de miedo, con la cara y el cuerpo moreno contraídos de terror. Adelante.

Pero algo confundía a Reuben, algo lo tenía inquieto mientras corría por los anchos pasillos y entraba en una habitación tras otra. Había hombres que huían pero que no olían a maldad. Emanaba de ellos la fetidez del miedo, el hedor de los intestinos sueltos, de la orina y de algo más que podía ser vergüenza.

Dos de ellos, contra la pared, hombres blancos de complexión común con ropa ordinaria, estaban completamente aterrorizados, con la cara húmeda y pálida, la boca abierta, babeando. ¿Cuántas veces había visto Reuben esa misma actitud, esa impotencia, esa mirada anonadada de un ser humano quebrado y al borde de la locura? Pero faltaba algo, algo era confuso, algo no encajaba.

¿Dónde estaba el imperativo ineludible? ¿Dónde estaba el aroma decisivo? ¿Dónde la innegable evidencia del mal que siempre lo había instado a matar instantáneamente?

Margon se puso a su lado.

—No puedo hacerlo —susurró Reuben—. Son cobardes, pero no puedo...

—Sí... Son la clientela ignorante e irreflexiva de estos traficantes de esclavos —dijo Margon entre dientes—, la marea de apetito que promueve este sucio negocio. Están por toda la casa.

—Pero ¿qué hacemos? —preguntó Reuben.

Stuart se quedó de pie con impotencia, esperando la orden.

Abajo había gente corriendo y gritando. ¡Ah, allí estaba el aroma! El viejo hedor impulsó a Reuben a bajar volando la escalera. Mal, te odio, te mato, maldad auténtica, apestando como una planta carnívora. Qué fácil era abatir a los endurecidos, la escoria, uno detrás de otro. ¿Eran los viejos depredadores habituales o sus sirvientes? No lo sabía. No le importaba.

Sonaron disparos en las salas.

—¡El Chupacabra! ¡El Chupacabra!

Exclamaciones salvajes en español estallaban como el estruendo de la artillería.

Se oyó un coche arrancando en la noche y el rugido de un motor que aceleraba.

Por las puertas abiertas de par en par al jardín, Reuben vio la figura gigantesca de Sergei saltando detrás del coche y superándolo con facilidad, rebotando primero en el techo y cayendo delante del parabrisas. El vehículo hizo un trompo y se detuvo. Los cristales estallaron.

Otro de aquellos cobardes se arrodilló justo delante de Reuben con los brazos en alto y la cabeza calva inclinada; le brillaban las gafas de montura metálica; salían plegarias de sus labios, oraciones católicas, palabras sin sentido como los murmullos de un maníaco.

—Santa María Madre de Dios, Jesús, José y todos los santos, Dios mío, por favor, madre de Dios, Dios, por favor, lo juro, no, por favor, por favor, no...

Una vez más, faltaba el hedor a maldad claro e inequívoco, un olor que lo obligara, que se lo dejara claro, que lo hiciera posible.

La gente estaba muriendo en el piso de arriba. Aquellos hombres, los hombres que Reuben había dejado vivos, estaban muriendo. Por la barandilla de la escalera cayó otro cuerpo. Aterrizó de cara o de lo que quedaba de su cara ensangrentada.

—¡Hazlo! —susurró Margon.

Reuben sintió que no podía. Culpable, sí, culpable, empapado en vergüenza, sí, y temor, un temor indescriptible, pero no maldad absoluta, no, en modo alguno. Ese era el horror. Aquello era otra cosa, algo más fétido y espantoso y, a su manera, más frustrante que el mal voluntario, que la destrucción decidida de todo lo humano; era algo que hervía con hambre impotente y negación agónica.

—No puedo.

Margon mató al hombre. Mató a otros.

Apareció Sergei. Sangre y sangre y sangre.

Otros corrían por los jardines. Algunos salían a toda prisa por las puertas. Sergei fue tras ellos y lo mismo hizo Margon.

Reuben oyó la voz torturada de Stuart.

—¿Qué podemos hacer con estos niños?

Sollozos, sollozos por todas partes a su alrededor.

Y los grupos de mujeres cómplices, sí, aterrorizadas, heridas, derrotadas, todas también de rodillas.

—¡Chupacabra! —Oyó los gritos de las mujeres entretejidos en sus llantos—. Ten piedad de nosotros.

Margon y Sergei regresaron con cuajarones pegados al pelaje.

Sergei caminaba a cuatro patas ante el grupo de aterrorizadas mujeres, murmurando en español palabras que Reuben podía entender y seguir.

Las mujeres asintieron con la cabeza; los niños rezaron. En algún lugar sonó un teléfono.

—Vamos, dejémoslo ya. Hemos hecho lo que hemos podido —dijo Margon.

—¿Y los niños? —inquirió Stuart.

—Vendrá gente —respondió Margon—. Vendrán a por los niños y correrá la voz. Y el miedo hará su trabajo. Ahora nos vamos.

De regreso a la mansión desvencijada, se tumbaron en los colchones, sudando, agotados y atormentados.

Reuben miró el techo manchado y el yeso desconchado. Oh, sabía que ese momento llegaría. Había sido demasiado sencillo hasta entonces. La Hermandad del Olor, que actuaba como la mano derecha de Dios, incapaz de equivocarse.

Margon estaba sentado contra la pared con las piernas cruzadas y la melena negra suelta sobre los hombros desnudos, los ojos cerrados, sumido en sus meditaciones o sus oraciones.

Stuart se levantó del colchón y caminó de parte a parte de la habitación, una y otra vez, incapaz de estar quieto.

—Habrá momentos así —dijo finalmente Margon—. Pasaréis por ellos, sí, y por situaciones incluso más desconcertantes y frustrantes. En todo el mundo, día tras día y noche tras noche, hay víctimas que tropiezan y caen al abismo con los culpables, y el débil y el corrupto que no merecen la muerte pagan con la vida de una forma u otra por lo que hacen y lo que no hacen.

—¡Y nos vamos! —gritó Stuart—. ¿Abandonamos a los niños sin más?

—Ha terminado —dijo Margon—. Llévate contigo la lección.

—Algo se ha conseguido —dijo Sergei—, no te quepa duda. El lugar está destrozado. Se marcharán todos; los niños tendrán la oportunidad de escapar y lo recordarán. Recordarán que alguien asesinó a los hombres que habían ido a abusar de ellos. Eso no lo olvidarán.

—O los enviarán en barco a otro burdel —dijo Stuart con desaliento—. ¡Dios! Podemos librar una guerra contra ellos, ¿una guerra consistente?

Sergei rio por lo bajo.

—Somos cazadores, lobito, y ellos son la presa. Esto no es una guerra.

Reuben no dijo nada. Pero había visto algo que no olvidaría y le maravillaba que no le hubiera sorprendido. Había visto a Margon y Sergei matando voluntariamente a aquellos que no exudaban el olor fatal, a esas almas sucias impulsadas por apetitos pecaminosos y una debilidad inveterada.

«Si podemos hacer eso —pensó—, también podemos luchar entre nosotros. El aroma del mal no nos hace ser lo que somos, y cuando nos transformamos en animales podemos matar como animales, y solo tenemos para guiarnos nuestra parte humana, la parte humana falible.»

Esas ideas eran abstractas y remotas, sin embargo. Solo los recuerdos eran inmediatos: niños y niñas corriendo aterrorizados, y las mujeres, las mujeres pidiendo clemencia a gritos.

En algún lugar, fuera de la sucia mansión, Margon estaba hablando con el misterioso Hugo.

¿Había concebido un plan para destruir el burdel de la costa?

Sin duda ya no quedaba nadie en él. ¿Quién en su sano juicio se hubiese quedado?

Reuben se durmió odiando la suciedad y el polvo del colchón, esperando el coche que vendría antes de que se hiciera de día para llevarlos al hotel de lujo donde se bañaría y cenaría antes de tomar el vuelo de regreso a casa.

17

Era sábado alrededor de las nueve de la noche cuando regresaron. Nideck Point nunca había tenido un aspecto más cálido, más acogedor, más hermoso. Al acercarse por la carretera, distinguieron a través de la llovizna los hastiales iluminados de la fachada y los cuadrados y rectángulos de los tres pisos de ventanas.

Felix salió a la puerta principal para recibirlos a todos en el sendero de entrada con un abrazo cálido y mostrarles los preparativos para el banquete del día siguiente. Su exuberancia era contagiosa.

La terraza entera se había convertido en un gran pabellón iluminado y decorado, con amplias tiendas a ambos lados de un ancho pasillo cubierto que conducía al enorme pesebre navideño.

Este, de espaldas al mar, estaba rodeado por un bosque de densos y hermosos abetos de Douglas, espléndidamente alumbrados, como todo lo demás. Las figuras de mármol blancas del belén estaban artísticamente iluminadas y situadas con precisión en un lecho de hojas de pino verdes. Era el pesebre más espléndido que Reuben hubiera visto jamás. Incluso Stuart se quedó pensativo y se conmovió un poco. A Reuben lo entusiasmaba que toda su familia lo viera. Podría haberse quedado solo junto al belén un buen rato, simplemente mirando las caras de mármol blanco de María y José y el resplandeciente niño Jesús. En el frontón del pesebre, un gran ángel de mármol blanco, fijado con escuadras y tornillos y bañado en luz divina, contemplaba desde arriba a la Sagrada Familia.

El bosque de altos abetos Douglas en macetas se extendía a derecha e izquierda del pesebre, pegado a un parapeto de madera recién construido que constituía una excelente protección contra el viento. De todos modos, nadie vería el océano después de anochecer.

A la izquierda del pesebre, en el vasto espacio ocupado por las tiendas, habían juntado gran número de sillas doradas y atriles negros para la orquesta, mientras que en el lado derecho había sillas para el coro de los adultos y el infantil, que se alternarían y, de vez en cuando, cantarían juntos.

También actuarían otros coros, añadió Felix con rapidez, en la casa y el robledal. Se reuniría con todos ese día y se ocuparía de todo.

El resto del pabellón estaba bellamente amueblado con centenares de mesitas con mantel blanco y sillas con funda también blanca y rematada de cinta dorada. Cada mesa tenía su trío de velas protegido por una pantalla de cristal rodeada de acebo.

Al parecer, cada pocos metros había mesas de servicio o barras ya preparadas con cafeteras plateadas, vajilla de porcelana y cristalería, así como cajas de refrescos y cubiteras para el hielo que traerían al día siguiente. Había también montones de servilletas de lino, cucharitas y tenedores de postre de plata de ley.

El armazón metálico que sostenía los altos techos blancos de las tiendas quedaba completamente oculto por guirnaldas de pino fresco entretejido con mucho acebo, atadas aquí y allá con cinta de terciopelo rojo. Además habían fregado, pulido y abrillantado las losas de toda la terraza.

Habían repartido por doquier estufas altas como árboles, algunas de las cuales ya estaban encendidas para mantener el aire caliente y seco. Si bien había infinidad de bombillas multicolores, la verdadera iluminación provenía de unos focos de luz blanca y suave.

El pabellón se abría por tres puntos a lo largo del lado este, por los que accederían los huéspedes que llegaran desde el sendero de entrada y saldrían los que fueran a pasear por el robledal. La puerta de la casa daba asimismo al pabellón, que se había convertido en una enorme extensión de la misma. Reuben confesó que nunca había visto nada tan colosal, ni siquiera en las bodas más sonadas.

La lluvia había amainado y Felix tenía bastantes esperanzas de que diera un respiro al día siguiente.

—Pero aunque llueva será completamente factible caminar por el bosque —dijo—, porque las ramas son muy gruesas. Bueno, esperemos; si no, bueno, es espléndido mirarlo.

Sí, era realmente espléndido.

—Deberías ver el pueblo —dijo Felix—. Está todo preparado para la feria. El hotel está lleno y la gente ha alquilado habitaciones de sus casas a los comerciantes. Imagina lo que podremos hacer el año que viene cuando tengamos tiempo para preparar las cosas como es debido.

Llevó al grupo al salón principal y se quedó con los brazos cruzados mientras todos reconocían la perfección de los preparativos.

Estaba listo cuando se habían ido, o eso habían creído, pero por lo visto habían añadido multitud de refinamientos.

—Hay velas puras de malagueta en las repisas de todas las chimeneas —dijo Felix—, y acebo. Fíjate en el acebo.

Lo había por todas partes. Las agudas hojas verde oscuro y las bayas rojas brillantes se entrelazaban con las guirnaldas en torno a las chimeneas, los umbrales y las ventanas.

Al enorme árbol, que ya era una obra de arte antes de su partida, le habían añadido incontables ornamentos dorados, la mayoría en forma de nuez o dátil, así como toda una serie de ángeles dorados.

A la derecha de la puerta principal se alzaba un enorme y oscuro reloj de pie alemán labrado.

—Para que suene en Nochevieja —dijo Felix.

La gran mesa del comedor estaba cubierta de encaje de Battenberg y, como en los aparadores, habían colocado en ella calientaplatos de plata de ley y pesadas bandejas. En el rincón habían instalado una barra larga con un apabullante despliegue de licores y vinos de marca. Había mesas redondas aquí y allá, con cafeteras de plata y montones de tazas y platitos brillantes de porcelana.

En los extremos de la mesa larga, junto a pesados tenedores de plata de ley, se amontonaban bandejas de porcelana de diez o más motivos diferentes. Los chefs prepararían el pavo y el jamón para una «comida de tenedor», dijo Felix, y algunos tendrían que mantener una bandeja en equilibrio sobre las rodillas, así que quería que estuvieran lo más cómodos posible.

Reuben se había imbuido de aquel espíritu. Solo la ausencia de Laura le dolía, y también la preocupación por Marchent, si bien, a juzgar por la excitación de Felix, quizá ya no hubiera motivo para preocuparse por ella. No obstante, la idea de una Marchent presente y la de una Marchent desaparecida le encogían el corazón por igual. Pero no quería decirlo.

Cenaron en la cocina, apretados alrededor de la mesa rectangular de la ventana. Lisa les sirvió estofado de ternera en boles mientras ellos mismos se servían la bebida y Jean Pierre ponía en la mesa una ensalada verde. Stuart devoró media barra de pan francés antes de tocar siquiera el estofado.

—No te preocupes por esta cocina —dijo Felix—. Se vaciará como todo lo demás. Y no te inquietes por las guirnaldas de arriba. Podemos sacarlas de las puertas después de la fiesta.

—Me encanta —dijo Stuart. Miraba embobado los adornos que la ventana de la cocina antes no tenía y los grupos de velas del aparador—. Es una pena que no sea Navidad todo el año —agregó.

—Ah, pero la primavera traerá sus festivales —dijo Felix—. Ahora debemos descansar. Tenemos que estar en el pueblo a las diez de la mañana para la feria. Por supuesto, podremos tomarnos algún descanso. No tenemos por qué quedarnos allí todo el día. Bueno, yo sí que tendré que quedarme, y sería deseable que estuvieras conmigo, Reuben.

Reuben accedió de inmediato. Estaba sonriendo por el alcance de todo aquello y se preguntó quién sería el primero de su familia en preguntar cuánto había costado y quién iba a pagarlo. Quizá Celeste planteara esa pregunta, aunque tal vez no se atreviera.

Fue Stuart quien formuló esa misma pregunta en ese momento.

Era evidente que Felix no quería responder.

—Un banquete como este es un regalo para todo el que viene —dijo Sergei—, espera y verás: es así. No puedes calcular lo que vale en dólares y centavos. Es una experiencia. La gente hablará de esto durante años. Les das algo de un valor incalculable.

—Sí —dijo Felix—. También ellos nos dan algo de valor incalculable al venir y participar. ¿Qué sería esto sin todos y cada uno de ellos?

—Cierto —convino Sergei. Luego, mirando a Stuart, comentó con gravedad—: En mi época, por supuesto, nos comíamos a los cautivos de otras tribus durante el solsticio de invierno, aunque solo después de matarlos de un modo indoloro y de cocinarlos.

Felix no pudo reprimir una ruidosa carcajada.

—Oh, sí, desde luego —repuso Stuart—. Eres un granjero de Virginia Occidental y lo sabes. Seguramente trabajaste una temporada en una mina de carbón. Eh, no es por criticar... Solo es un comentario.

Sergei rio y negó con la cabeza.

Margon y Felix intercambiaron una mirada, pero no dijeron nada.

Después de cenar, Reuben y Felix se encaminaron juntos a la escalera.

—Debes contármelo si la ves —dijo Felix—, pero no creo que lo hagas. Creo que Elthram y su gente han tenido éxito.

—¿Elthram te lo ha dicho?

—Más o menos —respondió Felix—. Espero que duermas bien esta noche y también te agradezco que vengas conmigo al pueblo mañana, porque eres el señor de la casa, ¿sabes?, y todos quieren verte. Van a ser un día y una noche largos, pero esto solo pasa una vez al año y a todos les encantará.

—A mí también me va a encantar —dijo Reuben—. ¿Y qué hay de Laura?

—Bueno, estará con nosotros en el pueblo un rato, y en Nochebuena, por supuesto. Es lo único que sé. Reuben, debemos permitirle hacer las cosas a su manera. Eso está haciendo Thibault, dejar que sea ella quien tome las decisiones.

—Sí, señor —dijo Reuben con una sonrisa. Besó fugazmente a Felix, al estilo europeo, en ambas mejillas, y se fue a dormir.

Se quedó dormido en cuanto apoyó la cabeza en la almohada.

18

El día amaneció gris, pero no llovía. Había mucha humedad en el aire, como si en cualquier momento el cielo monótono fuera a disolverse en lluvia, pero a las diez de la mañana todavía no había descargado.

Reuben se había despertado maravillosamente fresco, sin haber tenido sueños ni indicios de la presencia de Marchent. A las nueve ya estaba en la planta baja para tomar un desayuno rápido.

Estaban llegando grandes camiones frigoríficos y los encargados del catering se afanaban en la cocina y el patio posterior, descargando hornos portátiles, máquinas de hielo y otros artefactos, mientras los adolescentes que harían de guías por la casa y el bosque esperaban recibir «orientación» de Lisa.

Todos los Caballeros Distinguidos estaban presentes y elegantemente vestidos con traje oscuro. A las nueve y media, Felix, Reuben, Stuart y Margon salieron hacia el pueblo mientras Thibault, Sergei y Frank se quedaban en la casa para prepararse para el banquete.

El pueblo había renacido; eso o Reuben simplemente nunca lo había mirado con atención. Con luces decorativas en todas las fachadas, apreció por primera vez los almacenes del Viejo Oeste con sus tejados en voladizo que protegían las aceras y la forma gloriosa en que el hotel de tres plantas dominaba la calle principal, justo en medio de la extensión de tres manzanas, frente al viejo teatro.

Pese a que estaba en pleno proceso de restauración, habían abierto el teatro para que albergara uno de los mercadillos de artesanos, y los encargados de los puestos ya vendían a las familias con niños y a los más madrugadores.

Los coches estaban pegados, parachoques contra parachoques, a lo largo de las tres manzanas de lo que se consideraba el centro, así que ya los estaban dirigiendo hacia los aparcamientos de las calles laterales, situados a varias manzanas de distancia.

Todas las tiendas hervían de actividad y un grupo de músicos con trajes del Renacimiento tocaba a las puertas del hotel mientras, a una manzana y media, otro grupo cantaba villancicos cerca de la única gasolinera del pueblo. Varias personas vendían paraguas ligeros y transparentes, y había gente ofreciendo galletas de jengibre y empanadillas humeantes en mesas o llevándolas en bandejas entre la multitud.

La gente abrumó a Felix en cuanto se bajó del coche. A Reuben también lo saludaban todos. Margon fue a ver cómo iban las cosas en el hotel. Reuben, Stuart y Felix prosiguieron su avance lento y pausado por una acera con el propósito de regresar por la opuesta.

—Ah, a la Nobleza del Bosque le va a encantar —dijo Felix.

—¿Están aquí, ahora? —preguntó Stuart.

—Todavía no los veo, pero vendrán. Adoran esta clase de actos, a la gente que viene al bosque y a sus pueblecitos olvidados, gente amable, gente a la que le encanta el aire fresco con aroma de pino. Ya lo verás. Vendrán.

Habían convertido más de una enorme tienda vacía en una verdadera galería comercial. Reuben vio a la venta colchas, muñecos de tela hechos a mano, muñecas de trapo, ropa de bebé y gran variedad de telas y lazos. Pero le resultaba imposible concentrarse en un puesto en particular, porque mucha gente quería estrecharle la mano y darle las gracias por la feria. Una y otra vez explicó que Felix había sido el genio responsable de todo. Pese a ello, enseguida tuvo claro que la gente lo consideraba el joven señor del castillo e incluso se lo decían en esos términos.

A las once de la mañana empezaron a desviar el tráfico y la calle se convirtió en un centro comercial peatonal.

—Deberían haberlo hecho de entrada —dijo Felix—. Nos aseguraremos de que sea así el año que viene.

La multitud se incrementaba de manera regular mientras la lluvia iba y venía. El frío no parecía detener a nadie. Los niños llevaban gorro y manoplas; también había abundancia de gorros y mitones en venta. Los vendedores de chocolate caliente estaban haciendo su agosto y, cuando la lluvia amainó, la gente ocupó el centro de la calle.

Tardaron más de dos horas en completar el circuito del centro, haciendo una parada para ver un número de marionetas y varios coros de villancicos, y no había otra cosa que hacer salvo empezar otra vez con la gente nueva que no dejaba de llegar.

Solo unas cuantas personas preguntaron a Reuben por el famoso ataque del Lobo Hombre en la mansión, como si no hubieran oído nada más de él. Reuben tenía la clara sensación de que muchos otros querían preguntárselo, pero no se les ocurría ningún modo de relacionar aquel asunto con la feria. Se apresuró a responder que nadie en el norte de California, que él supiera, había vuelto a ver al Lobo Hombre después de esa «noche espantosa». En cuanto a lo ocurrido, bueno, apenas podía recordarlo. El viejo tópico de que «todo ocurrió demasiado deprisa» le vino de perlas.

Cuando llegó, Laura se echó en brazos de Reuben. Tenía las mejillas hermosamente sonrosadas y llevaba una bufanda rosa de cachemir con el abrigo largo azul marino de buen corte. Estaba entusiasmada con la feria y abrazó a Felix con afecto. Quería ver los puestos de muñecas de trapo y, por supuesto, los de colchas. Había oído que alguien vendía también muñecas antiguas, alemanas y francesas.

—¿Cómo has conseguido organizar esto en solo unas semanas? —le preguntó a Felix.

—Bueno, sin cobrar entrada, sin requisitos de licencia, sin normas, sin restricciones y con algunos incentivos de dinero en efectivo —dijo Felix, eufórico—, además de con muchas y repetidas invitaciones personales por teléfono y correo electrónico y a través de una red de ayudantes telefónicos. Y, *voilà*, han venido. Pero piensa en lo que conseguiremos el año que viene, querida.

Hicieron una pausa para un almuerzo rápido en el hotel, donde ya tenían una mesa preparada para ellos. Margon estaba conversando en otra con agentes inmobiliarios y potenciales inversores, ansioso por recibir a Felix y presentarle gente.

Un senador del estado había estado buscando a Reuben. Dos diputados y mucha otra gente querían saber qué opinaba Felix de ampliar y mejorar la carretera de la costa, o si era cierto que existía un proyecto para construir detrás del cementerio, y si podía hablar un poco sobre el plan arquitectónico que tenía en mente.

Los periodistas iban y venían. Se referían directamente al ataque a la casa del Lobo Hombre formulando las mismas preguntas de siempre, y Reuben les daba las mismas respuestas de siempre. Había unas cuantas cámaras de informativos de las poblaciones de los alrededores grabando. Pero la feria navideña y el banquete posterior en el castillo eran la verdadera noticia. ¿Se convertiría en una tradición anual? Sí, por supuesto.

—Y pensar que ha conseguido que esto ocurra, que ha reunido toda esta vida donde esencialmente no había vida... —le dijo Laura a Margon.

Margon asintió, tomándose despacio su chocolate caliente.

—Esto es lo que le encanta hacer. Esta es su casa. Así era hace años. Este era su pueblo, y ahora ha vuelto y otra vez tiene libertad para ser mentor y el ángel creativo durante otro par de décadas. Luego... —Calló—. Luego —repitió mirando a su alrededor—, ¿qué haremos?

Después de comer, Laura y Reuben visitaron el puesto de muñecas antiguas y otros dos de colchas. Reuben llevó todos los artículos que eligió Laura a su Jeep. Ella había aparcado al borde mismo del cementerio y, para su asombro, Reuben encontró el camposanto atestado de gente fotografiando el mausoleo y las viejas tumbas.

El lugar tenía un aspecto bastante pintoresco, como siempre, pero eso no impidió que lo paralizara un escalofrío al mirar las tumbas. Había un enorme ramo de flores frescas ante las puertas de hierro del mausoleo de los Nideck. Cerró los ojos un momento y rezó mentalmente una plegaria por Marchent, reconociendo ¿qué? ¿Que ella no podía estar allí, que no podía ver ni saborear la sensación de formar parte de aquel mundo vibrante y en movimiento?

Él y Laura disfrutaron de un breve momento de calma en el Jeep antes de arrancar. Fue la primera oportunidad de Reuben para hablarle de la Nobleza del Bosque, para contarle las cosas extrañas y conmovedoras que Elthram había dicho acerca de ella y decirle que la había conocido cuando paseaba por el bosque con su padre. Laura se quedó sin habla hasta que, después de una larga pausa, confesó que siempre había notado la presencia de los espíritus del bosque.

—Pero creo que todos los que pasamos tiempo a solas en el bosque la notamos. Lo achacamos a nuestra imaginación, igual que hacemos cuando sentimos la presencia de fantasmas. Me pregunto si los ofendemos, a los espíritus, a los muertos, al no creer en ellos.

—No lo sé, pero creerás en este espíritu —dijo—. Tenía un aspecto tan real como tú lo tienes para mí ahora o lo tengo yo para ti. Era sólido. El suelo crujía cuando caminaba. La silla crujía cuando se sentaba en ella. Olía a..., no lo sé, como a madreselva y cosas verdes, y a polvo, pero sabes que el polvo puede oler a limpio, como cuando caen las primeras gotas de lluvia y el polvo se levanta.

—Lo sé —dijo ella—. Reuben, ¿por qué te entristecen estas cosas?

—No es verdad —protestó.

—Sí, lo es. Te están entristeciendo. Tu voz ha cambiado justo cuando has empezado a hablar de estas cosas.

—Oh, no lo sé. Si estoy triste, siento una tristeza dulce —dijo—. Es simplemente que mi mundo está cambiando y me veo atrapado entre dos aguas, o formo parte de ambas; sin embargo, el mundo real, el mundo de mis padres, de mis viejos amigos, no puede conocer este mundo nuevo y, por tanto, tampoco conocer esa parte de mí que ha cambiado tanto.

—Pero yo la conozco —dijo ella. Lo besó.

Sabía que si la abrazaba no podría soportarlo, no podría soportar no tenerla, no podría soportar estar con ella en el Jeep, con gente pasando a su lado de camino a los coches. Era muy doloroso.

—Tú y yo forjamos una nueva alianza, ¿no? —preguntó—. Quiero decir que forjamos una nueva alianza en este mundo nuevo.

—Sí —dijo ella—. Y cuando te vea en Nochebuena, quiero que sepas que soy tuya; soy tu novia en este mundo, si me quieres.

—¿Quererte? No puedo existir sin ti.

Lo decía en serio. No importaba el miedo que le daba que se transformara en loba, lo decía en serio. Reuben superaría ese miedo. El amor por ella lo llevaría más allá de ese temor, y no cabía duda de que la amaba. Cada día que pasaba sin ella sabía que la amaba.

—Seré tu esposo en Nochebuena —dijo él—. Y tú serás mi novia, y sí, este será el sello de nuestra alianza.

Fue la separación más dura hasta el momento, pero finalmente, tras besarla en ambas mejillas, Reuben se apeó del Jeep y se quedó en la cuneta viéndola irse.

Eran las dos en punto cuando ella se marchó hacia la autopista.

Reuben volvió al hotel. Estuvo en la habitación privada que habían reservado para él y sus acompañantes el tiempo suficiente para usar el cuarto de baño, terminar un breve artículo para el *Observer* y mandar un correo a su directora, Billie Kale, con el mensaje de que tenía más para añadir si ella quería.

Billie ya había salido para asistir al banquete, pero Reuben sabía que había alquilado un coche con chófer para ella y otros miembros de la redacción, así que podría revisar el artículo durante el viaje.

De hecho recibió un sí por respuesta cuando salía del hotel con Felix y los demás a los primeros rayos de sol que habían atravesado las nubes. Billie le envió un mensaje de texto en el que le decía que el artículo sobre tradiciones navideñas era el más descargado de la web del periódico, pero que le gustaría que le añadiera un breve párrafo diciendo que nadie había visto al Lobo Hombre durante la feria del pueblo.

«Vale», le contestó Reuben, y escribió el párrafo tal como ella le había pedido.

Después de saludar a un grupo de periodistas de televisión, él y Felix se separaron de Stuart y Margon para pasar revista a todos los puestos, porque Felix quería oír de boca de los artesanos y comerciantes cómo iban las ventas y qué podía hacer para mejorar la feria en años posteriores.

Reuben se quedó asombrado al ir pasando de puesto en puesto examinando la cerámica vidriada, los extraordinarios cuencos y tazas y bandejas, y luego las muñecas de manzana seca y otra vez las colchas, siempre las colchas. Había artesanos del cuero que vendían cinturones y bolsos, comerciantes de hebillas de latón y peltre, oro fino y joyería de plata, y estaban también los inevitables profesionales de la venta ambulante que ofrecían artículos obviamente hechos a máquina, e incluso un comerciante que vendía best sellers de tapa dura, probablemente robados, a mitad de precio.

Felix dedicó tiempo a todos, asintiendo una y otra vez ante tal o cual cumplido o queja. Tenía los bolsillos llenos de tarjetas de visita. Aceptó tazas de hidromiel y cerveza de los vendedores, pero rara vez bebió más de un trago.

Durante todo el proceso, a Felix se lo veía locamente feliz, incluso un poco maniático. Necesitaba de vez en cuando escapar a un retrete o un callejón, donde él y Reuben se encontraban con los parias culpables que daban caladas furtivas a sus cigarrillos prohibidos y se disculpaban antes de volver a unirse a los «salvados».

Había momentos en los que Reuben se mareaba, pero era un mareo agradable, con los villancicos subiendo y bajando en el zumbido general de voces, rodeado por doquier de enormes coronas de Navidad en los marcos de las puertas y el olor de las agujas de pino y la brisa fresca y húmeda.

Acabó perdiendo a Felix. Perdió a todos. Pero daba igual. Se detenía de vez en cuando a tomar notas para el siguiente artículo, tecleando en el iPhone con los pulgares, pero sobre todo deambulaba fascinado por el movimiento y el colorido, los gritos y las risas de los niños, el constante tránsito de vendedores que en ocasiones más parecía una danza.

Vio tenderete tras tenderete de pequeños adornos navideños en forma de hada y elfo y ángel, así como fascinantes juguetes de madera hechos a mano. Allá donde mirara había comerciantes de jabones perfumados y aceites de baño, puestos de botones, hilos teñidos, cintas y encajes, y también de sombreros de fantasía. ¿O eran sombreros *vintage*? Alguien le había hablado recientemente de sombreros como aquellos, de ala ancha con flores. No lo recordaba con claridad. Vendían velas artesanas de Navidad cada pocos metros, así como incienso y libretas hechas a mano.

Pero aquí y allá se topaba con uno de esos artesanos excepcionales que ofrecían multitud de tallas de animales y figuritas de madera sin nada que ver con los más comerciales animalitos del bosque de ojos grandes del puesto siguiente, o con el joyero cuyos broches de oro y plata eran creaciones verdaderamente espectaculares, o con el hombre que pintaba bufandas de seda y terciopelo con figuras completamente excéntricas y originales.

Y luego estaba el pintor que no exhibía otra cosa que sus lienzos originales, fascinantes, sin ninguna explicación en absoluto, o la mujer que creaba enormes ornamentos barrocos de *découpage* con trozos de encaje y trenza dorada y recortes brillantemente coloreados de viejas reproducciones victorianas.

Había en venta flautas de madera, campanas de latón, *rin gongs* tibetanos, cítaras y tambores. Un hombre ofrecía viejas partituras y otro tenía un puesto de maltrechos libros infantiles. Una mujer había creado hermosos servilleteros y brazaletes con cucharas de plata vieja de segunda ley.

El cielo estaba blanco y el viento había amainado.

La gente compraba, decían los comerciantes. Algunos vendedores de comida habían agotado sus existencias. Un ceramista confesó que lamentaba no haber traído todas sus tazas y cuencos nuevos, porque ya casi no le quedaba nada que vender. Había al menos un comerciante que se estaba haciendo de oro con zapatos de cuero hechos a mano.

Finalmente, Reuben descansó apoyado en una fachada y, mirando por un hueco entre la multitud, trató de ganar perspectiva sobre el ambiente del festival. ¿La gente estaba realmente disfrutando tanto como parecía? Sí, indudablemente. Artistas de globos se afanaban en su dinámico negocio con los niños pequeños. Se vendía algodón de azúcar e incluso caramelo de agua salada, y algunos artistas les pintaban la cara a los niños.

A su derecha había una lectora de tarot con su mesa de cartas cubierta con un paño de terciopelo y, un metro más allá, un quiromante tenía un cliente enfrente sentado en una silla plegable.

En la tienda de delante vendían trajes del Renacimiento y la gente se reía con deleite de las camisas de encaje a «precios fabulosos». Al lado de esa tienda, un librero de segunda mano atendía las mesas de libros de viejo sobre California y su historia y la historia de las secuoyas y la geología costera.

Reuben se sentía adormilado y cómodo sin que nadie reparara en él por un momento. Casi se le cerraban los ojos cuando distinguió dos figuras familiares en la puerta abierta de la tienda del Renacimiento. Una era sin lugar a dudas la del alto y huesudo Elthram, con su camisa y los pantalones de gamuza beis de siempre y la melena negra y poblada, incluso con trozos de hoja seca enredados. La mujer delgada y grácil que estaba justo a su lado, peinada y arreglada, era Marchent.

Por un momento Reuben no dio crédito a lo que veía, pero enseguida se dio cuenta de que era completamente cierto. En nada se distinguían de quienes los rodeaban, salvo aquello mismo que los habría diferenciado de haber estado vivos.

Elthram era mucho más alto que Marchent. Sus grandes ojos brillaron cuando sonrió, susurrando algo a Marchent, daba la impresión, susurrándole algo, sonriente, con los labios húmedos y el brazo derecho en torno a ella, y ella, vuelta solo ligeramente hacia Elthram, con el cabello bien peinado, miraba directamente a Reuben asintiendo con la cabeza.

El mundo quedó en silencio. Pareció vacío salvo por ellos dos:

Elthram mirando lentamente a Reuben y Marchent tranquilizándolo con los ojos mientras continuaba escuchando, asintiendo.

La multitud se desplazó, se movió, cerró el hueco a través del cual Reuben los había visto. De repente, el ruido que lo rodeaba se hizo atronador y él se precipitó hacia el centro de la calle. Allí estaban los dos, sólidos y vívidos hasta el menor detalle, pero en ese momento le dieron la espalda para adentrarse en la oscuridad envolvente de la tienda.

Las visiones y sonidos de la feria se atenuaron otra vez. Alguien tropezó con Reuben, que cedió sin pensar ni responder, apenas consciente de una mano en su brazo. Notó una puñalada en los intestinos y un calor que se alzaba en él amenazando con convertirse en dolor.

Alguien se le había acercado por detrás, pero él solo miraba la impenetrable oscuridad de la tienda, buscándolos, esperándolos, con el corazón latiendo como siempre le ocurría cuando veía a Marchent y trataba de reconstruir los detalles de lo que había visto. No tenía pruebas evidentes de que Marchent realmente lo hubiera visto; quizá solo miraba hacia delante. Su rostro había estado calmado, reflexivo, pasivo. No podía saberlo.

De repente, notó una mano en el brazo y oyó una voz muy familiar.

—Bueno, es un hombre de aspecto muy interesante.

Se despertó como de un sueño.

Era su padre el que estaba su lado. Era Phil, y estaba mirando hacia la tienda.

—Hay un montón de gente interesante aquí —siguió murmurando Phil en el mismo tono.

Reuben se quedó desconcertado mientras las dos figuras emergían de nuevo de la oscuridad: Elthram todavía sonriendo, abrazando a Marchent con la misma fuerza que antes, y ella, tan delicada con su vestido de lana marrón y las botas marrones, tan delgada y frágil, con el mismo vestido largo que llevaba el día de su muerte. Esta vez sus ojos pálidos se posaron en Reuben y le dedicó una levísima sonrisa de reconocimiento, una encantadora sonrisa distante.

Acto seguido ya no estaban. Simplemente habían desaparecido, sustraídos del mundo en movimiento que los rodeaba, como si nunca hubieran estado allí.

Phil suspiró.

Reuben se volvió hacia él, clavándole la mirada, incapaz de decir lo que hubiese querido. Phil todavía estaba mirando la puerta de la tienda. Tenía que haberlos visto desaparecer, pero no le dijo nada. Simplemente se quedó allí con la chaqueta gris de mezclilla, la bufanda gris en torno al cuello, el cabello ligeramente alborotado por la brisa, mirando la tienda abierta, igual que antes.

El dolor en las tripas de Reuben se había agudizado y le dolía el corazón. Si al menos hubiera podido contárselo todo a su padre, absolutamente todo; si al menos hubiera podido llevar a su padre al mundo en el que él, Reuben, estaba luchando; si al menos hubiera tenido acceso a la sabiduría que siempre había estado a su alcance y que había desperdiciado con demasiada frecuencia a lo largo de la vida.

Pero ¿cómo empezar siquiera? Además, las medias tintas eran tan intolerables como ese silencio.

Un sueño destelló en su corazón. Phil finalmente se mudaría a la casa de huéspedes de Nideck Point. Habían hablado de su visita con frecuencia, desde luego. Y cuando Phil se mudara a la casa de huéspedes, cosa que seguramente haría, se sentarían juntos, y él, con la bendición de los Caballeros Distinguidos, se lo explicaría todo. Se sentarían a la luz de las velas, con el ruido atronador del mar en los escollos de fondo, y hablarían y hablarían y hablarían.

Pero cuando el sueño estalló como una burbuja, se le planteó un panorama asombroso y horripilante. En lo venidero, la brecha entre él y su padre solo podía hacerse cada vez más grande. Sintió su soledad como un caparazón en el que se estuviera asfixiando. Lo invadió una gran tristeza. Notó un nudo en la garganta.

Apartó la mirada, sumido en sus pensamientos, sin fijarse en nada en particular. Cuando echó un vistazo a la calle vio por todas partes las figuras vestidas de piel de la Nobleza del Bosque, algunas de verde oscuro, otras de distintos tonos de marrón, algunas de colores vivos, pero todas distinguibles por la ropa de gamuza suave, la abundante cabellera enredada al viento. Tenían la piel resplandeciente y chispitas en los ojos. Rebosaban felicidad y excitación. Era muy fácil verlos pasar, caminando entre seres humanos, muy fácil identificarlos. Reconoció aquí y allá a mujeres y niños que había visto en ese momento siniestro en el comedor, cuando todos se habían congregado alrededor de la mesa antes de desaparecer en la noche.

Ellos también estaban observándolo, ¿no? Estaban señalándolo. Una mujer de melena pelirroja le hizo una leve y rápida reverencia antes de desaparecer entre la multitud. Estaban mirando a Phil, también.

Su padre seguía de pie, pasivo y en silencio como antes, con las manos en los bolsillos, limitándose a observar aquel gran desfile.

—Mira esa mujer —dijo, sin darle importancia— con ese sombrero antiguo. ¡Qué hermoso sombrero!

Reuben miró hacia donde le indicaba y captó un atisbo de una mujer delgada guiando con los brazos a toda una tropa de chiquillos entre la multitud. Era un sombrero precioso, de fieltro, con flores aplastadas. Algo sobre los sombreros... Vaya, por supuesto. ¿Cómo podía haber olvidado a Lorraine, la terrible historia de dolor y sufrimiento de Jim con Lorraine? A Lorraine le encantaban los sombreros *vintage*. La mujer había desaparecido con su rebaño de niños. ¿Podía tratarse de Lorraine? Seguramente no.

Empezó a llover otra vez.

Al principio la gente ignoró la lluvia, pero luego fue refugiándose en los porches y los pequeños soportales. El cielo se oscureció y se encendieron más luces en las tiendas y ventanas, y a continuación también las farolas, las pintorescas farolas antiguas de hierro negro.

Al cabo de poco un nuevo aire festivo había barrido la feria y daba la impresión de que el sonido de la multitud era más fuerte que nunca. Las ristras de luces de colores sobre la calle lucían con renovado brillo.

Stuart y Margon aparecieron de repente y dijeron que eran casi las cuatro en punto, que debían ir a casa a cambiarse.

—Esta es noche de corbata negra para todos nosotros, porque somos los anfitriones —dijo Margon.

—¿Corbata negra? —Reuben casi tartamudeó.

—¡Oh, no te preocupes! Lisa nos lo ha preparado todo. Pero deberíamos ir a casa ya para estar listos cuando las primeras personas empiecen a abandonar la feria.

Calle abajo, Felix saludó a Reuben. Aunque enseguida le bloquearon el avance con más saludos y agradecimientos, siguió adelante.

Por fin se reunieron todos. Phil fue a coger su coche, porque había venido solo, adelantándose al resto de la familia.

Reuben echó una última mirada a la feria antes de volverse para irse. Los cantantes entonaban hermosos villancicos delante del hotel, como si la oscuridad los hubiera animado a congregarse otra vez; en esta ocasión, los acompañaban un violinista y un niño con una flauta dulce. Reuben miró a lo lejos a aquel niño de pelo largo, vestido de gamuza marrón, tocando la flauta de madera. Mucho más a la derecha, en la oscuridad, vio a Elthram con Marchent, la cabeza de ella rozándole casi el hombro, los ojos clavados en el mismo joven flautista.

19

El pabellón de la terraza estaba lleno de luz y sonido y gente cuando bajaron del coche. La orquesta ensayaba con el coro infantil una composición decididamente mágica que sonaba espléndidamente. Phil ya había llegado. Con los brazos cruzados, escuchaba la música con respeto evidente, mientras los reporteros gráficos de los diarios locales sacaban fotos y grupos de artistas en traje medieval, adolescentes en su mayoría, acudían a recibirlos. Felix se presentó, les dijo lo complacido que estaba y los instruyó para que se situaran en los robles cercanos.

Reuben se apresuró a subir a cambiarse. Se dio la ducha más rápida de la historia y Lisa lo ayudó a vestirse, abrochándole la camisa almidonada y haciéndole el nudo de la corbata negra de seda. La chaqueta había sido «medida a la perfección» para él, Lisa tenía razón en eso, y a Reuben le complació que le hubiera preparado un chaleco negro y no una faja de esmoquin, que detestaba. Los zapatos brillantes de charol también le quedaban impecables.

No pudo evitar reírse al ver a Stuart, que parecía muy incómodo con el traje de gala y la corbata negra, pero no por ello dejaba de tener un aspecto magnífico con sus pecas y su pelo rizado.

—Estás creciendo a ojos vistas —dijo Reuben—. Ya debes de ser tan alto como Sergei.

—División celular acelerada —murmuró Stuart—. No existe

nada semejante. —Estaba ansioso e incómodo—. He de encontrar a mis amigos, y a las monjas de la escuela y las enfermeras. También a mi antigua novia, que ha amenazado con suicidarse cuando he salido del baño.

—¿Sabes qué? Este lugar está tan magníficamente preparado y esto va a ser tan divertido que no vas a tener que esforzarte mucho. Tu antigua novia está bien, ¿verdad?

—Oh, sí —dijo Stuart—. Va a casarse en junio. Somos amigos por correo electrónico. La estoy ayudando a elegir el vestido de novia. A lo mejor tienes razón. Esto será divertido.

—Bueno, hagámoslo divertido —dijo Reuben.

La planta baja estaba llena de gente.

Encargados del catering iban y venían apresuradamente entre el comedor y la cocina. La mesa estaba repleta de punta a punta con lo que parecía ser el primer plato: aperitivos calientes de incontables tipos, hornillos para mantener calientes las albóndigas en salsa, *fondue*, bandejas de ensaladas, frutos secos, lonchas de queso francés, dátiles confitados y una enorme sopera de porcelana de la que un joven y tieso camarero que esperaba con las manos a la espalda servía sopa de calabaza a quienes se lo solicitaban.

El hermoso sonido de un cuarteto de cuerda se impuso de repente sobre el murmullo de la multitud que lo rodeaba y Reuben captó las suaves tensiones desgarradoras del villancico *Greensleeves*. La música lo atraía tanto como la comida. Se tomó una taza de sopa de inmediato, pero quería salir a ver aquella orquesta. Hacía mucho que no disfrutaba de una orquesta de ese tamaño en directo y pasó entre el gentío que se agolpaba en el salón camino de la puerta.

Para su sorpresa, apareció Thibault y le explicó que iba a acompañarlo a la gran entrada este del pabellón, donde estaba Felix.

—Lo ayudarás a recibir a los invitados, ¿verdad? —Thibault parecía completamente a gusto con su traje de etiqueta.

—Pero ¿qué pasa con Laura? —le susurró Reuben mientras pasaban entre la multitud—. ¿Por qué no estás con ella?

—Laura quiere estar sola esta noche —dijo Thibault—. Y estará bien, te lo aseguro. De lo contrario, no la hubiese dejado sola.

—Te refieres a que el cambio se ha producido...

Thibault asintió.

Reuben se había detenido. Quizás hubiese estado manteniendo la vana esperanza infantil de que Laura nunca cambiaría, de que el Crisma de alguna manera no funcionaría y Laura siempre sería Laura. Pero había ocurrido. Al final había ocurrido. De repente, estaba tremendamente emocionado. Quería estar con ella.

Thibault lo abrazó igual que un padre.

—Está haciendo exactamente lo que quiere —dijo—. Y debemos dejarle hacer las cosas a su manera. Ahora ven. Felix está esperando que te unas a él.

Salieron al pabellón atestado. Decenas de personas se estaban congregando allí, y los encargados del catering servían café y otras bebidas a quienes ya se habían sentado a las mesas.

Margon, con su larga melena morena sujeta en una cola de caballo con una delgada cinta de cuero, escoltaba a la diminuta madre de Stuart, Buffy Longstreet, para que viera el belén. Buffy, con tacones de aguja, vestido corto blanco de seda sin mangas de cuello alto y diamantes, parecía una joven actriz, no lo bastante mayor para ser la madre de Stuart, quien la recibió con los brazos abiertos. Frank Vanderhoven le estaba haciendo una reverencia majestuosa y poniendo en juego aquel encanto hollywoodiense suyo. La tenía encandilada.

De repente las voces del coro infantil irrumpieron con la animada letra de *The Holly and the Ivy*, acallando todas las conversaciones. Reuben se detuvo solo para saborear la música, vagamente consciente de que otros también estaban volviendo la cabeza para escuchar. Enseguida se unieron a la interpretación las voces del coro adulto y la gloriosa oleada de sonido continuó sin la orquesta, que aguardaba. En la otra punta, y muy cerca del coro, Reuben vio a Phil solo en una mesa, embelesado como cuando había llegado.

No tenía tiempo de acercarse a Phil por el momento, sin embargo.

Felix se encontraba en la entrada oriental del pabellón, la más grande, saludando a cada persona que entraba, y Reuben rápidamente ocupó un lugar a su lado.

Radiante, Felix fijaba en todas las caras sus ojos oscuros y ansiosos.

—¿Cómo está, señora Malone? Bienvenida a casa. Me alegro mucho de que haya podido unirse a nosotros. Él es Reuben Golding, su anfitrión, al que estoy seguro que ya conocen. Pasen. Las chicas los acompañarán al guardarropa.

Reuben enseguida estuvo estrechando manos, repitiendo más o menos la misma bienvenida y descubriendo que era sincero.

Con el rabillo del ojo, vio a Sergei y Thibault apostados en los escalones de la puerta de la casa, también estrechando manos, respondiendo preguntas, quizá, dando la bienvenida. Había una mujer notablemente alta y atractiva justo al lado de Sergei, una mujer de cabello negro con un asombroso vestido de terciopelo rojo, que le dedicó a Reuben una sonrisa afectuosa.

La gente del pueblo estaba llegando. Allí estaban Johnny Cronin, el alcalde, los tres concejales del Ayuntamiento y la mayoría de los comerciantes que habían participado en la feria, todos con evidente curiosidad y ansiosos por la experiencia del banquete. No tardó en haber una aglomeración en la entrada y Thibault llegó con Stuart para ayudar a acelerar las cosas.

La gente anunciaba con entusiasmo quién era y de dónde venía y daba las gracias a Reuben o a Felix por la invitación. Entraron un grupo de clérigos vestidos de negro con alzacuellos de la archidiócesis de San Francisco y decenas de personas llegadas de la costa, de Mendocino, y de otras poblaciones de la zona vinícola.

Llegaron las enfermeras del hospital de Stuart y Felix, claramente emocionado, abrazó a todas y cada una de ellas. Luego llegó la hermosa doctora Cutler, que lo había tratado de sus heridas; quedó encantada de verlo en tan buena forma y le preguntó cuándo llegaría Grace. La acompañaban cinco o seis médicos y otras personas de Santa Rosa. Llegaron sacerdotes católicos del condado de Humboldt, que dieron las gracias a Felix por incluirlos, así como pastores de las iglesias situadas a lo largo de la costa, que expresaron con efusividad su agradecimiento.

Doncellas uniformadas y voluntarios adolescentes cogían los pesados abrigos y chales, y acompañaban a la gente a las mesas de espera o los invitaban a entrar en la casa. El pabellón se llenaba con rapidez. Otros chicos y chicas pasaban con bandejas de entremeses. Frank aparecía y reaparecía para escoltar a invitados a sus diversos destinos.

Las voces puras del coro cantaban a capela *Coventry Carol* y hubo momentos en los que Reuben se dejó llevar por la música, dejando de prestar atención vergonzosamente a las presentaciones que apenas había podido oír, pero estrechando las manos con afecto y dando la bienvenida a los invitados.

Una y otra vez, Felix atrajo su atención para que saludara a este o aquel invitado. «Juez Fleming, permítame que le presente a Reuben Golding, nuestro anfitrión.» Reuben respondía de buen grado. El senador del estado al que había conocido en el pueblo no tardó en llegar, así como otras personas de Sacramento. Vinieron más clérigos y dos rabinos, ambos con barba negra y *yármulke* negro. Frank obviamente conocía a los rabinos, a los que saludó por su nombre y llevó ansiosamente al grueso de la fiesta.

El entusiasmo era contagioso, Reuben tenía que reconocerlo, y cuando la orquesta empezó a tocar con el coro, sintió que esa era quizás una de las experiencias más estimulantes que había vivido.

La gente llevaba todo tipo de ropa, desde vestidos de cóctel y chaqué, pasando por trajes, hasta incluso tejanos y chaquetas de plumón. Había niños vestidos de domingo y niñas con falda larga. Phil no desentonaba en absoluto con su americana de mezclilla y la camisa de cuello abierto. Muchas mujeres llevaban sombrero de fantasía o sombrero *vintage*, así como aquellos sombreritos de cóctel con velo que había descrito Jim.

El *sheriff* llegó de traje azul, acompañado por su elegante mujer y sus guapos hijos en edad escolar. Había también otros agentes, algunos de uniforme y otros vestidos de civil, con sus mujeres e hijos.

De repente, corrió la voz de que se estaba sirviendo la cena en el comedor y se produjo un movimiento en la multitud cuando muchos trataron de entrar en la casa mientras una larga fila salía a buscar mesa con platos llenos de comida.

Al final llegó Grace con Celeste y Mort. Curiosos y amables, estaban radiantes, como si ya se hubieran contagiado de la fiesta mientras esperaban para entrar. Grace, con uno de sus típicos y elegantes vestidos blancos de cachemir, llevaba el cabello suelto hasta los hombros de manera deliciosamente juvenil.

—¡Dios mío! —exclamó—. Esto es sencillamente fabuloso. —Estaba saludando a un par de médicos que conocía—. Y ha venido el arzobispo, ¡qué increíble!

Celeste estaba extraordinariamente guapa con su vestido de seda con lentejuelas. Parecía realmente feliz cuando Mort y ella se unieron a la multitud.

De hecho, la magnificencia del pabellón hacía que la gente se encontrara a gusto nada más entrar.

Inmediatamente llegó Rosy, el ama de llaves de la familia, muy juvenil y atractiva con un vestido rojo vivo y el cabello oscuro suelto, acompañada de su marido, Rolando, y sus cuatro hijas. Reuben la abrazó. Había pocas personas en el mundo a las que quisiera tanto como a ella. Estaba deseando enseñarle la casa entera, pero la vio desaparecer en la fiesta con Grace y Celeste.

Los primos de Hillsborough de Reuben aparecieron de repente deshaciéndose en gritos y abrazos y preguntas sobre la casa.

—¿De verdad viste a ese Lobo Hombre? —le susurró la prima Shelby al oído.

Reuben se puso tenso y ella se disculpó de inmediato.

—¡Tenía que preguntarlo! —confesó.

Reuben dijo que no le importaba. Y así era. Siempre le había caído bien Shelby. Era la hija mayor de su tío Tim, pelirroja como este y Grace, y le había hecho de canguro cuando era niño. Reuben adoraba al hijo de once años de su prima, el también pelirrojo Isaac, nacido fuera del matrimonio cuando Shelby todavía iba al instituto. Isaac, un niño guapo y solemne, estaba sonriendo a Reuben, impresionado por la categoría de la fiesta. Reuben siempre había admirado a Shelby por criar a Isaac, que nunca había dicho a nadie quién era el padre. El abuelo Spangler se había puesto furioso en ese momento, y al hermano de Grace, Tim, viudo reciente, se le había roto el corazón. Shelby se había convertido en una madre modélica para Isaac y, por supuesto, todos lo adoraban, sobre todo el abuelo Spangler. Grace se volvió enseguida para coger de la mano a Isaac y los otros primos.

Cuando llegó la hermana de cabello gris de Phil, Josie, con una enfermera mayor muy dulce que la cuidaba y empujaba su silla de ruedas, su padre se acercó a recogerla y la llevó a donde pudiera oír mejor el coro.

Finalmente, Felix dijo que llevaban una hora y media saludando a gente y que podían hacer una pausa para cenar.

Los invitados ya iban y venían por la entrada con libertad. Algunas personas, sobre todo las que habían trabajado todo el día en la feria, incluso empezaban a volver a casa.

Reuben deseaba más que nada en el mundo adentrarse entre los robles y ver cómo les iba allí a los invitados, pero también tenía mucha hambre.

Thibault y Frank tomaron el relevo en la puerta.

Estaban llegando varias mujeres excepcionalmente hermosas, sin duda amigas de Frank. Hum. Amigas de Thibault también. Con vestidos impresionantes y reveladores, y abrigos de noche largos, parecían actrices de cine o modelos, pero Reuben no tenía ni la menor idea de quiénes eran. Quizás alguna de esas bellezas fuera la mujer de Frank.

La gente estaba comiendo en la biblioteca, el salón y el invernadero, muchos en mesitas plegables cubiertas con manteles individuales blancos de encaje de Battenberg. El joven personal del catering servía vino y se llevaba copas y tazas de café usadas. Ardían fuegos en todas las chimeneas.

Por supuesto, había comentarios disimulados sobre «el Lobo Hombre» y «la ventana» y, de vez en cuando, la gente señalaba hacia la ventana de la biblioteca por la que el famoso Lobo Hombre había entrado la noche que apareció en la casa y mató a dos misteriosos doctores rusos. Pero nadie preguntaba abiertamente sobre el Lobo Hombre, al menos todavía no; y Reuben estaba agradecido por ello.

Oía pisadas en la vieja escalera de roble y el rumor bajo de quienes caminaban por el piso de arriba.

Se hizo con una bandeja llena de pavo, jamón, rosbif, salsa de pasas y puré de patatas, y se acercó a las ventanas del comedor para mirar el maravilloso bosque.

Era justo como lo había imaginado. Las familias recorrían los senderos y una banda de música tocaba justo a sus pies, en el camino de grava.

Los actores medievales interpretaban una danza serpenteando entre la multitud. ¡Qué extraordinarios con sus vestidos verdes cubiertos de hiedra y hojas! Uno llevaba una cabeza de caballo; otro, una máscara de calavera; otro más, una máscara de demonio. Dos tocaban el violín, uno la flauta y «el demonio» una concertina. Los demás llevaban panderetas y pequeños tambores atados a la cintura. El último de la fila estaba repartiendo lo que parecían grandes monedas doradas, quizás alguna clase de regalo de la fiesta.

Otros hombres y mujeres disfrazados repartían copas de ponche. Un tipo alto con el pelo blanco como Papá Noel y traje de terciopelo verde paseaba repartiendo juguetitos de madera a los niños: barquitos, caballos y locomotoras de madera lo bastante pequeños para caber en los bolsillos del padre o la madre; pero de su gran saco de terciopelo verde también sacaba libritos y muñequitas de porcelana. Los niños estaban encantados y se apelotonaban en torno a él; los adultos también estaban claramente complacidos. La mujer a la que había visto brevemente en el pueblo con toda su cohorte de jovencitos ya no llevaba sombrero. ¿Podía ser la Lorraine de Jim? Reuben no se atrevía a preguntárselo. Nunca hubiese dado con él a tiempo para preguntárselo, de todos modos. Debía de haber un millar de personas reunidas entre la casa y el bosque.

Reuben no tuvo mucho tiempo para engullir comida, que era lo que estaba haciendo. Varios viejos amigos de Berkeley lo habían encontrado y tenían infinidad de preguntas que hacerle sobre la casa y sobre qué demonios le había ocurrido. Se refirieron al Lobo Hombre lo mejor que pudieron, sin mencionarlo directamente. Reuben se explicó con vaguedad, mostrándose tranquilizador pero no muy comunicativo, y volvió a conducir al grupo hacia la mesa. Esta vez eligió otras salsas, perdiz asada y grandes ñames dulces, y siguió comiendo sin que le importara lo que decían. En realidad, estaba contento de ver a sus amigos, y de verlos pasándoselo tan bien, y no le resultaba nada difícil desviar sus preguntas planteando a su vez otras.

En un momento dado, oyó a Frank a su lado.

—No te olvides de echar un vistazo, cachorro —le susurró—. No te olvides de disfrutar.

Se lo veía maravillosamente vivo, como si hubiera nacido para eventos como ese. Seguramente era un morfodinámico del siglo XX. Sin embargo, Thibault se había descrito como el neófito, ¿no? ¡Oh, era imposible entenderlos a todos! Además, tenía mucho tiempo para hacerlo, eso era lo extraño. Todavía no había empezado a pensar en el tiempo como algo que se extendería más allá de una vida normal.

Hablando de tiempo, ¿se estaba tomando el necesario para disfrutar de lo que estaba ocurriendo a su alrededor?

Había contemplado la enorme mesa en toda su extensión, deslumbrado por el despliegue de verduras en salsa y los descomunales y brillantes asados. Calientaplatos y fuentes de porcelana cubrían hasta el último centímetro del mantel. Una y otra vez, los empleados del catering rellenaban las bandejas de guisantes, coles de Bruselas, boniatos, arroz, rebozados, pavo recién cortado, ternera y cerdo. Había cuencos humeantes de salsa de frutos rojos y salsa dorada, incluso rodajas de naranja fresca sobre hojas de lechuga, y una formidable ambrosía de nata montada con toda clase de fruta cortada. Cabía escoger cualquier tipo de plato de arroz imaginable. Aquellos que cuidaban su salud apilaban ansiosamente en sus platos montones de zanahoria cruda, brócoli y tomate.

Los actores enmascarados estaban en ese momento en la casa, serpenteando por el comedor, de hecho, y Reuben tendió la mano para que le dieran una de las monedas doradas que repartían. Ya no cantaban, solo tocaban los tamboriles y las panderetas y disfrutaban especialmente divirtiendo a los niños. Había muchos niños.

La moneda de oro por supuesto no era de oro, sino una imitación de gran tamaño, ligera y con la inscripción «Navidad en Nideck Point» estilo *rollwerk* y, en el reverso, una impresionante imagen de la casa con la fecha debajo. ¿Dónde había visto Reuben baratijas como esa? No caía, pero era un recuerdo maravilloso. Desde luego, Felix había pensado en todo.

A la izquierda, a cierta distancia, su madre y la doctora Cutler estaban hablando mano a mano y, justo detrás de ellas, vio a Celeste, cuyo estado de buena esperanza quedaba hermosamente disimulado por un vestido negro y ancho, en animada conversación con uno de los políticos de Sacramento. De repente, el hermano de Grace, Tim, apareció con su nueva mujer brasileña, Helen.

Grace se echó a llorar. Reuben fue enseguida a saludar a su tío. Siempre le resultaba un poco inquietante ver a Tim, porque parecía el gemelo de su madre, con el mismo cabello pelirrojo y los mismos ojos azules e intensos. Era como ver a su madre en un cuerpo de hombre, y no le gustaba del todo, pero tampoco conseguía apartar los ojos de él. Tim, también médico y cirujano, tenía la misma mirada dura y directa de Grace, lo cual fascinaba tanto como repelía a Reuben. Tenía un modo peculiar de preguntar: «¿Qué estás haciendo con tu vida?»

Esta vez no lo hizo, sin embargo. Únicamente habló de la casa.

—Ya he oído todas esas historias de locos —le confió—. Pero ahora no es el momento. ¡Mira qué lugar!

Su mujer brasileña, Helen, era pequeña y hacía gala de un entusiasmo generoso. Reuben acababa de conocerla. Sí, había visto a Shelby e Isaac, dijo Tim, y sí, iban a quedarse en Hillsborough con la familia en Navidad.

Mort requisó a Reuben para contarle en susurros ansiosos lo feliz que estaba por él de la llegada del bebé, pero su expresión decía que estaba inquieto, y Reuben le dijo que todo el mundo haría cuanto estuviera en su mano para que Celeste se sintiera cómoda.

—Bueno, dice que no ve el momento de entregar ese bebé a Grace, pero la verdad es que no sé si está siendo realista —dijo Mort—. Lo que sí puedo decirte es que este es un gran lugar para que crezca ese niño, un gran lugar.

Una vez más, las mujeres despampanantes captaron la atención de Reuben. Un par de ellas, cautivadoras con sus vestidos exquisitamente ceñidos, estaban abrazando a Margon, que sonreía con frío cinismo, mientras otra, de tez aceitunada, cabello negro y pechos enormes, seguía con Thibault, que la había saludado al llegar.

Los ojos de la mujer eran grandes, negros y casi tiernos. Sonrió tan generosamente a Reuben, que, cuando Thibault se volvió a mirarlo, se ruborizó y se fue.

Bueno, por supuesto que los Caballeros Distinguidos tenían amigas, ¿no? Pero ¿eran morfodinámicas? La mera idea le dio escalofríos. No quería mirarlas, aunque todos estaban haciéndolo, más o menos abiertamente. Eran robustas, extremadamente bien formadas e iban estudiadamente vestidas y enjoyadas precisamente para causar admiración. Entonces, ¿por qué no?

Margon lo llamó y rápidamente le presentó a sus acompañantes misteriosas, Catrin y Fiona.

De cerca, perfumadas y provocativas, Reuben no les notó ningún aroma salvo el humano normal suavizado por la dulzura artificial. Trató de no mirarles los pechos semidesnudos, pero era difícil. Sus vestidos de noche con pretensiones eran escasos.

—Es un placer conocerte por fin —dijo Fiona, una atractiva rubia natural con la melena ondulada hasta los hombros y unas cejas casi blancas de tan pálidas.

Parecía nórdica, como Sergei. Era de huesos grandes y hombros y caderas exquisitamente angulosos, pero con una voz discreta. Llevaba los diamantes más grandes que Reuben hubiera visto jamás lucir a una mujer en una gargantilla ceñida al cuello, en las muñecas y en dos dedos.

Reuben sabía que si se asomaba lo bastante a su corpiño ceñido le vería los pezones, así que trató de concentrarse en los diamantes. La piel de la mujer era tan clara que las venas azules se le trasparentaban, pero era una piel fresca y sana, y Fiona tenía una boca grande y tremendamente bonita.

—Hemos oído hablar mucho de ti —dijo la otra, Catrin, que parecía un poco menos audaz que Fiona y a diferencia de esta no le tendió la mano.

La melena de Catrin era castaña, completamente lisa, y la llevaba peinada con mucha sencillez. Como Fiona, iba casi desnuda. Solo los más minúsculos tirantes le sostenían un vestido como un saco oscuro con cuentas. Daban ganas de apretarla, de comérsela. La miró mientras le hablaba, para observar todas sus reacciones, pero sus ojos castaños eran afables y su sonrisa casi infantil. Tenía un hoyuelo en la barbilla.

—Qué casa tan peculiar e impresionante —dijo Catrin—, y qué lugar más hermoso y recóndito. Seguro que te encanta.

—Sí, me encanta —dijo Reuben.

—Y tú eres tan guapo como todo el mundo decía —dijo Fiona, más directa—. Pensaba que seguramente exageraban. —Era una crítica.

«Y qué digo ahora», pensó Reuben, como de costumbre. Uno no responde a un cumplido con otro cumplido, ¿no?, pero ¿cuál era la respuesta apropiada? No lo sabía ni lo había sabido nunca.

—Hemos conocido a tu padre —dijo Catrin, de repente—. Es un hombre sumamente encantador. ¡Y menudo nombre, Philip Emanuel Golding!

—¿Os ha dicho su nombre completo? —preguntó Reuben—. Estoy sorprendido. Normalmente no hace eso.

—Bueno, yo le he insistido —dijo Fiona—. No es como mucha gente de aquí. Tiene una expresión remota y solitaria en la mirada y habla consigo mismo sin que le importe si la gente lo ve.

Reuben rio abiertamente.

—Quizá solo está cantando con la música.

—¿Es cierto que es probable que se quede a vivir aquí contigo? —preguntó Fiona—. ¿Bajo este techo? ¿Este es tu plan y su plan?

La pregunta sorprendió a Margon, que la miró con brusquedad, pero Fiona mantuvo la atención centrada en Reuben, quien sinceramente no supo qué decir y, de hecho, no veía por qué debía decir nada.

—He oído que va a venir a vivir aquí —insistió Fiona—. ¿Es cierto?

—Me gusta —dijo Catrin, acercándose más a Reuben—. Tú también me gustas. Te pareces a él, ¿sabes?, pero con la tez más oscura. Debes de estar muy orgulloso de él.

—Gracias —tartamudeó Reuben—. Me siento halagado, quiero decir. Estoy complacido.

Se sentía torpe y estúpido y también estaba un poco ofendido. ¿Qué sabían aquellas mujeres de los planes de Phil? ¿Por qué les importaba eso?

Había algo decididamente indescifrable en la expresión de Margon, recelo, inquietud, algo que a Reuben le resultaba imposible determinar. Fiona lo miró con frialdad y cierto desdén, y luego volvió a mirar a Reuben.

En un visto y no visto Margon estaba llevándose a las damas. Agarró del brazo a Fiona casi con brusquedad. Esta lo fulminó con una mirada de desdén, pero lo siguió o dejó que él la acompañara.

Reuben trató de no mirarla mientras se alejaba, pero no quería perderse del todo la forma en que balanceaba las caderas en aquel vestido escaso. Lo había sacado de quicio, pero sin embargo lo fascinaba.

Frank estaba junto a la ventana del fondo con otra de las mujeres atractivas. ¿Era su mujer? ¿Era también una morfodinámica? Se parecía mucho a Frank. Tenía su mismo cabello negro brillante y su misma piel impecable. Llevaba una discreta chaqueta de terciopelo y falda larga con un montón de volantes blancos, pero tenía la misma presencia que las otras y estaba claro que Frank la trataba con intimidad. ¿Estaba Frank enfadado y le rogaba que tuviera paciencia con algo haciendo pequeños gestos de las manos e implorándoselo con la mirada? Tal vez Reuben se lo estuviera imaginando.

De repente, Frank lo miró y, antes de que pudiera darle la espalda para irse, se le acercó y le presentó a su acompañante. «Mi querida Berenice», la llamó.

Eran asombrosamente parecidos, con la misma piel clara y unos ojos oscuros juguetones. Incluso se parecían en los gestos, aunque por supuesto ella era delicada y curvilínea mientras que Frank tenía la mandíbula cuadrada y el nacimiento del pelo de estrella de cine. Se alejaron. Berenice, con una mirada suave y casi afectuosa, para seguir viendo la casa, y Frank, ansioso por mostrársela.

Entró una oleada de músicos y miembros del coro que disfrutaban de la pausa para cenar. Los niños tenían un aspecto proverbialmente angelical con la túnica y los músicos se apresuraron a decir a Reuben lo mucho que les gustaba todo y que estaban dispuestos a trasladarse desde San Francisco en cualquier momento para cualquier otra celebración.

De repente, Grace se le acercó para decirle que le llevara una bandeja a Phil, que no pensaba en moverse de su lugar privilegiado justo al lado del coro.

—Creo que sabes lo que está pasando, Niñito —dijo—. Creo que ha traído sus maletas y no se marchará esta noche.

Reuben no sabía qué decir, pero Grace no estaba disgustada.

—No quiero que sea una carga para ti, eso es todo. La verdad es que no creo que esto sea justo para ti y tus amigos.

—Mamá, no es ninguna carga, pero ¿tú estás dispuesta a que él venga a vivir aquí?

—Oh, no se quedará para siempre, Reuben, aunque te advierto que él piensa que sí. Se quedará unas cuantas semanas, en el peor de los casos unos meses, y luego volverá. No puede vivir lejos de San Francisco. ¿Qué haría sin sus paseos por North Beach? Simplemente, no quiero que sea una carga. Traté de hablar con él de esto, pero es inútil. Y que Celeste esté en casa no facilita las cosas. Trata de ser agradable con él, pero no lo soporta.

—Lo sé —dijo Reuben, enfadado—. Mira, me alegro de que haya venido a quedarse, siempre y cuando a ti te parezca bien.

Un grupo de cuerda acababa de entrar en el comedor. La multitud que rodeaba la mesa había empezado a dispersarse y los músicos se pusieron a tocar, acompañados de una estupenda soprano que con una voz deliberadamente triste y lastimera cantó un villancico isabelino que Reuben nunca había oído.

Se maravilló al escucharlo. Toda su vida había amado la música en directo aunque había tenido pocas ocasiones de disfrutarla, puesto que, como la mayoría de sus amigos, vivía en un mundo lujoso de grabaciones de todo tipo de música imaginable. Era una bendición para él escuchar a la soprano y, de hecho, simplemente observarla, observar la expresión de su rostro mientras cantaba y la actitud digna de los violinistas mientras tocaban.

Alejándose no sin cierta reticencia, Reuben fue al encuentro de su directora Billie Kale y del grupo del *Observer*. Billie se disculpó porque su fotógrafo sacaba fotos de todo. A Reuben no le molestaba, ni tampoco a Felix. También había periodistas del *Chronicle* y de la televisión que habían estado antes en el pueblo.

—Mira, necesitamos una foto de esa ventana de la biblioteca —dijo Billie—. Me refiero a que tenemos que decir algo de que el Lobo Hombre estuvo aquí.

—Sí, adelante —repuso Reuben—. Es el gran ventanal del este. Sacad todas las fotos que queráis.

Estaba pensando en otras cosas.

¿Qué pasaba con aquellas mujeres excepcionales? Vio otra, una belleza de piel oscura con una masa de cabello negro azabache y los hombros descubiertos que charlaba animadamente con Stuart. Qué intensa parecía y qué fascinado estaba Stuart, que se la llevó a ver el invernadero. Desaparecieron en la multitud. Quizá Reuben se estuviera imaginando cosas. Se recordó que había muchas mujeres hermosas presentes en la fiesta. ¿Qué era lo que hacía que esas damas brillaran de una manera tan particular?

Algunos se estaban marchando después del largo día en el pueblo y con un largo trayecto de regreso a casa por delante. Pero parecía que otros estaban llegando. Reuben aceptó las muestras de agradecimiento que le llovían. Había dejado de murmurar hacía rato que Felix era el responsable de todo y se daba cuenta de que no tenía que esforzarse para sonreír y estrechar manos. Le salía de manera natural, contagiado de la felicidad que le rodeaba.

Allí estaba otra vez esa mujer que había visto en el pueblo, la del sombrero encantador, sentada en el sofá junto a una niña de once o doce años que lloraba. Le daba palmaditas y le susurraba algo. Al otro lado de la mujer había un niño sentado con los brazos cruzados que ponía los ojos en blanco de vez en cuando y miraba mortificado al techo. Cielos, ¿qué le pasaba a la niña? Reuben trató de acercarse, pero un par de personas lo interrumpieron con preguntas y frases de agradecimiento. Alguien se puso a contarle una larga historia sobre una vieja casa que recordaba de su infancia. Lo habían obligado a girarse. ¿Dónde estaba la mujer con la niña pequeña? Se había ido.

Varios viejos amigos del instituto se le acercaron, incluida una exnovia, Charlotte, que había sido su primer amor. Charlotte ya tenía dos hijos. Reuben se descubrió estudiando al bebé de mejillas regordetas que ella llevaba en brazos. Era una masa de encantadora carne rosada que se retorcía y no dejaba de empujar, estirarse y patear para escapar de los brazos pacientes de su madre, que se lo tomaba con calma. La hija mayor, de unos tres años, se aferraba al vestido de la madre y levantaba la mirada hacia Reuben con curiosidad tristona.

«Mi hijo está en camino —pensó Reuben— y será como este, con los ojos como grandes ópalos, y crecerá en esta casa, bajo este techo, vagando por este mundo, inevitablemente sin saber valorarlo, y será algo maravilloso.»

No reconoció a su antiguo amor de instituto en Charlotte. Una canción le rondaba la cabeza. ¿Cuál era? Sí, esa extraña canción sobrenatural, *Take Me As I Am*, de October Project. De repente, los recuerdos de Charlotte se mezclaron con el de esa canción que salía de la habitación de Marchent proveniente de una radio espectral.

Una vez más, Reuben se acercó al ventanal oriental, esta vez en la biblioteca. A pesar de que el asiento de la ventana estaba ocupado de punta a punta, logró mirar otra vez al bosque resplandeciente. Sin duda la gente lo estaba observando, preguntándose por el Lobo Hombre, deseosa de hacer preguntas. Oyó un tenue suspiro detrás de él y las palabras «justo por esa ventana».

La música se había convertido en ruido cuando los sonidos del comedor se unieron a la gran aglomeración del pabellón, y Reuben sintió la familiar somnolencia que lo invadía tantas veces cuando estaba en lugares muy bulliciosos y concurridos.

En cambio, el bosque tenía un aspecto fantástico.

La multitud era más densa que nunca, pese a que caía una fina llovizna. Gradualmente, Reuben se dio cuenta de que por todas partes había gente encaramada a los árboles, hombres y mujeres melenudos y niños delgados. Muchos sonreían a la gente de abajo y algunos incluso hablaban con ella. Todos esos seres misteriosos, por supuesto, llevaban la familiar ropa de gamuza. Y los invitados, los invitados inocentes, pensaban que formaban parte de la escenografía. Porque, hasta donde alcanzaba la vista, los miembros de la Nobleza del Bosque estaban presentes, polvorientos y con trocitos de hojas, e incluso, aquí y allá, vestidos de hiedra, sentados o de pie en las grandes ramas grises. Las innumerables luces destellaban en la lluvia que caía y Reuben casi podía oír la mezcla de risas y voces al mirarlos.

Se sacudió una vez más y miró de nuevo. ¿Estaba mareado? ¿Por qué notaba un estruendo en los oídos? Nada había cambiado en la escena. No vio a Elthram. No vio a Marchent. Sin embargo, notaba el constante movimiento y la redistribución de la Nobleza del Bosque. Muchos miembros de la tribu desaparecían y otros aparecían justo ante su mirada borrosa. Fascinado por ello, trató de captar esta o aquella figura felina y delgada cuando se desvanecía o adquiría color visible, pero se estaba mareando más. Tenía que romper el hechizo. Tenía que detenerlo.

Empezó a vagar por la fiesta como había vagado por la feria del pueblo. La música subió de volumen. Voces reales sonaron en sus oídos. Risas, carcajadas. Lo abandonó la sensación que le producía lo extraño, el horror que le causaba. Por todas partes veía gente hablando animadamente, imbuida de la excitación de la fiesta, e inusitadas agrupaciones de gente del pueblo con amigos que conocía. Más de una vez estudió a Celeste desde lejos y se fijó en lo bien que se lo estaba pasando y en que reía con frecuencia.

No dejaba de asombrarlo cómo contribuían a la fiesta los Caballeros Distinguidos. Sergei hacía presentaciones, acompañaba a los músicos de la orquesta a la mesa del comedor, respondía preguntas e incluso guiaba gente hasta la escalera.

Thibault y Frank siempre estaban conversando y en movimiento, con o sin sus acompañantes, e incluso Lisa, ocupada con todos los aspectos de la organización de la fiesta, se tomaba tiempo para hablar con los niños del coro y mostrarles detalles de la casa.

Un hombre joven se le acercó y le susurró al oído algo a lo que ella respondió:

—No lo sé. Nadie me ha contado dónde murió la mujer. —Y le dio la espalda.

¿Cuántos estaban planteando esa misma pregunta?, pensó Reuben. Seguramente sentían curiosidad. ¿Dónde había caído Marchent cuando la habían acuchillado? ¿Dónde habían encontrado a Reuben después del ataque?

Un desfile constante subía por la escalera de roble al piso de arriba. Reuben, al pie de esa escalera, oía a las jóvenes guías describiendo el papel pintado de William Morris y los muebles de Grand Rapids del siglo XIX, e incluso detalles tales como la clase de roble usado en los tablones del suelo y cómo lo habían secado antes de iniciar la construcción, cosas que el mismo Reuben desconocía. Captó una voz femenina que decía:

—Marchent Nideck, sí. Esta habitación.

La gente sonreía a Reuben al subir.

—Sí, adelante, suban —decía él con sinceridad.

Y detrás de todo aquello estaba el cerebro, el siempre encantador Felix, que se movía con tanta rapidez que daba la impresión de estar en dos sitios al mismo tiempo. Siempre sonriendo, siempre respondiendo, todo un derroche de buena voluntad.

En un momento dado Reuben se dio cuenta. Lo comprendió lentamente: la Nobleza del Bosque estaba también en la casa. Fue en los niños en quienes primero se fijó: pálidos, criaturas delgadas con los mismos vestidos rústicos de hojas cosidas que sus mayores, moviéndose entre la multitud como si estuvieran enfrascados en un juego particular. Caras hambrientas, sucias, de pilluelos.

Sintió una puñalada en el corazón. Después vio algún hombre o mujer con una mirada ardiente pero reservada, vagando igual que él había estado vagando, estudiando a los huéspedes humanos como si ellos fueran los curiosos, indiferentes a quienes los miraban.

A Reuben lo incomodaba que esos niños escuálidos pudieran ser los muertos terrenales. Le provocaba un auténtico temblor en el corazón. Lo mareaba ligeramente. De repente, no soportaba la idea de que esos niños rubios que reían y sonreían y se esquivaban entre los invitados, aquí y allá, fueran fantasmas. Fantasmas. No podía concebir lo que eso significaba. Tener ese tamaño y ese aspecto eternamente... No comprendía cómo podía ser eso deseable o inevitable. Cuanto sabía sobre el nuevo mundo que lo rodeaba lo aterrorizaba, pero también lo estimulaba. Captó un atisbo de una de aquellas mujeres tan inusuales, tan extrañamente atractivas, enjoyadas y con lentejuelas, que pasaban entre la multitud con lentitud, mirando lánguidamente a derecha e izquierda. Parecía una diosa en un sentido brutal pero indefinible.

De pronto todas sus ansiedades se agolparon, invadiéndolo, atenuando el brillo de la fiesta y haciéndolo consciente de lo fuertes e inusuales que eran las emociones y experiencias de su vida presente. ¿Qué sabía antes de preocupaciones? ¿Qué sabía del terror cuando era Cielito?

Se dijo que lo único que tenía que hacer era no mirar a la Nobleza del Bosque. No mirar a esa mujer extraña. No especular. Centrarse en cambio en la gente real y material de este mundo que había por todas partes pasándoselo bien. De repente, tuvo la necesidad desesperada de hacer eso, de no ver a los invitados sobrenaturales.

Estaba haciendo algo más, sin embargo. Estaba buscando. Estaba buscando a izquierda y derecha y delante la figura que más temía en todo el mundo, la figura de Marchent.

¿Alguien detrás de él acababa de decir «sí, en la cocina fue donde la encontraron»?

Pasó junto al enorme árbol de Navidad yendo hacia las puertas abiertas del invernadero, tan abarrotado como cualquier otra sala. Bajo las innumerables lucecitas navideñas y los focos dorados, las enormes masas de follaje tropical tenían un aspecto bastante grotesco; había invitados por todas partes entre los espaldares y los tiestos, pero ¿dónde estaba ella?

Había una mujer delgada junto a la fuente, cerca de la mesa redonda de mármol en la que tantas veces habían comido Reuben y Laura. Notó un cosquilleo en la piel al acercarse a esa figura delgada y delicada de cabello rubio. De repente, justo cuando él estaba bajo las ramas arqueadas del árbol de las orquídeas, ella se volvió y le sonrió, de carne y hueso como tantas otras, otra feliz invitada anónima.

—Qué hermosa casa —dijo—. Es increíble que ocurriera aquí algo tan terrible.

—Sí, tienes razón —repuso él.

Le dio la impresión de que la mujer tenía muchas cosas en la punta de la lengua, pero solo dijo que se alegraba mucho de estar allí y se marchó.

Levantando la cabeza, Reuben miró las flores malva de los árboles. El ruido lo rodeaba, pero se sentía alejado de todo y solo. Le parecía oír la voz de Marchent hablando con él de los árboles de orquídeas, unos árboles de orquídeas hermosos; era Marchent quien los había encargado para la casa y para él. Los habían traído desde centenares de kilómetros de distancia para la Marchent viva; seguían vivos y combándose bajo el peso de las flores mientras que Marchent estaba muerta.

Alguien se le había acercado y sabía que tenía que volverse para darle la bienvenida o despedirse. Había una pareja cerca, con bandejas y copas en la mano, obviamente con intención de hacerse con la mesa, por supuesto, y por qué no.

Se volvió y, en cuanto lo hizo, vio al otro lado del enorme espacio a la persona que estaba buscando, la inconfundible Marchent, casi invisible en la penumbra contra los cristales oscuros y brillantes.

No obstante, su rostro era maravillosamente real y tenía los ojos claros fijos en él como los había tenido en el pueblo, cuando la había visto medio de perfil escuchando al sonriente Elthram, de pie a su lado. Una luz antinatural parecía destacarla del crepúsculo artificial, sutil pero sin origen, y en esa luz Reuben vio la forma de su frente suave, el brillo de sus ojos, las perlas lustrosas en torno a su cuello.

Abrió la boca para decir su nombre, pero no logró emitir sonido alguno. Mientras el corazón se le aceleraba, la figura pareció cobrar brillo hasta resplandecer para luego desvanecerse por completo. Una lluvia de gotas impactó en el acristalamiento del techo. La lluvia plateada chorreaba por las paredes de cristal. Allá donde mirara, todo a su alrededor resplandecía. «Marchent.» Notaba el dolor de la pena y el anhelo en las sienes.

El corazón se le detuvo.

No había visto sufrimiento ni lágrimas ni búsqueda desesperada en el rostro de Marchent. Pero ¿qué significaba en realidad la expresión de esos ojos serios, de esos ojos pensativos? «¿Qué saben los muertos? ¿Qué sienten los muertos?»

Se llevó las manos a la cabeza. Temblaba. Tenía la piel caliente bajo la ropa, terriblemente caliente, y el corazón le latía a brincos. Alguien le preguntó si estaba bien.

Respondió que sí, que gracias, y salió del invernadero.

El aire del salón principal era más frío y lo endulzaba el aroma de las agujas de pino. Llegaba hasta él la música suave de la orquesta situada detrás de las ventanas abiertas. Su pulso estaba recuperando la normalidad. Tenía la piel fría. Pasaron unas adolescentes, sonriendo y riendo y luego corriendo hacia el comedor, obviamente en una misión de exploración.

Apareció Frank, el siempre genial Frank con su pátina de Cary Grant, y sin decir palabra le puso una copa de vino blanco en la mano a Reuben.

—¿Quieres algo más fuerte? —le preguntó, arqueando las cejas.

Reuben negó con la cabeza. Agradecido, se tomó el vino, un buen Riesling, frío, delicioso, y se quedó solo junto al fuego.

¿Por qué había ido a buscarla? ¿Por qué había hecho eso? ¿Por qué la había buscado en medio de tanta alegría? ¿Por qué? ¿Quería que ella estuviera allí? ¿Si él se metía en alguna habitación cerrada, suponiendo que encontrara una, acudiría ella a su llamada? ¿Se sentarían juntos y hablarían?

En algún momento vio a su padre entre la multitud. Aquel viejo caballero con chaqueta de mezclilla y pantalones grises era Phil, sí. Parecía mucho mayor que Grace. No estaba gordo, no, ni tampoco débil. Pero nunca se había estirado la cara y tenía la piel flácida y muy arrugada, como Thibault, y cana la tupida mata de pelo en otros tiempos rubio.

Phil estaba de pie en la biblioteca, solo entre la gente que iba y venía, mirando fijamente la gran foto de los Caballeros Distinguidos que había en la repisa de la chimenea.

Reuben casi podía ver los engranajes girando en la mente de su padre mientras estudiaba la imagen, y se le ocurrió una espantosa idea de repente: lo comprendería.

Al fin y al cabo, ¿no era obvio que el Felix actual era clavado, como todos decían, al de la foto, y que los hombres que lo rodeaban, hombres que ahora tenían por lo menos veinte años más que cuando se tomó, tenían exactamente el mismo aspecto que entonces? Felix había regresado como su propio hijo ilegítimo, pero ¿cómo explicar que Sergei, Frank o Margon no hubieran envejecido lo más mínimo en las dos últimas décadas? ¿Y qué decir de Thibault? Uno podía conceder a hombres en la flor de la vida otros veinte años de notable vigor, y aquellos jóvenes parecían en la flor de la vida. Pero Thibault, que aparentaba ser un hombre de sesenta y cinco o quizá setenta años en la fotografía, seguía teniendo exactamente el mismo aspecto. ¿Cómo era posible algo semejante? ¿Cómo podía ser que alguien de edad tan avanzada en el momento en que se tomó la foto tuviera todavía el mismo aspecto?

Aunque quizá Phil no se estuviera fijando en todo aquello. Ni siquiera sabía en qué fecha se había tomado la foto. ¿Por qué iba a saberlo? Nunca lo habían comentado, ¿no? Quizás estuviera estudiando la vegetación de la fotografía y pensando en cosas tan mundanas como dónde se habría tomado u observando detalles de la ropa y las armas.

La gente interrumpió a Reuben para darle las gracias, por supuesto, antes de marcharse.

Cuando finalmente entró en la biblioteca, ya no vio a Phil. Quien estaba sentado en el almohadón de terciopelo rojo del asiento de la ventana con vistas al bosque no era otro que el inimitable Elthram, con su piel oscura como el caramelo y las pupilas verdes relucientes al resplandor de la chimenea, como un demonio movido por fuegos que ningún otro de los presentes en la sala podía ver. Ni siquiera miró a Reuben cuando este se le acercó. Finalmente le dedicó una radiante sonrisa confidencial antes de desaparecer como había hecho en el pueblo, ignorando a quienes podían estar observándolo, como si esas cosas en realidad no importaran, y cuando Reuben miró a la gente que hablaba y reía y picoteaba de los platos se dio cuenta de que nadie se había fijado, absolutamente nadie.

De forma repentina y silenciosa, Elthram apareció a su lado. Reuben se volvió hacia sus ojos verdes al notar el peso del brazo del hombre en los hombros.

—Hay alguien aquí que tiene que hablar contigo —dijo Elthram.

—Con mucho gusto. Dime quién es —dijo Reuben.

—Mira allí —hizo un gesto hacia el gran salón—, junto al fuego. La niña con una mujer a su lado.

Reuben se volvió esperando ver a la mujer y la niña que había estado llorando, pero no eran ellas.

Enseguida se dio cuenta de que se trataba de la pequeña Susie Blakely, con su carita seria y los ojos fijos en él, y que la mujer que estaba a su lado era la pastora Corrie George, con quien Reuben había dejado a la niña en la iglesia. Susie iba muy bien peinada y con un bonito vestido anticuado con canesú, de manga corta abullonada. Llevaba también una cadena de oro con una cruz en torno al cuello. La pastora George, que vestía un traje chaqueta con un bonito encaje en el cuello, también estaba mirando fijamente a Reuben.

—Sé prudente —le susurró Elthram—, pero ella necesita hablar contigo.

A Reuben le ardía la cara y le palpitaban las manos, pero fue directamente hacia ellas.

Se inclinó a acariciarle el pelo rubio a Susie.

—Eres Susie Blakely —dijo—. He visto tu foto en el periódico. Me llamo Reuben Golding, soy periodista. Eres mucho más guapa que en la foto, Susie.

Era verdad. Estaba fresca, radiante e indemne.

—Y ese vestido rosa es muy bonito. Pareces una niña pequeña de cuento.

Ella sonrió.

El corazón de Reuben latía desbocado y quedó admirado de lo calmada que sonaba su voz.

—¿Lo estás pasando bien? —Sonrió a la pastora George—. ¿Y usted? ¿Quiere que le traiga algo?

—¿Puedo hablar con usted, señor Golding? —le preguntó Susie. Tenía la misma vocecita clara y crujiente—. Solo un momento, si es posible. Es realmente muy, muy importante.

—Por supuesto que puedes.

—Necesita hablar con usted, señor Golding —terció la pastora George—. Debe perdonarnos que se lo pidamos así, pero hemos venido de muy lejos esta noche solo para verlo, y le prometo que no serán más de unos minutos.

¿Dónde podía recibirlas con tranquilidad? En la fiesta había más gente que nunca.

Rápidamente las sacó del salón y las acompañó por el pasillo y subiendo la escalera de roble.

Su habitación estaba abierta a todos los invitados, pero por fortuna solo había una pareja tomando ponche de huevo en la mesa redonda que rápidamente la abandonó cuando Reuben entró con la niña y la mujer.

Cerró la puerta con llave y se aseguró de que no hubiera nadie en el cuarto de baño.

—Sentaos, por favor —dijo—. ¿Qué puedo hacer por vosotras? —Hizo un gesto para que se sentaran a la mesa redonda.

Susie tenía el cuero cabelludo tan rosa como el vestido y se ruborizó de repente al sentarse en la silla de respaldo alto. La pastora George se sentó a su lado y le sostuvo la mano derecha entre las suyas.

—Señor Golding, tengo que contarle un secreto —dijo Susie—. Un secreto que no puedo contar a nadie más.

—Puedes contármelo —dijo Reuben, asintiendo—. Te lo prometo, sé guardar un secreto. Algunos periodistas no saben, pero yo sí.

—Sé que vio al Lobo Hombre —dijo Susie—. Lo vio en esta casa y, la vez anterior a esa, le mordió. He oído todo eso. —Se le contrajo la cara como si estuviera a punto de llorar.

—Sí, Susie —dijo Reuben—. Lo vi. Todo eso es cierto.

Se preguntó si se estaba ruborizando igual que ella. Tenía el rostro caliente. Notaba calor por todas partes. Se compadecía de la niña. Habría hecho cualquier cosa en ese momento para que se sintiera cómoda, para ayudarla, para protegerla.

—Yo también vi al Lobo Hombre —dijo Susie—. Lo vi de verdad. Mi mamá y mi papá no me creen. —Hubo un destello de rabia en sus ojos y miró con inquietud a la pastora George al tiempo que esta asentía por ella.

—¡Ah! Así te rescataron —dijo Reuben—. Así huiste de aquel hombre.

—Sí, eso fue lo que ocurrió, señor Golding —dijo la pastora George. Bajó la voz mirando ansiosamente hacia la puerta—. Fue el Lobo Hombre quien la rescató. Yo también lo vi. Hablé con él. Las dos lo hicimos.

—Ya veo —dijo Reuben—. Sin embargo, no salió nada de eso en los periódicos. No vi nada de eso en televisión.

—Es porque no queremos que nadie lo sepa —dijo Susie—. No queremos que nadie lo capture y lo metan en una jaula y le hagan daño.

—Sí, claro, ya veo. Lo entiendo —dijo Reuben.

—Queríamos darle tiempo para que escapara —dijo la pastora George—, para que se marchara de esta parte de California. No queríamos decírselo a nadie. Pero Susie necesitaba hablar con alguien, señor Golding. Necesitaba hablar de lo que le pasó. ¡Y cuando tratamos de contárselo a sus padres no nos creyeron! A ninguna de las dos.

—Por supuesto, necesita hablar de ello —dijo Reuben—. Las

dos lo necesitan. Lo entiendo. Si alguien debería entenderlo soy yo.

—Es real, ¿verdad, señor Golding? —preguntó Susie. Tragó saliva otra vez y las lágrimas asomaron a sus ojos y de repente había cierta apatía en su rostro, como si hubiera perdido el hilo.

Reuben la cogió por los hombros.

—Sí, cariño, es real —dijo—. Lo vi y también lo vieron muchas otras personas que hay abajo, en el salón. Mucha gente ha visto al Lobo Hombre. Es real, sí. Nunca dudes de tus sentidos.

—No creen nada de lo que digo —comentó Susie en voz baja.

—Creen lo del hombre que te raptó, ¿no? —preguntó Reuben.

—Sí —dijo la pastora George—. Su ADN estaba en la caravana. También lo han relacionado con otras desapariciones. El Lobo Hombre salvó la vida de Susie, eso es más que obvio. Ese individuo mató a otras dos niñas. —Calló de repente y miró a Susie con preocupación—. Pero, mire, cuando ni sus padres ni nadie cree lo que ella dice sobre el Lobo Hombre... Bueno, ya no quiere hablar más del asunto, no quiere hablar del asunto en absoluto.

—Me salvó, señor Golding —dijo Susie.

—Sé que lo hizo —repuso Reuben—. Quiero decir que creo todo lo que me estás diciendo. Deja que te cuente algo, Susie. Muchas personas no creen en el Lobo Hombre. No me creen. No creen a quienes estaban conmigo aquí, a las otras personas que lo vieron. Debemos aceptar que no nos crean, pero tenemos que contar lo que vimos. No podemos dejar que los secretos se pudran en nuestro interior. ¿Sabes lo que eso significa?

—Sí, yo sé lo que significa —dijo la pastora George—. Sin embargo, ¿se da cuenta?, tampoco queremos que se enteren los medios. No queremos que la gente lo cace, que lo mate.

—No —dijo Susie—. Y lo harán. Mi padre dice que, antes o después, lo atraparán y lo matarán.

—Bueno, escucha, cielo —dijo Reuben—. Sé que estás diciendo la verdad, que las dos la decís. Y no olvides que yo también lo vi. Mira, Susie, ojalá tuvieras edad suficiente para usar el correo electrónico. Ojalá...

—Soy lo bastante mayor —se defendió Susie—. Puedo usar

el ordenador de mamá. Puedo escribirle mi dirección de correo ahora mismo.

La pastora Golding sacó un bolígrafo del bolsillo. Ya había una libreta en la mesa.

Enseguida Susie se puso a escribir su dirección de correo, mordiéndose el labio inferior. Reuben la observó hacerlo y rápidamente la copió en su iPhone.

—Te estoy mandando un mensaje, Susie —dijo, tecleando con los pulgares—. No digo nada que otra persona pueda entender.

—Está bien. Mi mamá no sabe mi dirección de correo —dijo Susie—. Solo usted y la pastora George.

La pastora George le escribió la suya y se la pasó. Reuben enseguida la copió y le mandó un mensaje.

—Vale. Vamos a mandarnos mensajes, tú y yo. Cada vez que quieras hablar de lo que viste me mandas un mensaje. Mira. —Cogió el bolígrafo—. Este es mi número de teléfono, el número de este teléfono. También te lo mandaré por correo electrónico. Puedes llamarme. ¿Lo entiendes? Y usted también, pastora George. —Arrancó una hoja de papel y se la dio a la mujer—. Los que hemos visto estas cosas debemos mantenernos unidos.

—Muchas gracias —dijo Susie—. Se lo dije al cura en confesión y él tampoco me creyó. Dijo que tal vez lo había imaginado.

La pastora George negó con la cabeza.

—Simplemente no quiere hablar más de eso ya, ¿entiende?, y eso no está bien. Simplemente no está bien.

—Desde luego. Bueno, conozco a un cura que te creerá —dijo Reuben.

Todavía tenía el iPhone en la mano izquierda y mandó un mensaje de texto a Jim: «Mi dormitorio, ahora, confesión.» Pero ¿y si Jim no oía el teléfono con la música de abajo? ¿Y si tenía el teléfono apagado? Estaba a cuatro horas de distancia de su parroquia, podía haberlo apagado.

—Necesita que la crean —dijo la pastora George—. Yo puedo soportar el escepticismo de la gente. Lo último que quiero es a la prensa en mi puerta. Pero ella necesita hablar de todo lo que le ocurrió, y mucho, y seguirá siendo así durante mucho tiempo.

—Tiene razón —dijo Reuben—. Y, si eres católico, quieres hablar con tu sacerdote de las cosas que más te importan. Bueno, algunos lo hacemos.

La pastora George se encogió levemente de hombros e hizo un gesto distraído de aceptación.

Llamaron a la puerta. Reuben no creyó que fuera Jim, no tan deprisa, pero cuando la abrió allí estaba su hermano y, detrás de él, Elthram, apoyado en la pared del pasillo.

—Me han dicho que querías verme —dijo Jim.

Reuben le hizo una señal de agradecimiento con la cabeza a Elthram e hizo pasar a Jim.

—Esta niña necesita hablar contigo. ¿Puede esta mujer quedarse con ella mientras se confiesa?

—Si la niña quiere que se quede, desde luego.

Su hermano se concentró intensamente en la niña y luego saludó con la cabeza a la pastora, sonriendo formal. No le costaba el menor esfuerzo parecer muy amable, muy capaz, ser muy tranquilizador.

Susie se levantó por respeto a Jim.

—Gracias, padre —dijo.

—Susie, puedes contarle lo que quieras al padre Jim Golding —dijo Reuben—. Te prometo que te creerá. Él también guardará tus secretos y puedes hablar con él siempre que quieras, igual que puedes hablar conmigo.

Jim ocupó la silla frente a ella, haciéndole un gesto para que se sentara.

—Ahora voy a salir —dijo Reuben—. Y Susie, manda un mensaje de correo electrónico siempre que quieras, cariño, o llámame. Si salta el buzón de voz, te prometo que te llamaré.

—Sabía que me creería —dijo Susie—. Lo sabía.

—Y puedes hablar con el padre Jim de todo, Susie, pasara lo que pasase en el bosque con ese hombre malo. También cualquier cosa sobre el Lobo Hombre. Cielo, puedes confiar en él. Es un sacerdote y un buen sacerdote. Lo sé porque es mi hermano mayor.

Susie sonrió a Reuben. ¡Qué criatura tan hermosa y radiante! Cuando la recordó llorando en la caravana esa noche, cuando recordó su carita manchada, gimiendo y rogándole que no la dejara, se emocionó.

La pequeña se volvió y miró a Jim con ansiedad e inocencia.

—Te quiero, corazón —dijo Reuben, sin pensar.

Susie volvió la cabeza como si una cadena hubiera tirado de ella. La pastora George también se volvió. Las dos se quedaron mirándolo.

Entonces Reuben recordó ese momento en el bosque, a las puertas de la iglesia, en que había dejado a Susie con la pastora George y había dicho en ese mismo tono de voz: «Te quiero, corazón.» Se ruborizó y se quedó allí de pie, en silencio, mirando a la niña. Su cara parecía de repente no tener edad, como la de un espíritu. Expresaba algo profundo y al mismo tiempo simple. Estaba mirándolo sin turbación ni confusión.

—Adiós, cariño —dijo, y salió cerrando la puerta tras de sí.

Al pie de la escalera, la jefa de Reuben, Billie, se le acercó. ¿No era esa Susie Blakely? ¿Había conseguido una exclusiva con Susie Blakely? ¿Reuben se daba cuenta de lo que eso significaba? Ningún periodista había podido hablar con esa niña desde que había regresado con sus padres. Era un notición.

—No, Billie, y no, y no —dijo Reuben bajando la voz para suavizar la indignación—. Esa niña es una invitada de esta casa y no tengo ningún derecho ni ninguna intención de entrevistarla. Ahora, escucha: quiero volver al pabellón y escuchar un poco de música antes de que termine la fiesta. Ven conmigo, venga.

Se mezclaron con el grueso de la multitud en el comedor, donde, afortunadamente, no podía oír a Billie ni a nadie. La mujer se alejó. Reuben estrechó manos aquí y dio las gracias con la cabeza allí sin dejar de avanzar hacia la música que entraba por la puerta principal. Solo entonces se acordó de que a Jim no le gustaba estar con niños, que odiaba verlos. Sin embargo, había tenido que recurrir a él por Susie. Su hermano lo comprendería. Jim era, ante todo, sacerdote, independientemente del dolor que pudiera sentir.

El pabellón no estaba menos atestado, pero era más fácil andar entre las mesas, intercambiando saludos, reconociendo agradecimientos, simplemente saludando con la cabeza a quienes no conocía ni lo conocían, hasta que estuvo junto al belén iluminado con artística solemnidad.

La fila de actores medievales estaba pasando, repartiendo monedas doradas conmemorativas. Había camareros y camareras por todas partes, rellenando bandejas o recogiéndolas, ofreciendo copas de vino o tazas de café. Todo eso se desvaneció al entrar en la luz tenue y ensoñadora del pesebre. Ese había sido su destino desde el principio. Olió la cera de las velas; las voces del coro eran diversas y desgarradoras, aunque un poco estridentes.

Perdió la noción del tiempo que estuvo allí, con la música cerca, hermosa y envolvente. El coro interpretó un himno triste, en esta ocasión acompañado por la orquesta al completo: «En el inhóspito invierno / el viento gélido hacía gemir / la tierra dura como el hierro, / el agua pétrea...»

Reuben mantuvo los ojos cerrados un buen rato y, cuando los abrió, miró la cara sonriente del Niño Jesús y rezó:

—Por favor, enséñame a ser bueno —susurró—. Por favor, no importa lo que sea, muéstrame cómo ser bueno.

Lo invadió la tristeza, un terrible abatimiento, temiendo todos los desafíos que tenía por delante. Sentía amor por Susie Blakely. Amor auténtico. Solo quería lo mejor para ella siempre y para siempre. Quería lo mejor para todas las personas que conocía. En aquel momento no podía pensar en la crueldad que había visto en aquellos a los que había juzgado como malvados, aquellos a los que había borrado de la faz de la Tierra con la crueldad irreflexiva de un animal. Con los ojos cerrados, repitió mentalmente la plegaria, en lo más hondo.

Como si el silencio interior y la canción envolvente duraran para siempre, gradualmente fue sintiendo paz.

Alrededor de él la gente estaba embelesada con la música. Cerca, a su izquierda, tenía a Shelby con su hijo Isaac y su padre. Estaban cantando, mirando al coro, frente al cual se congregaron otros a quienes no conocía.

El himno proseguía, suave y hermoso: «Le bastan a él, a quien los querubines / adoran noche y día. / Un pecho lleno de leche / y un pesebre de heno / le bastan, a él, ante quien / se postran los ángeles, / a quien la mula y el buey y el camello adoran.»

En algún momento oyó una voz de tenor, una voz familiar, cantando a su lado, y cuando abrió los ojos vio que se trataba de Jim. Tenía a Susie de pie delante de él; sus manos descansaban en los hombros de la niña y a su lado estaba la pastora Corrie George. Parecía que hubiera pasado un siglo desde que los había dejado. Cantaban el himno juntos y Reuben se les unió: «¿Qué podría yo darle, / pobre como soy? / Si fuera un pastor / le daría un cordero, / si fuera un Rey Mago / le daría un regalo, / así que le doy lo que puedo darle. / Le doy el corazón.»

Los voluntarios del comedor social de la parroquia de Jim estaban reunidos en torno a ellos. Reuben los conocía de comidas en las que había trabajado con ellos, como había hecho la Navidad anterior y la anterior a esa. Jim se quedó simplemente mirando al Niño Jesús de mármol blanco en el pesebre de heno con una curiosa expresión de perplejidad, una ceja arqueada, embargado por la tristeza. Reuben se sentía igual.

Sin decir nada, cogió un vaso de agua con gas de la bandeja que llevaba un camarero y se la bebió con calma. El coro empezó otra vez: «Quién es este niño que duerme en brazos de María...»

Una de las voluntarias lloraba discretamente y otras dos cantaban con el coro. Susie cantó en voz alta y clara, y otro tanto hizo la pastora George. La gente iba y venía a su alrededor, como si visitaran el altar. Jim y Susie y la pastora George se quedaron. Luego su hermano levantó despacio la mirada hacia el rostro sereno del ángel del frontón del establo y por encima de las copas de los árboles de detrás. Se volvió y miró a Reuben como si despertara de un sueño. Sonrió, lo abrazó y le besó la frente.

Reuben no pudo contener las lágrimas.

—Estoy muy contento por ti —le dijo confidencialmente mientras el coro seguía cantando—. Me alegro de que tu hijo esté en camino. Estoy contento de que estés aquí con amigos tan excepcionales. Quizá tus nuevos amigos sepan cosas que yo desconozco. A lo mejor saben más cosas de las que yo jamás creí posible saber.

—Jim, pase lo que pase —repuso Reuben también en tono confidencial—, estos son nuestros años, nuestros años de ser hermanos. —Se le quebró la voz y no pudo continuar. No sabía qué más decir, de todos modos—. En cuanto a la niña, sé que dijiste que era doloroso para ti estar con niños, pero tenía que...

—Tonterías. No digas ni una palabra más. —Jim sonreía—. Lo entiendo.

Ambos se volvieron, permitiendo que otros se colocaran entre ellos y el belén. La pastora George llevó a Susie hasta un par de sillas vacías de una de las mesas. La niña saludó a Jim y Reuben y, por supuesto, ambos le sonrieron.

Los dos miraban juntos el enorme pabellón. A su derecha, la orquesta tocaba la vieja y hermosa melodía de *Greensleves* y la voz del coro era una sola voz: «El Rey de Reyes nos trae la salvación; que los corazones que aman lo entronicen.»

—Están todos muy contentos —comentó Jim contemplando las mesitas atestadas, a los camareros y camareras que entraban y salían con bandejas de bebidas—. Todos muy contentos.

—¿Eres feliz, Jim? —le preguntó Reuben.

De repente, su hermano sonrió de oreja a oreja.

—¿Cuándo he sido yo feliz, Reuben? —Soltó una carcajada, y esa fue quizá la primera vez que reía con Reuben de esa manera, a su vieja manera, desde que la vida de Reuben había cambiado para siempre—. Mira, ahí está papá. Creo que el hombre que habla con él lo tiene acorralado. Ha llegado la hora de acudir al rescate.

¿Aquel hombre había atrapado a Phil? Reuben no lo había visto nunca. Era alto, con una melena blanca hasta los hombros parecida a la de Margon, leonina. Iba vestido con una chaqueta gastada de gamuza con coderas de cuero oscuro. Asentía mientras

Phil hablaba, mirando fríamente a Reuben con sus ojos oscuros. Tenía sentada a su lado a una bonita pero musculosa rubia de ojos un poco lánguidos y pómulos marcados. Llevaba el cabello pajizo suelto, como el hombre, en un torrente hasta los hombros. También ella estaba mirando a Reuben con ojos que parecían incoloros.

—Este hombre es un trotamundos —dijo Phil, después de presentarle a sus dos hijos—. Me ha estado contando historias de Navidad del mundo entero. ¡Historias de tiempos remotos y sacrificios humanos!

Reuben oyó al hombre pronunciar su nombre, Hockan Crost, con una voz dulce y profunda, una voz arrebatadora. Sin embargo, lo que él oyó fue: «morfodinámico».

—Helena —se presentó la mujer tendiéndole la mano—. ¡Qué fiesta tan bonita!

Tenía acento sin duda eslavo y una sonrisa muy dulce, pero la robustez de sus proporciones, el rostro huesudo bien maquillado, el cuello largo y los hombros firmes eran levemente grotescos. El vestido sin mangas, guarnecido de lentejuelas y cuentas, era pesado como un caparazón.

«Morfodinámicos, los dos.»

A lo mejor los de su propia especie, hombres y mujeres, olían de un modo que reconocía físicamente aunque mentalmente no lo hiciera. El hombre miró a Jim y Reuben casi con frialdad desde debajo de sus cejas negras y pesadas. Tenía una cara de facciones severas, pero no era feo sino de aspecto curtido, con los labios pálidos y los hombros muy anchos.

Él y su acompañante se levantaron, les dedicaron una inclinación de cabeza y se marcharon.

—Hay gente fascinante esta noche —comentó Phil—. No tengo ni idea de por qué se me acercan para presentarse. Me he sentado aquí a escuchar música. Pero esto es muy divertido, Reuben. Tengo que reconocérselo a tus amigos. Además, la comida es espectacular. Ese Crost es un hombre extraordinario. No hay mucha gente que diga que entiende los sacrificios humanos del solsticio de invierno. —Soltó una carcajada—. Es todo un filósofo.

Empezaban a servir el postre y la gente iba hacia el gran comedor, que olía a café, pan recién horneado y tarta de calabaza. Una vez más, los camareros se lo trajeron en bandejas a quienes se quedaban en el pabellón. A Phil le encantó la tarta de nuez pacana con nata montada.

En la mesa contigua, la pequeña Susie comía con apetito y la pastora George le hizo a Reuben un gesto tranquilizador con la cabeza y esbozó una sonrisa reservada.

Cada vez más gente se estaba marchando. Felix se acercó entre las mesas, instando a todos a esperar la pieza de música que serviría de colofón. Algunos claramente no podían. Aquí y allá hablaban de que el largo camino había valido la pena. La gente mostraba la moneda dorada conmemorativa con agradecimiento, diciendo que la guardarían. A todos les encantaba «aquella casa».

Los encargados del catering estaban repartiendo velitas blancas, cada una dentro de un pequeño recipiente de papel y dirigiendo a todos hacia el pabellón para la «pieza de cierre».

¿Qué estaba ocurriendo? ¿La «pieza de cierre»? Reuben no tenía ni idea.

El pabellón de repente estaba lleno y la gente del salón principal de la casa se apretujaba en las ventanas abiertas mirando hacia él. Las puertas dobles del invernadero estaban abiertas y también había mucha gente reunida en ellas.

Estaban apagando la iluminación cenital, atenuando la iluminación general para conseguir una hermosa penumbra. Encendían velas por todas partes y la gente se las pasaba. Reuben tuvo enseguida la suya encendida. Protegió la llama con la mano.

Se levantó y trató de acercarse más a la orquesta hasta que encontró un lugar cómodo junto a la pared de piedra de la casa, justo bajo la ventana situada más a la derecha del salón. Susie y la pastora George también se acercaron al belén y la orquesta.

Felix, que estaba al micrófono a un lado del belén, anunció pausadamente que la orquesta, el coro de adultos y el coro infantil iban a interpretar a partir de ese momento «los villancicos más apreciados de nuestra tradición» y que todo el mundo estaba invitado a participar.

Reuben lo comprendió. Habían sonado muchos viejos himnos y bonitas canciones hasta ese momento, aparte de música sacra espléndida, pero no los grandes éxitos populares. Así que cuando la orquesta y los coros empezaron *Joy to the World* con plena energía, a Reuben le encantó.

A su alrededor todos cantaban, incluso las personas más insospechadas, como Celeste; incluso cantaba su propio padre. De hecho, apenas podía creer que Phil estuviera allí de pie con una velita encendida y cantando en voz alta y clara. Lo mismo hacía Grace. ¡Su madre estaba cantando! Hasta su tío Tim cantaba con su mujer, Helen, y Shelby e Isaac. La tía Josie cantaba en su silla de ruedas. Por supuesto, lo hacían Susie y la pastora George. También Thibault y todos los Caballeros Distinguidos que alcanzaba a ver. Incluso Stuart estaba cantando con sus amigos.

Se estaba produciendo una comunión imprevisible para él, que no creía posible, y menos en aquel lugar y aquella época. Suponía que la temperatura emocional de su mundo era demasiado fría para que sucediera semejante cosa.

La orquesta y los coros continuaron con *Hark! The Herald Angels Sing* con el mismo vigor, y después con *God Rest Ye, Merry Gentlemen.* A continuación interpretaron una serie de villancicos ingleses, cada uno más eufórico que el anterior. El júbilo y el espíritu de la música se imponían de un modo que parecía envolver a todos los presentes.

Cuando una soprano inició el magnífico *O Holy Night*, a la gente se le saltaron las lágrimas. Tan poderosa era su voz y tan brillante y hermosa la canción en sí, que las lágrimas afloraron a los ojos de Reuben. Susie se apoyó en la pastora George, que la abrazó con fuerza. Jim estaba al lado de la mujer.

Stuart se había acercado a Reuben, y él también rompió a cantar cuando la orquesta empezó a tocar un solemne y urgente *O Come, All Ye Faithful*, con el coro remontando los apasionados instrumentos de cuerda y la grave pulsación de la trompa.

Se hizo el silencio, solo turbado por el crujido de los pequeños candeleros de papel y unas cuantas toses y estornudos, lo mismo que uno podría escuchar en una iglesia repleta.

Una voz con marcado acento alemán habló por el micrófono.

—Y ahora es para mí un placer entregar la batuta a nuestro anfitrión, Felix Nideck.

Felix la cogió y la sostuvo en alto.

Al cabo de un instante la orquesta acometió las primeras notas del famoso coral «Aleluya» de *El Mesías* de Haendel y la gente sentada en el enorme pabellón se puso en pie. Incluso aquellos que se sentían ligeramente confundidos por esta reacción se iban levantando por deferencia a los demás. La tía Josie pugnó por ponerse en pie con la ayuda de su enfermera.

Cuando el coro entonó el primer aleluya, fue como un trompeteo. Las voces continuaron subiendo y bajando con el arrebato de la orquesta en el espléndido himno.

Alrededor de Reuben, la gente estaba cantando los ostinatos que conocía y tarareando los que no conocía. Las voces rugieron: «¡Y reinará por siempre jamás!»

Reuben se abrió paso acercándose al sonido abrumador hasta que estuvo cerca de Felix, entre la orquesta y el coro que su amigo conducía vigorosamente con la mano derecha, sosteniendo la batuta con la izquierda.

«Rey de reyes por siempre jamás.»

El frenesí de la música fue aproximándose a su inevitable clímax hasta que llegó el último gran a-le-lu-ya.

Felix dejó caer los brazos a los costados e inclinó la cabeza.

El pabellón estalló en aplausos. Se alzaron voces por doquier en un delirio de agradecimiento y elogios.

Felix se irguió y se volvió, con el rostro radiante, iluminado por una sonrisa. De pronto corrió a abrazar al director, los maestros del coro y el primer violín, y luego a todos los músicos e intérpretes. Continuó la ovación mientras los intérpretes saludaban.

Reuben se abrió paso hacia Felix, que cuando lo vio lo abrazó con fuerza.

—Para ti, querido muchacho, esta Navidad, la primera que pasas en Nideck Point —le susurró al oído.

Otros trataban de alcanzar a Felix, llamándolo.

Thibault cogió a Reuben del brazo.

—Ahora lo mejor es que te quedes en la puerta, o se entretendrán dando vueltas por ahí, tratando de encontrarte para despedirse.

Tenía razón.

Todos se situaron en la entrada principal, incluso Felix. Los actores medievales y el alto y descarnado san Nicolás también estaban allí, buscando en los sacos verdes monedas y juguetes para regalar a todo el mundo.

Durante los siguientes cuarenta y cinco minutos, la gente fue saliendo, expresando su agradecimiento con exuberancia. Algunos niños querían besar a san Nicolás y tocarle el bigote blanco natural y la barba. Él dejó que lo hicieran de buen grado y ofreció juguetes a los adultos cuando ya no quedaban más críos.

Los músicos y cantantes se marcharon enseguida. Algunos aseguraban que se trataba del mejor festival navideño en el que habían participado. La noche estaba impregnada del ruido y las vibraciones de los autobuses diésel que arrancaban.

La madre de Stuart, Buffy Longstreet, lloraba. Quería que su hijo regresara con ella a Los Ángeles. Stuart la estaba calmando. Mientras la acompañaba al coche iba explicándole con dulzura que, sencillamente, no podía.

Las mujeres excepcionales y el hombre singular, Hockan Crost, se despidieron juntos. Eso disipó todas las dudas de Reuben. Tenían que ser morfodinámicos. Otra mujer de cabello oscuro, a la que Reuben no conocía, al estrecharle la mano le dijo que se llamaba Clarice y lo mucho que había disfrutado de los festejos. Era de su misma altura, incluso con zapatos de fiesta planos, y llevaba un abrigo de piel de zorro blanco políticamente más que incorrecto.

—Te van conociendo todos, ¿verdad? —le dijo, con un acento tan marcado que Reuben tuvo que inclinarse hacia ella para escucharla mejor—. Soy rusa —le explicó, viendo que le costaba entenderla—. Siempre estoy aprendiendo inglés, pero nunca termino de dominarlo. ¡Esto es todo tan inocente, tan normal! —Carraspeó ligeramente—. Quién diría que esto era la fiesta de Yule.

Los demás estaban esperando con cierta impaciencia para despedirse y, dándose cuenta, Clarice se encogió de hombros en un gesto petulante y abrazó con fuerza a Felix, confiándole algo entre dientes que le hizo sonreír un poco tenso al soltarla.

Las otras damas también lo abrazaron. Berenice, la guapa morena que tanto se parecía a Frank, lo besó largamente. Daba la impresión de haberse puesto triste de repente, y las lágrimas se le agolpaban en los ojos. La mujer a la que Reuben había visto con Thibault se presentó como Dorchella y le expresó su afectuoso agradecimiento al salir. La alta y pálida Fiona de los diamantes metía prisas a los demás. Besó a Reuben con brusquedad en la mejilla.

—Habéis traído una inesperada nueva vida a esta gran casa —le susurró Fiona—, tú y toda tu familia. ¿No estás asustado?

—¿Asustado de qué? —preguntó Reuben.

—¿No lo sabes? ¡Ah, la juventud y su perpetuo optimismo!

—No te entiendo. ¿De qué debo estar asustado?

—De atraer la atención, por supuesto —dijo Fiona con rapidez—. ¿De qué va a ser? —Antes de que Reuben pudiera responderle, se volvió hacia Felix—. Me asombra que creas que puedes salirte con la tuya con todo esto —le dijo—. ¿Acaso no aprendes de la experiencia?

—Siempre estoy aprendiendo, Fiona —repuso Felix—. Hemos venido a este mundo a aprender, amar y servir.

—Es lo más deprimente que he oído nunca.

Felix esbozó una sonrisa brillante y perfecta.

—¡Qué suerte que hayas venido, joven Fiona! —dijo con aparente sinceridad—. Estaré encantado de tenerte como invitada bajo este techo cuando quieras. ¿No estás de acuerdo conmigo, Reuben?

—Sí, absolutamente —convino Reuben—. Gracias por venir.

Una rabia profunda oscureció el rostro de Fiona, que paseó su mirada con rapidez sobre ambos. ¿Olía a algo la rabia? ¿A qué habría olido ella de no ser morfodinámica? A su espalda, la mujer llamada Helena avanzó un paso y le puso una mano en el hombro.

—Crees que puedes salirte con la tuya siempre, Felix —dijo Fiona, con la voz más desagradable que antes y las mejillas encendidas—. Creo que te gusta el desengaño.

—Adiós, querida —le respondió Felix con la misma gentileza—. Buen viaje.

Las dos mujeres se marcharon sin decir una palabra más. Catrin se fue con ellas, sonriendo a Felix y Reuben.

Sí, era morfodinámica, porque todo aquello tendría que haber olido a malicia y, sin embargo, Reuben no había percibido nada.

Los ojos de Hockan Crost se entretuvieron en Reuben un buen rato, pero Felix enseguida le habló con su camaradería habitual.

—Siempre me alegro de verte, Hockan, ya lo sabes.

—Oh, sin duda, viejo amigo —repuso Hockan con aquella voz tan melodiosa. Había nostalgia en su expresión—. Tenemos que vernos, tenemos que hablar —dijo, recalcando el «tenemos» ambas veces.

—Estoy más que deseoso —dijo Felix muy en serio—. ¿Cuándo te he cerrado yo la puerta? ¿Y durante el solsticio de invierno? Nunca. Espero que volvamos a verte pronto.

—Sí, me veréis. —Parecía preocupado y, por el modo en que dejaba aflorar sus sentimientos, por su modo de hablar implorante, resultaba atractivo de inmediato—. Tengo cosas que decirte, querido Felix. —Se lo estaba rogando con dignidad—. Quiero que me escuches.

—Desde luego, y tendremos ocasión de hablar, ¿no? —le aseguró Felix. A Reuben le dijo—: Este es Hockan Crost, un viejo y querido amigo mío, Reuben. Siempre es bienvenido, de día o de noche.

Reuben asintió y murmuró su aprobación.

Entonces el hombre, mirando a los invitados que se agolpaban hacia la salida y comprendiendo que no era el momento ni el lugar para continuar hablando, siguió su camino.

Los misteriosos se habían ido; aquellas conversaciones desconcertantes e inquietantes habían durado apenas dos o tres minutos. Felix lanzó a Reuben una mirada significativa y suspiró sonoramente, con evidente alivio.

—Reconoces a los de tu especie, ¿no? —preguntó.

—Sí —dijo Reuben—. Sin lugar a dudas.

—Por ahora, olvidémonos de ellos —dijo Felix, y volvió a las despedidas con renovado ímpetu.

Susie Blakely dio un abrazo a Reuben al acercarse a decirle adiós.

—¡No imagina el cambio que ha hecho! No puedo creerlo. ¡Se lo ha pasado bien! —susurró la pastora George.

—Lo he visto. Me alegro mucho por ella y, por favor, manténgase en contacto conmigo.

Se fueron.

Por supuesto, la familia y los amigos íntimos se quedaron un buen rato, así como Galton, el alcalde Cronin, la doctora Cutler y algunos de los viejos amigos gais de Stuart. Pero llegó un momento en que incluso Celeste y Mort dijeron que estaban cansados y tenían que irse. Grace, después de abrazar a cada uno de los Caballeros Distinguidos, dio un beso de despedida a Reuben y se marchó con la tía Josie, los primos Shelby e Isaac y el tío Tim y su mujer.

Finalmente, los amigos de Stuart también se alejaron en la noche, uno de ellos entonando el coral «Aleluya» a voz en cuello. El alcalde y Galton se marcharon hablando de algo relacionado con la feria del pueblo. Bajaron las alas de plástico gigantes que servían de puertas del pabellón. También habían cerrado las ventanas que daban al salón principal.

Debían ir a la cocina, donde Felix quería dar las gracias personalmente a las camareras y todo el equipo de catering. ¿Reuben se uniría a él, por favor? Así podría enseñarle cómo le gustaba hacer esas cosas.

Reuben estaba ansioso por aprender. Dar propina a la gente siempre le había puesto nervioso.

Lisa apareció justo al lado de ellos con un gran bolso de cuero del cual Felix fue sacando un sobre blanco tras otro para entregárselos a cada cocinero, camarero, camarera o doncella al darle las gracias. No tardó en cederle el lugar a Reuben, a quien entregó los sobres para repartir a los trabajadores. Reuben hizo lo posible por adoptar el mismo porte cortés y descubrió con qué facilidad resolvía la incómoda cuestión de dar propina simplemente mirando a los ojos a la gente.

Al final, entregaron sobres a los sorprendidos voluntarios adolescentes que habían estado haciendo de guías en el piso de arriba y que no esperaban semejante consideración. Estaban encantados.

Los otros Caballeros Distinguidos se habían marchado. Pronto solo quedaron Lisa, Jean Pierre y Heddy ordenando esto o aquello, y Felix se sentó en el sillón orejero junto al fuego de la biblioteca y se quitó los zapatos de fiesta de charol.

Reuben se quedó de pie, tomando una taza de chocolate caliente y mirando a las llamas. Ansiaba decirle a Felix que había visto a Marchent, pero no era capaz de hacerlo en ese momento porque cambiaría el humor de Felix de manera demasiado drástica y quizás alterara también su propio estado de ánimo.

—Ahora es cuando repaso para mis adentros cada minuto de la tarde y me pregunto qué podría haber hecho mejor y qué puedo hacer el año que viene —dijo Felix con felicidad.

—Sabes que la mayoría de esas personas nunca había visto nada semejante —dijo Reuben—. No creo que mis padres se hayan planteado en toda su vida dar una gran fiesta, y mucho menos una siquiera remotamente parecida a esta.

Se sentó en la butaca y confesó que él solo había escuchado una orquesta sinfónica en directo quizá cuatro veces en toda su vida, y que solo había oído *El Mesías* de Haendel en una ocasión... en la cual se había quedado dormido. El hecho era que siempre había encontrado aburridas las fiestas, que consistían casi siempre en canapés en bandejas de plástico, vino blanco en vasos de plástico que no manchara la alfombra o la mantelería de nadie y gente deseando marcharse. La última vez que se había divertido tanto había sido en una fiesta de Berkeley a la que cada cual traía una botella y en que la única comida había sido pizza, y no en abundancia.

Entonces, de repente y con un sobresalto, se acordó de Phil. ¿Phil todavía estaba allí?

—Dios mío, ¿dónde está mi padre?

—Se están ocupando de él, muchacho —dijo Felix—. Está en la mejor habitación, en el centro del lado este. Lisa lo ha acompañado y se ha ocupado de que no le falte de nada. Creo que está aquí para quedarse, pero no quiere darlo por hecho.

Reuben volvió a sentarse.

—Felix, ¿qué implica eso para nuestra fiesta de Yule? —preguntó.

No importaba la tristeza que sentía por el hecho de que sus padres se estuvieran alejando de él cada vez más. De hecho, eso no era ninguna novedad.

—Bueno, Reuben, pediremos su consentimiento esa noche al salir al bosque. Diremos que es una costumbre europea. Algo así. Hablaré con él. Estoy seguro de que estará encantado de permitirnos seguir con nuestras propias costumbres del Viejo Mundo. Tu padre sabe mucho de historia. Sabe mucho de las viejas costumbres paganas europeas. Es un lector muy erudito. Y tiene ese don celta.

Reuben estaba inquieto.

—¿Es un don poderoso? —preguntó.

—Bueno, creo que sí. Pero ¿tú no lo sabes?

—Phil y yo nunca hemos hablado de eso —dijo—. Recuerdo que explicó que su abuela veía fantasmas y que él también los había visto, pero no me comentó nada más del tema. En casa no somos muy dados a esa clase de conversaciones.

—Bueno, hay mucho más, estoy seguro. Pero lo principal es que no tienes por qué estar preocupado en lo más mínimo. Le explicaré que en Nochebuena tenemos nuestras propias costumbres.

—Sí, claro —dijo Reuben.

Lisa estaba llenando su taza de chocolate caliente otra vez.

—Así es como lo manejaremos, por supuesto.

—Escucha, hay algo que tengo que confesarte —dijo Reuben. Esperó hasta que Lisa hubo salido de la biblioteca—. Había una niña pequeña aquí esta noche...

—Lo sé, querido. La he visto. La he reconocido por los periódicos. Las he felicitado a ella y a su amiga cuando han entrado.

No esperaban que las admitieran con tanta facilidad. Han pedido hablar contigo. Les he dicho que todo el mundo era bienvenido. He insistido en que se unieran a la fiesta, les he dicho que te encontrarían en el salón y después te he visto con ellas junto al belén. Produjiste un buen efecto en el ánimo de la niña.

—Mira, no le he revelado nada, al menos no deliberadamente. Estaba tratando de asegurarle que sí, que el Lobo Hombre es real y que lo que había visto era real...

—No te preocupes. Sabía que era lo que harías. Confiaba en que lo manejaras con elegancia y he visto que lo has hecho.

—Felix, creo que quizás ella sospechaba... Porque puede que haya dicho algo, algo a la ligera, que haya hecho que me reconociera; quiero decir, por un momento al menos. No estoy seguro.

—No te preocupes, Reuben. ¿Te das cuenta de que esta noche muy poca gente ha mencionado siquiera al Lobo Hombre o ha preguntado por el escenario del crimen? Oh, sí, murmuraban; pero esta noche lo importante ha sido la fiesta. Disfrutemos de nuestros agradables recuerdos de la fiesta, y si la niña está inquieta, bueno, nos ocuparemos de eso cuando llegue el momento.

»Sé que estabas muy desconcertado con Hockan Crost y varios más esta noche —agregó Felix tras un silencio—. Seguramente Stuart también lo está.

Reuben sintió que el corazón le daba un vuelco.

—Morfodinámicos, obviamente.

Felix suspiró.

—¡Oh, si supieras lo poco que me preocupa su compañía!

—Creo que lo entiendo. Me han despertado curiosidad, nada más. Supongo que es natural.

—Nunca han aprobado mucho mis maneras ni tampoco a mí —dijo Felix—. Esta casa, mi vieja familia y el pueblo. Nunca han comprendido mi amor por el pueblo. No entienden las cosas que hago, y me culpan en parte por mi propia desgracia.

—Eso me ha parecido —dijo Reuben.

—Pero en el solsticio de invierno los morfodinámicos nunca abandonan a los de su especie. Nunca ha sido mi política rechazar a nadie en ningún momento. Hay formas de vivir esta vida, y mi forma siempre ha sido inclusiva, con los de nuestra propia clase, con toda la humanidad, con todos los espíritus, con todas las cosas que existen bajo el sol. No es una virtud, en mi caso. No conozco ninguna otra forma de estar en el mundo.

—Pero no los invitaste.

—No los invité, no, pero todo el mundo estaba invitado y ellos lo sabían. Así que no me sorprende que vinieran, y se sobrentiende que pueden unirse a nuestra celebración de Yule. Si vienen, por supuesto que los incluiremos. Pero, francamente, no creo que lo hagan. Ellos tienen sus propias formas de celebrar la fiesta de Yule.

—Ese hombre, Hockan Crost, parecía que te caía bien —aventuró Reuben.

—¿Y a ti?

—Es impresionante —dijo Reuben—. Tiene una voz definitivamente hermosa.

—Siempre ha sido poeta y orador —dijo Felix—. Tiene magnetismo y me atrevo a decir que es enormemente atractivo. Esas cejas negras suyas, esos ojos negros y la melena blanca... Inolvidable.

—¿Y es viejo y con experiencia? —preguntó Reuben.

—Sí. Oh, no tan viejo como Margon. No hay nadie tan viejo y tan respetado como Margon. Además Hockan es de los nuestros, me refiero a que es literalmente afín a nosotros. Tenemos nuestras diferencias, pero no me desagrada. Hay veces en que aprecio profundamente a Hockan. Es con Helena con quien hay que ser cauto, y con Fiona.

—Eso me ha parecido; pero ¿por qué? ¿Qué es lo que las ofende tanto?

—Todo y nada —dijo Felix—. Tienden a entrometerse en los asuntos de los demás, pero solo cuando les interesa. —Parecía enfadado—. Helena es cordial y está orgullosa de su edad, de su experiencia, pero la verdad es que es muy joven en nuestro mundo, como también Fiona, y aún más en nuestro grupo.

Reuben recordó la inusitadamente impertinente pregunta de Fiona respecto a si Phil iba a vivir en Nideck Point. Le repitió la conversación a Felix.

—No se me ocurre qué tiene eso que ver con ella.

—Le preocupa, porque no es uno de los nuestros —dijo Felix—. Más le valdría no meterse. Siempre he vivido entre seres humanos, siempre. Mis descendientes vivieron aquí durante generaciones. Este es mi hogar y este es su hogar. Puede guardarse sus malditas ideas. —Suspiró.

A Reuben le daba vueltas la cabeza.

—Lo siento —se disculpó Felix—. No pretendía ser tan grosero. Fiona consigue provocarme. Que no te alarme todo esto, Reuben. No son un grupo de nuestra especie particularmente aterrador. Son un poco más, bueno, un poco más brutales que nosotros. Es simplemente que ahora comparten las Américas con nosotros, por así decirlo. Podría ser peor. Las Américas son enormes, ¿no? —Rio entre dientes—. Podría haber muchos más de los nuestros.

—¿Son un grupo, pues, y Hockan es su líder?

—No exactamente —dijo—. Si hay un grupo, es el de las mujeres que siguen a Helena, sin contar a Berenice. Berenice pasaba mucho tiempo con nosotros, aunque últimamente no lo hace. Hockan ha estado con ellas de manera intermitente durante mucho tiempo. Él ha sufrido sus propias pérdidas, sus propias tragedias. Creo que está bajo el hechizo de Helena. Antes este grupo se limitaba al continente europeo, pero ahora es demasiado difícil ser morfodinámico en Europa, sobre todo morfodinámico creyente en los sacrificios humanos durante el solsticio de invierno. —Soltó una carcajada desdeñosa—. Y los morfodinámicos de Asia son más celosos de su territorio que nosotros. Así que aquí están, en América; de hecho llevan décadas aquí, buscando quizás un lugar especial. No lo sé. No los invito a que me hagan confidencias y, francamente, ojalá Berenice los dejara y se viniera a vivir con nosotros, si Frank pudiera soportarlo.

—¡Sacrificios humanos! —Reuben se estremeció.

—Oh, en realidad no es tan espantoso. Seleccionan a un malvado, algún bribón irredento completamente censurable, algún asesino. Drogan al pobre desgraciado hasta que está en un perfecto estado de estupor y se dan un festín con él a medianoche de

Nochebuena. Suena peor de lo que es en realidad, teniendo en cuenta de lo que todos somos capaces. No me gusta. No convertiré la muerte de malvados en un acto ceremonial. Me niego a incorporarlo a un ritual. Me niego.

—Te entiendo.

—Sácatelo de la cabeza. Hablan mucho pero les falta resolución, tanto colectiva como personal.

—Creo que entiendo lo que ha ocurrido —dijo Reuben—. Estuvisteis lejos de aquí durante veinte años. Ahora habéis vuelto todos vosotros, y ellos han venido a echar otro vistazo a este lugar.

—Eso es exactamente —dijo Felix con una sonrisa amarga—. ¿Y dónde estaban ellos cuando estuvimos cautivos y luchando por sobrevivir? —Su voz se caldeó—. No les vi el pelo. Por supuesto, no sabían dónde estábamos, o eso han dicho. Una y otra vez. Y sí, hemos vuelto a Norteamérica, y digamos que ellos sienten curiosidad. Son como polillas congregándose en torno a una luz brillante.

—¿Hay otros, además de estos, que podrían aparecer en la fiesta de Yule?

—No es probable.

—Pero ¿qué me dices de Hugo, el extraño morfodinámico que encontramos en la selva?

—Oh, Hugo nunca deja ese lugar siniestro. No creo que Hugo haya salido de la selva desde hace quinientos años. Pasa de un puesto de avanzada en la selva a otro. Cuando su actual refugio se derrumbe por fin, buscará otro. Puedes olvidarte de Hugo. En cuanto a si podrían venir otros, bueno, sinceramente no lo sé. No hay un censo universal de morfodinámicos. Y te diré algo más si me prometes olvidarte de ello de inmediato.

—Lo intentaré.

—Tampoco somos todos de la misma especie.

—¡Dios santo!

—¿Por qué sabía que te pondrías ceniciento cuando te dijera eso? Mira. Verdaderamente, no importa. Vamos, no te agites. Por eso soy tan reacio a inundarte de información. Deja que yo me ocupe de los demás por el momento. Déjame el mundo a mí, con su infinidad de inmortales depredadores.

—«¿Su infinidad de inmortales depredadores?»

Felix rio.

—Estoy bromeando.

—No estoy seguro.

—No, en serio. Es fácil provocarte, Reuben. Siempre respondes.

—Pero, Felix, ¿hay reglas universalmente aceptadas sobre todo esto? Me refiero a si todos los morfodinámicos están de acuerdo con esta o aquella ley.

—Más bien no —dijo con un desagrado apenas disimulado—. Pero tenemos nuestras costumbres. A eso me refería antes, a las costumbres de la fiesta de Yule. Nos recibimos con cortesía, y pobre del que no siga la costumbre. —Hizo una breve pausa—. No todos los morfodinámicos tienen un lugar para celebrar la Navidad como nosotros. Así que, si otros se unen a nosotros en Modranicht, bueno, serán bienvenidos.

—Modranicht —repitió Reuben con una sonrisa—. Nunca había oído llamar así la fiesta de Yule.

—Pero conoces el término.

—Noche de la Madre —dijo Reuben—. Lo usa san Beda en su descripción de los anglosajones.

Felix rio bajito.

—Nunca me decepcionas, mi querido erudito.

—Noche de la Madre Tierra —dijo Reuben, saboreando las palabras, la idea y el placer de Felix.

Felix se quedó un momento en silencio.

—En los viejos tiempos (es decir, los viejos tiempos de Margon), la fiesta de Yule era el momento de unirse, de prometerse fidelidad, de jurar vivir en paz, de reafirmar la resolución de amar, aprender y servir. Eso me enseñó el maestro hace mucho tiempo. Eso es también lo que enseñó a Frank, Sergei y Thibault. Eso es lo que la fiesta de Yule sigue significando para nosotros, «para nosotros» —enfatizó—: un tiempo de renovación y renacimiento. Da igual lo que signifique para Helena y todos los demás.

—Para amar, aprender y servir —repitió Reuben.

—Bueno, no es tan espantoso como hago que parezca —dijo Felix—. No hacemos discursos, no rezamos. La verdad es que no.

—No me ha parecido espantoso en absoluto. Me ha parecido una de esas fórmulas concisas que he estado buscando toda la vida. Lo he visto esta noche, en la fiesta, intoxicando a los invitados como una especie de maravilloso estupefaciente. He visto a mucha gente comportándose y respondiendo de las maneras más inusuales. Mi familia nunca ha sido partidaria de ceremonias, fiestas ni celebraciones de renovación, diría yo. Es como si el mundo hubiera dejado atrás todo eso.

—Ah, pero el mundo nunca deja atrás todo eso —dijo Felix—. Y aquellos que no podemos envejecer debemos tener una forma de marcar el paso de los años, de celebrar nuestra propia determinación de renovar nuestro espíritu y nuestros ideales. Estamos atados al tiempo, pero el tiempo no nos afecta. Si no lo tenemos en cuenta, si vivimos como si no hubiera tiempo, bueno, el tiempo podría matarnos. La fiesta de Yule es el momento en que decidimos tratar de hacerlo mejor que en el pasado, eso es todo, maldita sea.

—Los propósitos de Año Nuevo del alma —dijo Reuben.

—Amén. Vamos, olvidémonos de los demás. Cojamos los abrigos y vayamos al robledal. Ha parado de llover. No he tenido ocasión de caminar por el bosque cuando la fiesta estaba en su apogeo.

—Yo tampoco, y también quiero hacerlo —dijo Reuben.

Rápidamente se pusieron el abrigo y salieron juntos a la maravilla del bosque iluminado.

Qué tranquilo y silencioso estaba con aquella iluminación suave y sublime, como el lugar encantado que había sido la primera vez que salió a pasear solo.

Reuben miró la maraña oscura que lo rodeaba, preguntándose por la Nobleza del Bosque, preguntándose si estarían sentados en las ramas, por encima de su cabeza.

Continuaron caminando, más allá de las mesas dispersas, adentrándose en el brillo del cuento de hadas.

Felix estaba callado, sumido en sus pensamientos. Reuben no

quería molestarlo, arruinar su satisfacción, su obvia felicidad. Sin embargo, le pareció que debía hacerlo. No tenía elección. Lo había pospuesto demasiado. «Debería ser una noticia alegre», pensó. Entonces, ¿por qué estaba dudando? ¿Por qué se sentía en conflicto?

—He visto a Marchent hoy —confesó—. La he visto más de una vez y estaba sensiblemente distinta.

—¿Sí? —Felix estaba desconcertado—. ¿Dónde? Cuéntame. Cuéntamelo todo.

Reuben percibió de inmediato aquella aflicción tan impropia de Felix. Ni siquiera durante la conversación sobre los otros morfodinámicos se había angustiado tanto.

Reuben le explicó que la había visto de lejos en el pueblo, en compañía de Elthram, moviéndose con él como si fuera completamente material, y luego fugazmente, en el rincón oscuro del invernadero, como si hubiera respondido a su llamada.

—Siento no habértelo contado de inmediato. No puedo explicarlo bien. Fue algo muy intenso.

—Oh, lo entiendo —dijo Felix—. Eso da igual. La has visto. Es lo que importa. Yo no podría haberla visto, me lo hubieras contado o no. —Suspiró.

Se agarró los antebrazos con las manos. Reuben le había visto hacer ese mismo gesto la primera vez que habían hablado del espíritu de Marchent.

—Se han abierto paso —dijo con tristeza—, como esperaba que ocurriera. Pueden llevársela ahora que está dispuesta a irse. Pueden proporcionarle su camino, sus respuestas.

—Pero ¿adónde van, Felix? ¿Dónde estaban cuando los llamaste?

—No lo sé —respondió—. Algunos siempre están aquí. Algunos siempre están vagando por donde el bosque es más denso y más oscuro y más silencioso y virgen. Yo los reuní. Llamé a Elthram, eso fue lo que hice. No sé si alguna vez se alejan, no puedo saberlo, pero no es su estilo reunirse en un lugar o mostrarse repetidamente.

—¿Marchent se convertirá en uno de ellos?

—Viste lo que viste —dijo—. Diría que ya ha ocurrido.

—¿No habrá un momento en el que pueda hablar realmente

con ella? —preguntó Reuben. Había bajado tanto la voz que susurraba, no porque temiera que lo oyera la Nobleza del Bosque, sino porque le estaba abriendo su alma a Felix—. Había pensado que tal vez lo habría. Sin embargo, cuando la he visto en el invernadero, no se lo he preguntado. Me ha invadido una especie de parálisis, una ausencia de pensamiento racional. No le he dado a entender lo muchísimo que deseo hablar con ella.

—Recuerda que fue ella la que acudió a ti —dijo Felix—. Fue ella la que trató de hablar, la que tenía preguntas. Quizás ahora tenga las respuestas.

—Ruego para que así sea —repuso Reuben—. Parecía satisfecha. Parecía entera.

Felix se quedó un momento en silencio, simplemente reflexionando, dejando vagar la mirada por el rostro de Reuben. Le sonrió levemente.

—Vamos, tengo cada vez más frío —dijo—. Volvamos. Ella tiene tiempo, mucho tiempo para hablar contigo. Ten en cuenta que la Nobleza del Bosque no se irá antes de Navidad y probablemente tampoco antes de Año Nuevo. Es demasiado importante para ellos estar aquí cuando hagamos nuestro círculo. La Nobleza del Bosque cantará con nosotros y tocará sus violines y sus flautas y tambores.

Reuben trató de imaginarlo.

—Va a ser indescriptible.

—Varía de vez en cuando lo que traen a la ceremonia, pero siempre son amables, siempre son buenos, siempre están llenos del verdadero significado de la renovación. Son la esencia del amor por esta tierra y sus ciclos, sus procesos, su renovación constante. No les gustan los sacrificios humanos en el solsticio de invierno, puedo asegurártelo. Nada los haría irse tan rápidamente como eso. Y, por supuesto, tú les gustas mucho, Reuben.

—Eso dijo Elthram —repuso Reuben—. Pero sospecho que fue Laura paseando por el bosque lo que les robó el corazón.

—Ah, sí, bueno, te llaman el Guardián del Bosque —dijo Felix—. Y a ella la llaman la Dama del Bosque. Además, Elthram sabe lo que has sufrido con Marchent. No creo que quiera abandonarte sin que haya antes algo decidido respecto a ella. Incluso si el espíritu de Marchent sigue adelante, Elthram tendrá algo que decirte antes de Año Nuevo, estoy seguro.

—Y tú ¿qué esperanza tienes respecto a Marchent, Felix?

—Espero que esté pronto en paz —dijo—. La misma esperanza que tienes tú, y que me perdone por todas las cosas que hice mal y que fueron imprudentes y alocadas. Pero ten en cuenta que la Nobleza del Bosque se distrae fácilmente.

—¿Qué quieres decir?

—Todos los espíritus, los fantasmas, los sin cuerpo, se distraen —dijo Felix—. No están arraigados en lo físico y, por lo tanto, no están ligados al tiempo. Pierden la noción de las cosas que nos causan dolor. No se trata de infidelidad por su parte, sino de la naturaleza etérea de los espíritus. Solo están focalizados en lo físico.

—Recuerdo que Elthram usó la misma palabra, «focalización».

—Sí, bueno, es una palabra importante. La teoría de Margon es que estos espíritus no pueden adquirir verdadera estatura moral a menos que estén en lo físico. Pero nos hemos adentrado demasiado en este bosque para pronunciar el nombre de Margon. —Rio—. No quiero enfadar a nadie innecesariamente.

Había empezado a llover otra vez. Reuben veía la lluvia arremolinándose en las luces como si las gotas fueran demasiado ligeras para caer al suelo.

Felix se detuvo. Reuben se quedó a su lado, esperando.

Lentamente, vio a la Nobleza del Bosque materializándose. Estaban otra vez en las ramas, igual que antes. Vio sus caras volviéndose más claras, vio su ropa oscura y suelta, las rodillas peladas, los pies calzados con botas ligeras en las ramas, los ojos impasibles mirándolos, las caritas infantiles como pétalos de flor.

En la lengua antigua, Felix les dijo algo que sonó como un saludo amable, pero siguió caminando. Reuben también.

Hubo muchos ruidos de chasquidos y roces en los árboles y una ducha de hojitas verdes cayó de repente. Las hojas revoloteaban como la lluvia, cayendo a la tierra solo gradualmente. La Nobleza del Bosque estaba desapareciendo.

Continuaron en silencio.

—Todavía están a nuestro alrededor, ¿verdad? —preguntó Reuben.

Felix se limitó a sonreír. Siguieron caminando en silencio.

Solo en su habitación, en pijama y bata, Reuben trató de escribir todo lo sucedido durante el día.

No quería olvidar las imágenes que inundaban su cerebro, ni las preguntas, ni los momentos especiales. Sin embargo, se encontró únicamente enumerando las muchas cosas que habían ocurrido en un orden laxo, y a la gente que había visto y conocido.

La lista se alargaba más y más.

Simplemente, estaba demasiado excitado y mareado para asimilar realmente por qué había sido todo tan divertido y tan distinto de cualquier otra cosa que conociera o hubiera hecho. Anotó uno a uno todos los detalles, de los más simples a los más complejos. Se refirió en una especie de código a la Nobleza del Bosque, «nuestros vecinos del bosque y sus hijos lánguidos», y justo cuando pensaba que ya no recordaba nada más se puso a describir los villancicos tocados y cantados, los distintos platos que habían cubierto la mesa y a aquellas bellezas memorables que habían caminado como diosas por las distintas salas.

Se tomó su tiempo para describir a las morfodinámicas: Fiona, Catrin, Berenice, Dorchella, Helena, Clarice. Cuando intentó recordar el color de su cabello, los rasgos faciales y la ropa lujosa de cada una de ellas, cayó en la cuenta de que en modo alguno era la suya una belleza convencional. Si destacaban era por su cabello exuberante y lo que la gente llamaba «porte». Poseían lo que podía calificarse de un «porte regio».

Se habían vestido y comportado con una seguridad excepcional. Tenían un halo de audacia. También algo más, sin embargo. Una especie de calor seductor emanaba de aquellas mujeres, al menos tal y como lo veía Reuben. Era imposible recordar a ninguna de ellas sin sentir ese calor. Incluso la muy dulce Berenice, la mujer de Frank, poseía esa sensualidad incitante.

¿Era un misterio del animal y el humano mezclado en los morfodinámicos? ¿Ejercían las hormonas y las feromonas una potencia subliminal de la que se desconocía su influencia en la especie? Probablemente. ¿Cómo podía ser de otro modo?

Describió a Hockan Crost: los ojos negros hundidos del hombre y sus manos grandes y la forma descarada en que lo había inspeccionado antes de saludarlo. Anotó lo diferente que le había parecido al despedirse de Felix, lo amable, lo necesitado. Estaba además esa voz grave, su forma exquisita de hablar, tan persuasiva.

Reuben supuso que tenía que haber alguna forma de que los morfodinámicos machos se reconocieran entre sí, estuvieran o no las señales eróticas implicadas. ¿No había experimentado algo muy similar a un campanilleo de alarma al conocer a Felix? No estaba seguro. Y luego ¿qué decir de los primeros momentos del desastroso encuentro con el condenado Marrok? Cuando un morfodinámico entraba en escena era como si el mundo se redujera a un dibujo de bolígrafo, mientras que el morfodinámico estaba representado en rica pintura al óleo.

No escribió la palabra «morfodinámico». Nunca la escribiría, ni siquiera en su diario secreto del ordenador. Escribió: «Abundan las preguntas habituales.» Y luego: «¿Es posible que nos despreciemos unos a otros?»

Escribió sobre Marchent. Describió las apariciones en detalle, rebuscando en su memoria todos los pormenores, pero eran como sueños. Se habían desvanecido muchos detalles esenciales. Una vez más, fue muy cuidadoso con las palabras. Lo que había escrito podía ser un poema en recuerdo de alguien. Lo tranquilizaba que el aspecto de Marchent hubiera cambiado, que no hubiera visto nada de sufrimiento ni dolor en ella. Sin embargo, había visto otra cosa, no sabía qué, y no le había servido de consuelo. ¿Era concebible que él y ese fantasma pudieran hablar? Lo deseaba con toda el alma pero, no obstante, lo temía.

Estaba medio dormido en la almohada cuando se despertó pensando en Laura: Laura sola en el bosque, al sur; Laura después de transformarse de manera inimaginable en una plena y misteriosa morfodinámica; Laura, su preciosa Laura. Se encontró murmurando una oración por ella y preguntándose si habría un Dios que escuchara las plegarias de un morfodinámico. Bueno, si había un Dios quizás escuchaba a todos. En caso contrario, ¿qué esperanza había? «Mantenla a salvo —rezó—, mantenla a salvo del hombre y la bestia, y mantenla a salvo de otros morfodinámicos.» No podía pensar en ella y en aquella extraña y dominante Fiona. No. Ella era su Laura, y recorrerían juntos el extraño camino de la revelación y la experiencia.

20

Fue una de las semanas que le pasaron más deprisa en la vida a Reuben. Tener a su padre viviendo con él era infinitamente más divertido de lo que había imaginado, sobre todo desde que la casa entera hubo recibido a Phil y todos asumieron que había venido para quedarse. Reuben no pensaba en otra cosa.

Entretanto, la casa se recuperó del banquete y avanzó hacia Nochebuena.

El pabellón había quedado completamente desmontado la tarde del martes. Se habían llevado el parapeto de madera, las tiendas y los muebles alquilados. El gran belén de mármol, pesebre, iluminación y abetos incluidos, había sido trasladado al pueblo de Nideck, donde lo habían abierto inmediatamente al público una vez montado en el viejo teatro, frente al hotel.

La hermosa iluminación de las ventanas y los hastiales de la casa, así como la del robledal, seguía como antes. Felix dijo que mantendrían las luces hasta el 6 de enero, la Epifanía, como dictaba la tradición, y habría gente que de vez en cuando pasearía por el bosque.

—Pero en Nochebuena no —aseguró—. Esa noche la propiedad estará a oscuras para nosotros y nuestra fiesta de Yule.

El miércoles llegaron los libros de Phil y un venerable arcón antiguo que Edward O'Connell, el abuelo de Phil, había traído de Irlanda. Su padre enseguida empezó a contarle a Reuben todo sobre su abuelo y el tiempo que habían pasado juntos cuando Phil era niño. Aunque había perdido a sus abuelos a los doce años, los recordaba claramente. Reuben nunca en su vida había escuchado a Phil hablar de aquello. Quería saberlo todo sobre los abuelos. Quería preguntarle sobre el don de ver fantasmas, pero no se atrevía a mencionar el tema. Todavía no, no tan pronto, no tan cerca de Nochebuena, cuando tendría que caer un velo entre él y su padre.

Todo esto mantuvo la mente de Reuben apartada del inquietante recuerdo de los morfodinámicos en la fiesta y de la expectación por encontrarse con Laura en la fiesta de Yule.

Durante el desayuno del martes, Margon les había dicho a todos con brusquedad que no prestaran atención a los «extraños huéspedes no invitados» que se habían presentado en el banquete. A la inmediata andanada de preguntas de Stuart, replicó:

—Nuestra especie es antigua. Eso lo sabes. Sabes que hay morfodinámicos por todo el mundo. ¿Por qué no iba a haberlos? Como bien ves, nos reunimos en manadas como los lobos, y las manadas tienen su territorio. Pero no somos lobos ni luchamos contra aquellos que de vez en cuando entran en nuestro territorio. Los soportamos hasta que se van. Siempre lo hemos hecho así.

—Pero me doy cuenta perfectamente de que no te gustan esos otros —dijo Stuart—. Y esa Helena era aterradora. ¿Es amante del tal Hockan? Cuando hablas de nuestro inherente sentido del bien y el mal, bueno, no me cuadra con esa antipatía. ¿Qué ocurre si detestas a un compañero morfodinámico completamente inocente y recto?

—¡Nosotros no odiamos! —dijo Sergei—. Estamos decididos a nunca odiar y nunca discutir. Y sí, de vez en cuando hay problemas. Sí, lo reconozco, hay problemas, pero se terminan deprisa, como ocurre con los lobos, y luego nos vamos, buscamos nuestra parte del mundo pacífica y hacemos valer nuestro derecho.

—Eso podría ser lo que más les molesta —comentó Thibault en voz baja. Miró a Margon y, viendo que no lo interrumpía, continuó—: Hemos reivindicado una vez más esta parte del mundo, y tenemos una fortaleza y una resistencia que a otros les parece, bueno, envidiable.

—No importa —dijo Margon levantando la voz—. Esto es Yule y recibimos a todos los demás como hemos hecho siempre, incluso a Helena y Fiona.

Fue Felix quien dio por terminada la conversación anunciando que la casa de huéspedes estaba a punto para Phil y que quería llevar a padre e hijo a verla. Confesó que estaba un poco enfadado por el hecho de que los obreros no la hubieran tenido lista antes del banquete, pero él los había sacado de la casa de huéspedes para que trabajaran en la fiesta y, bueno, la cuestión era que no la habían terminado antes.

—Ahora está arreglada para tu padre —le dijo a Reuben—, y me muero por enseñársela.

Enseguida subieron a buscar a Phil, que también acababa de desayunar, y los tres bajaron al acantilado bajo la lluvia suave.

Los obreros se habían ido y se habían llevado todo el plástico de embalaje y los escombros. La pequeña obra maestra de Felix, como él la llamaba, estaba lista para la inspección.

Era una cabaña espaciosa de piedra gris con el tejado puntiagudo y chimenea también de piedra. En la fachada, dos espaldares flanqueaban unas puertas dobles. Plantarían las enredaderas en primavera, dijo Felix, y los parterres estarían llenos de flores.

—Me han contado que antes era uno de los lugares más encantadores de toda la propiedad —comentó.

Había una pequeña zona delante de la cabaña de viejos adoquines que habían descubierto y restaurado. En primavera y verano Phil podría sentarse en aquella explanada, que no tardaría en estar llena de flores. Era el lugar para los geranios, dijo Felix. A los geranios les sentaba estupendamente el aire del océano. Prometió que sería espectacular. Rododendros enormes crecían más allá de los espaldares en ambas direcciones. Cuando florecieran, explicó, se llenarían de capullos de color violeta. Le habían dicho que en el pasado la casa siempre estaba cubierta de madreselva, buganvilla y hiedra, y lo estaría otra vez.

Un roble gigantesco se alzaba al borde de la explanada, con un viejo banco de hierro rodeando el descomunal tronco gris.

En realidad, Reuben había visto poca cosa del edificio cuando se aventuró por primera vez, con Marchent, a entrar en una ruina medio quemada, rodeada de pinos y oculta por las malas hierbas y los helechos de Monterrey.

La casita de huéspedes se asomaba al acantilado sobre el océano y las grandes ventanas de pequeños paneles ofrecían una vista del mar sin obstrucciones de color pizarra. Gruesas alfombras cubrían las anchas tablas del suelo, muy pulidas, y habían reformado el cuarto de baño con una ducha de mármol y una bañera digna de la realeza, o eso afirmó Phil.

Había espacio más que suficiente en el dormitorio con alcoba para una mecedora de roble y un sillón reclinable de piel, colocados a cada lado de la gran chimenea estilo Craftsman, así como para la mesa rectangular, también de roble, situada bajo la ventana. La cama estaba contra la pared norte, frente a la chimenea, y contaba en el cabezal con una lámpara curvada para leer. Un escritorio de roble de buen tamaño ocupaba el rincón de la derecha.

A la izquierda de la puerta principal, una escalera de caracol de madera conducía a un enorme desván, cuya ventana ofrecía la mejor vista del mar y los acantilados circundantes en opinión de Reuben. Phil podía trabajar allí. Sí, dijo su padre, pero por el momento la acogedora planta baja era perfecta para él.

Felix había elegido los muebles, pero le explicó a Phil que debía hacerse con la casa y sustituir o quitar cualquier cosa que no fuera de su agrado.

Phil se sentía agradecido por todo ello y, al caer la noche, ya estaba cómodamente instalado.

Colocó su ordenador y su lámpara de bronce favorita en el escritorio. Toleró el teléfono recién instalado, aunque dijo que nunca lo atendería.

Las estanterías de obra que flanqueaban la gran chimenea de piedra no tardaron en estar llenas de cajas de cartón procedentes de San Francisco. Amontonaron leña cerca y equiparon la cocinita con la máquina de café especial de Phil y un microondas que, según él aseguraba, era todo lo que necesitaba para llevar la vida de ermitaño de sus sueños. También había una mesita bajo la ventana con espacio justo para dos personas.

Lisa le llenó la nevera de yogur, fruta, aguacates, tomates y toda la comida cruda de la que se alimentaba a lo largo del día, aunque, según declaró más de una vez, no tenía ninguna intención de dejar que Phil se las arreglara solo.

Una colcha de retazos desvaída apareció en el diván. Phil explicó que la había confeccionado su abuela, Alice O'Connell. Reuben nunca la había visto. La existencia en sí de aquellas reliquias familiares lo tenía bastante fascinado. Su padre contó que el motivo de la colcha era el de los anillos de boda y que su abuela la había cosido antes de casarse. Un par de cosas más salieron del arcón, incluida una jarrita blanca para nata que había pertenecido a la abuela Alice y varias cucharas de plata antiguas con las iniciales «O'C» en el mango.

«Saca todos los tesoros que ha guardado todos estos años y pone la colcha en su cama porque siente que ahora puede hacerlo.»

A pesar de que Phil aseguró que no necesitaba la enorme televisión de pantalla plana de encima de la chimenea, no tardó en tenerla encendida con el sonido bajo de manera permanente, reproduciendo un DVD tras otro de su colección de «grandes películas».

Los senderos rocosos que iban de la casa de huéspedes a la terraza o al camino no suponían ningún problema para Phil, que había sacado otra reliquia familiar más de su arcón: una vieja cachiporra que había pertenecido a su abuelo irlandés, Edward O'Connell. Era un palo grueso y bellamente pulido con un peso en la empuñadura para golpear a la gente en la cabeza, presumiblemente, y que se convirtió en el bastón perfecto para dar largos paseos, durante los cuales Phil llevaba una boina de lana gris que también había pertenecido al viejo Edward O'Connell.

Con la boina y el bastón, Phil desaparecía durante horas interminables, lloviera o hiciera sol, en los extensos bosques de Nideck. Con frecuencia no aparecía hasta mucho después de la cena, cuando Lisa lo obligaba a sentarse a la mesa de la cocina y a comer estofado de ternera y pan francés. Lisa también le bajaba cada mañana el desayuno, aunque con frecuencia se había ido antes de que llegara, así que le dejaba la comida en la encimera de la cocina mientras limpiaba la casa de huéspedes y hacía la cama.

Reuben había bajado paseando varias veces para hablar con él, pero al encontrarlo tecleando furiosamente en el ordenador, se había quedado fuera un rato y luego había vuelto a subir la cuesta. Al cabo de una semana, Sergei o Felix ya visitaban a Phil y conversaban animadamente con él sobre algún hecho histórico o sobre la historia de la poesía o el teatro. Felix, que había pedido prestados a Phil los dos tomos de *Mediaeval Stage*, de E. K. Chambers, se pasaba horas sentado en la biblioteca estudiando la obra minuciosamente, asombrado por las pulcras anotaciones de su padre.

Todo saldría bien, esa era la cuestión, y Felix advirtió a Reuben que no se preocupara ni un minuto más.

No cabía duda de que todos los Caballeros Distinguidos querían a Phil y se alegraron la única noche que cenó en la gran mesa.

Lisa casi había arrastrado a Phil y la conversación había sido fantástica, relacionada con las peculiaridades de Shakespeare que la gente tomaba erróneamente por representativas de la forma en que la gente escribía en su época pero que, de hecho, no eran en absoluto rasgos típicos sino más bien un tanto misteriosos, por eso a Phil le encantaba estudiarlos. Margon se sabía de memoria largos pasajes de Shakespeare y se lo habían pasado bien intercambiando tal verso de tal capítulo de *Otelo*. La obra que fascinaba a Phil por encima de todas era, sin embargo, *El rey Lear*.

—Yo debería estar loco y desvariando por el páramo —dijo Phil—. Allí es exactamente donde cabría esperar que estuviera, pero no: estoy aquí y soy más feliz de lo que había sido en años.

Por supuesto, Stuart planteó preguntas de estudioso sobre la obra. ¿No estaba loco el rey? Y si lo estaba, ¿cómo podía ser una tragedia? ¿Por qué había sido tan tonto como para ceder todos sus bienes a sus hijos?

Phil rio y rio, pero no llegó a darle realmente una respuesta directa.

—Bueno —dijo al fin—, quizá lo genial de la obra, hijo, es que todo eso es cierto pero no nos importa.

Todos y cada uno de los Caballeros Distinguidos, e incluso Stuart, le dijeron a Reuben lo bien que les caía Phil y lo mucho que les gustaría que viniera a cenar cada noche.

Stuart lo resumió así:

—¿Sabes, Reuben? Eres muy afortunado, me refiero a que incluso tu padre es absoluta y completamente genial.

Qué distinto de la casa de Russian Hill, donde nadie prestaba la menor atención a Phil y Celeste con tanta frecuencia le había confesado que era bastante insoportable. «Lo siento mucho por tu madre.»

Había pruebas de que otras criaturas misteriosas también amaban a Phil. El viernes por la noche, había vuelto a la cabaña con picaduras de abejas en la cara y las manos. Reuben se había alarmado y había llamado enseguida a Lisa para que trajera Benadryl de la casa grande. Pero su padre lo había rechazado. Podría haber sido mucho peor.

—Estaban en un roble hueco —dijo—. Tropecé y caí contra él. Estaban enjambrándose, pero por fortuna para mí tus amigos vinieron, esa gente del bosque, los que estaban aquí en la feria y la fiesta.

—Sí. ¿Quiénes exactamente? —preguntó Felix.

—Oh, ya sabes, el hombre de los ojos verdes con la piel morena, Elthram, ese hombre tan asombroso. Así se llama, Elthram. Te aseguro que el tipo es fuerte. Me alejó de esas abejas; simplemente me cogió en brazos y me llevó. Podría haber sido mucho peor. Me picaron tres veces aquí. Él puso las manos sobre las picaduras y te digo que tiene un don. Se me estaban hinchando. Ahora no me duelen nada.

—Será mejor que, de todas formas, tomes Benadryl —dijo Reuben.

—¿Sabes?, son muy buena gente. ¿Dónde viven, exactamente?

—En el bosque, más o menos —dijo Reuben.

—No, pero me refiero a dónde viven —insistió Phil—. ¿Dónde está su casa? Fueron muy amables. Me gustaría invitarlos a un café. Me encantaría disfrutar de su compañía.

Lisa llegó corriendo.

Reuben ya tenía un vaso de agua preparado.

—No te acerques a esa zona —dijo Lisa—. Son abejas asesinas africanas, y muy agresivas.

Phil rio.

—Bueno, ¿cómo demonios sabes por dónde estaba paseando, Lisa?

—Porque Elthram me lo ha contado —dijo ella—. Suerte que te ayudó.

—Justo estaba diciéndole a Reuben que en esa familia son muy amables. Él y esa hermosa pelirroja, Mara...

—Creo que no conozco a Mara —dijo Reuben, esforzándose por ser convincente.

—Bueno, estaba en la feria del pueblo —dijo Phil—. No sé si vino a la fiesta. Tiene un hermoso cabello pelirrojo y la piel clara, como tu madre.

—Mira, no vayas a esa parte del bosque, Philip —dijo Lisa con brusquedad—. Y tómate estas pastillas ahora, antes de que te suba la fiebre.

El sábado, Reuben fue a San Francisco a recoger los regalos para la familia y los amigos. Todos los había comprado por teléfono o por Internet a través de un marchante de libros raros. Inspeccionó cada uno de ellos personalmente antes de envolverlos con la tarjeta apropiada. Para Grace había encontrado un libro de memorias del siglo XIX, de un médico desconocido que narraba una vida larga y heroica dedicado a la medicina en la frontera. Para Laura una primera edición de las *Elegías de Duino* y los *Sonetos a Orfeo* de Rilke. Para Margon tenía una primera edición especial de la autobiografía de T. E. Lawrence y, para Felix, Thibault y Stuart, excelentes ediciones tempranas en tapa dura de libros de fantasmas de autores ingleses que a Reuben le gustaban especialmente, como Amelia Edwards, Sheridan Le Fanu y Algernon Blackwood. Tenía libros de memorias de viajeros para Sergei, Frank y Lisa, y libros de poesía inglesa y francesa para Heddy y Jean Pierre. A Celeste le había comprado un ejemplar especial encuadernado en piel de la autobiografía de Clarence Darrow; para Mort había elegido una edición *vintage* de *La casa de los siete tejados* de Hawthorne, que sabía que le encantaba.

Para Jim tenía libros sobre los directores de cine Robert Bresson y Luis Buñuel y una primera edición de ensayos de lord Acton. Para Stuart, un par de libros excelentes: uno sobre J. R. R. Tolkien, C. S. Lewis y los Inklings, y una nueva traducción en verso de *Sir Gawain y el Caballero Verde*.

Por último, para Phil, había logrado reunir por fin todos los pequeños volúmenes en tapa dura de las obras de Shakespeare editadas por George Lyman Kittredge, esos libritos de la editorial Ginn and Company que tanto le gustaban a su padre en su época de estudiante. Era una caja de libros, todos ellos sin anotaciones y en muy buen estado, editados en papel de calidad y bien impresos.

Había recopilado algunos libros nuevos de Teilhard de Chardin, Sam Keen, Brian Greene y otros autores para añadirlos al regalo, y comprado unos cuantos detalles personales para su amada ama de llaves Rosy: perfume, un bolso, algunas fruslerías. Para Lisa había encontrado un camafeo particularmente elegante en una tienda de San Francisco, y para Jean Pierre y Heddy, pañuelos de cachemira.

Finalmente dio la tarea por terminada.

En la casa de Russian Hill no había nadie cuando llegó. Después de dejar todos los regalos familiares al pie del árbol, se marchó a casa.

El domingo pasó la mañana escribiendo un extenso artículo para Billie sobre la evolución del concepto de la Navidad y el Año Nuevo en Estados Unidos, desde la prohibición de todas las celebraciones navideñas en las primeras colonias hasta la actual condena de la naturaleza comercial de la fiesta. Se dio cuenta de lo feliz que era escribiendo esa clase de ensayo informal y lo mucho que lo prefería a cualquier otro tipo de artículo. Tenía en mente escribir la historia de las costumbres navideñas. No dejaba de pensar en aquellos actores medievales a los que Felix había contratado para la fiesta, ni de preguntarse cuánta gente sabía que esos actores antaño habían sido parte integrante de la Navidad.

Billie no le encargaba ningún artículo. (Le había dicho demasiadas veces que entendía su postura respecto a Susie Blakely. Eran empujoncitos, recordatorios que Reuben había decidido ignorar.) A Billie le gustaban sus ensayos y se lo decía siempre que podía. Los ensayos daban peso al *Observer*, según ella. También la complacía que Reuben encontrara viejos bocetos a tinta victorianos para ilustrar su trabajo. Sin embargo, la directora se preguntaba si le apetecería cubrir las noticias culturales del norte de California, quizá reseñar algunas producciones teatrales menores de varias poblaciones o acontecimientos musicales de la zona vinícola. Eso le pareció muy bien a Reuben. ¿Y el festival de Shakespeare en Ashland, Oregón? Sí, a Reuben le encantaría cubrir eso. Inmediatamente pensó en Phil. ¿A Phil le gustaría acompañarlo?

El viernes habían llegado dos «empleados» más de Europa, una mujer y un hombre, Henrietta y Peter, en principio para ser secretarios y ayudantes de Felix; pero al día siguiente ya estaba claro que ambos trabajaban a las órdenes de Lisa realizando cualquier tarea que les exigía. Tenían un bonito cabello y posiblemente eran hermano y hermana, suizos de nacimiento, o eso dijeron. Hablaban muy poco. Se movían por la casa en completo silencio y satisfacían las necesidades de todos los que estaban bajo ese techo. Henrietta pasaba horas en la vieja antecocina de Marchent, elaborando sus recetas caseras. Stuart y Reuben intercambiaban miradas discretas, estudiando los movimientos de la pareja y la forma en que parecían estar comunicándose entre sí sin hablar.

Reuben recibió un breve mensaje de correo electrónico de Susie Blakely que decía: «Me encantó la fiesta y la recordaré toda mi vida.» Le respondió diciendo que le deseaba que pasara sus mejores Navidades y que ahí estaba por si alguna vez quería escribir o llamar. La pastora George le envió un mensaje más largo contándole que a Susie le iba mucho mejor y que estaba dispuesta a confiar otra vez en sus padres, aunque estos todavía no creían que hubiera sido rescatada por el famoso Lobo Hombre. La pastora iría a San Francisco a comer con el padre Jim y para ver su iglesia de Tenderloin.

Noche tras noche, Reuben se despertaba de madrugada. Noche tras noche daba un largo y lento paseo por los pasillos del piso de arriba y el de abajo, ofreciéndose en silencio a recibir a Marchent. Nunca percibió ni la más leve insinuación de su presencia, sin embargo.

El domingo por la tarde, cuando dejó de llover, Phil y Reuben dieron un largo paseo por el bosque. Reuben confesó que nunca había recorrido toda la propiedad. Felix había explicado a la hora de comer que estaba vallándola por entero, incluidas las tierras de Drexel y Hamilton. Era una tarea colosal, pero a Felix le parecía que en ese momento era algo que debía hacer y, por supuesto, Reuben estaba de acuerdo.

Prometió que después de Navidad llevaría a Reuben y Phil a ver las viejas casas de Drexel y Hamilton, ambas grandes edificios victorianos que podían ser remodelados y puestos al día sin que perdieran su encanto.

La valla era de alambre, de metro ochenta de altura, pero con numerosas puertas. Felix se aseguraría de que la hiedra y otras enredaderas atractivas cubrieran hasta el último centímetro de malla metálica. Por supuesto, la gente podría seguir yendo de excursión por el bosque, sí, desde luego, pero entraría por la puerta principal y Reuben y Felix sabrían quién andaba por ahí. Y, bueno, en ocasiones abrirían todas las puertas y la gente podría vagar libremente. No estaba bien ser «propietario» de aquel bosque, pero quería preservarlo y volver a conocerlo.

—Bueno, eso no alejará del bosque a Elthram y su familia, ¿no? —preguntó Phil.

Felix estaba sorprendido, pero se recuperó con rapidez.

—¡Oh, no! Siempre son bienvenidos: en el bosque, en todas partes y en todo momento. Nunca se me ocurriría tratar de mantenerlos alejados. Este bosque es su bosque.

—Me alegro de saberlo —comentó Phil.

Esa noche, Reuben se encontró al subir una túnica larga de terciopelo verde oscuro sobre la cama y un par de zapatillas gruesas también de terciopelo verde. La túnica tenía capucha y le llegaba hasta los pies.

Margon le explicó que era para Nochebuena, para que la llevara en el bosque. Era muy similar al hábito de un monje: larga, suelta y de manga larga, aunque acolchada y forrada de seda, sin cinturón y cerrada por delante, con ojales y botones dorados. Llevaba bordados de oro fino en el dobladillo y las bocamangas, siguiendo un patrón curioso. Podía ser algún tipo de escritura, como la misteriosa de los Caballeros Distinguidos, que parecía de origen árabe. Tenía un halo de misterio e incluso de santidad.

La utilidad de la prenda era obvia. Los miembros del grupo se convertirían en lobos en el bosque y dejarían caer esas túnicas con facilidad a sus pies. Sería más sencillo vestirse después. Reuben estaba tan ansioso de que llegara la Nochebuena que apenas podía contenerse. Stuart estaba siendo un poco cínico. Quería saber qué clase de «ceremonia» iban a celebrar. En cambio, Reuben sabía que sería maravilloso. Francamente, no le importaba lo que hicieran. No le preocupaban Hockan Crost ni las mujeres misteriosas. Felix y Margon parecían completamente calmados y moderadamente impacientes por la noche más importante.

Reuben vería a Laura. Por fin estaría con Laura. Nochebuena había adquirido para él el carácter y la solemnidad de su noche de bodas.

Felix ya le había explicado a Phil su tradicional celebración del Viejo Mundo en el bosque y le había pedido indulgencia. Phil había estado más que de acuerdo. Pasaría la Nochebuena como siempre, escuchando música y leyendo, y probablemente se dormiría mucho antes de las once. La última cosa que quería era ser un incordio. Dormía maravillosamente allí, con las ventanas abiertas al aire del océano. A las nueve de la noche ya estaría acostado.

Llegó al fin la mañana de Nochebuena, fría y vigorizadora, con un cielo blanco en el que poco brillaría el sol antes del crepúsculo. El mar espumoso era azul oscuro por primera vez en días. Reuben bajó caminando la cuesta ventosa hasta la casa de huéspedes con la caja de regalos para su padre.

En su casa de San Francisco siempre habían intercambiado los regalos antes de ir a la Misa del Gallo, así que Nochebuena era el gran día para Reuben. El de Navidad siempre había sido informal y para el placer. Phil se iba a su habitación a ver películas basadas en *Cuento de Navidad* de Dickens, y Grace ofrecía un bufé a sus amigos del hospital, sobre todo para el personal que estaba lejos de casa y de la familia.

Su padre estaba levantado y escribiendo, e inmediatamente le sirvió una taza de café torrefacto italiano. La casita de huéspedes era la esencia de lo «acogedor». Habían puesto cortinas blancas con volantes en las ventanas, un toque bastante femenino, pensó Reuben, pero eran bonitas y suavizaban la cruda vista del mar interminable, que a Reuben le resultaba inquietante.

Se sentaron juntos al lado del fuego y Phil le regaló a su hijo un librito envuelto en papel brillante. Reuben lo abrió enseguida. Lo había hecho el propio Phil, ilustrándolo con dibujos a mano alzada; «al estilo de William Blake», dijo mofándose de sí mismo. Reuben vio que se trataba de una colección de poemas que Phil había escrito a lo largo de los años para sus hijos. Algunos los había publicado, pero la mayoría no los había leído nunca nadie.

Para mis hijos, se titulaba sencillamente.

Reuben estaba profundamente conmovido. Los dibujos de trazo fino de Phil rodeaban cada página, entretejiendo imágenes como en los manuscritos iluminados medievales, y a menudo eran marcos de follaje con objetos domésticos sencillos incorporados. Aquí y allá, entre los trazos densos y serpenteantes, había una taza de café o una bicicleta, o una pequeña máquina de escribir o una canasta de baloncesto; en ocasiones caras pícaras, caricaturas burdas pero amables de Jim y Reuben y Grace y el propio Phil. Había un dibujo primitivo a página completa de la casa de Russian Hill con todas sus pequeñas habitaciones repletas de muebles y objetos muy apreciados.

Phil nunca había hecho una recopilación parecida. A Reuben le encantó.

—Hoy mismo tu hermano recibirá su ejemplar por FedEx. Y también le he enviado uno a tu madre —dijo—. No leas ni una palabra ahora. Llévatelo al castillo y lo lees cuando puedas leerlo. La poesía debería tomarse en pequeñas dosis. Nadie necesita poesía. Nadie necesita obligarse a leerla.

Había otros dos regalos y Phil aseguró a Reuben que Jim estaba recibiendo otros idénticos. El primero era un libro que él mismo había escrito titulado simplemente *Nuestros antepasados en San Francisco. Dedicado a mis hijos*. Reuben no podría haberse sentido más feliz. Por primera vez en su vida, quería realmente saberlo todo sobre la familia de Phil. Había crecido bajo la sombra gigantesca de su abuelo Spangler, pero sabía poco o nada de los Golding, y aquel libro no estaba escrito en el ordenador, sino en la legible letra cursiva, anticuada y hermosa, de Phil. Contenía reproducciones de antiguas fotos que Reuben no había visto nunca.

—Tómate tu tiempo también con eso —dijo Phil—. Tómate el resto de tu vida para leerlo, si quieres. Y pásaselo a tu hijo, por supuesto, aunque tengo intención de contarle a ese niño algunas de las historias que nunca os conté a ti y a tu hermano.

El último regalo era una boina de mezclilla que había pertenecido al abuelo O'Connell, igual que la que había visto llevar a Phil en sus paseos.

—Tu hermano recibirá otra igual —dijo Phil—. Mi abuelo nunca salía sin una de estas gorras. Y tengo un par más en el arcón para ese niño que está en camino.

—Caray, papá, son los mejores regalos que nadie me ha hecho nunca —dijo Reuben—. Es una Navidad extraordinaria. No deja de mejorar y mejorar.

Ocultó el dolor que sentía por haber tenido que perder la vida para comprender realmente su valor, por haber tenido que abandonar el reino de la familia humana para desear conocer y comprender a sus antepasados.

Phil lo miró con gravedad.

—¿Sabes, Reuben? —dijo—. Tu hermano Jim está perdido. Se ha enterrado vivo en el sacerdocio católico por razones equivocadas. El mundo en el que lucha es reducido y oscuro. No hay magia en él, ni asombro ni misticismo. Pero tú tienes el universo esperándote.

«Si al menos pudiera contarle una pequeñísima parte, si al menos pudiera confiarme a él y pedirle orientación. Si al menos...»

—Toma, papá, mis regalos —dijo. Cogió la gran caja de pequeños volúmenes cuidadosamente envueltos y se la puso delante.

Phil se echó a llorar cuando abrió el primero y vio el pequeño volumen en tapa dura de *Hamlet* editado por Ginn and Company, el mismo libro que tanto valor tenía para él antes de licenciarse. Y al darse cuenta de que allí estaban las obras completas, todas y cada una de ellas, se sintió abrumado. Era algo que ni siquiera había soñado: la colección completa. Aquellos libros ya estaban descatalogados cuando él los había encontrado por primera vez en librerías de segunda mano en sus días de estudiante.

Reprimió las lágrimas, hablando en voz baja del tiempo pasado en Berkeley como el período más rico de su vida, cuando leía a Shakespeare, representaba a Shakespeare, vivía a Shakespeare a diario; cuando pasaba horas bajo los árboles del viejo y bello campus y paseaba por las librerías de la avenida Telegraph en busca de obras eruditas sobre el Bardo, emocionándose cada vez que alguna crítica perspicaz le daba una nueva perspectiva o hacía que las obras cobraran vida para él de una forma nueva. Entonces creía que le encantaría siempre el mundo académico. Nada deseaba más que quedarse en un ambiente de libros y poesía para siempre.

Luego se dedicó a la enseñanza y a repetir las mismas palabras año tras año. Llegaron las reuniones interminables del comité y las tediosas fiestas de la facultad y la presión incesante para que publicara teorías críticas o ideas que ni siquiera tenía. Luego llegó el hastío, incluso el odio por todo ello, y la convicción de su completa insignificancia y su mediocridad. Sin embargo, aquellos pequeños volúmenes lo devolvieron a la época más dulce, cuando era un recién llegado lleno de esperanza, antes de que todo se convirtiera en un fraude para él.

Lisa se presentó entonces con un desayuno completo para ambos: huevos revueltos, salchichas, beicon, tortitas, sirope, mantequilla, tostadas y mermelada. Lo dispuso con rapidez en la mesita del comedor y se puso a preparar café. Jean Pierre apareció con una jarra de zumo de naranja y una bandeja de galletas de jengibre a las que Phil no pudo resistirse.

Después de zamparse el desayuno, Phil se quedó un buen rato mirando por la ventana rectangular el mar y el horizonte azul oscuro bajo el cobalto más brillante del cielo despejado. Luego dijo que nunca había soñado que podría ser tan feliz, que nunca había soñado que le quedara tanta vida.

—¿Por qué la gente no hace lo que quiere hacer, Reuben? —preguntó—. ¿Por qué con tanta frecuencia nos conformamos con aquello que nos hace profundamente desgraciados? ¿Por qué aceptamos que la felicidad sencillamente no es posible? Mira lo que ha ocurrido. Ahora soy diez años más joven que hace una semana. ¿Y tu madre? A tu madre le parece bien. Perfecto. Siempre fui demasiado viejo para tu madre, Reuben. Demasiado viejo de espíritu y demasiado viejo en todos los aspectos. Cuando tengo la más leve duda respecto a si ella es feliz, la llamo y hablo con ella. Escucho el timbre de su voz, ¿sabes?, la cadencia de su habla. Siente alivio estando sola.

—Te entiendo, papá —dijo Reuben—. Siento un poco lo mismo cuando recuerdo mis años con Celeste. No sé por qué me despertaba cada mañana con la idea de que tenía que adaptarme, de que tenía que aceptarlo, que contemporizar.

—Se acabó, ¿no? —dijo Phil, dando la espalda a la ventana. Se encogió de hombros e hizo un gesto de resignación con las manos—. Gracias, Reuben, por dejarme venir aquí.

—Papá, no quiero que te vayas nunca.

La expresión de los ojos de Phil fue la única respuesta que necesitaba. Su padre se acercó a la caja de libros de Shakespeare y eligió el ejemplar de *El sueño de una noche de verano.*

—Mira, estoy impaciente por leerles fragmentos de esto a Elthram y Mara. Mara dijo que no había oído hablar de *El sueño de una noche de verano*. Elthram conocía la obra. Recita trozos de carrerilla. ¿Sabes, Reuben? Voy a regalar el viejo ejemplar de comedias a Elthram y Mara. Está por aquí, en alguna parte. Bueno, tengo dos. Les daré el que no tiene anotaciones, el limpio. Creo que será un buen regalo para ellos. Mira lo que me han regalado. —Indicó el ramito de flores silvestres de colores vivos que había en su escritorio—. No sabía que hubiera tantas flores silvestres en el bosque en esta época del año. Me lo han regalado a primera hora de la mañana.

—Es hermoso, papá —dijo Reuben.

Esa tarde fueron en coche hasta la costa y el pueblo de Mendocino para dar un paseo mientras el clima lo permitiera. Mereció la pena. Los edificios victorianos de la playa estaban tan alegremente decorados como Nideck, y el pequeño centro de la población bullía de gente que hacía sus compras navideñas en el último momento. El mar permanecía en calma y de un azul hermoso, y el cielo, lleno de nubes blancas que se deslizaban, era soberbio.

Sin embargo, a las cuatro en punto, cuando regresaban en coche a casa, el cielo se puso plomizo y la penumbra de la noche empezó a envolverlos. Gotitas de lluvia golpeaban el parabrisas. Reuben pensó lo poco que importaría cuando adoptara su pelaje de lobo que una tormenta se abatiera sobre Nideck Point, y se instaló en su propia y creciente expectación. ¿Cazarían esa noche? Tenían que cazar. Se moría de ganas de cazar y sabía que a Stuart le ocurría lo mismo.

Se quedó el tiempo suficiente en la casita de Phil para llamar a Grace y Jim y desearles a ambos la más feliz de las Navidades. Jim oficiaría la Misa del Gallo esa noche en la iglesia de St. Francis at Gubbio, como siempre, y Grace, Celeste y Mort estarían allí. Al día siguiente, servirían la cena de Navidad en el comedor de San Francisco para los pobres y las personas sin hogar de Tenderloin.

Finalmente llegó el momento de dejar a Phil. Nochebuena al fin. Era noche cerrada y la lluvia se había convertido en una fina neblina al otro lado de la ventana. El bosque lo llamaba.

Al subir la cuesta, Reuben se dio cuenta de que habían apagado las luces exteriores de Nideck Point. La alegre casa de tres plantas, tan visible de noche con las luces de Navidad, había desaparecido, convertida en una gran sombra oscura por cuyas ventanas solo salía la escasa iluminación interior, con los hastiales ocultos por la mortaja de neblina.

Solo unas cuantas velas iluminaron su ascenso por la escalera. En su habitación encontró la túnica con capucha de terciopelo verde preparada para él, con las zapatillas.

Había añadido otro elemento espectacular al conjunto: un gran cuerno dorado para beber, bellamente labrado con figuritas y símbolos. Un ribete de oro decoraba el borde y el extremo en punta también estaba rematado en oro. Una larga cinta de cuero servía para llevarlo al hombro. Era un objeto hermoso, demasiado grande para ser un cuerno de búfalo o de oveja, obviamente.

Una llamada a su puerta interrumpió su inspección. Oyó la voz amortiguada de Felix.

—Ya es la hora —dijo.

21

Reuben bajó la escalera a la luz de una sola vela, consciente de la inmensidad y el vacío de la casa.

Se oía a lo lejos el rumor inquietante de los tambores.

Cuando salió a los escalones de la parte de atrás, apenas distinguió las cinco figuras con capucha en la densa oscuridad. Los tambores distantes sonaban con una cadencia extraña y levemente amenazadora. Apenas más tenue que el sonido del viento, oyó la melodía de las flautas. La lluvia ya no era más que una neblina espesa. La notaba pero no la oía. El viento, sin embargo, ululaba entre los árboles distantes.

Lo atenazó un temor instintivo. A lo lejos atisbó el parpadeo de un fuego. Era un fuego enorme, tan enorme que despertó en él la alarma. Sin embargo, el bosque empapado de lluvia no corría peligro a causa del fuego. Reuben lo sabía.

Gradualmente fue distinguiendo las siluetas de quienes tenía cerca. Oyó que frotaban una cerilla y un pequeño resplandor reveló a Margon con una antorcha delgada en la mano.

La antorcha prendió enseguida y las otras figuras emergieron gracias a la luz creciente.

Reuben olía la brea o el alquitrán de la antorcha, no estaba seguro de lo que era.

Empezaron a caminar por el bosque con Margon encabezando el grupo, antorcha en mano. Daba la impresión de que los tambores distantes sabían que se acercaban. Se oía el redoble insistente y profundo de grandes tambores y el incesante y estimulante sonido de tambores más pequeños. Luego los cuernos se impusieron a la percusión. Se sumó otra voz instrumental: tal vez una gaita irlandesa, alta, nasal y bastante triste.

Alrededor de ellos el bosque susurraba, crujía y se agitaba en la oscuridad. Al afanarse para superar rocas y helechos en su progreso firme, Reuben oyó susurros y risitas. Distinguía las caras blancas y borrosas de los miembros de la Nobleza del Bosque, simples destellos a ambos lados del sendero irregular que seguían. De repente, sonó una música tenue y misteriosa para acompañarlos al ritmo del sonido más fuerte que los llamaba desde lejos: las ásperas y tristes notas de las flautas dulces, la percusión y el tintineo de las panderetas, un zumbido inquieto.

Notó que se le erizaba el vello de los brazos y la nuca. Era un escalofrío agradable. Su desnudez bajo la túnica le parecía erótica.

Continuaron caminando. Reuben empezó a sentir el profundo cosquilleo que anunciaba el cambio, pero Felix le agarró la muñeca.

—Espera —le dijo en voz baja, adaptándose al ritmo de Reuben y colocándose a su lado, sujetándolo cuando tropezó y estuvo a punto de caer.

Los tambores en la distancia sonaron más fuerte. Los más graves redujeron el ritmo a un ominoso y aterrador toque de difuntos. El gemido de las gaitas irlandesas era hipnótico. Por encima de ellos, las altas ramas de las secuoyas crujían bajo el peso de la Nobleza del Bosque. También del sotobosque surgían chasquidos como de enredaderas rotas en la oscuridad y ramas golpeando la maleza.

El fuego era un gran resplandor rojo en la neblina que parpadeaba entre la enorme masa de arbustos y ramas entrecruzadas.

Se desviaban a un lado y a otro en su caminata. Reuben ya no tenía ni idea de en qué dirección iba, solo sabía que se estaban acercando cada vez más al resplandor.

Delante de él, los encapuchados eran indistinguibles a la luz distante de la solitaria antorcha parpadeante. De repente tuvo la impresión de que solo Felix era real; Felix, que estaba a su lado. Se inquietó por Stuart. ¿Tenía miedo Stuart? Y él, ¿tenía miedo?

No. Ni siquiera lo tuvo cuando los tambores se volvieron más ruidosos y los músicos espectrales que los rodeaban respondieron, tejiendo las hebras estridentes de su melodía al ritmo del tambor. No tenía miedo. Una vez más notó el hormigueo y que el pelo de la nuca quería salir. El vello de lobo luchaba contra la piel de hombre. ¿El lobo que había en él respondía a los tambores? ¿Los tambores ejercían sobre el animal un poder oculto del cual él no era consciente? Pugnó contra la transformación con valor, pero también con deleite, sabiendo que pronto se desencadenaría.

El brillo del fuego distante aumentó y pareció devorar la débil luz de la antorcha de Margon. Había algo tan espantoso en aquel brillo tembloroso y palpitante que despertó en él otra vez una alarma tremenda. Sin embargo, el fuego los estaba llamando, y Reuben, ansioso, se adelantó para agarrar con firmeza el brazo de Felix.

De repente, la expectación que sentía era embriagadora. Tuvo la sensación de que llevaba una eternidad caminando por el bosque oscuro y de que esa era la mejor de las experiencias, la de estar con los demás, dirigiéndose hacia el fuego distante que ardía y parpadeaba muy por encima de ellos, como si surgiera de la boca de un volcán o de alguna oscura chimenea invisible bajo su luz.

Olores penetrantes le invadieron las fosas nasales: el riquísimo aroma de un jabalí vivo como los que había cazado muy de vez en cuando; la fragancia embriagadora del vino calentado a fuego lento con clavo, canela y nuez moscada; el olor dulce de la miel. Todo eso olió además del humo, los pinos, la bruma húmeda. Le inundaban los sentidos.

Le pareció oír el chillido de un jabalí, un grito gutural salido de la noche y, una vez más, sintió que la piel le ardía. Tenía retortijones de hambre; hambre de carne viva, sí.

Una colosal canción sin palabras se elevó del coro de seres invisibles que los rodeaban cuando llegaron a un verdadero muro de negrura por encima del cual volaban chispas hacia el cielo desde la hoguera rugiente que ya no podían ver con claridad.

De repente, la pequeña antorcha de Margon se estaba moviendo hacia arriba. Reuben atisbó las rocas grises que había visto a la luz del día y al cabo de un momento él mismo estaba trepando por una empinada cuesta rocosa y entrando por indicación de Felix en un pasaje escarpado por el que apenas podía avanzar. Los tambores sonaron más fuerte en sus oídos y las gaitas rugieron otra vez, pulsantes, insistentes, instándolo a moverse con rapidez.

Frente a él, el mundo explotó en una danza de llamas anaranjadas.

La última de las figuras oscuras que tenía delante se había apartado hacia el calvero. Avanzó a trompicones y descubrió que había pisado tierra compacta. El fuego lo cegó momentáneamente.

Era un espacio amplio.

A unos treinta metros de distancia, la gran hoguera crepitaba con furia, con su oscuro andamiaje de troncos plenamente visible en el interior de aquel horno de llamas amarillas y anaranjadas.

El fuego parecía marcar el centro mismo de un amplio escenario. A su derecha e izquierda, Reuben vio las rocas que se extendían hacia las sombras inevitables, no sabía hasta dónde.

Justo en la boca del pasaje por el cual acababan de llegar estaban los músicos, todos ellos conocidos, con túnica de terciopelo verde y capucha. Era Lisa quien tocaba con estruendo los timbales, cuya vibración agitaba hasta los huesos de Reuben. La rodeaban Henrietta y Peter tocando las flautas dulces, Heddy con un tambor largo y estrecho y Jean Pierre tocando la enorme gaita escocesa. Desde muy arriba llegaban el canto de la Nobleza del Bosque, el sonido inconfundible de violines y flautas traveseras y las notas vibrantes de los dulcémeles.

Todos trataban de crear una melodía de expectación y reverencia, de solemnidad incuestionable.

Entre las peñas y el fuego que Reuben tenía delante había un caldero dorado enorme sobre un fuego que ardía con suavidad y brillaba como si estuviera hecho de ascuas. Reuben se dio cuenta de que el caldero ocupaba el centro del círculo que los morfodinámicos formaban alrededor.

Dio un paso adelante y ocupó su lugar. Los vapores de la mezcla especiada del caldero ascendieron agradablemente hacia sus fosas nasales.

La música se enlenteció y se suavizó a su alrededor. Dio la impresión de que el aire contenía el aliento con el retumbar de los tambores como una sucesión de truenos.

Se oyeron los chillidos del jabalí, los gruñidos, los profundos aullidos guturales. Esos animales estaban encerrados con seguridad en algún sitio, Reuben lo intuía. Confiaba en que así fuera.

Entretanto, los morfodinámicos se acercaron todo lo posible al calor del caldero, en un círculo aún no lo bastante pequeño para que se tocaran, pero sí lo suficiente para que todos los rostros fueran visibles.

Entonces, de las sombras que danzaban más allá del fuego, a su derecha, surgió una figura desconocida para unirse al círculo. Cuando se apartó la capucha verde de la cara, Reuben vio que era Laura.

Se quedó sin aliento. Laura estaba frente a él, sonriéndole a través del tenue vapor que se elevaba del enorme caldero. Los demás prorrumpieron en vítores y saludos.

—Modranicht —rugió Margon—. La noche de la Madre Tierra y nuestra fiesta de Yule.

Todos enseguida alzaron los brazos y rugieron para responderle, en el caso de Sergei con un profundo aullido. Reuben los alzó también y se esforzó por soltar el aullido que albergaba en su interior.

De repente, los timbales retumbaron agitando a Reuben hasta el tuétano y las flautas tocaron una melodía penetrante.

—Gente del Bosque, uníos —declaró Margon con los brazos en alto.

De las rocas que los rodeaban surgió un clamor de tambores y flautas y violines y asombrosas trompetas de latón.

—¡Morfodinámicos! —gritó Margon—. Sed bienvenidos.

De la oscuridad salieron más figuras encapuchadas. Reuben vio claramente el rostro de Hockan, la cara de Fiona y formas más pequeñas y femeninas que tenían que ser Berenice, Catrin, Helena, Dorchella y Clarice. El círculo se ensanchó, admitiéndolas una por una.

—¡Bebed! —gritó Margon.

Todos convergieron en el caldero para sumergir los cuernos en el brebaje hirviente y retrocedieron de nuevo para tomárselo trago a trago. La temperatura era perfecta para encender un fuego en la garganta y el corazón, para encender los circuitos del cerebro.

Una vez más sumergieron los cuernos y volvieron a beber.

De repente, Reuben se tambaleó, se estaba cayendo. A su derecha, Felix se estiró para sujetarlo. Le bailaba la cabeza y se le escapaba la risa. Laura le sonrió con una mirada abrasadora y se llevó el cuerno brillante a los labios. Lo saludó. Dijo su nombre.

—No es momento para palabras humanas: ni para poesía ni para sermones —gritó Margon—. Esta no es una reunión para hablar, porque todos conocemos las palabras. Pero ¿cómo vamos a llorar la pérdida de Marrok si no pronunciamos su nombre?

—¡Marrok! —gritó Felix, y, acercándose al caldero, hundió su cuerno y bebió.

—Marrok —dijo Sergei—, viejo amigo, amigo querido.

Uno por uno fueron haciendo todos lo mismo. El último en hacerlo fue Reuben, que tuvo que alzar el cuerno y gritar el nombre del morfodinámico al que había matado.

—¡Marrok, perdóname! —gritó. Y oyó la voz de Laura haciéndose eco de las mismas palabras: «Marrok, perdóname.»

Sergei volvió a rugir y, esta vez, Thibault y Frank rugieron con él, y también Margon.

—Marrok, danzamos por ti esta noche —gritó Sergei—. Has entrado en la oscuridad o en la luz, no lo sabemos. Te saludamos.

—Y ahora, con alegría —gritó Felix—, saludamos a los más jóvenes de nosotros: Stuart, Laura, Reuben. Es vuestra noche, mis jóvenes amigos, vuestro primer Modranicht entre nosotros.

Esta vez le respondieron los terroríficos aullidos de todo el grupo.

Se estaban deshaciendo de las túnicas. Felix se había desnudado y, con los brazos en alto, se estaba convirtiendo en el Lobo Hombre. Frente a Reuben, Laura de repente quedó desnuda y blanca, con los hermosos pechos visibles a través del vapor que se alzaba del caldero. Sergei y Thibault estaban desnudos, con el vello de lobo naciendo en ellos mientras la flanqueaban.

Reuben soltó un grito ahogado de terror. Olas de deseo lo recorrieron junto con cierto mareo de borrachera.

Su túnica yacía a sus pies y el aire frío lo envolvió, despertándolo y envalentonándolo.

Todos estaban transformándose. Todos aullaron sin poder evitarlo. La música era un clamor atronador. Un cosquilleo gélido le recorrió la cara y el cuero cabelludo, primero, y luego el tronco y las extremidades. Sintió una fracción de segundo de dolor en los músculos cuando se le hincharon hasta alcanzar su gloriosa nueva fuerza y flexibilidad.

Pero era a Laura a la que estaba viendo, como si no hubiera nadie más en el maravilloso universo en expansión salvo Laura, como si la transformación de Laura fuera su transformación.

Un espantoso temor atenazó a Reuben, un miedo tan terrible como el que había sentido la primera vez que de niño había visto una fotografía del órgano sexual femenino, esa boca secreta maravillosa y terrible, tan húmeda, tan abierta, tan velada por el vello enredado, espantosa como el rostro de Medusa, atrayéndolo y amenazándolo con convertirlo en piedra. Pero no podía apartar la mirada de Laura.

Estaba viendo crecer el pelo gris oscuro en la coronilla de Laura mientras le salía a él; el pelo le cayó hasta los hombros a ella mientras la melena se le derramaba sobre los hombros a él. Vio el pelo lacio y brillante revistiendo las mejillas y el labio superior de Laura, su boca convirtiéndose en carne negra y sedosa como la suya, los colmillos blancos brillantes creciéndole, el grueso pelaje bestial cerrándose sobre su torso, tragándose sus pechos y pezones.

Petrificado, Reuben vio los ojos de Laura ardiendo en la faz de la bestia y cómo aumentaba de estatura, con sus poderosas patas delanteras de lobo levantadas, con las garras hacia el cielo.

Miedo y deseo palpitaban en él, enloqueciéndolo infinitamente más que el aroma del jabalí o el martilleo de la música o los ensordecedores violines y gaitas de la Nobleza del Bosque.

Pero los del grupo de enfrente se movían. Laura cambió de lugar con Thibault y luego con Hockan y luego con Sergei y luego con otro y otro hasta que estuvo al lado de Reuben.

Él cogió en sus zarpas la máscara de lobo que era el rostro de Laura, mirándola directamente a los ojos, observándola, decidido a comprender plenamente el misterio del rostro monstruoso que tenía delante y que, con el pelaje gris y los dientes brillantes, a él le resultaba tremendamente hermoso.

De repente, Laura cerró los brazos poderosos en torno a él, desconcertándolo con su fuerza, y él devolvió el abrazo, abriendo la boca sobre su boca, metiendo la lengua entre sus dientes. Estaban pegados los dos, desnudos bajo el glorioso camuflaje del pelaje de lobo, y los demás gritaban sus nombres:

—¡Laura, Reuben! ¡Laura, Reuben!

La música estaba adoptando el ritmo de una danza y, a la luz cambiante del fuego, Reuben vio acercarse a la Nobleza del Bosque. Elthram y los demás se acercaron con largas guirnaldas de madreselva y enredaderas en flor con las que adornaron a Reuben y Laura, pasándoselas por los hombros. Daba la impresión de que llovían pétalos de flores sobre ellos. Pétalos blancos y amarillos y rosados: pétalos de rosa, pétalos de cerezo, frágiles pétalos de flores silvestres. A su alrededor, la Nobleza del Bosque seguía cantando y cubriéndolos de besos etéreos sin aroma, besos que solo olían a flores.

—Laura —susurró en el oído de su amada—. Laura, huesos de mis huesos, carne de mi carne.

Oyó la profunda voz bestial de ella respondiéndole con palabras suaves y dulces.

—Mi querido Reuben, allá adonde vayas iré yo y donde te alojes me alojaré.

—Y yo contigo —respondió él. Las palabras saltaron desde su recuerdo hasta su lengua—. Y tu gente será mi gente.

Les entregaron cuernos de vino, de los que ellos bebieron; los intercambiaron y bebieron otra vez. El vino se derramó de sus bocas y les cayó por el grueso pelaje. ¡Qué poco importaba! Alguien le había vertido un cuerno de vino sobre la cabeza a Reuben, que en ese momento vio a Laura ungida de modo similar.

Aplastó la cara contra la de ella y sintió la presión caliente de los pechos de ella contra su pecho, el calor pulsando a través del vello.

—¡Y los peludos danzarán en torno al caldero! —gritó Margon.

Los tambores acompañaron rítmicamente la danza y las gaitas tocaron la melodía.

Enseguida se pusieron a mecerse, balancearse, saltar y desplazarse en círculo hacia la derecha, todos ellos, cada vez más rápido.

El ritmo de los tambores era el de una danza y estaban danzando, porque eso hacían, con los brazos estirados, las rodillas dobladas, saltando en el aire, dando vueltas. Sergei cogió a Reuben y lo hizo girar para enseguida continuar con Laura. Una y otra vez, otros se juntaban y luego se separaban, y el impulso a la derecha en torno al caldero continuaba.

—¡En torno al fuego! —rugió el gigante Sergei, cuya voz de barítono era inconfundible en forma de lobo.

Se apartó de un salto del círculo y los otros corrieron tras él. Reuben y Laura los siguieron juntos lo más deprisa que pudieron.

La tremenda velocidad de los que iban por delante de Reuben lo animaba a continuar tanto como los tambores, con Laura manteniendo el ritmo a su lado, bajo su atenta mirada, tocándolo con el costado de vez en cuando al saltar juntos hacia delante.

Conocía los rugidos que hendían el aire, conocía los aullidos de Frank, Thibault, Margon, Felix y Sergei. Oyó los desconocidos gritos salvajes de las otras morfodinámicas y luego la voz de Laura, a su lado, vibrante, más alta y más dulce que la suya, y exquisitamente salvaje cuando rugió.

Corrió tras ella, perdiéndola de vista mientras los otros se movían con más rapidez que él.

Nunca en toda su vida había corrido tan deprisa, había saltado tan lejos ni tenido la sensación de que podía despegar corriendo, ni siquiera esa noche lejana en la que había recorrido kilómetros para encontrar a Stuart. Había demasiados obstáculos en su camino; el miedo excesivo a lesionarse lo había inhibido. Pero en ese momento estaba en éxtasis, como si lo hubieran ungido con el ungüento secreto de las brujas. Al igual que Goodman Brown, viajaba verdaderamente por el aire nocturno, liberado de la gravedad de la Madre Tierra y, sin embargo, fortalecido por sus vientos, tocando el suelo apenas el tiempo suficiente para notarlo.

De nuevo los aullidos guturales y los gritos descarnados se alzaron por encima de la machacona e incitante música.

«¡Modranicht! ¡Yule», gritaban. Palabras quizás ininteligibles para el oído humano puesto que salían de las gargantas profundas de los morfodinámicos. Delante de Reuben, dos figuras que corrían chocaron y rodaron por el suelo, rugiendo, aullando, tocándose juguetonamente; luego una corrió dejando que la otra le diera caza.

Una figura descargó todo su peso encima de Reuben, que rodó alejándose del fuego hacia las rocas que los rodeaban, sacándosela de encima, y luego fingió lanzarse hacia su garganta cuando la figura la emprendió con él como un felino monstruoso. Le dio la espalda y siguió corriendo, sin que le preocupara quién había sido, sin que le preocupara nada, limitándose a estirar cada tendón de su cuerpo poderoso y a saltar tanto como podía sobre las almohadillas de las extremidades delanteras y traseras, precipitándose hacia la figura más lenta que tenía delante, rodeando la gran hoguera quizá por quinta o sexta vez, no lo sabía, y ávido de notar el viento en la cara, como si estuviera devorando el viento entre las sombras amenazadoras de la gigantesca fogata, impulsado por el ritmo profundo de los tambores y el sonido salvaje de las gaitas.

El pesado aroma almizclado del jabalí le llegó con fuerza. Reuben gritó. No quedaba nada de humano en él. De repente, vio por delante la enorme mole de un macho monstruoso corriendo a la misma velocidad y con la misma furia con la que él corría. Antes de poder atraparlo, otro morfodinámico se había adelantado, había hundido los dientes en el enorme cuello del jabalí y estaba cabalgando tenazmente con las piernas abiertas sobre el lomo del animal.

Otro jabalí y otro morfodinámico pasaron corriendo a su lado. Reuben salió tras ellos a toda velocidad, con el estómago encogido de hambre.

Una vez más, vio que caía el jabalí.

Los chillidos horripilantes de los animales heridos y furiosos resonaban en la noche junto con los rugidos de los morfodinámicos.

Reuben insistió hasta que vio delante de él a quien sabía que era Laura. Rápidamente la rebasó y adoptaron el mismo paso.

De repente, oyó las pezuñas junto a sus orejas, y sintió el dolor agudo de un colmillo en el costado. Se volvió, enfurecido, y abriendo mucho la boca en un rugido delicioso clavó los dientes en el costado del cuello del animal. Notó que rompía la piel almizclada, desgarraba los músculos y, por fin, lo abrumó el sabor delicioso de la carne.

Laura, encima del animal, le desgarró el flanco.

Reuben rodó una y otra vez con el jabalí, que chillaba y gruñía luchando por su vida, arrancándole un pedazo de carne palpitante tras otro. Al final, el rostro lobuno de Reuben encontró la tripa del animal y la desgarró para su lengua hambrienta. Laura hundió los dientes en el festín, justo a su lado.

Reuben se atiborró de carne sangrante y caliente, dando mordiscos al flanco mientras el animal agonizaba, agitando todavía las patas. Laura lamió la sangre, desgarró tiras de músculo sangriento. Él se quedó observándola.

Dio la impresión de que pasaba una eternidad hasta que los chillidos y gruñidos se apagaron, los golpes de las pezuñas cesaron y solo los característicos rugidos agudos de los morfodinámicos perforaban la noche envueltos en la callada nube de la música fascinante.

Reuben estaba ebrio y saciado de carne, casi incapaz de moverse. La caza había terminado.

La calma se había abatido sobre el inmenso calvero en el que ardía el fuego monstruoso, y la música continuaba sonando.

Entonces se alzó un grito:

—¡Huesos a la hoguera!

Hubo un estruendo en el corazón del fuego y luego otro, como si la hoguera fuera un volcán en erupción.

Reuben se levantó, cogió el cadáver desgarrado y ensangrentado del jabalí con el que se había dado un festín y lo arrojó al fuego. Vio a otros haciendo lo mismo, y enseguida el hedor de carne quemada se alzó a su alrededor, nauseabundo y sin embargo tentador. Laura chocó con él, se apoyó pesadamente en él, con jadeos roncos. Estaban conociendo el calor del pelaje de lobo, la sed del pelaje lobuno.

La figura de Sergei apareció a su lado, diciéndole que volviera, que se uniera a los demás junto al caldero. Encontraron a los otros reunidos, bebiendo de sus cuernos e intercambiando cuernos. Reuben identificó a los siete que no formaban parte de su manada, pero no distinguía la identidad de las lobas. Conocía a Hockan. Hockan tenía un gran cuerpo lobuno como el de Frank y el de Stuart, y su pelaje era casi por completo blanco, con rayas grises aquí y allá, lo cual hacía que destacaran poderosamente sus ojos negros. Otros morfodinámicos de ojos oscuros no tenían esa ventaja.

Nada distinguía claramente a las hembras salvo su menor tamaño y sus movimientos ligeramente felinos. Sus pechos y genitales estaban cubiertos de pelo largo y vello. Su altura variaba, igual que la de los hombres, y sus extremidades eran obviamente poderosas. Mirara hacia donde mirara, Reuben veía caras peludas manchadas de sangre coagulada y trozos de palpitante carne de jabalí, torsos ensangrentados, pechos hinchándose con inspiraciones profundas. Una y otra vez, sumergían los cuernos en un caldero aparentemente inagotable. ¡Qué natural parecía todo, qué perfecto! Saciar su sed de ese modo, una y otra vez. Qué divina era la borrachera que sentía, la completa seguridad del momento.

Sergei retrocedió hacia los músicos reunidos y soltó un rugido espantoso.

—¡A saltar el fuego! —gritó.

Despegó con un salto tremendo, tocando el suelo una vez antes de lanzarse directamente hacia las llamas. Reuben estaba aterrorizado por él, pero enseguida los otros se pusieron a correr en círculo y hacia el fuego del mismo modo, propulsándose por encima de las llamas más altas, con gritos de triunfo al superar el infierno y aterrizar de pie.

Oyó la voz de Laura llamándolo y vio de reojo que se separaba del grupo, corría hacia los músicos y luego daba la vuelta y se impulsaba como había hecho Sergei, proyectando el cuerpo hacia arriba y hacia las llamas hambrientas.

No pudo evitar seguirla. Pese a que estaba aterrorizado por el fuego, se sentía invulnerable, se sentía ansioso, se sentía enloquecido con el nuevo y seductor desafío.

Corrió con todas sus fuerzas y saltó como había visto hacer a los otros, con el fuego cegándolo, con el calor envolviéndolo, notando el olor de su propio pelaje chamuscado en las fosas nasales hasta que salió al viento frío y cayó al suelo para empezar a correr una vez más en torno al círculo.

Laura lo había esperado. Laura iba corriendo a su lado. Reuben veía las patas de ella volando por delante de su cuerpo, sus poderosos hombros agitándose bajo el pelaje de loba gris oscuro.

Corrieron en torno al caldero y de nuevo se precipitaron en esa alocada carrera y saltaron las llamas.

La siguiente vez que se acercaron al caldero, el grupo se había reunido en círculo otra vez; todos se sostenían sobre las patas traseras. Enseguida se unieron a los demás.

¿Qué estaba ocurriendo? ¿Por qué la música se había hecho más lenta, por qué tenía ritmo sincopado de mal agüero?

El sonido incitante de las flautas se enlenteció también; cada cuarta nota era más fuerte que las tres anteriores. Los demás estaban balanceándose, adelante y atrás, adelante y atrás, y Margon cantaba algo en su lengua antigua. Felix se sumó a la canción y después lo hizo la vibrante voz de barítono de Sergei. Thibault estaba tarareando; la figura inconfundible de Hockan Crost, el más parecido a un lobo blanco del grupo, también estaba tarareando mientras se balanceaba. Surgió una especie de gemido de las otras hembras.

De repente, Hockan pasó corriendo junto a Felix y Reuben y agarró a Laura con ambas patas.

Antes de que Reuben pudiera acudir en su defensa, Laura empujó a Hockan hacia atrás, hacia el caldero, que casi se volcó; el líquido caliente salpicó como metal fundido.

Sergei, Felix y Margon aullaron con ferocidad y rodearon a Hockan, que alzó las patas enseñándoles las zarpas, gruñéndoles mientras retrocedía.

—Es Modranicht —dijo con su profunda voz brutal de lobo. Soltó un aullido amenazador.

Margon negó con la cabeza y dio la respuesta gutural más grave y amenazadora que Reuben había oído jamás a un morfodinámico.

Una de las hembras salió del grupo y empujó a Hockan de forma juguetona pero poderosa con las dos patas. Cuando se abalanzó hacia ella, echó a correr en torno al fuego con él persiguiéndola de cerca.

La tensión de los machos protectores se redujo.

Otra hembra empujó a Frank con las patas, y Frank, aceptando el reto, fue tras ella.

Ya estaba ocurriendo en todas partes alrededor de ellos. Felix salió tras la tercera de las lobas, y Thibault detrás de la cuarta. Incluso Stuart fue de repente cortejado y seducido y se lanzó en persecución de su hembra.

Laura se acercó a Reuben, con los pechos poderosos latiendo contra el pecho de él, rozándole la garganta con los dientes, llenándole los oídos de gruñidos. Reuben trató de levantarla del suelo, pero se le subió encima y lucharon, rodando en la oscuridad hacia las rocas.

Estaba excitado por ella; le mordisqueó la garganta y le lamió las orejas, la piel sedosa de la cara, la carne suave y negra del hocico, deslizó la lengua sobre la de ella.

Enseguida estuvo dentro de Laura, moviéndose adelante y atrás en una vagina tensa y húmeda, más profunda y musculosa que su sexo humano, que se cerraba contra él con tanta fuerza que casi le hizo daño, pero solo casi. El cerebro de Reuben había desaparecido, había desaparecido en el animal, en las entrañas del animal, y esa cosa, esa cosa que tanto se parecía a él, esa cosa poderosa y amenazadora que había sido Laura era suya con la misma seguridad que él era de ella. El cuerpo atlético de Laura se agitó con espasmos bajo él, con la mandíbula abierta y un rugido ronco que salió de su boca como si no pudiera ejercer ningún control. Reuben se dejó llevar en un torrente de envites que lo cegó.

Calma. La lluvia fina y plateada caía sin ningún sonido. Solo se oía el silbido del gran fuego, cuyos troncos oscuros, cuyas altas torres de leña se derrumbaban lentamente.

La música era baja, furtiva, paciente, como la respiración de un animal adormilado, y adormilados estaban Laura y Reuben. Envueltos en la oscuridad, contra las rocas, yacían uno en brazos del otro, sus corazones latiendo al unísono. El pelaje del lobo no era desnudez sino completa libertad.

Reuben estaba aturdido y borracho y medio dormido. Las palabras afloraron a la superficie de su mente: «Te amo, te amo, te amo, amo el animal inagotable que hay en ti, en mí, en nosotros, te amo.» Notaba el peso de Laura contra su pecho, con las garras enredadas en la melena de ella, con los pechos calientes de Laura contra su cuerpo, calientes como los tenía cuando era mujer, más calientes que el resto del cuerpo; también notaba el calor del sexo de Laura de esa misma vieja manera, contra su pata. El aroma limpio y suave de Laura, que no era un aroma en absoluto, llenó sus fosas nasales y su cerebro. Ese momento se le antojó más embriagador que el de la danza, el de la caza, el de la muerte, el del sexo; esa extraña suspensión del tiempo, la desaparición de todas las preocupaciones, con el animal cediendo sin esfuerzo a la modorra; esa mezcla de adormilamiento y satisfacción perpleja. Para siempre, así, con el fuego de Yule chisporroteando y crepitando, con el aire frío y cortante, la lluvia suave convertida en poco más que una neblina, sí, no era realmente lluvia, y todas las cosas reveladas, todas las cosas selladas entre él y Laura.

«¿Y ella me amará mañana?»

Abrió los ojos.

La música se había acelerado; volvía a ser una danza. Sonaban panderetas y, al dejar caer la cabeza hacia un lado, vio entre él y la inmensa fogata las figuras de la Nobleza del Bosque, saltando y danzando. Recortadas contra las llamas, danzaban enlazando los brazos y moviéndose en círculos, como los campesinos siempre habían danzado, sus cuerpos ligeros y gráciles convertidos en hermosas siluetas contra el fuego mientras corrían alrededor de él. Luego se detuvieron para volver a sus pasos elaborados, riendo, armando jolgorio, llamándose. Su canción, una mezcla de voces de soprano espléndidas y otras más graves de tenor y barítono, iba subiendo y bajando al ritmo de sus pasos. Dio la impresión de que temblaban momentáneamente, de que se volvían transparentes como si fueran a disolverse, pero al cabo de un momento eran sólidos otra vez y se oía el ruido sordo de sus pisadas.

Reuben estaba riendo. Disfrutaba viéndolos con el cabello al viento, las faldas de las mujeres volando, los niños pequeños formando cadenas para rodear a los ancianos.

Entonces se unió a ellos un morfodinámico.

Allí estaba Sergei, marchando, saltando, girando con ellos. Se le unió la figura familiar de Thibault.

Lentamente, Reuben se levantó, provocando a Laura con caricias y besos húmedos.

Se pusieron en pie y se unieron a los demás. Qué antigua y céltica sonaba la música en ese momento, después de sumarse a ella los violines e instrumentos de cuerda mucho más profundos y oscuros que los violines, y las notas claras y metálicas del dulcémele.

Reuben ya estaba borracho. Estaba terriblemente borracho. Borracho de hidromiel, borracho de hacer el amor, borracho de atracarse de carne palpitante del jabalí, borracho de noche y de crepitar de llamas susurrantes contra sus párpados. Un viento helado sopló en el calvero, reavivando el fuego y atormentándolo con una lluvia ligera.

Hum. Un aroma en el viento, un aroma mezclado con la lluvia. ¿Aroma de humano? «No es posible. No te preocupes. Es Modranicht.»

Siguió bailando, girando, dejándose llevar. La música burbujeaba y hervía y empujaba y lo apresuraba, con los tambores tocando más deprisa y más deprisa, un ostinato chocando con el siguiente.

Alguien gritó. Era una voz masculina, una voz cargada de rabia. Un grito estrangulado desgarró la noche. Nunca había oído a un morfodinámico gritar de ese modo.

La música había cesado. El cantar de la Nobleza del Bosque había enmudecido. La noche estaba vacía, pero de repente se llenó del crujido y la explosión del fuego.

Abrió los ojos. Estaban todos corriendo, rodeando el fuego hacia los músicos y el caldero.

El aroma persistía, más fuerte ahora. Un aroma humano, inequívocamente humano. Nada en ese calvero, nada que tuviera que estar en ese calvero o en esos bosques esa noche olía así.

A la débil luz danzante, los morfodinámicos se apiñaron en círculo; pero el caldero no estaba en el centro de ese círculo sino bastante apartado de ellos. Había otra cosa en el centro de ese círculo. La Nobleza del Bosque se mantenía a cierta distancia, susurrando y murmurando.

Hockan le estaba rugiendo a Margon, y las otras voces masculinas que Reuben conocía se elevaron con creciente furia.

—Dios santo —dijo Laura—. Es tu padre.

22

Reuben se abrió paso entre los morfodinámicos que se lo bloqueaban, con Laura justo detrás de él.

Allí estaba Phil, de cara al fuego, con los ojos muy abiertos de asombro, bamboleándose y dando traspiés para tratar de no caer. Llevaba los viejos pantalones de chándal grises y la sudadera que siempre se ponía para dormir. Iba descalzo y parecía a punto de desmayarse. De repente una de las morfodinámicas lo agarró con fuerza por el hombro, enderezándolo.

—Debería morir por esto —rugió—. Por venir espontáneamente a nuestra fiesta. ¡Yo digo que debería morir! ¿Quién se atreve a decir lo contrario?

—Alto, Fiona —gritó Felix.

Corrió hacia ella, igual que hizo Reuben, y agarró del brazo a Fiona, dominándola rápidamente con su ventaja masculina y obligándola a retroceder rugiendo de rabia, luchando contra él.

Reuben sostuvo a Phil por las axilas para que no cayera, pero ¿qué podía decirle, en nombre de Dios? Cómo podía darse a conocer sin hacer añicos su cordura. Era evidente que Phil estaba perdiendo la razón viendo lo que veía a su alrededor.

Cuando Reuben lo soltó, para no asustarlo más, hubo un destello de reconocimiento en los ojos pálidos de Phil.

—¡Elthram, Elthram, ayúdame! —gritó—. No sé dónde estoy. No sé qué es esto. ¿Qué me está ocurriendo?

De las sombras surgió Elthram, acercándosele.

—Estoy aquí, amigo mío —dijo—. Y juro que no te ocurrirá nada malo.

Tres de las morfodinámicas rugieron a la vez, avanzando hacia Phil, Felix y Reuben.

—¡Fuera de aquí! —gritó Fiona—. Los muertos no hablan en nuestras festividades. Los muertos no dicen quién vive o muere a nuestras manos.

Los demás también se estaban acercando, rugiéndole a Elthram y amenazándolo con ladridos y gruñidos.

—¡Atrás! —rugió Felix.

Sergei, Thibault y Frank se acercaron. La figura más alta de Stuart corrió a situarse junto a Felix.

Elthram no se movió. Había una leve sonrisa en sus labios.

—Esto es una cuestión de carne y sangre —gritó Fiona, con una pata levantada—. ¿Quién no ve la absoluta estupidez de estos morfodinámicos al acoger a este humano en su propio hogar? ¿Quién no preveía esto?

Margon se colocó justo detrás de Fiona sin que ella se diera cuenta, pero sí aquellos que la acompañaban. Una hembra se estaba alejando despacio. Seguramente era Berenice. Se alejó en silencio de las mujeres y se acercó a Frank, situándose detrás de él.

—Nadie hará daño a este hombre —dijo Felix—. Y nadie dirá ni una palabra más sobre la muerte en esta noche consagrada y en esta tierra consagrada. ¡Queréis un sacrificio humano! Eso es lo que queréis. Y no lo tendréis. Aquí no.

Las mujeres rugieron al unísono.

—La muerte siempre ha formado parte de Modranicht —dijo una, seguramente la rusa, aunque Reuben no recordaba claramente ni su aspecto ni su nombre—. El sacrificio siempre ha formado parte de Modranicht.

Las otras hembras le dieron su aprobación ruidosamente, adelantándose y retrocediendo y avanzando peligrosamente otra vez.

—¡Modranicht! —susurró Phil.

—No en nuestra época —declaró Sergei—. Y no aquí, en nuestra tierra, y no el de este hombre que es pariente consanguíneo de uno de nosotros. No el de este hombre que es un hombre inocente.

Gruñidos de asentimiento de los machos.

Parecía que todos los presentes se estaban moviendo, aunque cierta tensión dinámica contenía la inevitable pelea.

—Has venido a nuestro gozo secreto —gritó Fiona otra vez a Phil, con los dedos almohadillados de su pata velluda separados, enseñando las garras—. Te atreves a venir cuando te dijeron que no vinieras. ¿Por qué no vas a ser sacrificado? ¿No eres acaso un don de la fortuna, tonto de remate?

—No —gritó Phil—. No he venido. No sé cómo he llegado aquí.

Lisa salió de entre las hembras echándose atrás la capucha, con la cara iluminada por la fogata. Margon le hizo un gesto para que retrocediera, y lo mismo hizo Sergei, pero no retrocedió.

—Mirad a Philip —gritó, con su voz aguda pero distinta de la de los otros—. Mirad sus pies desnudos. No ha venido aquí por decisión propia. Alguien lo ha traído.

Fiona se abalanzó hacia ella, pero Felix y Sergei la agarraron y la sujetaron mientras Hockan se acercaba, amenazándolos. Solo con gran esfuerzo los dos machos lograban sujetarla.

Lisa no se amilanó, se mantuvo tan fría y calmada como siempre.

—Mentira. Philip no ha caminado por el bosque así —prosiguió—. ¿Cómo podría haberlo hecho? Le di una bebida para que durmiera. Vi cómo se tomaba hasta la última gota. Estaba durmiendo como los muertos cuando lo dejé. Esto es traición a los morfodinámicos. ¿Dónde está vuestra conciencia? ¿Dónde está vuestra ley?

Las hembras estaban indignadas.

—¿Ahora escuchamos en Modranicht las voces de los sirvientes? —gritó Fiona—. ¿Qué derecho tienes tú a hablar aquí? A lo mejor has dejado de ser útil.

Otras dos hembras emitieron sonidos roncos de desprecio y rabia. Los machos protectores se acercaron.

—Hockan, habla por nosotros —rugió Fiona.

Las otras repitieron el mismo grito, pero el lobo blanco se quedó aparte, mirando, sin emitir un solo sonido.

Reuben olía el temor y la inocencia de su padre, pero no captaba ningún aroma de maldad en las morfodinámicas. Eso lo desquiciaba. Si aquello no era mal, ¿qué era el mal? Todos sus sentidos le decían, sin embargo, que la situación terminaría en un violento frenesí en el que podrían matar a Phil en un visto y no visto.

Lisa no iba a moverse.

Phil tropezó otra vez, como si le fallaran las piernas y nuevamente el brazo de Reuben le rodeó la espalda y lo sujetó. Su padre estaba mirando a Lisa y luego a Elthram.

—Lisa está diciendo la verdad. No sé cómo he llegado aquí. Elthram, ¿es esto una pesadilla? Elthram, ¿dónde está mi hijo? Mi hijo me ayudará. Estas son sus tierras. ¿Dónde está mi hijo?

Elthram se acercó a Phil con los brazos abiertos, y enseguida las mujeres lo amenazaron como habían amenazado a Lisa. Fiona se zafó de Felix y le propinó un buen golpe que lo hizo retroceder trastabillando. Thibault acudió rápidamente en su ayuda. Margon corrió hacia Fiona, que no retrocedió. Elthram volvió a acercarse.

Fiona hizo un amplio gesto de barrido que pareció atravesar el cuerpo sólido de Elthram sin provocar ni un parpadeo. A Phil se le escapó un grito ahogado al verlo.

—No le ocurrirá nada, señor —le dijo Lisa a Phil, sin apartarse de él—. No dejaremos que ocurra.

Otras figuras borrosas se movieron a ambos lados de Elthram, insustanciales pero visibles, y aparentemente se multiplicaron ante los mismos ojos de Reuben.

—¡Lo has traído aquí, Fiona! —dijo Elthram—. ¿Cómo pensabas engañarnos? ¿Cómo esperabas engañar a nadie?

—¡Silencio! Te lo advierto, espíritu sucio —dijo Fiona en voz baja y furiosa—, vuelve al bosque hasta que te llamen. No tienes voz aquí. En cuanto al hombre, su destino está sellado. Nos ha visto. Su muerte es inevitable. Tú y tus sucios hermanos os iréis ahora mismo.

—Tú lo has traído —continuó Elthram—. Tú planeaste esto.

Tú y los de tu séquito, Catrin y Helena, habéis ido por él y lo habéis traído aquí para forzar esta parodia sangrienta. Este hombre no morirá en nuestro bosque, te lo advierto.

—¿Me lo adviertes? ¿Tú? —Fiona estaba aullando.

Pero por cada paso que avanzaba alguna de las hembras, los machos hacían otro tanto mientras otros se movían a un lado y a otro detrás de ellos, preparados para saltar.

Se oyeron rugidos ultrajados por doquier. Solo Hockan permanecía inmóvil en la periferia, sin emitir ni un sonido.

Stuart estaba justo detrás de Phil y Laura había ocupado su lugar. De hecho, las cosas estaban ocurriendo tan deprisa, las palabras se pronunciaban tan rápidamente que Reuben apenas podía seguir el hilo de la conversación.

—¿Qué sois ahora, Margon y Felix? —preguntó Fiona—. ¿Hechiceros que llamáis a los espíritus para que defiendan vuestras acciones impuras? ¡Creéis que estos espíritus insustanciales tienen poder sobre nosotros! ¡Hockan, habla en nuestro nombre!

El lobo blanco no respondió.

—Tú, Felix... Esta muerte es culpa tuya —gritó la otra hembra—. No tiene remedio lo que has hecho, tú, con tus sueños y tus ardides y tus riesgos y tu locura.

—Retrocede, Fiona —gritó Frank—. Vete, ahora. Salid de aquí, todos vosotros. Fiona, llévate a tu manada de aquí. Te enfrentarás a todos nosotros si insistes en esto.

Berenice permanecía en silencio a su lado.

Se oyeron los gruñidos de otras hembras.

—¿Y qué? —replicó Fiona—. ¿Debemos quedarnos de brazos cruzados mientras nos arrastras a otra cadena de desastres? ¿Tú, con tu glorioso dominio de Nideck, tus ferias, tu pueblo de siervos avergonzados, tu espléndida muestra de orgullo desmedido? ¿Acaso la seguridad y la intimidad de los demás no son sagradas para ti, arrogante y ansioso morfodinámico? Demuéstranos ahora tu lealtad castigando a este humano. Quédate con nosotros y sigue nuestras costumbres o habrá guerra. Modranicht exige un sacrificio, un sacrificio por tu parte, Felix.

Margon dio un paso al frente.

—El mundo es suficientemente grande para todos nosotros —dijo en voz grave y dominante—. Marchaos ahora y no habrá consecuencias...

—¿No habrá consecuencias? —Era patente el acento eslavo de la loba situada al lado de Fiona. Seguramente era Helena—. Este hombre nos ha visto tal como somos. Ha visto demasiado para seguir vivo. No, puedes estar seguro de una cosa: este hombre no vivirá.

Reuben estaba furibundo. ¿No lo estaban todos? ¿Qué los sujetaba a todos ellos? Aquello lo sacaba de quicio. A su lado, Stuart soltó un largo gruñido amenazador mirando a las hembras. Cuando la tensión estallara por fin, Reuben se arrojaría sobre Phil para protegerlo. ¿Qué más podía hacer?

Margon levantó los brazos para pedir calma.

—¡Marchaos! —gritó. Su voz lupina se alzó con un poder que nunca había tenido en forma humana—. Quedaos y habrá muerte —dijo, lenta y deliberadamente—, y no será la muerte de este hombre inocente a menos que nos mates antes a todos y cada uno de nosotros.

Phil estaba mirando a Margon con los ojos desorbitados. «Está reconociendo la cadencia de muchas voces», pensó Reuben. Él no se atrevía a hablar, no se atrevía a confiarle que el monstruo que estaba al lado de su padre era él.

—¡No nos iremos! —dijo Helena, cuyo marcado acento la identificó otra vez—. Has hecho más para perjudicarnos últimamente que nadie en el mundo, con esa pasión por la exhibición humana y la raza humana. Tientas a los enemigos más peligrosos que has conocido y sigues y sigues, como si nada. Bueno, pondré fin a eso. Basta de ti y de tu mundo de Nideck. Es hora de que esa casa se queme hasta los cimientos.

—No puedes hacer eso —gritó Laura. Se alzó un rugido entre los machos—. ¡No te atreverás a hacer semejante cosa!

Hubo protestas de desdén por doquier. La tensión era insoportable. Felix pidió silencio.

—¿Qué daño he hecho y a quién y cuándo? —preguntó—. Nunca habéis sufrido por mi causa, ni uno solo de vosotros.

—Era su viejo y razonable planteamiento, pero ¿de qué iba a servirle allí?—. Eres tú la traidora aquí, buscas dividirnos y lo sabes. ¡Eres tú la que ha violado la ley!

Como si les hubieran dado pie, los machos corrieron hacia las hembras.

Fiona y Helena los esquivaron y se abalanzaron sobre Phil. Se lo arrebataron con sus poderosos brazos a Laura y lo alejaron de ella en una fracción de segundo, mordiendo en el hombro y el costado a Phil con la misma agilidad de movimientos que para matar cualquier animal. Tiraron a Reuben al suelo, y Laura se debatía como si se le fuera la vida en ello.

En un abrir y cerrar de ojos todos los machos morfodinámicos estuvieron encima de Fiona y Helena, arrastrándolas hacia atrás, mientras las otras hembras, salvo Berenice, los atacaban a ellos. Reuben, liberado de su agresor, logró asestar un golpe en los colmillos ensangrentados de Fiona. Sintió un aliento caliente en el rostro y la enloquecedora puñalada de unos colmillos en la garganta, pero Margon arrojó a su agresor lejos de la reyerta.

Phil había caído al suelo, con la cara blanca y boqueando. Con el hombro y el costado desgarrados, perdía mucha sangre. Lisa se había arrojado encima de él.

De todas partes llegaron miembros de la Nobleza del Bosque que rodearon a Elthram y se interpusieron entre los machos morfodinámicos y las dos hembras rebeldes. Estas, rodeadas de multitud de cuerpos, sujetas por multitud de manos, luchaban en vano y protestaban con furia.

—Modranicht —entonó la Nobleza del Bosque en un coro ensordecedor.

—¡Modranicht! —gritó Elthram.

Hockan estaba de repente rugiendo en protesta; Hockan, que había permanecido en silencio todo el tiempo.

—¡Detenlos, Margon! ¡Detenlos, Felix!

El coro cantaba cada vez más fuerte: «Modranicht.»

Margon pareció confundido, y Felix también se quedó inmóvil.

La gran masa compacta e irresistible de la Nobleza del Bosque absorbió los golpes inútiles de las frenéticas morfodinámicas y del lobo blanco desesperado, Hockan, mientras arrastraban a sus prisioneros impotentes hacia la hoguera. Incluso Berenice, la hembra de Frank, corrió hacia ellos, tratando de abrirse paso con sus garras; pero la Nobleza del Bosque absorbió sus golpes, incólume. La multitud de la Nobleza del Bosque era incontable y el canto de Modranicht ahogaba todos los demás sonidos.

La Nobleza del Bosque arrojó al fuego a las dos hembras que gemían y rugían, a Fiona y Helena.

Hockan aulló ensordecedoramente.

Las hembras rugieron.

El canto cesó.

Reuben nunca había oído angustia de animal o humano semejante a los gemidos de Hockan y Berenice y las otras hembras.

Se quedó de piedra observándolo todo con horror. Sergei dejó escapar un grito ahogado. Todo había ocurrido en cuestión de segundos.

De la hoguera surgían gritos horripilantes, pero la Nobleza del Bosque no cedió. El fuego lamía las figuras de la Nobleza del Bosque, pero no podían arder y el fuego no las consumía. Temblaban y se estremecían y volvían a cobrar entidad. El gran andamiaje de madera oscura del fuego se movió y crujió, y el fuego regoldó y las llamas saltaron hacia el cielo.

Las otras hembras estaban gimiendo de rodillas. Hockan se había callado. Frank y Sergei, en silencio, miraban, igual que Margon. Felix, que se había llevado las garras a la cabeza, estaba paralizado.

Margon soltó un suave gemido de desesperación.

Los gritos espantosos de las hogueras cesaron.

Reuben miró a Phil. Su padre yacía boca arriba. Sergei y Thibault estaban a su lado, lamiéndole las heridas todo lo que podían. Lisa se había arrodillado a cierta distancia, con las manos entrelazadas en una plegaria.

Elthram apareció de repente, arrodillado al lado de Phil, entre Sergei y Thibault.

—Manos, manos —dijo, y otros de la Nobleza del Bosque se reunieron en torno a Phil y pusieron las manos sobre él.

Elthram parecía estar presionando fuertemente la herida sangrante del costado de Phil y el profundo y atroz corte del hombro.

Reuben trató de acercarse a su padre.

—Ten paciencia —le dijo Sergei—. Deja que hagan su trabajo.

Thibault y Margon se agacharon junto al costado sano de Phil y, volviéndole cuidadosamente la cabeza, Margon le acercó los colmillos al cuello y se lo mordió levemente. Luego se apartó un poco y le lamió con su larga lengua rosada la pequeña herida que le había hecho.

Felix, de rodillas, tenía la mano derecha de Phil en sus grandes patas peludas e hincó los dientes con suavidad en ella. Phil se retorció de dolor. Sin embargo, tenía la mirada fija en el cielo nocturno, como si estuviera viendo algo, algo muy particular que nadie más podía ver.

—¿Reuben? Estás aquí, ¿verdad hijo? —dijo entonces con suavidad.

—Sí, papá, estoy aquí.

Reuben se arrodilló detrás de la cabeza de Phil, el único lugar donde encontró sitio, y le habló a su padre al oído.

—Estoy aquí contigo, papá. Te están dando el Crisma para curarte. Todos te están dando el Crisma.

Elthram se levantó y los demás miembros de la Nobleza retrocedieron como sombras que se funden.

—La hemorragia está contenida —dijo.

Berenice y Frank lamieron las heridas de Phil, y Felix y Margon se apartaron, como si esta nueva infusión del Crisma tuviera alguna potencia añadida.

Las hembras que quedaban de la otra manada estaban gimoteando con sollozos profundos y bruscos de lobo. Hockan se quedó mirando el fuego que ardía, consumiendo inevitablemente los restos de aquellos a quienes había devorado.

—Modranicht —susurró Phil, con los ojos todavía muy abiertos y la mirada desenfocada, el ceño fruncido y la boca ligeramente temblorosa. Estaba sumamente pálido y la piel casi le brillaba.

—El espíritu permanece bien arraigado en el cuerpo —le dijo Elthram a Reuben—. El Crisma tendrá ahora su oportunidad.

Reuben vio que Lisa se acercaba y se quedaba al lado de su padre. Se había llevado las manos a la cara y sollozaba. Henrietta y Peter habían traído dos de las túnicas de terciopelo para cubrir a Phil y lo arroparon para darle calor.

—Oh, Philip, mi Philip —murmuraba Lisa con aflicción.

La voz grave y mesurada de Hockan ahogó su llanto.

—Os conmino a todos a que me escuchéis —dijo—. No guardaré silencio sobre lo que ha ocurrido aquí.

Nadie lo desafió. Las hembras permanecieron de rodillas, llorando quedamente.

—Mirad lo que habéis hecho —dijo Hockan, señalando a Margon y a Felix. Su gruesa voz lobuna tenía un timbre más profundo pero más humano—. Nunca en toda mi vida había visto una cosa semejante. ¿Espíritus incitados a derramar la sangre de los vivos? ¡Esto es nefasto! Es innegable que lo es. —Se volvió para mirar a Reuben y a Stuart—. Tened cuidado, jóvenes. Vuestra ciudadela está hecha de cristal, vuestros líderes son tan ciegos como vosotros.

—Marchaos antes de que corráis la misma suerte —dijo Elthram, cuya cara y forma se hizo más brillante. Tenía un aspecto aterrador al mirar a Hockan con aquellos grandes ojos verdes amenazadores. El fuego se reflejaba en su piel oscura, en su cabello negro...—. Tú y tus compañeras habéis traído maldad y maquinaciones al bosque. Tus compañeras han pagado las consecuencias.

—A mí podéis destruirme —dijo Hockan con determinación. Su voz era todavía una voz animal pero, con su característico poder melódico, tenía mucho de humana—. Sin embargo, no podéis destruir la verdad. —Miró a su alrededor, sopesando cada figura individualmente antes de continuar—. Lo que veo aquí es nocivo, tremendamente nocivo.

—Basta —dijo Margon entre dientes.

—¿Basta? ¡No basta! —repuso Hockan—. Tu comportamiento, Felix, siempre ha sido nocivo. Tus casas, tus propiedades, tu apego a tu familia mortal, tu modo de pavonearte ante los ojos de los vivos; el modo que tienes de seducir a los vivos es nocivo.

—Basta —dijo Margon con la misma voz grave—. Habéis cometido traición aquí esta noche, y lo sabes.

—Ah, pero provocados por tu pecaminosidad —dijo Hockan con calma y con obvia convicción—. Felix, has destruido tu familia mortal con tus sucios secretos. Tus hijos se volvieron contra ti y también tus hermanos morfodinámicos al venderte para sacar provecho, y tú derramaste su sangre para castigarlos. Pero ¿quién había despertado la ambición de los hombres de ciencia que pagaron por vosotros y os enjaularon? ¿Quién los atrajo a nuestros secretos? Sin embargo, derramaste la sangre de esos estúpidos mortales.

Sergei profirió un airado sonido de protesta. Dio un pasito para acercarse a Hockan. Margon le pidió paciencia con un gesto. Hockan los ignoró a ambos.

—Oh, qué sombra devastadora arrojas sobre la vida de tus últimos descendientes, Felix —dijo con una voz que recuperaba con rapidez una belleza siniestra—. Cómo se marchitaron por el veneno de tu legado. El fantasma de tu sobrina asesinada camina por este bosque incluso ahora, sufriendo, pagando por tus pecados. Sin embargo, celebras una fiesta en la misma casa donde la mataron sus propios hermanos.

Margon suspiró, pero no dijo nada. Felix estaba mirando a Hockan, y era imposible interpretar esa cara o esa postura lobuna. Lo mismo ocurría con todos ellos. Solo una voz o un gesto podían revelar una respuesta y, en ese momento, solo Hockan estaba hablando. Incluso las hembras que se lamentaban se habían quedado en silencio. Para Reuben oír esas palabras severas y aterradoras pronunciadas con una voz tan hermosa fue demoledor.

—Qué arrogancia, qué orgullo —dijo Hockan—, qué codicia de inmerecida admiración. ¿Crees que se han terminado los médicos codiciosos y los funcionarios capaces de poner precio a nuestras cabezas y cazarnos para encerrarnos en sus laboratorios como alimañas?

—¡Basta! —dijo Margon—. Lo juzgas todo equivocadamente.

—¿Sí? —preguntó Hockan—. No juzgo nada equivocadamente. Nos ponéis a todos en peligro con vuestras veladas y vuestros juegos. Fiona tenía razón, no habéis aprendido nada de vuestros propios errores.

—¡Oh, largo de aquí, estúpido pomposo! —exclamó Sergei.

Hockan se volvió y miró a Reuben y Stuart.

—Jóvenes, os lo advierto —dijo—. Alejaos de los vivos; alejaos de los de carne y hueso de vuestra familia, por vuestro bien y por el suyo. Madres, hermanos, hermanas, amigos, niños aún por nacer: renunciad a ellos. No tenéis ningún derecho sobre ellos ni su cariño. La mentira que vivís solo puede contaminarlos y destruirlos. Mirad lo que Felix le ha hecho al padre de este.

Margon emitió un sonido grave de asco y de burla. Felix permaneció quieto y callado.

—Oh, sí —prosiguió Hockan con voz ahora trémula—. Fiona y Helena fueron imprudentes y entrometidas y temerarias. No lo niego. Jóvenes morfodinámicas que no se habían puesto a prueba ni habían escarmentado, y ahora se han ido para siempre. Para siempre, cuando podrían haber vivido hasta el fin de los tiempos. ¡Han desaparecido en el *nodfyr*, en la hoguera de Modranicht! ¿Qué es ahora este fuego? ¿En qué lo ha convertido tu Nobleza del Bosque? En una pira funeraria impura. Pero ¿quién provocó a estas dos hermanas nuestras? ¿Quién las escandalizó? ¿Dónde empezó todo? Eso es lo que debéis preguntaros.

Nadie le respondió.

—Fue Felix quien atrajo a este hombre inocente a su red —dijo Hockan—. Nideck Point es su trampa. Nideck Point es su vergüenza pública. Nideck Point es su abominación. —Alzó la voz—. Fue Felix quien despertó en los espíritus del bosque una violencia impura y sangrienta hasta ahora desconocida. Es Felix quien los ha fortalecido, quien los ha envalentonado al alistarlos como ángeles oscuros en sus planes impuros. —Estaba temblando visiblemente, pero se rehízo, recuperó el aliento y continuó con la misma voz exquisitamente modulada de antes—. Y ahora tenéis a estos espíritus asesinos de vuestra parte. ¡Ah, qué maravilla! ¿Estás orgulloso, Felix? ¿Estás orgulloso, Margon?

Elthram silbó bajito y, de repente, se alzó un silbido idéntico procedente de toda la Nobleza del Bosque por todo el calvero, una tormenta de susurros desdeñosos.

Hockan se quedó mirándolos.

—Jóvenes —dijo—: quemad Nideck Point. —Señaló a Reuben y a Stuart—. ¡Quemad la casa hasta los cimientos! —Su voz se había convertido otra vez casi en un rugido—. ¡Quemad el pueblo de Nideck! ¡Borradlo de la faz de la Tierra! ¡Debería ser la mínima penitencia para todos vosotros! ¿Qué derecho tenéis al amor humano o a la adulación humana? ¿Qué derecho tenéis a oscurecer vidas inocentes con vuestra duplicidad y vuestro poder maligno?

—¡Cállate ya! —le gritó Elthram. Estaba furioso. A su alrededor, la Nobleza del Bosque se había congregado, multicolor al resplandor del fuego.

—No tengo estómago para luchar contigo —dijo Hockan—, con ninguno de vosotros. Pero todos conocéis la verdad. De todos los inmortales malnacidos que vagan por este mundo, nosotros nos enorgullecemos de nuestra rectitud y nuestra conciencia. —Se golpeó el pecho con las garras—. Nosotros, los protectores de los inocentes, somos conocidos por el don singular de saber distinguir el bien del mal. Bueno, os habéis burlado de eso, todos vosotros. Os habéis burlado de nosotros. ¿Qué somos ahora salvo otro horror más?

Caminó hacia Elthram y se quedó mirándolo a los ojos. Era una imagen aterradora: Elthram rodeado por los de su especie, mirando al corpulento Lobo Hombre blanco, y el Lobo Hombre preparado para saltar, pero sin hacer nada.

Lentamente, Hockan se volvió y se acercó a Reuben. Su actitud pasó de la confrontación al cansancio; temblaba.

—¿Qué le dirás al alma acongojada y rota de Marchent Nideck que busca tu consuelo, Reuben? —le preguntó. Sus palabras sonaron suaves, seductoras—. Es a ti a quien revela su pesar, no a Felix, su tutor, que la destruyó. ¿Cómo le explicarás a la asesinada Marchent que compartes el maldito y pestilente poder de su tío abuelo, que lo festejas con tanta alegría y avidez en este hermoso reino que ella te regaló?

Reuben no respondió. No podía responder. Quería protestar, quería protestar con toda su alma, pero las palabras de Hockan lo abrumaron. La pasión y la convicción de Hockan lo habían abrumado. La voz de Hockan había tejido algún hechizo agobiante en torno a él. Sin embargo, veía con claridad meridiana que Hockan estaba equivocado.

Impotente miró a Phil, que yacía semiconsciente en el suelo con la cabeza vuelta de lado y que, a pesar de tener el cuerpo cubierto por capas de terciopelo verde, era evidente que temblaba.

—Oh, sí, tu padre... —dijo Hockan en voz más baja, pronunciando las palabras lentamente—. Tu pobre padre. El hombre que te dio la vida y al que ahora se la han arrancado como te la arrancaron a ti. ¿Estás contento por él?

Nadie se movió. Nadie habló. Hasta las hembras estaban de repente completamente calladas, aunque continuaban de rodillas.

Hockan se volvió, y con una serie de pequeños pero elocuentes gruñidos y ruidos llamó a las hembras que quedaban para que lo acompañaran. Salvo una, todas salieron corriendo y desaparecieron en la oscuridad.

La que se quedó era Berenice, que permaneció arrodillada cerca de Phil. Frank se le acercó y la ayudó a levantarse de la forma más tierna y humana.

Elthram se apartó del centro y del resplandor directo de la hoguera. Alrededor de la gran explanada, contra las rocas pálidas, la Nobleza del Bosque observaba y esperaba.

—Vamos, llevémoslo a casa —dijo Sergei—. Deja que yo lo lleve. —Levantó con suavidad el cuerpo de Phil y se lo cargó al hombro. Lisa lo arropó y caminó al lado de Sergei en dirección al pasaje para salir del calvero.

Los otros morfodinámicos se habían puesto todos en marcha. Unos iban delante y otros detrás; Laura iba con ellos.

La Nobleza del Bosque empezó a fundirse como si nunca hubiera estado allí. Elthram había desaparecido.

Reuben quería ir con los demás, pero algo lo retenía. Observó cómo avanzaban por el estrecho pasaje, justo por detrás de los tambores y gaitas abandonados que yacían en el suelo. Había cuernos para beber con borde de oro esparcidos por todas partes y el caldero todavía soltaba vapor en su lecho de brasas.

Gruñó. Gruñó con toda el alma. Notó un dolor en el estómago que fue aumentando, atenazándole el corazón, latiéndole en las sienes. El aire frío lo laceró, lo quemó, y se dio cuenta de que el pelo de lobo había desaparecido, dejándolo desnudo. Se vio los dedos blancos temblorosos y el viento le hizo llorar los ojos.

—No —susurró. Quería que la transformación volviera—. Vuelve a mí. No quiero que te vayas. Vuelve.

Notó enseguida el conocido cosquilleo en manos y rostro. El vello nuevamente grueso y suave, extendiéndose con la fuerza inexorable del agua. Los músculos se le tensaron con la vieja fuerza lupina y la calidez lo envolvió, pero las lágrimas se le habían agolpado en los ojos.

La hoguera silbaba, chisporroteaba y susurraba en sus oídos.

Se le acercó Laura por la derecha, la bonita loba gris cuyo rostro y forma se parecían a los suyos, el monstruo salvaje de ojos pálidos tan indescriptiblemente hermoso a sus ojos. Había vuelto por él. Reuben se echó en sus brazos.

—Lo has oído, oíste todas las cosas terribles que dijo —susurró Reuben.

—Sí —dijo ella—. Lo he oído. Pero tú eres huesos de mis huesos y carne de mi carne. Ven. Haremos nuestra verdad juntos.

23

Elthram permaneció días en la cabaña, sentado junto a la cama de Phil, que dormía. Le daban una y otra vez un potente elixir que preparaban Elthram y Lisa para que durmiera. Adormilado en ocasiones, gemía o cantaba bajito mientras sus heridas sanaban visiblemente. La fiebre le subía y le bajaba, hasta que desapareció por completo.

Poco a poco, empezaron a notarse en él cambios sutiles: el cabello blanco más espeso, la agitación de brazos y piernas, el fortalecimiento muscular y, por supuesto, los ojos. Cuando los abría de vez en cuando se apreciaba que sus pupilas pálidas color avellana se habían vuelto de un verde más oscuro.

En todo ese tiempo, Reuben durmió en el suelo, cerca de la cama de Phil, en una silla junto al fuego o, de vez en cuando, en el espacioso desván, en un colchón que Lisa había preparado para él.

Laura, que le había traído el ordenador, pasaba las noches en el colchón del desván, a su lado, o sola mientras él permanecía abajo, en el sillón reclinable junto al fuego, escuchando adormilado el ritmo de la respiración de Phil. Pero Laura se iba a menudo. Todavía no podía controlar la transformación y ella y Thibault se escabullían una y otra vez al bosque, juntos.

Felix y los demás cuidaban a Phil con frecuencia. Una terrible sensación de melancolía atenazaba a Felix, pero no mostraba ningún deseo de hablar con nadie. Era como si un alma oscura y torturada se hubiera instalado en el cuerpo de Felix, exigiendo para sí su rostro y su voz, aunque no podía ser la suya.

Reuben salía a recibirlo y se quedaban en silencio bajo la lluvia, simplemente abrazándose, compartiendo un mudo dolor por los terribles sucesos de Modranicht. Luego Felix se marchaba, solo, y Reuben volvía a su vigilia.

Margon había susurrado que todos debían dejar solo a Felix tras la cáustica invectiva de Hockan.

—Hockan, el juez —había resoplado con desprecio Sergei—. Es el sumo sacerdote de las palabras. Palabras y más palabras. Sus palabras se aparean y engendran palabras. Sus palabras proliferan.

Stuart aparecía de vez en cuando, tan atormentado como los demás.

—Así que puede haber guerra entre nosotros —le dijo a Reuben en susurros ansiosos—. Puede haber un conflicto terrible. Lo sabía.

Stuart necesitaba hablar con Reuben, y este lo sabía, pero no podía dejar a Phil en ese momento. No podía apartar su mente de Phil. No podía responder a las numerosas preguntas de Stuart. Además, quién mejor para responder a esas preguntas que Margon, si quería hacerlo.

Lisa le contó a Reuben que la primera cosa que Felix había hecho el martes por la mañana había sido idear un sistema de aspersores para proteger la casa, conectado a la red de suministro de agua del condado y además a un enorme depósito de reserva que estaría instalado en la zona de aparcamiento, detrás del ala de los criados. «Nadie incendiará nunca Nideck Point —había dicho—. Al menos mientras yo respire en este cuerpo.» Salvo estas palabras, Felix no había dicho nada más de los horrores de Modranicht.

—Está en la antigua habitación de Marchent —le explicó Lisa a Reuben—. Duerme allí, encima de la colcha, sin deshacer la cama. Esto no es bueno, tiene que acabarse. —Negó con la cabeza.

Pero qué ocurría con Margon, le preguntó Reuben a Lisa en susurros furtivos; con Margon, que tanto se oponía a la Nobleza del Bosque. ¿No lo alarmaba que esta hubiera conseguido semejante poder físico en Modranicht? ¿Cuántas veces le habían contado a Reuben que la Nobleza del Bosque nunca había hecho daño a nadie?

Lisa desdeñó sus preocupaciones.

—Margon adora a tu padre —repuso—. Sabe por qué hicieron lo que hicieron.

De vez en cuando, Margon se pasaba para ver cómo estaba Phil y actuaba con el cuidado y la precisión de un médico, con Stuart siempre cerca. A Margon no lo inquietaba que Elthram estuviera allí. Se saludaban con un gesto, como si nada inusual hubiera ocurrido en la historia de la Nobleza del Bosque, como si no se hubiera concentrado en masa para matar a dos morfodinámicos ante los ojos de todos.

Phil estaba claramente fuera de peligro.

De vez en cuando gritaba en sueños y Lisa se arrodillaba a su lado, susurrando.

—Al principio estaba con los vivos y los muertos —le contó a Reuben—. Ahora solo está con los vivos.

Elthram no hablaba con nadie. Si podía dormir en su forma material, no dio pruebas de ello. Cada mañana, la gente de la Nobleza traía flores frescas. Él las ponía en jarrones y vasos que colocaba en los alféizares y las mesas.

Lisa estaba a gusto con la presencia de Elthram, como siempre, a quien de vez en cuando Sergei y Thibault hablaban con naturalidad durante sus visitas a la casa de huéspedes, aunque él se limitaba a asentir con la cabeza y rara vez apartaba los ojos de Phil.

Pero a buen seguro que la enorme muestra de poder físico de la Nobleza del Bosque había significado algo para los otros. Tuvo que haberlos sorprendido a todos. Reuben pensaba mucho en ello. La Nobleza del Bosque podía realmente hacer daño a otros si se lo proponía. ¿Quién podía negarlo ya?

Sin embargo, se sentía a gusto con Elthram, más cómodo quizá que nunca. La presencia de Elthram ejercía un efecto tranquilizador en él. Si Phil empeoraba, Elthram sería el primero en verlo y llamar su atención. De eso estaba seguro.

Una mañana temprano, mientras Laura dormía, Reuben escribió todo lo que podía recordar de las declaraciones de Hockan. No intentó tanto una reconstrucción del discurso como redactar una crónica precisa de lo ocurrido. Cuando terminó, inquieto en la calma seca y caliente del desván, con la ventana convertida en un parche de luz blanca, sentía un sufrimiento profundo y sordo.

En la mañana del cuarto día, el 28 de diciembre, Reuben se levantó cuando todavía estaba oscuro para ducharse, afeitarse y ponerse ropa limpia. Él y Laura hicieron luego el amor en su dormitorio y no pudo evitar quedarse dormido en sus brazos. Pero no estuvo bien. No le pareció suficiente. Reuben la deseaba en su forma animal; quería que los dos se aparearan en el bosque, salvajes, como habían hecho junto al fuego de Yule. Sin embargo, para eso tendría que esperar.

Eran las diez de la mañana cuando se despertó, solo, sintiéndose culpable y preocupado por Phil. ¿Cómo podía haberlo dejado así? Apresuradamente se puso los vaqueros y el polo y buscó los zapatos y la chaqueta.

Le dio la impresión de que tardaba una eternidad en llegar a la cabaña. Entró y se encontró a Phil sentado a su mesa de trabajo, escribiendo en su diario. Lisa estaba preparando su desayuno en la cocina. Dejó la bandeja y jarrita de café, con tazas y platos para padre e hijo, y se escabulló de la cabaña. Elthram se había ido.

Phil continuó escribiendo hasta que finalmente cerró el diario y se levantó. Llevaba una sudadera negra limpia y pantalones de chándal también negros. Sus ojos verde oscuro miraron a Reuben con calma, pero sin verlo, como si tratara de salir de sus más profundos y cruciales pensamientos.

—Hijo mío —dijo. Indicó con un gesto el desayuno de la mesa de la ventana.

—¿Sabes lo que te ha ocurrido? —le preguntó Reuben.

Se sentó a la mesa, con la ventana a su izquierda. El mar era de un azul acerado bajo un cielo blanco resplandeciente. La sempiterna lluvia caía con fuerza en una cortina silenciosa de destellos plateados.

Phil asintió.

—¿Qué recuerdas, papá?

—Prácticamente todo. Si he olvidado algo, bueno, no sé qué. —Cortó con avidez los huevos fritos, mezclándolos con el beicon y la sémola de maíz—. Vamos, ¿no tienes hambre? Un hombre de tu edad siempre tiene hambre.

Reuben miró la comida.

—Papá, ¿qué recuerdas?

—Todo, hijo, ya te lo he dicho, salvo cómo me llevaron al bosque; eso no lo recuerdo. Fue el frío lo que me despertó. Eso y la luz del fuego. Pero recuerdo todo lo que ocurrió después. No llegué a perder la conciencia. Pensaba que iba a hacerlo, pero no llegué a perderla del todo.

—Papá, ¿querías que hiciéramos lo que hicimos? O sea, lo que hicimos por salvar tu vida. Sabes ahora lo que te ha ocurrido, ¿no?

Phil sonrió.

—Siempre hay tiempo para morir, ¿verdad, Reuben? —respondió—. Y multitud de ocasiones para hacerlo. Sí, sé lo que hicisteis y me alegro de que lo hicierais.

Tenía un aspecto juvenil y vigoroso a pesar de las familiares arrugas en la frente y la leve papada que tenía desde hacía años.

—Papá, ¿no tienes preguntas que hacerme sobre lo que viste? ¿No quieres una explicación de lo que viste o de lo que oíste?

Phil tragó un par de bocados más de comida, cogiendo una buena cantidad de sémola con el huevo. Luego se recostó en la silla y se comió lo que quedaba de beicon con los dedos.

—Mira, hijo, no me resultó chocante, aunque verlo de esa manera sí que fue una conmoción. Pero no puedo decir que me sorprendiera del todo. Sabía que habías ido a celebrar Modranicht con tus amigos y, más o menos, sabía cómo te iría a ti, conociendo las viejas costumbres de la fiesta de Yule.

—Pero, papá, ¿quieres decir que lo sabías? ¿Sabías todo el tiempo lo que somos todos nosotros?

—Deja que te cuente una historia —dijo Phil. Tenía la misma voz de siempre, pero aquellos ojos verdes no dejaban de sorprender a Reuben—. Tu madre no bebe mucho, ya lo sabes. No creo que hayas visto nunca a tu madre borracha.

—Alguna vez alegre, tal vez.

—Bueno. No prueba el alcohol porque si lo hace desvaría, siempre le ha pasado, y luego funde a negro y no recuerda lo ocurrido. Es malo para ella, malo para ella porque se pone emotiva y llora y luego no sabe lo que ha hecho.

—Recuerdo que dijo eso.

—Además, por supuesto, es cirujana, y cuando suena ese teléfono quiere estar preparada para entrar en el quirófano.

—Sí, papá. Lo sé.

—Bueno. Justo después de Acción de Gracias, Reuben, creo que fue la noche del sábado siguiente, tu madre se emborrachó sola y entró llorando en mi habitación. Llevaba una semana entera contando para los periódicos y las televisiones, a todas horas, que había visto al Lobo Hombre con sus propios ojos, que lo había visto aquí, en Nideck Point, entrar por la puerta principal y matar a esos dos científicos rusos. Sí, había estado diciendo a todos los que preguntaban que el Lobo Hombre de California no era un mito, sino alguna clase de mutación, ¿sabes?, una anomalía física, un caso único, una realidad biológica para la que todos tendríamos pronto una explicación. Bien. La cuestión es que entra en mi habitación, se sienta al lado de mi cama, sollozando, y me cuenta que sabe, que simplemente lo sabe, que el corazón le dice que tú y todos tus amigos sois de la misma especie. «Son todos Lobos Hombre —dice entre sollozos—, y Reuben es uno de ellos.» Y continúa explicando que sabe que es cierto, simplemente lo sabe, y que sabe que tu hermano Jim lo sabe, porque Jim no puede hablar de ello, lo cual solo puede significar una cosa, que no puede revelar lo que se le dijo en confesión. «Están todos juntos en esto. ¿Has visto esa gran foto suya de la repisa de la chimenea, en la biblioteca? Son monstruos y nuestro hijo es uno de ellos.» Por supuesto, la ayudé a volver a la cama y me quedé tumbado a su lado hasta que dejó de llorar y se durmió. Luego, por la mañana, Reuben, no recordaba nada salvo que se había emborrachado y había estado llorando por algo. Se sentía humillada, terriblemente humillada como siempre que se pone demasiado emotiva, como siempre que pierde el control. Se tragó medio frasco de aspirinas y se fue a trabajar como si no hubiera pasado nada. Bueno, ¿qué crees que hice?

—Fuiste a ver a Jim —dijo Reuben.

—Exactamente —repuso Phil con una sonrisa—. Jim estaba celebrando la misa de las seis, como de costumbre, cuando llegué allí. Había, cuántas, ¿cincuenta personas en la iglesia? Probablemente la mitad. Y la gente de la calle estaba fuera haciendo cola para entrar a dormir en los bancos.

—Sí —dijo Reuben.

—Pillé a Jim justo después de misa, justo después de que despidiera a los feligreses en la puerta. Estaba volviendo por el pasillo hacia la sacristía. Le conté lo que vuestra madre había dicho. «Ahora, dime —le pregunté—: ¿es concebible que esta criatura, este Lobo Hombre, no sea un monstruo de la naturaleza sino que haya una tribu entera de ellos y que tu hermano forme de hecho parte de esa tribu? ¿Es posible que sean de una especie desconocida que ha existido siempre y que, cuando mordieron a Reuben en esa casa oscura, se convirtiera en uno de los suyos?»

Phil calló para tomar un buen trago de café caliente.

—¿Y qué dijo Jim? —preguntó Reuben.

—Eso fue todo, hijo. No dijo nada. Solo me miró un buen rato y la expresión de su rostro, bueno, no tengo palabras para describirla. Luego levantó la mirada al altar y vi que estaba mirando la imagen de san Francisco y el lobo de Gubbio. Entonces dijo con tristeza y desánimo: «Papá, no puedo arrojar ninguna luz sobre este asunto.» Yo repuse: «Está bien, hijo, dejémoslo así, tu madre no recuerda nada de esto de todos modos», y simplemente salí de la iglesia, pero ya lo sabía. Sabía que era todo cierto. De hecho, supe que era cierto cuando tu madre me lo estaba explicando, sentí que lo era, lo sentí, lo sentí aquí; pero tuve la seguridad cuando observé a Jim caminando hacia la sacristía de detrás del altar, porque había un millón de cosas que podría haber dicho si hubiera sido absurdo, y no dijo ninguna.

Phil se limpió la boca con la servilleta y volvió a llenar la taza de café.

—Sabes que Lisa prepara el mejor café del mundo, ¿no?

Reuben no respondió. Sentía lástima por Jim, mucha pena por haberlo cargado con aquel peso, pero ¿qué iba a hacer sin él? Bueno, era hora de ocuparse de él, de desagraviarlo, de darle las gracias, de agradecerle que se hubiera encargado de Susie Blakely.

—Pero, papá, si mamá lo sabía —preguntó—, ¿por qué te dejó venir aquí a vivir con nosotros?

—Hijo, tuvo un apagón esa noche, ya te lo he dicho. Lo que me reveló procedía de algún lugar de su interior al que no tiene acceso cuando no bebe. Y al día siguiente no lo sabía. Ahora no lo sabe.

—Ah, pero sí que lo sabe —dijo Reuben—. Lo sabe. Lo que hizo el alcohol fue hacerle hablar de ello, confesarlo, afrontarlo. También sabe que no puede hacer nada al respecto, que no puede mencionármelo abiertamente, que nunca podrá convertirse en cómplice. La única forma que tiene de vivir con ello es fingir que no sospecha nada.

—A lo mejor —dijo Phil—; pero, volviendo a tu pregunta de qué pensé cuando os vi a todos vosotros en el bosque en Nochebuena, bueno, me quedé asombrado. Eso te lo garantizo. Fue el espectáculo más asombroso que había visto en mi vida, pero no estaba sorprendido y sabía lo que ocurría. Además, reconocí a esa artera de Helena por su acento polaco cuando me sacó de la cama y me dijo: «¿Estás dispuesto a morir por tu hijo, para darles a él y sus amigos una lección?»

—¿Eso te dijo?

Phil asintió con la cabeza.

—¡Oh, sí! Ese era su plan, aparentemente. Reconocí la voz de Fiona, que iba con ella. «Estúpido humano. No deberías haber venido —me dijo la tal Fiona—. La mayoría de los humanos tienen mejor instinto.»

Phil tomó un sorbo de café, apoyó los codos en la mesa y se pasó las manos por el pelo. Parecía un hombre veinte años más joven, por mucho que la edad le hubiera marcado el rostro, con los hombros remarcablemente rectos y el pecho más ancho. Incluso tenía las manos más grandes y fuertes que antes.

—Me quedé sin sentido cuando aparecieron aquí —dijo—, pero cuando desperté en el bosque vi claro el plan maligno de esas dos: usarme como prueba humana de la actitud de Felix en Nideck Point, de su decisión de vivir entre seres humanos, de continuar como si fuera un ser vivo, un hombre normal, un hombre generoso; demostrar que todo esto era, en palabras de Fiona, «una locura». Vi y oí todo eso cuando se desarrolló el espectáculo.

—Entonces sabes lo que les ocurrió a Fiona y Helena —dijo Reuben.

—No, al principio no lo entendí —dijo Phil—. Eso es lo único que no tenía claro, que me desconcertaba. Tumbado en esa cama tuve pesadillas. Soñé que habían quemado Nideck Point y arrasado el pueblo.

—Ella dijo esas mismas cosas —dijo Reuben.

—Exacto, eso lo oí —dijo Phil—. Pero lo que no tenía claro era que ella y Helena hubieran muerto. No vi lo que les ocurrió. Las pesadillas eran terribles. Agarré a Lisa y traté de convencerla de que Nideck Point estaba en peligro por culpa de esas dos. Fue entonces cuando ella me contó que Elthram y la Nobleza las habían arrojado al fuego. Me explicó quiénes eran los de la Nobleza, o al menos lo intentó. Dijo algo sobre que «eran los espíritus del bosque y no gente como nosotros». —Rio suavemente, entre dientes, negando con la cabeza—. Debería haberlo sabido. Bueno. Lisa me dijo que nadie había visto hacer algo semejante a la Nobleza del Bosque, pero que nunca lo habría hecho de no haber tenido un motivo grave. Y Elthram estaba allí, junto a mi cama, me refiero, justo al lado de Lisa. Lo vi mirándome. Me tocó con una de sus manos calientes y me dijo: «Estás a salvo.»

—Eso es lo que ocurrió —dijo Reuben.

—Y entonces supe que no habían venido para hacer daño a nadie y comprendí mejor el resto de lo que había oído: lo que había oído decir a Hockan, con esa voz suya, comparable al espléndido *Adagio en sol menor* de Albinoni arreglado por Giazotto.

Reuben soltó una risita amarga.

—Sí, es exactamente así, ¿verdad?

—Oh, sí, ese Hockan tiene una hermosa voz, pero todos la tienen. Felix tiene la voz como un concierto de piano de Mozart, siempre llena de luz. Sergei... Bueno, Sergei suena como Beethoven.

—¿No como Wagner?

—No —dijo Phil sonriendo—. Prefiero a Beethoven. Pero respecto a Hockan, lo noté triste durante el banquete, diría que profundamente melancólico. Parecía amar a esa Helena aunque ella le daba pavor. Me di cuenta de eso. Las preguntas que ella me hizo lo aterrorizaron. —Negó con la cabeza—. Sí, Hockan es el violín del *Adagio en sol menor*, exacto.

—¿Y estás de acuerdo con lo que ha ocurrido? —preguntó Reuben—. ¿Con que usaran el Crisma para salvar tu vida y que ahora seas uno de nosotros?

—¿No acabo de decirte que sí?

—¿Puede alguien culparme por plantear una pregunta como esta dos veces? —preguntó Reuben.

—No, por supuesto que no —dijo Phil con amabilidad. Se sentó y miró a su hijo con la más triste de las sonrisas—. Eres muy joven y muy ingenuo y realmente bueno de corazón.

—¿Lo soy? ¡Siempre quise que estuvieras con nosotros! —susurró Reuben.

—Sabía lo que hacía cuando vine aquí.

—¿Cómo podías saberlo realmente?

—No fue el misterio lo que me atrajo —explicó Phil—. No fue la insensata suposición de que esos amigos tuyos realmente conocían el secreto de la vida eterna. Sí, claro, sabía que existía una posibilidad de que eso fuera así. Llevo tiempo atando cabos, igual que tu madre. No solo por la foto de la biblioteca o por la personalidad inusual de los hombres que conviven contigo. No solo por su anacrónico modo de hablar o por los anticuados puntos de vista que tienen. ¡Diablos, tú tienes una forma de hablar que nos ha hecho decir en broma muchas veces que te cambiaron al nacer! —Negó con la cabeza—. Así pues, no era tan sorprendente que cultivaras ciertas amistades que hablaban de un modo tan raro como tú a veces. La inmortalidad es abrumadora e irresistible, desde luego. Lo es. Pero no sé si creía en eso del todo. No sé si creo ahora. Cuesta menos creer que un ser humano se convierta en animal que creer que vivirá eternamente.

—Te entiendo muy bien —dijo Reuben—. Yo me sentía exactamente igual.

—Fue algo más mundano pero infinitamente más profundo y significativo lo que me trajo aquí. Vine a vivir contigo en este lugar ungido porque tenía que hacerlo. Simplemente tenía que hacerlo. Tenía que encontrar este refugio del mundo al que he consagrado mi larga, gris e intrascendente vida.

—Papá...

—No, hijo. No discutas conmigo. Sé quién soy, así como sabía que tenía que venir. Tenía que estar aquí. Tenía que pasar los días que me quedaban en algún lugar donde verdaderamente deseara estar, haciendo las cosas que me importan, por más triviales que sean. Caminar por el bosque, leer mis libros, escribir poemas, contemplar ese océano, ese océano interminable. Tenía que hacerlo. No podía seguir avanzando hacia la tumba paso a paso, ahogado por la pena, ahogado por la amargura y la decepción. —Contuvo el aliento, como si estuviera sufriendo. Tenía la mirada fija en la línea apenas visible del horizonte.

—Lo entiendo, papá —dijo Reuben en voz baja—. A mi manera, a mi manera joven e ingenua, sentía lo mismo el día que llegué aquí. No puedo decir que estuviera en el deprimente camino hacia la tumba. Solo sabía que no había vivido, que había evitado vivir, como si hubiera aprendido pronto a decidirme contra la vida más que a favor de ella.

—Ah, eso es hermoso —dijo Phil. Su sonrisa se hizo más brillante otra vez al mirar a Reuben.

—Papá, ¿entiendes las cosas que dijo Hockan? ¿Seguiste el hilo de la conversación?

—En su mayor parte. Fue un poco como un sueño. Estaba tumbado en la tierra y era fría, pero no tenía frío bajo esas mantas. Le estaba escuchando. Sabía que estaba apuntando sus dardos contra Felix y contra ti y Stuart. Lo oí. Lo comprendí. En las noches transcurridas desde entonces he estado dándole muchas vueltas, con algún que otro susurro de Lisa de vez en cuando, componiéndolo todo.

Reuben se armó de valor.

—¿Crees que era cierto lo que dijo Hockan? —le preguntó a su padre—. ¿Crees que tenía razón?

—¿Tú qué opinas, Reuben?

—No lo sé —repuso Reuben sin convicción—. Cada vez que reflexiono sobre ello, cada vez que veo a Felix o a Margon o a Sergei, me doy más cuenta de que tengo que decidirme, que decidirme yo, acerca de las cosas que dijo Hockan de nosotros.

—Eso lo entiendo y lo respeto.

Reuben sacó un trozo de papel doblado del bolsillo interior de la chaqueta y se lo entregó a Phil.

—Esto es todo lo que dijo de nosotros, está aquí escrito —le explicó—. Palabra por palabra. Exactamente como lo recuerdo.

—Mi hijo, el estudiante de matrícula —dijo Phil.

Desdobló la página y leyó lo que ponía lenta y concienzudamente antes de volver a doblarla.

Miró con expectación a Reuben.

—Ha tenido un efecto devastador sobre Felix —dijo Reuben—. Está profundamente desanimado.

—Eso es comprensible —dijo Phil. Iba a decir algo más, pero Reuben continuó.

—Margon no parece conmovido, ni en un sentido ni en otro —dijo—, y Sergei y Stuart dan la impresión de haberlo olvidado todo, de haberlo borrado como si nunca hubiera ocurrido. Desde luego, no están asustados de Elthram ni de la Nobleza del Bosque. Parecen tan cómodos con ellos como siempre.

—¿Y Laura?

—Laura ha planteado la pregunta lógica: ¿quién es Hockan? ¿Es un oráculo o una criatura falible como el resto de nosotros?

—Entonces los realmente perjudicados por esto sois tú y Felix.

—No lo sé, papá. No me saco lo que dijo de la cabeza. Nunca he podido sacarme de la cabeza las voces negativas. He luchado toda la vida por descubrir mi propia verdad y me he visto asfixiado por lo que decían otras personas. Es como si siempre me hubieran estado gritando, acosándome, agitando los puños ante mí. La mitad del tiempo no sé lo que pienso.

—No te menosprecies, hijo —dijo Phil—. Creo que sabes lo que piensas.

—Papá, tienes que saber esto —dijo Reuben—. Amo esa casa, este lugar, esta parte del gran bosque del mundo. Quiero traer a mi hijo aquí. Quiero estar aquí contigo. Amo a toda mi nueva familia. Los amo a todos, más de lo que puedo decir. A Laura, Felix, Margon, Stuart, Thibault, Sergei, a todos ellos. Amo a Lisa, sea quien sea y lo que sea. Amo a la Nobleza del Bosque.

—Te entiendo, hijo —dijo Phil sonriendo—. Yo también le tengo mucho cariño a Lisa. —Soltó una risita confidencial—. «Sea quien sea y lo que sea.»

—Dejar atrás Nideck Point, romper todo contacto con mi madre, entregar a mi hijo a mamá para que lo críe, no volver a ver a Jim... No soporto pensar en esas cosas. Se me rompe el corazón.

Phil se limitó a asentir.

—Me siento más grande y más fuerte aquí de lo que me he sentido en ninguna parte —prosiguió Reuben—. Ese día en la feria del pueblo y luego en el banquete, aquí, percibí la energía creativa a mi alrededor. Sentí un espíritu creativo contagioso. No tengo otra manera de describirlo. Sentía que estaba bien todo lo que había hecho Felix, todo lo que Felix había hecho realidad. Era como magia, papá. Una y otra vez creaba algo de la nada. Un invierno inhóspito, una población que agoniza, una gran casa vacía, un día que podría haber sido como un millar de otros días. Transformó todo esto. Y fue bueno. Juro que lo fue. Sin embargo, llega el juicio de Hockan. Hockan hace una lectura oscura del guion y hace surgir otra historia.

—Sí, Reuben, eso es exactamente lo que hizo Hockan —dijo Phil.

—Hockan dice que esta gran casa es una trampa, una abominación.

—Sí, hijo, lo oí.

—¿Cuál es el pecado de Felix, papá? ¿Querer vivir en compañía de todas las criaturas vivas, sean espíritus, fantasmas, morfodinámicos, gente sin edad como Lisa o seres humanos? ¿Es eso realmente malvado? ¿Es ese el pecado original que mató a Marchent?

—¿Qué opinas, Reuben? ¿Lo es?

—Papá, no tengo ni idea de lo que es la inmortalidad. Ya lo he reconocido antes, simplemente no lo sé. Pero sé que estoy luchando por un sentimiento mejor, por una comprensión mejor. Sea lo que sea, tengo alma. Siempre lo he sabido. No puedo creer que Marchent esté perdida y sufriendo por el espantoso secreto de lo que somos, por el pecado de Felix al amarla a ella y a sus padres y esconderles nuestros secretos. Felix nunca habría dejado a Marchent si esos hombres malvados no lo hubieran hecho prisionero.

—Lo sé, hijo. Conozco la historia. Hockan aportó todas las piezas del rompecabezas que me faltaban cuando estaba tumbado en el calvero.

—Y no es culpa de Felix que la Nobleza del Bosque sorprendiera a todos. Hicieron algo que nadie sabía que eran capaces de hacer. Eso es obvio. Pero ¿fue culpa de Felix por haberlos llamado e invitado a estar allí?

—No. No creo que lo fuera —dijo Phil—. La Nobleza del Bosque siempre ha tenido su propia reserva de poder.

—¡Si al menos pudiera hablar con Marchent! —exclamó Reuben—. ¡Si al menos pudiera oír su voz! La he visto, he visto sus lágrimas, he visto su sufrimiento. ¡Maldita sea! Incluso he hecho el amor con ella, papá, la he tenido en mis brazos. Pero no salía ninguna voz de ella. No salía ninguna verdad de ella.

—¿Y qué podía contarte, Reuben? —preguntó Phil—. Es un fantasma, no una deidad ni un ángel. Es un alma perdida. Ten cuidado con lo que podría decir, igual que deberías tener cuidado con Hockan.

Reuben suspiró.

—Eso lo sé. Lo sé. No he dejado de querer preguntárselo a Elthram. Seguramente él sabe por qué acecha. Debe saberlo.

—Elthram sabe lo que Elthram sabe —dijo Phil—, no lo que sabe Marchent, si es que ella sabe algo.

Se quedaron en silencio. Phil tomó otra taza de café. Arreció la lluvia, brillando y martilleando en las ventanas. ¡Qué sonido tan íntimo el de la lluvia azotando los cristales! El cielo incoloro era incomprensiblemente luminoso a pesar de la lluvia y, mar adentro, un barco se movía por el horizonte distante, apenas visible con el resplandor gris del mar.

—No me dirás qué debo hacer, ¿verdad? —preguntó Reuben.

—No quieras que te diga lo que debes hacer —dijo Phil—. Tienes que descubrirlo por ti mismo. Pero te diré esto: me has hecho olvidar rápidamente dolores y sufrimientos; has obrado maravillas en mí y, pase lo que pase, decidas lo que decidas, decida lo que decida Felix, nadie te separará de mí ni me separará a mí de ti y de Laura.

—Es verdad. Eso es absolutamente cierto. —Miró a su padre—. Eres feliz, ¿verdad, papá?

—Sí.

24

Fue su primera cena desde Modranicht. Se sentaron en torno a la mesa del comedor para darse un festín de pescado al horno, pollo asado y filetes de cerdo acompañados de bandejas humeantes de verduras y zanahoria hervida con mantequilla. Lisa había horneado pan y pastel de manzana para el postre, y el Riesling frío centelleaba en los decantadores y las copas de cristal.

Reuben ocupaba su lugar habitual, a la derecha de Margon, y Laura se había sentado junto a él. A continuación estaban Berenice, Frank y Sergei, mientras que al otro lado tenía a Felix, como siempre con Thibault a su izquierda y, a continuación, Stuart y Phil.

Fue una cena cómoda y callada, como si hubieran cenado de ese modo un centenar de veces, y cuando surgió la conversación, fue sobre cosas ordinarias, como la fiesta de Nochevieja prevista para el hotel del pueblo o el tiempo, que no cambiaba.

Felix permaneció en silencio. Completamente en silencio. Reuben apenas podía soportar la expresión de su rostro, la sombra de espanto en sus ojos de mirada perdida.

Daba la impresión de que Margon estaba siendo inusualmente amable con Felix, y más de una vez trató de hablar con él sobre cuestiones poco importantes o neutrales; pero, al no obtener respuesta, decidió no insistir, como si supiera que eso frustraría su amable propósito.

En un momento, Berenice dijo de pasada pero educadamente que las otras lobas habían vuelto a Europa y que no pensaba reunirse con ellas pronto. Obviamente eso no era noticia para Frank, pero sí para los demás, si bien ninguno preguntó lo que Reuben quería preguntar: ¿Hockan no se había ido con ellas?

Reuben no iba a pronunciar el nombre de Hockan en esa mesa.

—Bueno, Berenice —dijo Margon finalmente—, desde luego eres bienvenida para quedarte aquí si no quieres irte. Eso ya lo sabes, naturalmente.

Ella se limitó a asentir. Había una expresión de resignación intencionada en su rostro. Frank estaba simplemente mirando hacia otro lado, como si aquello no lo concerniera.

—Mira, Berenice —dijo Thibault—. Creo que deberías quedarte con nosotros. Creo que deberías olvidar tus viejos lazos con esas criaturas. No hay razón por la que no podamos tratar de formar otra vez una manada de machos y hembras. Y esta vez deberíamos hacerla funcionar. De hecho, querida, ahora tenemos a Laura.

Berenice estaba sorprendida pero no ofendida. Solo sonrió. Laura estaba observando la escena con preocupación obvia.

—Me gustaría que te quedaras —dijo en voz baja—, aunque desde luego eso es asunto tuyo y no mío.

—A todos nos gustaría que te quedaras —agregó Frank con desaliento—. ¿Por qué las hembras forman con tanta frecuencia sus propias manadas? ¿Por qué no podemos vivir juntos y en paz?

Nadie dijo ni una palabra.

Justo antes del final de la comida, después de tomarse el pastel de manzana y el café y de que Sergei hubiera ingerido una enorme cantidad de coñac, llegó Elthram, con su familiar indumentaria de gamuza verde. Sin decir palabra, se sentó en la silla de brazos, a la cabecera de la mesa.

Margon lo recibió con una amable inclinación de cabeza. Elthram se arrellanó, casi despatarrado en la silla, y sonrió a Margon cuando este hizo un pequeño gesto de impotencia con los hombros.

Todo esto fue desconcertante para Reuben. ¿Por qué Margon no estaba furioso con lo que había hecho la Nobleza del Bosque?

¿Por qué no estaba asegurando que él había previsto una posibilidad tan truculenta o que había tenido razón al prevenirlos contra su implicación? Sin embargo, no había dicho tales cosas y, en ese momento, estaba sentado tranquilamente con Elthram a la cabecera de la mesa.

Stuart estudiaba cada detalle de este último con cierta fascinación. Elthram le sonrió amablemente, pero el grupo continuó en su silencio abatido.

Uno tras otro se fueron escabullendo. Berenice y Frank se marcharon al pueblo a tomar una copita en el hotel. Stuart subió a terminar la novela que estaba leyendo. De repente, Sergei se había ido con su coñac, y Thibault preguntó a Laura si podía ayudarlo a resolver su acostumbrada frustración con los problemas informáticos.

Phil se levantó para irse, alegando un completo agotamiento. Rechazó todas las ofertas de ayuda, argumentando que ya no tenía ni la más leve dificultad para caminar ni para encontrar la cabaña en la oscuridad. Ahora era la «cabaña», ya no era la casa de huéspedes.

Elthram se quedó sentado mirando fijamente a Margon. Algo se dijeron sin palabras. Luego Margon se levantó y, tras dar un rápido y cálido abrazo a Felix, al que este no respondió en absoluto, se marchó a la biblioteca.

Silencio.

No llegaba sonido alguno de ninguna parte, ni del fuego de la chimenea ni de la cocina. La lluvia había cesado por completo y el bosque iluminado más allá de la ventana era un espectáculo dulce pero triste.

Reuben levantó la mirada y se encontró con Elthram observándolo.

Solo quedaban Reuben, Felix y Elthram.

Entonces, después de un buen rato de silencio, Elthram dijo:

—Id ahora, los dos. Id al calvero si queréis verla.

Felix se sobresaltó. Miró a Elthram. Reuben estaba anonadado.

—¿Lo dices en serio? —preguntó Reuben—. ¿Estará allí?

—Quiere que vayas —dijo Elthram—. Id ahora, mientras la lluvia da un respiro. Un fuego arde en el lugar. Me he ocupado de ello. Quiere seguir adelante. Es en el calvero donde ella es más fuerte.

Antes de que Reuben pudiera decir otra palabra, Elthram se había ido.

Rápida y silenciosamente, Felix y Reuben fueron al armario a buscar abrigos y bufandas y salieron por la puerta de atrás. La lluvia cantaba en el bosque, pero ya no llovía, solo las ramas altas soltaban su suave goteo.

Felix caminaba delante con rapidez en la oscuridad.

Reuben pugnaba por mantener el ritmo, consciente de que, más allá de las luces de la casa y del robledal, estaría completamente perdido sin Felix.

Daba la impresión de que llevaban una eternidad avanzando con dificultad por una sucesión de sendas estrechas y desiguales. Reuben logró ponerse los guantes de piel sin aminorar el paso y se cubrió el rostro con la bufanda para protegerse del viento.

El bosque temblaba y susurraba con la lluvia acumulada, y el suelo bajo sus pies estaba en muchos sitios embarrado y resbaladizo.

Finalmente, Reuben atisbó un destello pálido reluciendo contra el cielo y distinguió a la luz de ese resplandor la fila de rocas a la que se acercaban.

Por el estrecho paso cruzaron una vez más al vasto calvero. Reuben notó el fuerte olor de hollín y cenizas, pero el aire frío enseguida pareció diluirlo y diseminarlo.

Todos los restos de Modranicht habían desaparecido: los instrumentos esparcidos, los cuernos, las ascuas, el caldero. Lo único que quedaba de la hoguera era un gran círculo negro, en cuyo centro ardía otro pequeño fuego de troncos gruesos. Las llamas danzaban entre volutas de niebla.

Se acercaron a la fogata caminando sobre carbones y restos brillantes del viejo fuego. Reuben era dolorosamente consciente de que Fiona y Helena habían muerto allí. Pero no había tiempo para lamentarse por las dos hembras que habían atacado a Phil.

Se quedaron tan cerca de las llamas como pudieron, y Reuben

se quitó los guantes y se los guardó en los bolsillos. Él y Felix se calentaron las manos. Felix temblaba de frío. Reuben tenía el pulso acelerado.

«¿Y si no viene? —pensó con desesperación, pero sin atreverse a decirlo en voz alta—. ¿Y si viene y lo que nos dice es terrible, más lacerante, más hiriente, más condenatorio incluso que las palabras de Hockan?»

Reuben estaba negando con la cabeza, mordiéndose el labio inferior, pugnando con el sufrimiento de la expectación cuando se dio cuenta de que había alguien de pie justo enfrente, al otro lado del fuego, perfectamente visible por encima de las llamas, mirándolo.

—Felix —dijo Reuben.

Y Felix levantó la cabeza y también la vio.

Un gemido escapó de los labios de Felix.

—Marchent.

La figura se hizo de repente más brillante y Reuben le vio perfectamente la cara, fresca y suave como en el último día de su vida. Marchent tenía las mejillas coloradas por el frío y los labios sonrosados. Sus ojos grises destellaban a la luz del fuego. Llevaba un sencillo atuendo gris con capucha, bajo la cual Reuben vio el cabello rubio corto que le enmarcaba el rostro ovalado.

Estaba a poco más de un metro de ellos.

El único sonido intenso procedía del fuego y, de más allá, llegaban una serie de suaves suspiros procedentes del gran bosque.

Por fin oyeron la voz de Marchent, por primera vez desde la noche de su muerte.

—¿Cómo podéis pensar que me entristece que estéis aquí juntos? —preguntó.

¡Ah, esa voz, esa voz que Reuben nunca había olvidado, tan nítida, tan característica, tan amable!

—Reuben, esta casa, esta tierra... ¡Deseaba tanto que las tuvieras! Y tú, Felix, quería tanto que estuvieras vivo y a salvo, lejos del alcance de cualquiera que pudiera hacerte daño. Vosotros dos, a los que he amado con toda mi alma, ahora sois amigos, ahora sois familia, ahora estáis juntos.

—Querida mía, bendita seas —dijo Felix con la voz rota—. Te quiero muchísimo. Siempre te he querido.

Reuben temblaba violentamente, con las mejillas arrasadas de lágrimas. Se las enjugó con torpeza con la bufanda, pero en realidad no le preocupaban. Mantuvo los ojos centrados en Marchent, cuya voz sonó otra vez con el mismo poder característico.

—Eso lo sé, Felix —dijo. Estaba sonriendo—. Siempre lo he sabido. ¿Crees que, viva o muerta, te he culpado alguna vez de nada? Tu amigo Hockan, y es tu amigo, me alista en una causa por la que no siento ninguna simpatía.

Su rostro era absolutamente afable y expresivo al hablar, su voz tan lírica y natural como había sido ese último día.

—Ahora, por favor, escuchadme los dos. No sé cuánto tiempo tendré para deciros estas cosas. Cuando se repita la invitación, debo aceptarla. Vuestras lágrimas me retienen aquí. Debo liberaros para poder liberarme yo también. —Gesticulaba con naturalidad con las manos al hablar, y se acercó más al fuego, inmune a su calor—. Felix, no fue tu poder secreto lo que oscureció mi vida —dijo con ternura—, sino la incalificable traición de mis desamorados padres. Perecí a manos de unos enfermos ciegos. Fuiste el sol de mi vida en el jardín que plantaste aquí para tus descendientes y, en mi hora más oscura, cuando todo el mundo vibrante se me escapaba, fuiste tú, Felix, quien mandó a los espíritus amables del bosque a traerme luz y comprensión.

Felix lloraba quedamente. Reuben percibía que quería hablar, pero los ojos de Marchent se habían desplazado a él.

—Reuben, tu cara amable ha sido mi lucero —dijo ella. Era la misma actitud que había adoptado con él el fatídico día, amable y casi tierna—. Déjame ser tu lucero ahora. Veo que abusan de tu inocencia de nuevo, no los de tu antigua familia sino, esta vez, alguien que habla con amargura y fingida autoridad. Fíjate en la inteligencia oscura que te ofrece. Te separará de aquellos a los que amas y de aquellos que a su vez te aman: de la escuela misma en la que las almas se embeben de su gran sabiduría. —Bajó la voz, subrayando su indignación—. ¿Cómo se atreve un alma viva a asignarte a las filas de los condenados o a concebir para ti un camino de penitencia, de cadenas y restricciones? Eres lo que eres y no lo que otros quieren que seas. ¿Quién no lucha con la vida y la muerte? ¿Quién no se enfrenta al caos del mundo vivo que respira como hacéis Felix y tú? Reuben, oponte a la maldición de las Escrituras. Resiste mis palabras, Reuben, si ofenden los anhelos más profundos de tu espíritu honesto. —Hizo una pausa, pero solo para incluir a los dos antes de continuar—. Felix, me dejaste esta casa y estas tierras. Yo las cedí en tu memoria a Reuben y ahora os las dejo a los dos, unidos por lazos tan fuertes como pueda haberlos bajo el cielo. Las lámparas vuelven a brillar en Nideck Point. Tu futuro se extiende hacia el infinito. Recuérdame y perdóname. Perdóname por lo que no sabía, por lo que no hice y por lo que no supe ver. Te recordaré allí donde vaya, mientras la memoria sobreviva en mí. —Sonrió. Había una minúscula traza de aprensión, de miedo, en su mirada y en su voz—. Esto es una despedida, queridos. Sé que he de proseguir, pero no sé hacia qué ni adónde, ni si volveré a veros. Os veo ahora, sin embargo, vitales y preciosos y llenos de un innegable poder. Os amo. Rezad por mí.

Se quedó en silencio. Se convirtió en la imagen de sí misma, mirando al frente con los labios juntos y una leve expresión de asombro. Luego su rostro empezó a disolverse, a desvanecerse; al cabo de poco lo único que quedaba de ella era su silueta recortada en la oscuridad, que acabó también por desaparecer.

—Adiós, querida —susurró Felix—. Adiós, mi preciosa niña.

Reuben estaba llorando desconsoladamente.

El viento soplaba en los árboles oscuros e invisibles alrededor del calvero.

Felix se enjugó las lágrimas con la bufanda. Abrazó a Reuben y lo sujetó.

—Ahora se ha ido, Reuben, se ha ido a casa —dijo Felix—. ¿No lo ves? Nos ha liberado, como dijo que quería hacer. —Estaba sonriendo entre lágrimas—. Sé que encontrará la luz; su corazón es demasiado puro, su valor demasiado grande para otra cosa.

Reuben asintió, pero lo único que podía sentir por el momento era pesar: pesar por el hecho de que se hubiera ido, pesar por no volver a oír su voz nunca más. Tardó en darse cuenta de que le habían dado un gran consuelo.

Cuando se volvió y miró otra vez a los ojos a Felix, sintió una calma profunda, confianza en que, de alguna manera, el mundo era el buen lugar que siempre había creído.

—Vamos —dijo Felix, dándole un apretón y luego soltándolo, con los ojos llenos otra vez de vigor y luz—. Estarán todos esperándonos asustados. Vamos con ellos.

—Todo vuelve a estar bien —dijo Reuben.

—Sí, querido, así es. Y la decepcionaríamos terriblemente si no nos diéramos cuenta de eso.

Lentamente, regresaron por el campo de cenizas y carbonilla al estrecho pasaje entre las rocas, desde donde iniciaron el largo camino a la casa en un cómodo silencio.

25

La pastora George vino por la tarde. Había llamado a Reuben la noche anterior y solicitado verlo en privado, cosa a la que él no podía negarse.

Se reunieron en la biblioteca. Ella iba otra vez bien vestida, como en la fiesta de Navidad, en esta ocasión con un traje chaqueta rojo y un fular de seda blanco. Se había arreglado los rizos grises y llevaba un poco de colorete y lápiz de labios, como si aquella fuera una visita importante para ella.

Reuben la invitó a sentarse en el sillón orejero, junto al fuego. Él se sentó en el sofá Chesterfield y le sirvió café y pastel, ya preparados.

La pastora George estaba bastante tranquila y simpática. Cuando le preguntó por Susie, le dijo que le iba muy bien. Una vez que el padre Jim la hubo creído, había estado dispuesta a hablar con él y con sus padres de las otras cosas que le habían ocurrido durante su secuestro, y volvía a ser una niña feliz.

—No puedo darle suficientemente las gracias por todo lo que ha hecho. Sus padres la han llevado dos veces a ver al padre Jim —dijo la pastora George—. Asistieron a la Misa del Gallo en su iglesia.

Aliviado, Reuben no pudo disimular su satisfacción. Sin embargo, la pastora George solo sabía una parte de la historia. «Supongo que Jim ha podido hacer algo para ayudarla en relación con el secreto que cargué sobre sus hombros. Y seguramente eso le ha venido bien también a él.» En cuanto a Susie, estaba encantado de que estuviera en el camino de la recuperación, eso si alguna niña podía recuperarse de la crueldad de la que Susie había sido víctima.

La pastora George continuó un poco más hablando de lo amable que era el padre Jim y diciendo que era el primer sacerdote católico al que conocía personalmente. Se había ofrecido a hablar en su pequeña iglesia sobre las necesidades de los indigentes y le estaba profundamente agradecida.

—No pensaba que un sacerdote quisiera venir a una pequeña iglesia no confesional como la mía, pero está más que dispuesto. Estamos muy contentos.

—Es un buen hombre —dijo Reuben, sonriendo fugazmente—. Y es mi hermano. Siempre he podido confiar en Jim.

La pastora George se quedó en silencio.

«Ahora qué», estaba pensando Reuben. ¿Cómo empezaría a especular sobre el misterio del Lobo Hombre? ¿Cómo abordaría el tema? Se preparó, inseguro todavía acerca de todo lo que debía hacer o decir para distanciarse del misterio, para mantener la conversación en un plano abstracto, sin concretar.

—Fue usted quien rescató a Susie, ¿verdad? —le preguntó la pastora George.

Reuben se quedó de piedra.

Ella lo miraba directamente, tan tranquila como antes.

—Fue usted, ¿verdad? Usted la llevó hasta mi puerta.

Reuben sabía que se estaba ruborizando. Notaba que le temblaban las piernas y las manos. No dijo nada.

—Sé que fue usted —dijo ella en voz baja, confidencialmente—. Lo supe cuando le dijo adiós de esa manera, aquí arriba, cuando dijo: «Te quiero, corazón.» Lo supe también por otras cosas, por lo que la gente llama «porte»: su forma de moverse, de caminar, el sonido de su voz. Oh, no era igual, no, pero hay una cierta... cadencia en la voz de una persona, una cadencia propia. Fue usted.

Reuben no respondió. No sabía exactamente qué hacer ni qué

decir, pero sabía que no podía admitirlo ante ella. No podía dejarse arrastrar a alguna clase de reconocimiento, ni entonces ni nunca. A pesar de ello, detestaba mentirle, lo aborrecía con todo su ser.

—Susie también lo sabe —dijo la pastora George—. Pero ella no tiene que venir aquí a preguntárselo. Lo sabe y con eso le basta. Es su héroe. Es su amigo secreto. Puede decirle a su hermano Jim que lo sabe, que ella lo sabe, porque él es sacerdote y no puede decirle a nadie lo que escucha en confesión. Así no necesitará decir a nadie más quién es usted. Yo tampoco. Ninguna de las dos tiene que contarlo. Pero yo tenía que venir. Tenía que decírselo. No sé por qué tenía que venir, por qué tenía que preguntárselo, pero es así. Quizá porque soy pastora, creyente, alguien para quien lo misterioso es, bueno, algo muy real. —Lo decía con una voz calmada, casi carente de emoción.

Reuben le sostuvo la mirada sin decir ni una palabra.

—La policía está equivocada, ¿no? —preguntó ella—. Han estado buscando en la costa algún yeti o *sasquatch* cuando, de hecho, el Lobo Hombre se transforma en lo que es y vuelve a cambiar. No sé cómo se convierte en Lobo Hombre, pero ellos no tienen ni idea.

A Reuben la sangre se le estaba agolpando en las mejillas. Bajó la mirada. Quiso coger la taza de café, pero le temblaba demasiado la mano y tuvo que apoyarla con suavidad en el brazo del sofá. Lentamente, volvió a mirarla.

—Solo tenía que confirmar que tengo razón —dijo la pastora George—. Tenía que asegurarme de que no eran sospechas vagas por mi parte, de que era usted. Créame, no le deseo ningún mal. No puedo juzgar algo o a alguien como usted. Sé que salvó a Susie. Ahora estaría muerta si no la hubiera salvado. Además, cuando Susie lo necesitó, aquí, en esta casa, estuvo a su disposición y la puso en contacto con el hombre que podía ayudarla a recuperarse. No le deseo ningún mal.

Imágenes más que pensamientos corrían por la mente de Reuben, imágenes enredadas y enervantes del fuego de Yule, de la Nobleza del Bosque, de la horripilante inmolación de las dos morfodinámicas, de aquel desdichado que había secuestrado a Susie, de su cuerpo ensangrentado y destrozado cuando Reuben lo había sostenido en sus brazos. Luego se quedó en blanco. Apartó la mirada otra vez y se concentró de nuevo en la pastora George. Le latían las sienes, pero tenía que seguir mirándola a los ojos.

Ella lo miraba con una expresión plácida y agradable. Cogió la taza de café y tomó un sorbo.

—Es un buen café —murmuró. Dejó la taza y se quedó mirando el fuego.

—Le deseo lo mejor en este mundo a Susie —dijo Reuben. Le temblaba la voz a pesar de que trataba de mantenerla bajo control.

—Lo sé —dijo la mujer. Asintió sin apartar la mirada de las llamas—. Yo le deseo lo mismo. Deseo lo mejor de este mundo a todos. No quiero causar ningún daño, nunca. —Parecía elegir las palabras cuidadosamente y las pronunciaba despacio—. Se lo aseguro: lo más drástico de la consagración a Dios es la determinación de amar, de amar realmente en su nombre.

—Creo que tiene razón —dijo Reuben.

—Bueno, eso dice también su hermano Jim.

Cuando lo miró otra vez, lo hizo con una sonrisa.

—Le deseo lo mejor del mundo, señor Golding. —Se levantó—. Quiero darle las gracias por haberme dejado venir.

Reuben se levantó y la acompañó lentamente a la puerta.

—Por favor, comprenda que tenía que saberlo —dijo ella—. Era como si mi cordura dependiera de ello.

—Lo entiendo —dijo Reuben.

Le pasó un brazo por los hombros al acompañarla a la terraza. El viento era violento y las gotas de lluvia eran como trocitos de metal que le mordían la cara y las manos.

Reuben le abrió la puerta del coche.

—Cuídese, pastora George —dijo Reuben. Oyó el temblor de su propia voz, pero confió en que ella no—. Por favor, mantengámonos en contacto. Por favor, escríbame cuando pueda y mándeme noticias de Susie.

—Lo haré, señor Golding. —Esta vez su sonrisa fue resplandeciente y natural—. Lo tendré siempre presente en mis oraciones.

Reuben se quedó observándola bajar la cuesta hasta la verja.

Una hora más tarde explicó la conversación a Felix y Margon.

Estaban sentados en la cocina, tomando su té de la tarde. Les gustaba el té mucho más que el café, al parecer, y todos los días, a eso de las cuatro, tomaban su té de la tarde.

Sorprendentemente, no se preocuparon, y ambos elogiaron a Reuben por la forma en que había manejado la situación.

—Has hecho lo mejor que podías hacer —dijo Felix.

—No importa, ¿verdad? —preguntó Reuben—. Se lo guardará para ella. Tiene que hacerlo. Nadie la creería si...

Ninguno de los dos hombres respondió.

—Se lo guardará hasta que alguien a quien conoce y ama sufra una violencia indecible, algún mal terrible —dijo Margon—. Entonces tendrás noticias suyas. Acudirá a ti para pedir justicia. Te llamará y te hablará de lo que le ha ocurrido a su amigo o su pariente o su feligrés y te dirá quién ha ejercido esa violencia terrible si lo sabe. No te pedirá que hagas nada. Se limitará a contarte su historia. Así es como empieza, con llamadas esporádicas de quienes lo saben y quieren que los ayudemos. Nadie te explicará por qué te cuenta tales congojas, pero llamarán o vendrán y te las contarán. Ella quizá sea la primera o quizá lo sea Susie Blakely. ¿Quién sabe? Quizá lo sea Galton o el *sheriff* del condado o alguien a quien no recuerdas haber conocido. Una vez más, ¿quién sabe? Pero empezará a ocurrirte y, cuando empiece, deberás manejarlo del mismo modo que la has manejado a ella esta tarde. Sin reconocer nada. Sin decir nada voluntariamente. Sin ofrecer nada. Simplemente recogiendo la información y pasándonosla. Luego decidiremos juntos, tú, Felix y yo, lo que conviene hacer.

—Esto es inevitable —dijo Felix con calma—. No te preocupes. Cuanto más hagamos lo que nos piden, más leales nos serán.

26

Era Nochevieja. Una gran tormenta había azotado la costa, inundando carreteras de un extremo a otro del país; el viento agitaba las vigas de Nideck Point y gemía en las chimeneas. Una lluvia cegadora batía contra las ventanas.

Habían llamado a Phil esa misma tarde para que pasara la noche en la casa, en una elegante habitación del ala este donde ya había dormido antes; habían tomado todas las medidas necesarias para su comodidad.

Volaron chispas en el robledal antes de que se apagaran las luces. Se encendió el generador de emergencia para proporcionar un mínimo de energía a los circuitos de la casa. En la cocina, la cena se elaboraba a la luz de lámparas de aceite con todo lo dispuesto con antelación en previsión del clima.

Una vez más, los reunidos se habían puesto corbata negra, a instancias del optimista Felix, e incluso Phil había cedido, no sin citar antes a Emerson diciendo que «uno debe ser consciente de todas las empresas que requieren ropa nueva».

Laura había bajado con un vestido de noche azul cobalto de tirantes con pedrería. Todos los criados iban vestidos para sentarse a la mesa con la hermandad, como mandaba la tradición.

Lisa había renunciado al negro en pro de un espectacular vestido de manga larga de encaje marfil tachonado de perlas y pequeños diamantes. Henrietta, tan silenciosa ella, tan tímida, llevaba un vestido juvenil de tafetán rosa. Incluso Heddy, la mayor de todas, siempre tan callada y reservada, se había puesto un vestido festivo de terciopelo verde que revelaba por primera vez una figura bien proporcionada.

Berenice todavía no se había ido para unirse a la otra manada; de hecho, ya no estaba claro que fuera a marcharse. Cuando apareció vestida de *chiffon* negro, Frank quedó encantado y la cubrió de besos.

Margon cedió la cabecera de la mesa a Felix y ocupó la vieja silla de este, al lado de Stuart.

En cuanto estuvieron servidos el faisán, el pollo asado con miel y los gruesos bistecs a la parrilla aderezados con mantequilla y ajo, los criados entraron y ocuparon sus lugares para escuchar la bendición que Felix pronunció en voz baja.

—Hacedor del Universo, te damos gracias porque este año llega a su fin —dijo—, porque estamos otra vez bajo este techo y con nuestros amigos más queridos, y también te damos gracias porque los *Geliebten Lakaien* estén otra vez aquí con nosotros. Lisa, Heddy, Henrietta, Peter y Jean Pierre, damos gracias por todos y cada uno de vosotros.

—*Geliebten Lakaien* —repitió Margon—, para aquellos que no comparten nuestra lengua alemana, es el viejo y legendario nombre de estos queridos sirvientes que durante tanto tiempo nos han protegido y han mantenido encendido el fuego de nuestros hogares. Todo el mundo los conoce por ese nombre, y son muy buscados y queridos. Estamos agradecidos, verdaderamente agradecidos, por contar con su confianza y su lealtad.

Todos los reunidos repitieron el saludo, y el rubor asomó a las mejillas de Lisa. «Si es un hombre —pensó Reuben—, bueno, es el hombre mejor disfrazado que he visto nunca.» Pero en realidad ya pensaba en Lisa exclusivamente en femenino. Saboreó el nombre de esos misteriosos eternos, y agradeció el nuevo fragmento de información.

—Y por vosotros, buenos señores, jóvenes y ancianos —dijo Lisa con la copa levantada—. Ni por un momento olvidamos el valor de vuestro amor y vuestra protección.

—Amén —gritó Margon—. Y basta de discursos mientras la comida está todavía caliente. El reloj de pie va a dar las diez de la noche y me estoy muriendo de hambre. —Se sentó de inmediato y cogió una bandeja de carne, dando a todos los demás permiso para empezar a servirse.

Frank se encargó de que un animado concierto de Vivaldi sonara por los pequeños altavoces de un reproductor Bose en el aparador, y luego se unió al resto.

Las risas y la conversación animada habían regresado a Nideck Point, y la tormenta hacía que la fiesta fuera más agradable y estimulante todavía. La conversación fluía con facilidad en torno a la mesa, englobando con frecuencia a todos los presentes y otras veces dividiéndose naturalmente en grupos de voces animadas y expresiones ansiosas.

—Pero ¿qué hace la Nobleza del Bosque en una noche como esta? —preguntó Phil. Oían cómo los viejos robles se sacudían y gemían. De algún lugar lejano en la oscuridad les llegó el estrépito de una rama rompiéndose.

—Ah, bueno, los invité a la fiesta —dijo Margon—, al menos a Elthram y Mara y a quien quisieran traer, pero me dijeron en los términos más amables que tenían otros centenarios a los que asistir en el lejano norte, así que supongo que no están aquí. Aunque, puesto que no son cuerpos reales y existen como elementos en el aire, imagino que una tormenta no hace más que excitarlos.

—Pero volverán, ¿verdad? —preguntó Stuart.

—Oh, desde luego —dijo Felix—, pero solo ellos saben cuándo. Nunca creas que no hay espíritus en el bosque. Hay más gente ahí fuera: otros a los que no conocemos por su nombre y que no nos conocen por el nuestro, pero que podrían manifestarse si sienten necesidad de hacerlo.

—¿Están custodiando esta casa? —preguntó Laura en voz baja.

—Sí —dijo Felix—. La están custodiando. Y nadie bajo este techo debería sentir jamás el más leve temor de ellos. Porque cualquiera que intente hacer daño a esta casa...

—Bueno. Esta no es la noche apropiada para hablar de estas

preocupaciones o esas molestias rutinarias e insignificantes —dijo Margon—. Vamos, bebamos otra vez. Bebamos por todos y cada uno de nosotros, por esta rara hermandad de valor inestimable.

Y así continuaron, brindis tras brindis, mientras devoraban las carnes, y al final entre todos recogieron la mesa con tanta naturalidad como siempre, y sirvieron fruta, quesos, los más egregios y asombrosos postres de chocolate y pastas alemanas.

Eran las once y media cuando Felix se levantó otra vez. En esta ocasión los reunidos estaban más apagados y quizá preparados para sus sobrias reflexiones. La música había terminado hacía rato. Habían arrojado nuevos troncos al fuego. Todos estaban cómodamente sentados con su café o su coñac. Felix había puesto cara filosófica, pero la habitual sonrisa le aleteaba en las comisuras de la boca como siempre que estaba de buen humor.

—Termina otro año —dijo, sin mirarlos directamente—, y hemos perdido a Marrok, a Fiona y a Helena.

No había terminado, pero Margon habló en voz baja.

—Por nada del mundo quisiera nombrar esta noche a quienes trajeron la muerte a nuestro Modranicht, pero lo haré por ti, Felix, si lo necesitas, y por todos los que aquí quieran llorar por ellos.

La sonrisa de Felix era triste pero reflexiva.

—Bueno, nombrémoslos por última vez —dijo Margon— y recemos porque hayan ido a un lugar de descanso y comprensión.

—¡Eso, eso! —dijeron de inmediato Thibault y Sergei.

—Y perdónanos por esto, Philip, por favor —dijo Frank.

—¿Perdonaros? —preguntó Phil—. ¿Qué tengo que perdonaros? —Alzó la copa—. Por las madres de mi Modranicht y la vida que ahora tengo en mi interior. No os deseo ningún mal y no os insultaré con mi agradecimiento por este nuevo capítulo de mi historia.

Hubo una rápida ronda de aplausos.

Phil bebió.

—Y por este año que llega y todas sus bendiciones —dijo Felix—. Por el hijo de Reuben. Por el futuro brillante de todos los aquí reunidos. Por el destino y la fortuna, que sean amables, y por nuestros corazones, que no olviden las lecciones aprendidas con todo lo que hemos presenciado en este Yule, nuestro primer Yule con nuestra nueva familia.

Sergei soltó el rugido habitual y movió la botella de coñac por encima de su cabeza, y Frank golpeó la mesa y declaró que se había acabado el tiempo de la solemnidad.

—El reloj va a dar la medianoche —dijo Frank— y otro año acaba, tanto si somos más viejos como si no, y los mismos malditos desafíos de siempre nos esperan.

—Bueno, eso es muy solemne —dijo Berenice con una risita.

De hecho, la risa se les estaba contagiando de manera espontánea a todos sin razón aparente salvo el estado de ebriedad y el bienestar del grupo.

—Se me ocurren muchas ideas sobre lo que este nuevo año nos depara —dijo Felix.

—¡Piensas demasiado! —gritó Sergei—. Bebe, no pienses.

—Ah, pero en serio —insistió Felix—. Una cosa que debemos hacer el año que viene es compartir la historia de nuestra vida con nuestros nuevos hermanos.

—Vaya, brindo por eso —dijo Stuart—. La verdad y nada más que la verdad.

—¿Quién ha dicho nada de la verdad? —preguntó Berenice.

—Mientras no tenga que oír ni una sola palabra de eso esta noche... —dijo Sergei—. Y vosotros, los jóvenes, esperad a que los *Geliebten Lakaien* empiecen a narrar los cuentos de sus orígenes y sus historias.

—¿Qué quieres decir? ¿A qué te refieres? —preguntó Stuart—. Quiero saber la verdad acerca de todo, maldita sea.

—Me apunto a oírlo —dijo Reuben.

Phil asintió y alzó la copa.

Las risas iban y venían como en una charla, y Felix había renunciado a poner una nota final seria a la velada, preparándose para brindar y provocando a Stuart y desviando las puyas de Margon.

La perspectiva de oír los cuentos que los Caballeros Distinguidos tenían que contar entusiasmaba a Reuben, y si podía convencer a los *Geliebten Lakaien* de que le revelaran algo, sería maravilloso.

Se tomó su café, saboreando el sabor intenso y la inyección de cafeína, y apartó la copa de vino. Miró con amor y sentimentalismo a Laura, cuyos ojos azules tanto realzaba el vestido azul, y las emociones se agolparon peligrosamente en su interior. «Siete minutos para fin de año —pensó; llevaba el reloj sincronizado con el del salón—, y luego la abrazas con todas tus fuerzas y ella te abrazará y nunca olvidarás esta noche, este Yule, este Modranicht, este año, esta temporada en la que ha empezado tu nueva vida y con ella tus más profundos amores y conocimientos.»

De repente, sonó un estruendo en la puerta principal.

Por un momento nadie se movió. Otra vez se oyó el sonido de alguien que, fuera, bajo la lluvia, llamaba a la puerta.

—Pero ¿quién demonios será? —exclamó Frank. Se levantó como si fuera el centinela de guardia y cruzó el comedor hacia el salón.

Una ráfaga de viento barrió la casa cuando abrió la puerta, apagando las llamas frágiles de las velas, y luego oyeron el golpe de la puerta al cerrarse, el pestillo y dos voces discutiendo.

Felix se quedó en silencio a la cabecera de la mesa, copa en mano, escuchando como si tuviera un presentimiento o supiera quién había llamado. Los otros aguzaban el oído tratando de determinar a quién pertenecía la nueva voz, y a Berenice se le escapó un gemido de pena.

Frank apareció, ruborizado y enfadado.

—¿Lo quieres en esta casa?

Felix no respondió de inmediato. Estaba mirando más allá de Frank, al espacio entre el comedor y el salón. En cuanto Frank hubo vuelto a su silla, le hizo una seña al recién llegado.

Apareció un Hockan empapado y desaliñado, con la cara y las manos blancas y temblando.

—¡Dios mío, estás empapado! —dijo Felix—. Lisa, trae uno de mis jerséis de arriba. Heddy, toallas.

El resto del grupo permaneció en silencio en torno a la mesa. Reuben observaba fascinado.

—Ven, quítate el abrigo —dijo Felix, desabotonándole la prenda él mismo y sacándosela.

Heddy se puso detrás de Hockan para secarle el cabello húmedo y luego le ofreció la toalla para que se secara la cara, pero Hockan simplemente la miró como si no supiera para qué servía.

—Quítate los zapatos mojados, señor —dijo Heddy.

Hockan se quedó allí plantado, de pie, mirando a Felix a los ojos, con la cara temblorosa y una expresión ilegible. Luego emitió un sonido, algo parecido a una palabra estrangulada o un gemido, y de repente se vino abajo, llevándose una mano a los ojos para tapárselos mientras su cuerpo se agitaba en sollozos.

—Están muertos, están todos muertos —dijo con profunda angustia, entre sollozos convertidos en toses—. Están muertos: Helena, Fiona y todos los demás.

—Oh, vamos —dijo Felix con suavidad. Puso un brazo en torno a Hockan y lo llevó a la mesa—. Lo sé —dijo—. Pero nos tienes a nosotros. Siempre nos tendrás. Estamos aquí para ti.

Hockan se aferró a Felix, llorando en su hombro.

Margon puso los ojos en blanco y Thibault negó con la cabeza. Sergei profirió el inevitable gruñido de desaprobación.

—Dios mío, Felix, has agotado mi paciencia, amigo mío —dijo Frank en voz baja y dura.

—Felix —dijo Sergei—. ¡No hay bajo el sol persona, hada, elfo, demonio, trol o perfecto bribón a quien no intentes amar y con quien no quieras vivir en paz!

Thibault prorrumpió en una breve carcajada amarga.

Sin embargo, Hockan no parecía oír nada de todo eso. Sus sollozos de impotencia continuaron.

Felix lo contenía en un abrazo amable, pero logró volver la cabeza y mirar a los demás.

—Yule, caballeros —dijo, con los ojos vidriosos—. Yule —dijo otra vez—. Y él es nuestro hermano.

Nadie respondió. Reuben miró de reojo a Phil, que con expresión desalentadoramente triste miraba la mesa y a los dos hombres, aunque también con cierta perplejidad.

Hockan parecía tan destrozado como pueda estarlo un hombre, vaciando el alma con sus sollozos, completamente ajeno a todo y a todos salvo a Felix.

—No sé adónde ir —dijo con la voz ahogada—. No sé qué hacer.

—Yule —dijo Margon por fin. Se levantó y puso la mano derecha en el hombro de Hockan—. Está bien, hermano. Ahora estás con nosotros.

Lisa había regresado con el jersey, pero no era el momento para eso y esperó en la oscuridad.

Hockan vertía lágrimas silenciosas de impotencia.

—Yule —dijo Berenice, con las mejillas arrasadas de lágrimas.

—Yule —dijo Frank con un suspiro de exasperación, alzando la copa.

—Yule —dijo Sergei.

Y la misma palabra salió de los labios de Laura y de Phil y de Lisa y de los otros *Geliebten Lakaien*.

Laura tenía lágrimas en los ojos. Berenice siguió llorando, asintiendo a los demás con agradecimiento.

Reuben se puso en pie. Se quedó al lado de Felix.

—Gracias —dijo Felix en un susurro confidencial.

—Es medianoche —le indicó Reuben—. El reloj está sonando. —Y rodeó con los brazos a Felix y Hockan antes de volverse para abrazar a su amada Laura.

27

Grace llamó el domingo por la mañana, seis de enero. Reuben estaba trabajando con denuedo en un ensayo para Billie, este sobre la pequeña localidad de Nideck y su renacimiento con nuevos negocios y nuevas edificaciones.

—Tu hermano te necesita —dijo Grace—. Y necesita también a su padre, si puedes conseguir que el viejo venga aquí contigo.

—¿Qué ha pasado? ¿Qué quieres decir?

—Reuben, se trata de su parroquia. Es ese barrio. Es Tenderloin. Un par de matones atacaron a un joven sacerdote que estaba visitando a Jim ayer por la tarde. Le dieron una paliza y lo castraron, Reuben. Murió en la mesa de operaciones anoche, lo que quizás haya sido una bendición, sinceramente no lo sé. Pero tu hermano está muy trastornado.

Reuben estaba horrorizado.

—Lo entiendo. Mira, vamos a ir. Estaré allí lo antes posible.

—Jim llamó a la policía, y vinieron al hospital. Él sabe quién está detrás de esto: un traficante de drogas, un malnacido deleznable. Pero dijeron que no podían hacer nada sin el testimonio del sacerdote. Algunos otros testigos también han sido asesinados. Yo no podía entender de qué estaban hablando. Reuben, Jim se volvió loco cuando murió el sacerdote y está desaparecido desde anoche.

—¿Qué quieres decir con que Jim está desaparecido? —preguntó Reuben. Ya estaba de pie, sacando la maleta del estante superior del armario.

—Lo que te digo. Le rogué que viniera a casa, que se quedara en casa, que dejara ese apartamento y que volviera a casa, pero tu hermano simplemente no me escuchó. Ahora no responde al teléfono y en la oficina de la parroquia tampoco saben dónde está. No ha celebrado misa esta mañana, Reuben, ¿puedes imaginarlo? Me han llamado a mí.

»Reuben, convence a Phil de que venga. Jim escucha a su padre. Jim te escucha a ti. En cambio a mí nunca me escucha.

Reuben estaba metiendo de cualquier manera la ropa en la maleta.

—Lo encontraré. Esto lo ha trastocado, pero llegaremos lo antes posible.

Phil estaba en el robledal cuando Reuben lo encontró, caminando y hablando con Hockan Crost. Hockan se excusó para que tuvieran intimidad y Phil escuchó toda la historia antes de decir ni una palabra.

—¿Cómo voy a ir, Reuben? —le preguntó—. Mírame. ¿Crees que tu hermano no sabrá lo que me ha ocurrido?

Por supuesto, Phil tenía razón.

—Mira, anoche experimenté el cambio —dijo Phil—. ¡Oh, no te preocupes por eso! Estaba con Lisa y ella llamó a Margon de inmediato. Ocurrió después de medianoche. Vaya. Tengo una historia que contarte...

—Entonces no puedes ir —dijo Reuben.

—Exactamente. El cambio se repetirá esta noche y nadie sabe en qué momento. Pero eso es solo parte del problema, y lo sabes. Mírame, hijo. ¿Qué ves?

Phil tenía razón. Parecía un hombre veinte años más joven. Tenía el cabello gris más poblado, más grueso, las mechas rubias más lustrosas y tenía el físico de un hombre en la flor de la vida. Seguía teniendo las arrugas propias de su edad, pero sus ojos, su expresión, sus movimientos, todo había sido hermosamente alterado. Jim se daría cuenta enseguida. Grace también lo vería de inmediato.

—Tienes razón —dijo Reuben—. Jim está trastornado, obviamente, y viéndote así, bueno...

—Podría volverse loco —dijo Phil—. Tienes que ir sin mí. Trata de conseguir que vuelva a casa o llévalo a un sitio decente, Reuben, donde pueda recuperarse de todo esto. Una bonita suite de hotel. Jim no se ha tomado vacaciones en cinco años, y ahora esto.

A las diez, después de una rápida llamada a Laura, que estaba en el pueblo de Nideck trabajando con Felix y varios de los nuevos comerciantes, y de tres llamadas sin respuesta al móvil de Jim, Reuben se puso en camino.

Casi había llegado al condado de Marin cuando volvió a tener noticias de Grace.

—He denunciado su desaparición —le dijo—, pero la policía no hará nada al respecto. Todavía no han pasado veinticuatro horas. Reuben, nunca había visto así a Jim. Deberías haberlo visto cuando le dijimos que el sacerdote había muerto. Supongo que se estaba desquiciando sin decir nada. Salió del hospital sin hablar con nadie y desapareció. Hemos encontrado su coche en el aparcamiento. Va a pie, Reuben.

—Podría haber cogido un taxi en alguna parte, mamá. Lo encontraré. Llegaré dentro de una hora y media.

Reuben aparcó en el arcén el tiempo suficiente para llamar a la rectoría de Jim, sin ningún éxito, y al apartamento, sin recibir tampoco respuesta, y para dejar otro mensaje en el móvil de su hermano.

—Estoy prácticamente en el Golden Gate. Por favor, por favor, llámame lo antes posible.

Estaba en San Francisco, dudando si ir primero a casa o al hospital, cuando recibió un mensaje de texto de Jim.

«Parque Huntington, Nob Hill. No se lo digas a nadie.»

«Tardo unos minutos», respondió Reuben en otro mensaje de texto, e inmediatamente giró a la derecha. No era en modo alguno el peor sitio para reunirse con su hermano. Había tres hoteles en Nob Hill, en pleno parque.

Estaba lloviendo ligeramente, pero el tráfico no iba mal. Reuben llegó a la cima de la colina en cinco minutos y aparcó en el garaje público de la calle Taylor. Cogió la maleta y cruzó la calle en dirección al parque.

Jim estaba solo, sentado en un banco, con un maletín en el regazo. Con alzacuellos y traje negro, miraba al frente como si estuviera en trance. Una lluvia ligera ponía una pátina a los caminos y había salpicado de plata la ropa y el cabello de Jim, pero él no parecía notar la lluvia ni el viento brusco y frío.

Reuben le puso una mano firme en el hombro. Aun así, Jim no levantó la cabeza.

—Mira, hace un frío de perros aquí —dijo Reuben—. ¿Y si pedimos un café en el Fairmont?

Jim alzó los ojos lentamente, como si se despertara de un sueño. No dijo nada.

—Vamos. —Reuben lo cogió firmemente por el brazo—. Estaremos calentitos ahí dentro.

Siguió farfullando tópicos e idioteces mientras guiaba a Jim al gran vestíbulo bullicioso y siempre sofisticado del Fairmont. Ya habían quitado la elaborada decoración navideña, pero en cierto modo el vestíbulo siempre parecía decorado para una fiesta, con su suelo de mármol brillante, los espejos de marco dorado y las columnas y el techo recubiertos de pan de oro.

—Mira —dijo Reuben avanzando hacia el mostrador—. Voy a pedir una suite. Mamá no te dejará volver a tu apartamento sin antes poner la ciudad patas arriba...

—No uses tu verdadero nombre —le dijo Jim con la voz apagada, sin mirarlo a los ojos.

—¿Qué dices? Tengo que hacerlo. Debo enseñar mi documento de identidad.

—Diles que no revelen tu verdadero nombre —dijo Jim en un murmullo—. Y no le digas a nadie que estamos aquí.

En el mostrador fueron plenamente cooperativos. Les dieron una elegante suite de dos dormitorios con una hermosa vista al parque y la catedral. No le dirían a nadie el verdadero nombre de Reuben. Desde luego que lo habían reconocido. Sabían que era periodista. Serían absolutamente discretos. Lo registraron bajo el seudónimo de Creighton Chaney, que a él se le ocurrió a bote pronto.

Jim entró aturdido en el salón de la suite, paseando la mirada por la chimenea ornamentada y los muebles suntuosos como si no percibiera nada, como si estuviera sumido en alguna contemplación profunda de la que no podía despertar. Se sentó en el sofá de terciopelo azul. Miró el espejo de marco dorado de la chimenea y luego a Reuben, como si no le encontrara demasiado sentido a lo que ocurría a su alrededor.

—Llamaré a mamá —dijo Reuben—, pero no le diré dónde estamos.

Jim no respondió.

—Mamá, escúchame —dijo Reuben por teléfono—. Estoy con Jim y llamaré lo antes posible. —Cortó la llamada enseguida.

Jim continuó sentado, sosteniendo el maletín, igual que en el banco del parque, mirando la pantalla dorada de la chimenea como si estuviera encendida cuando no lo estaba.

Reuben se sentó en un sillón de terciopelo dorado, a su izquierda.

—No puedo imaginar lo que estás sintiendo habiéndole sucedido algo así a un amigo. Mamá dice que le contaste a la policía todo lo que sabes y que dijeron que no pueden hacer nada.

Jim no respondió.

—¿Tienes idea de quién es el responsable? Mamá me ha dicho algo sobre un traficante de drogas que conoces.

Jim no respondió.

—Mira, sé que no quieres contármelo. No quieres que intervenga y me dé un banquete con el culpable. Lo entiendo. Estoy aquí porque soy tu hermano. ¿Te ayudaría hablar de lo que le ocurrió a tu amigo?

—No era un amigo —dijo Jim con la misma voz apagada e inexpresiva—. Ni siquiera me caía bien.

Reuben no sabía qué decir.

—Bueno, supongo que eso es desconcertante en un momento así.

Sin respuesta.

—Quiero llamar a papá y decirle que estoy contigo —dijo Reuben, y entró en el dormitorio de la derecha.

Era tan espléndido como el salón, con una cama enorme elaboradamente vestida y un sofá curvo bajo la ventana. Seguramente Jim estaría cómodo en esa habitación si podía convencerlo de que se quedara.

En cuanto Phil respondió, lo puso al corriente con rapidez. La situación era mala. Iría a buscar los objetos personales de Jim a su apartamento y se quedaría con él esa noche, siempre que su hermano lo permitiera.

—Está conmocionado —dijo Reuben—. Es como si no supiera lo que hace. No voy a dejarlo solo.

—He hablado con tu madre. Está furiosa porque yo no he ido contigo, y estoy poniéndole excusas ridículas para no hacer lo que quiere, como he hecho toda mi vida. Llámame después, pase lo que pase.

Reuben encontró a Jim sentado en el sofá, quieto, pero había dejado el maletín a su lado.

Cuando le preguntó si quería que fuera a buscar sus cosas, Jim levantó la mirada otra vez como si se despertara de un sueño.

—No quiero que vayas allí —dijo.

—Bien. He traído una maleta. Siempre la lleno demasiado. Tengo todo lo que necesitas.

Continuó hablando, porque sentía que de alguna manera era mejor que no decir nada, comentando lo que podía haber afectado a Jim ese golpe, que un suceso así ocurriera en su parroquia. Le dijo de corazón que lo sentía mucho, que lamentaba profundamente lo que le había ocurrido al joven sacerdote.

Sonó el timbre. Era el servicio de habitaciones con una bandeja de fruta y queso de parte del director del hotel, lo habitual en esas suites. Y sí, también le traerían una taza de café, enseguida.

Reuben puso la comida en la mesita.

—¿Hace mucho que no comes?

No hubo respuesta.

Finalmente, Reuben se quedó en silencio, tanto porque no sabía qué hacer como porque eso era lo que Jim quería probablemente.

Cuando llegó el café, Jim aceptó una taza y se lo tomó, aunque estaba muy caliente.

Luego miró a Reuben y centró la atención en él durante mucho tiempo, observándolo lenta y despreocupadamente, casi como los niños miran a la gente, sin timidez ni remedos.

—¿Sabes? —dijo Reuben—, si tienes alguna idea de quién hizo esto... —Dejó que las palabras se apagaran.

—Sé exactamente quién lo hizo —dijo Jim. Su voz era grave y un poco más fuerte que antes—. Yo era la víctima que buscaban. Y ahora saben que han fallado.

A Reuben se le erizó el vello de la nuca. Le empezó el hormigueo y ese inevitable calor en el rostro.

—Lo llamaron padre Golding todo el tiempo que estuvieron golpeándolo y torturándolo —dijo Jim, con su voz más oscura, con el primer atisbo de rabia—. Me lo contó cuando lo subieron a la ambulancia. Nunca les dijo que se equivocaban de hombre.

Reuben esperó.

—Estoy escuchando —dijo.

—¿Sí? —preguntó Jim con la voz más fuerte y más clara—. Me alegro.

Reuben estaba anonadado, pero lo ocultó igual que ocultó el calor que le reptaba bajo la piel.

Su hermano abrió el maletín y sacó el portátil. Lo abrió sobre las rodillas, pulsó algunas teclas y esperó a que se conectara a la red wifi del hotel.

Lo puso en la mesita de café y lo giró para que Reuben viera la pantalla. Había en ella una foto en color de un hombre rubio con unas gafas de sol que le ocultaban los ojos y un titular del *San Francisco Chronicle*: «Nuevo mecenas de las artes en la ciudad.»

Reuben tragó saliva, conteniendo con fuerza el hormigueo, obligándolo a detenerse, a esperar.

—Este es el tipo —aventuró.

—Fulton Blankenship —dijo Jim. Sacó una hoja doblada de la chaqueta y se la dio a Reuben—. Esta es su dirección. Conoces la zona. Alamo Square. —Giró el ordenador, pulsó un par de teclas y volvió a girarlo para que Reuben pudiera verlo otra vez. Una gran casa victoriana espectacularmente pintada, muy impresionante, un edificio histórico con tejado cónico de los que salían en las películas.

—Sí, conozco esa casa —dijo Reuben—. Sé exactamente dónde está.

—Estos son los hechos —dijo Jim—. Es un traficante. A su producto lo llaman en la calle «Super Bo», una mezcla de jarabe para la tos con toda clase de drogas imaginables que se vendía por nada al principio y ahora es más caro que cualquier otra droga que los chicos puedan conseguir. Muy concentrado. Con un tubo de ensayo se prepara una botella de medio litro de soda que manda a los chicos a la luna después de un trago. En dosis mayores también es la droga perfecta para violaciones. Vienen de los barrios residenciales a Leavenworth para comprarla y él está consiguiendo camellos lo más deprisa que puede. Alrededor del quince por ciento de las sobredosis terminan en muerte y otro cinco por ciento en coma. Ni uno solo de esos ha vuelto a despertar. —Hizo una pausa, pero Reuben sabía que era mejor no decir ni una palabra—. Hace un par de meses empecé a trabajar en serio con estos distribuidores locales, tratando de conseguir averiguar quién era el responsable y qué estaba haciendo. ¡Los chicos estaban muriendo! —Jim hizo otra pausa porque se le había quebrado la voz, y tardó un segundo o dos en continuar—. Yo iba cada noche a Leavenworth. La semana pasada, uno de los chicos acudió a mí. Era amante de Blankenship, según dijo: dieciséis años, huido de casa, chapero y adicto. Había estado viviendo con Blankenship en esa casa victoriana. Metí al chico en una suite del Hilton. Bueno, no tan elegante como esta, pero se la cargué a mamá, que me paga los gastos extraordinarios. Estaba en la planta veintitrés y me pareció que estaría a salvo. —Una vez más, Jim calló, al borde de las lágrimas. Los labios le temblaban sin que pudiera evitarlo—. El chico se llamaba Jeff —prosiguió por fin—. Tomaba éxtasis y Super Bo, pero quería desintoxicarse. Traté de que la policía y la DEA trabajaran con él, que le dieran protección, le tomaran declaración y pusieran un poli en la puerta de la habitación del hotel. Pero Jeff estaba demasiado drogado, según ellos no era de fiar. «Desengánchalo», dijeron, «y entonces pediremos una orden. Ahora mismo el chico está hecho un asco». Bueno, los hombres del jefe dieron con él ayer tarde. Lo apuñalaron veintidós veces. Le dije que no llamara a nadie... —La voz se le quebró otra vez—. ¡Se lo dije!

Calló y se apretó la boca un segundo antes de continuar con su relato.

—Cuando recibí la llamada del hotel, salí de inmediato. Fue entonces cuando vinieron por mí y encontraron al sacerdote en mi apartamento: un inocente de Mineápolis que no sabía nada, en una escala camino a Hawái. Un pobre chico que quería ver mi parroquia. Un sacerdote al que apenas conocía.

—Ya veo —dijo Reuben.

El calor en su rostro era insoportable y el hormigueo se había convertido en una realidad, pero mantuvo la transformación a raya mientras esperaba, asombrado de que la rabia profunda y la expectación pudieran suscitarla, como estaba ocurriendo en ese momento. También lo asombraba lo que estaba pasando, las consecuencias para su hermano de lo sucedido. La cara de Jim, sus lágrimas le estaban rompiendo el corazón.

—Hay más —dijo Jim, haciendo un gesto con un dedo—. He encontrado al hijo de puta. He estado en esa casa. Justo después de que el chico acudiera a mí, los lacayos de Blankenship me metieron en un coche y me llevaron allí para que conociera al tipo. Me llevaron al cuarto piso de esa casa. Es allí donde vive, este..., este pequeño Scarface fanfarrón, este Pablo Escobar de nuestros días, este Al Capone cara de rata con sus grandes sueños. Está tan paranoico que se ha encerrado en un apartamento del cuarto piso con una sola entrada y solo admite a un puñado de lacayos en la casa. Pues se sienta allí, me sirve coñac y me ofrece cigarros cubanos. Me ofrece un donativo de un millón de dólares para mi iglesia, un millón de dólares; los tiene allí mismo, en un maletín, y dice que podemos ser socios, él y yo, que solo le diga dónde está Jeff. Quiere hablar con Jeff, hacer las paces con él, traer a Jeff, desengancharlo. —Se quedó callado otra vez, mirando a su alrededor, obviamente pugnando por mantener la calma—. No me enfrenté al pequeño monstruo. Me quedé allí sentado, escuchando, respirando ese repulsivo humo de cigarro. Me habla de *Boardwalk Empire* y *Breaking Bad* y de que es el nuevo Nucky Thompson y de que San Francisco vuelve a ser la Barbary Coast. San Francisco es una ciudad mucho más bonita de lo que fue jamás Atlantic City, dice. Lleva esos zapatos con puntera, como Nucky Thompson. Tiene un armario lleno de camisas de colores con el cuello blanco. Dona veinticinco centavos de cada dólar a obras de caridad, dice, espontáneamente. Asegura que tenemos un futuro juntos, él y yo. Financiará una clínica de rehabilitación y un refugio en la iglesia que podré llevar como me parezca. Este millón de dólares es solo el principio. Su corazón es de sus clientes, dice. Algún día harán una película sobre nosotros, sobre él y sobre mí, y este refugio estilo Delancey Street Fundation que abriré con su dinero. Si él no vende a la purria, otro lo hará, dice. Eso lo sé, ¿no?, me pregunta. No quiere que nadie resulte herido, y Jeff menos que nadie. ¿Dónde está Jeff? Quiere desintoxicarlo, enviarlo a una facultad del este. Jeff tiene talento artístico, puede que no lo sepa. Me levanté y me fui.

—Te entiendo.

—Salí de allí y volví caminando a casa. A la mañana siguiente me hablan de una donación anónima de un millón de dólares a St. Francis at Gubbio destinado a la rehabilitación y albergue. ¡Está en el maldito banco! —Jim negó con la cabeza. Las lágrimas eran gruesas en sus ojos vidriosos—. No me atreví a ir a ver a Jeff después de eso —continuó—. Lo llamaba todos los días, dos veces al día. Sé discreto. No llames a nadie. No salgas. Me confirmó lo que yo pensaba. No permiten entrar a más de cinco personas en esa casa victoriana. La paranoia se impone a la avaricia y al deseo de servicio personal. Tres esbirros endurecidos se ocupan de todo, y luego está Fulton, aparte del laboratorio que funciona en el sótano. El Super Bo concentrado lo prepara allí un equipo que trabaja al día sin fórmula magistral; meten éxtasis líquido, oxicontina, escopolamina, lo que tengan. ¡Es veneno! Y lo están produciendo en cantidades asombrosas. Todo va en plataformas rodantes a camiones de «perfume». Esa es la tapadera: una empresa de perfumes. Los distribuidores de la calle lo mezclan con soda y lo venden el mismo día que se lo suministran.

—Me hago una idea —dijo Reuben.

—¿Te das cuenta de lo que podría ocurrir si volviera a casa? —preguntó Jim—. ¿Te das cuenta de lo que esos monstruos podrían hacer al que encuentren cuando me estén buscando?

—Me doy cuenta —dijo Reuben.

—¡Y no consigo que un coche patrulla se quede a la puerta de casa!

Reuben asintió.

—Me hago una idea, ya te digo.

—Advertí a mamá. Le dije que contrate un servicio de seguridad privado. No sé si me ha escuchado o no.

—Lo entiendo bien.

—Están locos. Este Blankenship y su banda son suicidas. Son tan peligrosos como perros rabiosos.

—Eso parece —dijo Reuben entre dientes.

Una vez más, Jim hizo un gesto con el dedo para pedir atención.

—Busqué la casa en Google —dijo Jim—. No tiene acceso para vehículos, ni delante ni detrás. Los camiones de perfume tienen que parar en la calle. Hay un pequeño patio trasero.

Reuben asintió.

—Entiendo.

—Me alegro —dijo Jim con una sonrisa amarga—. Pero ¿cómo vas a hacerlo? ¿Cómo los conseguirás sin que todo el mundo salga otra vez a cazar al Lobo Hombre?

—Con facilidad —repuso Reuben—. Déjalo en mis manos.

—No veo cómo...

—Déjamelo a mí —insistió Reuben con un poco más de firmeza pero en voz baja—. No pienses en ello ni un momento más. Tengo otros que pueden ayudarme a planearlo. Ve y date una ducha. Pediré la cena. Cuando salgas la comida ya estará aquí y lo habremos pensado hasta el último detalle.

Jim se quedó un momento sentado, reflexionando, y luego asintió. Sus ojos llorosos eran como de cristal, la luz les arrancaba destellos. Miró a su hermano y sonrió con amargura un instante, con la boca temblorosa. Luego se levantó y salió de la habitación.

Reuben se acercó a la ventana.

La lluvia caía con un poco más de intensidad, pero la vista del parque y la gran masa pálida de la catedral eran tan impresionantes como siempre, aunque la fachada neogótica de la iglesia inquietó profundamente a Reuben. Le dolía el corazón. Había despertado en él recuerdos inesperados, no tanto de esa iglesia en concreto como de muchas otras parecidas en las que había rezado por todo el mundo. Una profunda pena se estaba apoderando de él. Reuben se la tragó como se tragó el cambio que tanto amenazaba con liberarse.

Cuando Felix contestó al teléfono, durante una fracción de segundo no pudo hablarle. El dolor se le acentuó y entonces oyó su propia voz, baja y forzada, explicando con detalle toda la historia a Felix. Seguía con la mirada fija en las torres distantes de la catedral, que tanto le recordaban las de Reims, Noyon y Nantes.

—Estaba pensando que alquilaré un par de suites aquí —dijo Reuben—. Bueno, si estás dispuesto...

—Deja que las reserve yo —propuso Felix—. Y por supuesto que estamos dispuestos. ¿No te das cuenta de que es la noche de Reyes? Empieza la temporada de carnaval hasta la cuaresma. Será nuestra fiesta de la epifanía.

—Pero la discreción, la cuestión de la ocultación del cadáver...

—Querido, somos diez —dijo Felix—. Además, Phil y Laura nunca han probado carne humana. No quedará ni un bocado.

—Por supuesto.

Reuben sonrió a su pesar, a pesar de lo que le dolía el corazón, a pesar de la gran silueta negra de la catedral que se recortaba contra el cielo occidental. Ya había anochecido y, de repente, de manera inesperada, las luces decorativas del enorme templo se encendieron, iluminando gloriosamente la fachada. Era asombroso: el fantasma de la iglesia se tornó sólido y maravillosamente vivo con sus torres gemelas y el brillo tenue del rosetón.

—¿Sigues ahí? —le preguntó Felix.

—Sí, estoy aquí. Y en eso estaba pensando: en comer hasta el último bocado y lamer los platos.

Silencio.

La habitación estaba a oscuras. «Debería encender unas cuantas luces», pensó. Pero no se movió. A cierta distancia oyó un sonido terrible, el llanto de su hermano Jim.

La puerta del dormitorio estaba abierta.

Le llegó el aroma de la inocencia, el aroma del inocente sufriendo.

Reuben se acercó silenciosamente a la puerta.

Jim, con una bata blanca de felpa del hotel, estaba arrodillado junto a la cama, con la cabeza inclinada y las manos entrelazadas en un gesto de oración. Los hombros le temblaban con los sollozos.

Reuben volvió junto a la ventana, a la visión reconfortante de la catedral bellamente iluminada.

28

Lo habían planeado con antelación. Iban vestidos con sudadera negra y pantalones de chándal, y llevaban pasamontañas en los bolsillos. Con suma facilidad salieron de los tres vehículos y se acercaron a la mansión victoriana por callejones.

—Ahora sois más fuertes de lo que erais en vuestra forma humana; trepar vallas, derribar puertas..., veréis que eso os resulta fácil antes incluso del cambio —les recordó Margon a los más jóvenes antes de empezar.

Nadie sabía qué requeriría la huida.

Frank, el siempre imponente Frank, con su aspecto y su voz de estrella de cine, fue el elegido para llamar a la puerta y conseguir entrar. Apartando de un empujón a un desconcertado lacayo que protestaba, fue directamente a abrir la puerta trasera. Los lobos estuvieron dentro en cuestión de segundos.

Phil se había transformado en cuanto los otros empezaron a hacerlo, convirtiéndose en un poderoso Lobo Hombre marrón tan ansioso por matar como Laura. El lugar apestaba a maldad. El hedor había impregnado hasta las vigas y los tablones del suelo. Los horrorizados lacayos despotricaron, gruñeron ellos mismos como animales, llenos de odio exquisitamente seductor y finalmente irresistible.

Margon asignó a Laura y a Phil sendas víctimas que protestaban desesperadas. Un tercer habitante de la casa, que dormía en la tercera planta, se levantó de la cama cuchillo en mano. Trató repetidamente de acuchillar a Stuart, que lo abrazó antes de aplastarle el cráneo.

Muertes piadosas, rápidas, pero el festín fue lento, para chuparse los dedos. Tiempo para sorber el tuétano de los huesos. La carne era caliente, salada, deliciosa, y hubo una juguetona disputa por los «cortes» más deseados. Reuben sentía su cuerpo como un motor, con las patas y las sienes latiendo. Su lengua lamía la sangre que manaba al parecer motu proprio.

Había solo cuatro sicarios en total, y a los tres primeros los habían devorado casi por completo. Metieron la ropa ensangrentada y los zapatos en bolsas de basura mientras el líder, que no sospechaba nada, paseaba y vociferaba y cantaba solo en el ático al son de su música atronadora.

Subieron por la escalera para abordar al cerebro todos juntos.

—¡Lobos Hombre! ¡Y cuántos! —gritó en su delirio.

Suplicó, rogó, trató de comprar su vida. Habló de lo que podría hacer por este mundo si lo dejaban vivir. De un agujero en la pared sacó paquetes y paquetes de dinero.

—¡Cogedlo! —gritó—. Hay más en el lugar del que procede. Escuchad, sé que defendéis al inocente. Sé quiénes sois. Soy inocente. ¡Estáis viendo la inocencia! Estáis escuchando la inocencia. ¡Podemos trabajar juntos, vosotros y yo! ¡No soy enemigo del inocente!

Fue Phil quien le desgarró la garganta.

Reuben observó en silencio mientras su padre y Laura se alimentaban de los restos, orgulloso de su instinto perfecto, de la facilidad de su poder. Una paz sutil descendió sobre ellos.

No temía por ellos más de lo que había temido cuando eran humanos. Comprendió de manera lenta y dulce que Laura era ahora invulnerable a los enemigos mortales que acechan en la oscuridad a toda hembra humana. Y Phil, Phil ya no estaba agonizando, ya no estaba abandonado, ya no estaba solo. Morfodinámico. Recién nacido. ¡Qué inofensiva era la noche en torno a ellos, la noche nebulosa presionando contra el cristal; qué transparente, qué fácilmente sondable, qué positivamente dulce! Reuben estaba eufórico y curiosamente calmado. «¿Es esta la calma que el perro siente cuando da ese gran suspiro y se tumba junto al fuego?»

¿Cómo sería quedarse en ese cuerpo para siempre, disfrutar de ese cerebro que nunca vacilaba, que nunca dudaba, que nunca temía? Pensó en Jim llorando solo en el dormitorio del Fairmont; no podía concebir el sufrimiento que Jim había soportado. Sabía lo que sabía, pero en ese momento no lo sentía. Sentía el instinto singular de la bestia.

Toda la manada disfrutaba de una cómoda igualdad. En un momento, mientras volvían a consumir hasta el último pedazo de hueso y carne, Frank y Berenice se habían enzarzado, obviamente haciendo el amor. ¿Qué importaba ahora? Los demás habían mirado para otro lado respetuosamente o, simplemente, no se habían fijado, Reuben no podía saberlo. Sintió que lo consumía una inyección de pasión. Quería tomar a Laura, pero no podía soportar hacerlo delante de los demás. En un rincón oscuro la abrazó con brusquedad y fuerza. El suave pelo algodonoso de su cuello lo volvió medio loco.

Observó a Phil rondando por la casa, guiándose por el olfato para encontrar todavía más dinero escondido en viejos armarios y en tabiques de escayola. Su pelaje era marrón, pero tenía franjas blancas en la melena. Sus ojos, grandes y pálidos, brillaban. Qué fácil era reconocer a cada morfodinámico, aunque sin duda para las víctimas enloquecidas eran indistinguibles. ¿Alguien alguna vez habría redactado una descripción en particular? Probablemente no.

Se entusiasmó de repente con la idea de un álbum de imágenes de la manada. Tenía ganas de reír y sintió un leve mareo, aunque estaba seguro en cada paso que daba.

Sin duda Phil estaba sintiendo la fuerza sublime del cuerpo de lobo, tan a salvo bajo ese pelaje, pisando con sus patas desnudas la moqueta o los tablones del suelo indistintamente. Seguramente estaba sintiendo la sutil calidez que recorría sus venas.

Al final habían reunido una fortuna en otra bolsa de basura. Como el tesoro de los piratas. Reuben pensó que todo aquel dinero sucio de las drogas era como los arcones de perlas y diamantes y oro de las películas de piratas en tecnicolor. Aquellos sucios traficantes de drogas, ¿acaso no eran los piratas de nuestro tiempo? «¿Quién se quedará este tesoro sin hacer ninguna pregunta? La iglesia de St. Francis at Gubbio, por supuesto.»

Nunca antes Reuben había visto víctimas devoradas así. Nunca había conocido un festín tan prolongado. Pelo y cartílago eran fáciles de tragar y habían tenido tiempo suficiente para chupar el tuétano de los huesos. Nunca antes había saboreado la suave pasta de los sesos, el músculo grueso de los corazones. Consumir una cabeza humana era un poco como abordar una pieza de fruta grande y de piel gruesa.

En lujoso silencio, finalmente se había tumbado en los tablones del suelo de la planta baja, con la música del ático pulsando en sus sienes, dejando que su cuerpo continuara convirtiendo la carne y la sangre de los demás en propia. Laura yacía a su lado. Al volver la cabeza, vio la figura alta y temblorosa de su padre mirando por la ventana larga y estrecha, como si contemplara las estrellas distantes. «Quizás escribirá la poesía de este momento —pensó Reuben, lo cual hasta el momento él no había podido hacer—. Y ahora todos somos familia, una familia de morfodinámicos.»

Un breve rugido de Margon les indicó que era el momento de moverse.

Durante un cuarto de hora registraron la casa, recogiendo más fajos de dinero. Estaba escondido detrás de los libros, en las estanterías; en el horno de la cocina; en bolsas de plástico, dentro de las cisternas de los inodoros. Incluso había fajos de billetes debajo de bañeras con patas.

Las gigantescas pantallas de plasma sonreían y hablaban para nadie. Los teléfonos móviles sonaban sin que nadie respondiera.

Una vez más, lamieron la sangre derramada aquí y allá lo mejor que pudieron. No quedó ni un hueso, ni una hebra de cabello. Bajaron por la escalera de atrás para acceder al laboratorio del sótano, donde aplastaron todo lo que estaba a la vista.

Luego se fueron como habían venido, una vez más como humanos, vestidos de oscuro, escabulléndose por los oscuros callejones con sus grandes bolsas para volver a los coches. En las casas todo el mundo dormía. Sus oídos sobrenaturales todavía captaban la música rock que sonaba en el ático distante, pero la gran casa victoriana era un cascarón sin vida, con la puerta delantera abierta de par en par a la calle. ¿Cuánto tiempo pasaría antes de que alguien subiera por esos escalones de granito?

29

El lunes, de madrugada, Jim se había ido del hotel. El botones lo recordaba: hacia eso de las cuatro.

Reuben no tuvo ocasión de hablar con él, de contarle que todo había ido de maravilla, que ya no tenía de qué preocuparse.

«Mejor dejarlo en paz», pensó. Se acostó solo en la enorme cama de la suite del Fairmont.

El asalto salía en todos los periódicos locales cuando se despertó.

Antes de mediodía, la policía, alertada por dos repartidores de comida a domicilio diferentes de que la puerta estaba abierta y había manchas de sangre en el pasillo, registró la mansión y enseguida descubrió el laboratorio de drogas destrozado en el sótano. Se llevó teléfonos móviles y ordenadores, así como numerosa documentación y un pequeño arsenal en el que había desde cuchillos hasta armas semiautomáticas. Los periodistas de televisión estaban especulando acerca de que Fulton Blankenship y sus secuaces podían haber sido secuestrados y asesinados en un ajuste de cuentas.

Entretanto, Jim había llamado a Grace y Phil para hacerles saber que iría a pasar el día y una noche en Carmel para tratar de aclararse. Necesitaba tiempo de retiro y meditación, y había que dejarlo completamente solo. Grace, aliviada de oírlo, llamó a Reuben enseguida.

—Jim siempre va a Carmel cuando está inquieto —dijo Grace—. No sé por qué. Se aloja en algún pequeño hostal sin televisión ni conexión a Internet y pasea por la playa. Eso es lo que hizo antes de decidir hacerse sacerdote. Se fue allí una semana y volvió decidido a consagrar su vida a la Iglesia. —Había tristeza en su voz—. Pero la policía me dice que no hay motivo para preocuparse. ¿Qué opinas?

—Creo que será mejor que me quede aquí un tiempo —dijo Reuben.

Confesó que estaba en el Fairmont. Quería esperar a que regresara Jim.

—Gracias a Dios —dijo Grace.

Y gracias a Dios ella no insistió en que fuera a la casa de Russian Hill.

El martes la policía ya había relacionado a Blankenship con el asesinato del joven sacerdote en Tenderloin, basándose en las «abundantes pruebas halladas en el ordenador» y en los zapatos manchados de sangre y las armas hallados en la casa de Blankenship. El padre Jim Golding era el objetivo. No cabía duda. Tampoco cabía duda de que en el laboratorio del sótano de Alamo Square habían estado produciendo el letal Super Bo que inundaba San Francisco y sus barrios altos residenciales, responsable de numerosas muertes por sobredosis. Entretanto, un estudio preliminar de las manchas de sangre en la mansión indicaba posiblemente la existencia de varias víctimas, aunque se habían llevado los cadáveres.

Reuben ya no quería esperar más a Jim. Estaba demasiado preocupado. Se dirigió al sur, hacia Carmel. Laura habría venido del norte para acompañarlo, pero Reuben le explicó que tenía que encontrar a Jim y hablar con él por sí solo.

Esa tarde y esa noche Reuben paseó por la avenida Ocean, entrando y saliendo de tiendas y restaurantes, buscando a su hermano en vano. Visitó cada posada y cada hostal. Visitó la iglesia católica y la iglesia de la misión. Jim no estaba. Caminó arriba y abajo por la playa barrida por el viento hasta el anochecer.

Cuando se encendieron las luces del pueblo, una espesa niebla cubrió la arena blanca. Reuben se sentía pequeño, frío y abatido. Cuando cerró los ojos, no oyó el viento ni los sonidos del tráfico que pasaba ni el rugido de las olas azotando la costa. Solo oyó el llanto de Jim, abatido en esa suite del Fairmont antes de la masacre, el día del banquete de Reyes.

—Dios santo, por favor, no dejes que sufra por esto, por nada de esto —rezó Reuben—. Por favor, no dejes que esto le haga daño, que esto no afecte su conciencia ni su voluntad de continuar.

El miércoles por la mañana Grace llamó para decir que nadie sabía nada de Jim, ni siquiera en la oficina de la parroquia y en la archidiócesis. Todos estaban siendo muy comprensivos con ella, pero estaba muerta de preocupación.

Reuben continuó su búsqueda.

Billie llamó esa noche para hablarle de los rumores que corrían acerca de que el padre Jim Golding, de St. Francis at Gubbio, estaba poniendo en marcha un refugio al estilo del de la Delancey Street Fundation y un programa de rehabilitación para adolescentes.

—Ahora escúchame, Reuben Golding —dijo—. Puede que seas el ensayista informal más brillante desde Charles Lamb, pero quiero la exclusiva. Es tu hermano. Encuéntralo y averigua lo que está pasando. He oído que ha recibido un donativo de un millón de dólares para su centro de rehabilitación. Necesitamos un artículo en profundidad sobre todo el programa.

—Bueno, lo averiguaré, Billie, cuando lo encuentre —dijo Reuben—. Ahora mismo nadie sabe dónde está Jim. ¡Oh, Dios mío! Escucha, tengo que colgar.

—¿Qué demonios te pasa?

—Nada —dijo él—. Volveré a llamarte.

No podía decirle que acababa de acordarse del dinero de las drogas que estaba en una bolsa de plástico verde en el maletero de su Porsche.

Y todo ese tiempo había estado aparcado, aquí y allá, en las calles de Carmel.

El jueves por la mañana, mucho antes de que saliera el sol, se marchó a San Francisco. Estaba ante la oficina de la parroquia de St. Francis at Gubbio cuando esta abrió sus puertas. Dejó la pesada bolsa de basura en el escritorio de recepción.

—Señorita Mollie —le dijo a la anciana—, esto es un donativo anónimo para el centro de rehabilitación. Ojalá pudiera decirle más, pero es todo lo que puedo decir.

—Y es todo lo que debes decir, Reuben —repuso la mujer, sin siquiera levantar la mirada al coger el teléfono—. Llamaré al banco.

«Demonios, soy periodista —pensó Reuben al salir, rezando para encontrar a Jim en la iglesia—. No pueden obligarme a divulgar mis fuentes.» Jim no estaba en ninguna parte y una llamada a Grace confirmó enseguida que ella tampoco había tenido noticias suyas. Su madre se sintió aliviada de oír que Reuben se quedaría en el Fairmont por el momento.

En algún momento después de mediodía, una llamada de Felix lo despertó en la suite del Fairmont.

—Escucha, sé que tu hermano ha desaparecido y sé lo preocupado que estás —dijo Felix—, pero ¿sería posible que vinieras a casa?

—¿Por qué? ¿Qué ha ocurrido?

—Hay una niña pequeña aquí, Reuben. Dice que se ha escapado de casa y que quiere verte. No hablará con nadie más que contigo.

—¡Oh, Dios mío, Susie Blakely! —dijo Reuben.

—No, no es Susie —repuso Felix—. Es una niña de unos doce años, inglesa. Tiene un bonito acento inglés, de hecho. Es un placer escucharla hablar. Se llama Christine. Es una damita, aunque no ha dejado de llorar desde que llegó, ¡empapada como un gato abandonado! Ha tomado como cuatro autobuses para llegar a Nideck. La Nobleza del Bosque la encontró caminando por la carretera bajo la lluvia con su mochila y con zapatos de charol. Elthram la trajo aquí. Hemos estado haciendo lo posible para tranquilizarla. Estuvo en la Winterfest, me refiero a la fiesta de Navidad, Reuben, y recuerdo haberla visto ese día con una maestra, pero no quiere decirnos su apellido.

—Espera un momento. Sé quién es. La maestra, su madre, llevaba en el pueblo un hermoso sombrero clásico. Es rubia, con el pelo largo.

—Sí, esa es la mujer. Exactamente. Vino con toda una clase de alumnos de San Rafael, pero no sé el nombre de la escuela. Llevaba un encantador vestido *vintage* de Chanel. Una mujer inolvidable. Muy guapa. ¿Quién es esta niña, Reuben?

—Dile que no se preocupe, que se quede ahí. Felix, cuida de ella y no dejes que se vaya. Dile que estoy en camino y que llegaré lo antes posible.

30

Fue el viaje más largo entre San Francisco y Nideck Point que Reuben hubiera hecho jamás. Durante todo el camino rezó para que fuera el regalo de Dios a Jim que parecía.

Ya había oscurecido cuando aparcó el Porsche ante la puerta principal y subió los escalones.

Christine estaba en la biblioteca, sentada muy elegante en el sofá Chesterfield, delante del fuego. Ya le habían dado la cena, aunque Lisa enseguida dijo que la niña apenas la había tocado. Lloraba otra vez, con un pañuelo empapado retorcido en las manos.

Era una chica de huesos finos, delicada, con una melena rubia y lisa que le caía por la espalda, adornada solo con una cinta de otomán. Lucía un vestido azul marino ajustado a la cintura, con los puños y el cuello blancos, medias también blancas y zapatos de charol. La ropa estaba seca, por supuesto, pues como Lisa explicó se la habían lavado y planchado toda.

—Es la más tierna de las criaturas —dijo Lisa—. Tengo un dormitorio preparado para ella arriba, pero puede dormir en la parte de atrás con nosotros si quieres.

La niña no levantó la mirada cuando llegó Reuben, que se sentó en silencio en el sofá, a su lado.

—¿Christine Maitland? —susurró Reuben.

—¡Sí! —exclamó ella, mirándolo—. ¿Sabes quién soy?

—Creo que sí —dijo—. Pero ¿por qué no me cuentas más cosas acerca de quién eres?

La niña se quedó muy quieta un momento y de pronto estalló en sollozos mudos pero violentos. Durante un buen rato, Reuben se limitó a abrazarla. Ella se apoyó contra él, sollozando. Al cabo de un rato, mientras le acariciaba el pelo, Reuben empezó a hablar. Le dijo en voz baja que creía conocer a su madre que, si mal no recordaba, se llamaba Lorraine.

La niña dijo que sí en voz baja y quebrada.

—Puedes contarme lo que quieras, Christine —dijo Reuben—. Estoy de tu parte, cielo. ¿Entiendes?

—Mi mamá dice que no podemos hablar con mi padre, que no debo hablarle jamás de nosotros, de mí y de mi hermano, pero sé que mi padre quiere saberlo.

Reuben no le hizo la pregunta lógica: ¿quién era su padre? Dejó que Christine continuara y, de repente, la niña lo vomitó todo: cuánto deseaba ver a su padre, que había huido de su casa en San Rafael para verlo. A su hermano mellizo, Jamie, no le importaba su padre. Jamie era muy «independiente». Jamie siempre había sido «independiente». Jamie no necesitaba un padre, pero ella sí, lo necesitaba con toda el alma. Lo había visto en la fiesta de Navidad y sabía que era sacerdote, pero seguía siendo su padre. Simplemente, tenía que verlo; de verdad, de verdad que tenía que verlo. En las noticias habían dicho cosas terribles sobre su padre, que alguien había intentado matarlo. ¿Y si moría sin que hubiera hablado nunca con él, sin que supiera siquiera que tenía una hija y un hijo? ¿No podía quedarse allí hasta que encontraran a su padre?

—Rezo y rezo para que lo encuentren.

Con la voz temblorosa, Christine expuso sus sueños. Viviría en Nideck Point. Seguramente había alguna habitacioncita donde ponerla, no causaría problemas. Iría caminando a la escuela. Haría tareas domésticas para ganarse el pan. Viviría en esa casa, si tenían un pequeño lugar para ella, y su padre la vería y estaría feliz de verla, de saber que tenía mellizos, una hija y un hijo. Estaba segura de eso. Y ella viviría allí y lo vería a escondidas y nadie se enteraría nunca de que era un sacerdote con dos hijos. Ella nunca se lo diría a nadie. Solo con que hubiera una habitación, la más pequeña, en el desván o en el sótano o en el ala de los criados. Habían hecho un breve recorrido durante la fiesta y habían visto el ala del servicio. A lo mejor había una habitación pequeña allí que nadie quería. Ella no causaría ningún problema en absoluto. No esperaba que nadie la ayudara. Solo pedía que Reuben se lo dijera a su padre, solo que se lo dijera.

Reuben pensó un rato en silencio, abrazándola con fuerza, acariciándole el pelo.

—Por supuesto que puedes vivir aquí. Puedes vivir aquí para siempre —dijo—. Y le diré a tu padre enseguida que estás aquí. Tu padre es mi hermano, como sabes. Se lo diré lo antes posible. Se lo contaré todo de ti. Y tienes razón. Estará feliz, más feliz de lo que puedas imaginar, de saber que estás aquí. Y estará feliz de ver a tu hermano Jamie. No te preocupes por eso.

Christine se sentó, mirándolo como si le faltara el aliento. Sin moverse. Sin hablar. Estaba asombrada. Era un niña encantadora, en opinión de Reuben, que estaba una vez más conteniendo las lágrimas. Era preciosa, adorable... todo eso. Era la encarnación de todo eso y más. Y, sin embargo, estaba triste, terriblemente triste. Reuben no recordaba si su madre era la mitad de guapa. Si lo era, era una mujer hermosa.

—¿De verdad crees que se alegrará? —dijo Christine con voz tímida—. Mi madre dice que es sacerdote y que sería terrible para él que la gente lo supiera.

—No creo que eso sea verdad —dijo Reuben—. Tú y tu hermano nacisteis antes de que él se ordenara sacerdote, ¿no es así?

—Mi abuela quiere que volvamos a Inglaterra sin haber hablado con mi padre —dijo.

—Ya veo —dijo Reuben.

—Llama a mi madre todas las semanas diciéndole que nos lleve otra vez a Inglaterra. Si regresamos a Inglaterra, no volveré a ver a mi padre.

—Bueno, vas a verlo —dijo Reuben—. Y tienes abuelos aquí, los padres de tu padre, que también estarán felices.

Reuben y Christine se quedaron sentados solos un buen rato, en silencio. Por fin, Reuben se levantó y avivó el fuego de roble. Hubo una explosión de chispas en la chimenea hasta que se estabilizó una llama anaranjada constante.

Reuben se arrodilló delante de Christine, mirándola a los ojos.

—Pero cielo —dijo—, tienes que dejarme llamar a tu madre. Deja que le cuente que estás a salvo.

Christine asintió. Abrió su bolsito de cuero y sacó un iPhone. Marcó el número de su madre y le pasó el teléfono.

Resultó que Lorraine ya iba de camino a Nideck Point. Tenía la esperanza de encontrar a Christine allí y rezaba para que así fuera.

—Es todo culpa mía, señor Golding —dijo con un encantador acento inglés, tan cadencioso y fluido como el de su hija—. Lo siento mucho. Ahora voy a buscarla. Yo me ocuparé de todo.

—Llámeme Reuben, señora Maitland —dijo él—. Tendremos cena para usted cuando llegue.

Entretanto, la situación con Jim empeoró.

Grace llamó para decir que en la archidiócesis se estaban alarmando. Reconocieron a Grace que no sabían dónde estaba su hijo. El padre Jim Golding había desaparecido como por arte de ensalmo. Habían llamado a la policía y la foto de Jim había salido en las noticias de las seis.

A Reuben se le partió el corazón.

Había ido al oscuro invernadero para hacer la llamada y estaba sentado con Elthram y Phil a la mesa de mármol.

Un pequeño fuego ardía en la estufa esmaltada Franklin, y velas dispersas ardían aquí y allá.

Elthram se levantó sin decir palabra y se marchó, obviamente para que Phil y su hijo pudieran estar a solas.

Reuben trató una vez más de localizar a Jim, preparado para escupirlo todo si saltaba el buzón de voz. Pero no. Desde la desaparición de Jim nunca le había saltado.

Su padre quería contarle inmediatamente a Grace todo lo de Lorraine y los niños, pero a Reuben no le parecía justo. Jim tenía que saberlo antes.

—Si al menos estuviera bien, si al menos...

—Escucha —lo cortó Phil—, estás haciendo todo lo que puedes. Fuiste a Carmel. No pudiste encontrarlo. Si no tenemos noticias suyas mañana, se lo diremos a tu madre. Por ahora, deja esto en manos de Dios.

Reuben negó con la cabeza.

—¿Y si se hace daño, papá? ¿Y si está en Carmel, en algún pequeño hostal, emborrachándose? Papá, mucha gente que se suicida lo hace estando ebria. Lo sabes. ¿No entiendes lo que ha ocurrido? Me pidió que me ocupara de ese condenado Blankenship. Me lo pidió porque no tenía nadie más a quien recurrir. Y ahora lo corroe la culpa por ello, lo sé. Y estos niños... ¿Te das cuenta? Creía haber matado al bebé de Lorraine. Culpa y culpa sobre culpa. Jim tiene que saber de la existencia de estos niños, tiene que saberlo.

—Reuben, nunca me ha convencido el viejo tópico de que todo ocurre por una buena causa —dijo Phil—, ni creo que tal o cual coincidencia sea un milagro; pero si una situación parece diseñada por Dios es esta. Jim está tocando fondo y aparecen estos niños...

—Pero, papá, solo va a funcionar si descubre lo de los niños antes de hacerse daño.

Al final, Reuben pidió quedarse a solas. Tenía que estarlo para pensar en todo aquello. Phil lo comprendió, por supuesto. Iría a ver qué estaba haciendo la pequeña Christine y dejaría la decisión en manos de su hijo.

Reuben cruzó los brazos sobre la mesa de mármol y apoyó la frente en ellos. Rezó. Rezó a Dios con todo su corazón para que cuidara de Jim. Rezó en voz alta.

—Señor, por favor, no dejes que se quite la vida por lo que yo he hecho. Por favor. Por favor, no dejes que esto lo destruya. Por favor, devuélvenoslo a nosotros y devuélveselo a sus hijos. —Se recostó en la silla con los ojos cerrados, susurrando sus plegarias en un intento desesperado por tener fe en ellas—. No sé quién eres. No sé lo que eres. No sé si quieres ni si escuchas las oraciones. No sé si Marchent está a tu lado, ni si ella u otro poder entre el cielo y la tierra puede interceder ante ti. Estoy muy asustado por mi hermano.

Trató de pensar, de pensar y rezar y reflexionar, pero acabó confundido. Cuando por fin abrió los ojos, vio a la luz parpadeante de las velas y del fuego las flores violeta de los árboles de orquídeas, cuyas ramas bajaban desde la oscuridad. Le invadió una repentina sensación de paz, como si alguien le estuviera diciendo que todo iría bien. Por un momento le pareció que no estaba solo, pero no entendía por qué tenía esa sensación. Sin duda no había nadie más en el enorme invernadero oscuro con sus cristales negros y la tenue luz de las velas. ¿O no era así?

Eran las siete en punto cuando Lorraine y Jamie entraron por la puerta principal. Para entonces habían preparado habitaciones para todos los Maitland en las alas delantera y este de la casa.

Lorraine era extremadamente atractiva: una mujer muy alta y delicada, quizá demasiado delgada, con una cara alargada muy dulce. Tenía uno de esos rostros en los que no cabe astucia ni malicia de ningún tipo, una mirada muy vital y una boca generosa. Llevaba un elegante vestido *vintage* color marfil con bolsillos de terciopelo negro. La melena, larga y lisa, le caía suelta sobre los hombros de una manera muy juvenil. No llevaba sombrero.

Christine se echó enseguida en brazos de su madre.

A su lado estaba Jamie, de poco más de metro sesenta, todo un hombrecito de doce años con chaqueta azul y pantalones de lana gris. Era rubio como su madre, con el pelo corto, pero el parecido con Jim era asombroso. Tenía la misma mirada clara y casi fiera que su hermano. Le tendió la mano a Reuben.

—Me alegro de conocerlo, señor —dijo con gravedad—. He seguido sus artículos en el *Observer* durante algún tiempo.

—El placer es mío, Jamie. Ni te lo imaginas. Bienvenidos a casa, los dos.

Inmediatamente, Lisa y Phil animaron a los chicos a acompañarlos para que Reuben intercambiara unas palabras a solas con Lorraine.

—Sí, cielos, id los dos con el señor Golding, por favor —dijo Lorraine—. No se acuerda de mí, profesor Golding, pero nos vimos una vez en Berkeley...

—Oh, lo recuerdo —dijo Phil enseguida—. Lo recuerdo perfectamente. Fue en una fiesta, en la casa con jardín del decano. Hablamos, tú y yo, del poeta William Carlos Williams, de que había sido médico además de poeta. Eso lo recuerdo bien.

Aquello sorprendió agradablemente a Lorraine, que se tranquilizó de inmediato.

—¡No puedo creer que recuerdes esa tarde!

—Por supuesto que sí. Eras la mujer más hermosa de la reunión —dijo Phil— y llevabas el sombrero más bonito. Era precioso. Nunca lo he olvidado. Tenías un aspecto muy británico con ese sombrero de ala ancha. Como la reina y la reina madre.

Lorraine se ruborizó y rio.

—Y tú eres todo un caballero —dijo.

—Vamos —dijo Lisa—, demos de cenar a este joven, y tú, Christine, querida, ven con nosotros; tenemos chocolate caliente en la sala del desayuno. Dejemos que el señor Reuben y la señora Maitland hablen solos.

Enseguida Reuben acompañó a Lorraine a la biblioteca, al sofá Chesterfield colocado delante de la chimenea que todos en la casa preferían a los sofás y el hogar del oscuro salón.

Él ocupó la butaca, como siempre, como si Felix estuviera en el sillón orejero, donde de hecho no había nadie sentado.

—Es todo culpa mía, como te dije —dijo Lorraine—. He manejado esto muy mal.

—Lorraine, son los hijos de Jim, ¿verdad? Por favor, deja que te asegure que no estamos asombrados ni lo desaprobamos. Estamos contentos, contentos por Jim, contentos por nosotros, y Jim también lo estará cuando lo sepa. Mi padre y yo queremos que entiendas esto de inmediato.

—Oh, eres muy amable —dijo ella, ligeramente emocionada—. Te pareces mucho a tu hermano. Sin embargo, Reuben, Jamie, me refiero a Jim, no sabe de la existencia de estos niños y nunca debe enterarse.

—Pero ¿por qué demonios dices esto?

Lorraine permaneció callada un momento, como si recapacitara, y luego, con un cadencioso acento británico cristalino, se explicó en voz baja.

Los niños sabían que Jim era su padre desde que tenían diez años. El profesor Maitland, su padrastro, había hecho prometer a Lorraine antes de morir que se lo explicaría a su debido tiempo. Tenían derecho a conocer la identidad de su verdadero padre. Pero sabían que su padre era un sacerdote católico y que, por esa razón, no podrían acercarse a él hasta que fueran adultos.

—Ellos entienden que cualquier noticia sobre hijos sería la ruina completa de su padre —dijo Lorraine.

—¡Oh, al contrario, Lorraine! —dijo Reuben inmediatamente—. Debe saberlo. Él querría saberlo. Reconocerá a estos niños con discreción y de inmediato. Lorraine, él nunca te ha olvidado...

—Reuben —dijo ella suavemente, poniendo la mano sobre la suya—. No lo entiendes. Podrían obligar a tu hermano a dejar el sacerdocio si se sabe esto. Tendría que decírselo al arzobispo y este podría simplemente apartar a Jim de su ministerio. Podría destruirlo, ¿no lo ves? Podría destruir al hombre en el que se ha convertido. —Lo decía en voz baja, apremiante y sincera—. Créeme, he investigado. He estado en la iglesia de tu hermano. Él no lo sabe, por supuesto, pero lo he oído rezar. Sé lo que su vida significa para él ahora y, Reuben, lo conocía muy bien antes de que se ordenara sacerdote.

—Pero Lorraine, puede reconocer discretamente...

—No —dijo ella—. Créeme. No puede. Mis propios abogados lo han investigado. El clima actual en la Iglesia no lo permitiría. Ha habido demasiados escándalos, demasiada controversia sobre el sacerdocio en años recientes, demasiados sacerdotes comprometidos por las revelaciones de aventuras, familias secretas, hijos y...

—Pero esto es diferente...

—Ojalá fuera diferente —dijo ella—. Pero no lo es. Reuben, tu hermano me escribió cuando decidió ordenarse sacerdote. Yo sabía en ese momento que, si le hablaba de estos niños, no lo aceptarían en el seminario. Sabía que él creía haber causado la interrupción de mi embarazo. Me daba cuenta de todo eso y lo sopesé muy bien. Consulté a mi propio sacerdote anglicano, en Inglaterra, sobre el asunto. Lo hablé con el profesor Maitland. Tomé entonces la decisión de que Jim continuara pensando que yo había abortado. No era una decisión perfecta, de ninguna manera, pero era la mejor que podía tomar por Jim. Cuando estos niños sean mayores, cuando sean adultos...

—Pero Lorraine, necesita saberlo. Ellos lo necesitan y él los necesita a ellos.

—Si amas a tu hermano —le dijo Lorraine—, desde luego no debes hablarle de estos niños. Conozco a Jim. No pretendo ofenderte cuando digo que lo conozco íntimamente. Conozco a Jim mejor de lo que he conocido a nadie. Sé las batallas que ha librado consigo mismo. Sé el precio de sus victorias. Si lo obligan a dejar el sacerdocio, le arruinarán la vida.

—Escúchame, entiendo por qué estás diciendo esto —afirmó Reuben—. Jim me ha contado lo que ocurrió en Berkeley. Me contó lo que hizo...

—Reuben, tú no sabes toda la historia —insistió ella con suavidad—. Ni siquiera Jamie la sabe toda. Cuando lo conocí estaba destrozada. Tu hermano me salvó la vida, literalmente. Estaba casada con un hombre enfermo, un hombre mayor, y ese hombre trajo a Jamie (me refiero a Jim) a nuestra casa para salvarme la vida. No creo que tu hermano supiera nunca hasta qué punto lo manipuló mi marido. Mi marido era un buen hombre, pero habría hecho cualquier cosa para tenerme feliz y mantenerme a su lado, así que trajo a Jim a nuestro pequeño mundo para que me amara, y Jim me amó.

—Lorraine, eso lo sé.

—Pero no puedes saber lo que significó para mí. No sabes la depresión suicida en la que estaba sumida antes de conocer a Jamie. Reuben, tu hermano es una de las personas más amables que he conocido. Éramos tan felices juntos que, simplemente, no puedes imaginarlo. Tu hermano es el único hombre al que he amado.

Reuben estaba pasmado.

—Oh, sí, tenía sus demonios —prosiguió Lorraine—, pero los ha vencido todos y se ha encontrado a sí mismo en el sacerdocio. Esa es la cuestión. No puedo devolverle el amor que me dio destrozándole la vida, menos todavía cuando los niños son felices, están bien cuidados y no les falta de nada. Menos todavía cuando de entrada decidí no hablarle de ellos. Debo soportar las consecuencias de dejarle creer que nuestro bebé murió. No, Jim no puede saberlo.

—Tiene que haber una solución para esto —dijo Reuben.

Sabía que en el fondo no tenía ninguna intención de ocultarle aquello a Jim.

—Nunca debería haber dejado que mis hijos vinieran a la fiesta de Navidad —dijo Lorraine, negando con la cabeza—. Nunca. Pero mira, la academia de San Rafael tenía tres invitaciones para la fiesta y contaban con que yo llevara a los de octavo curso. Además, Jamie y Christine estaban fuera de sí de excitación. Todo el mundo hablaba de la feria de Nideck Point, del banquete de Navidad, del misterio del Lobo Hombre, de todo eso. Rogaron, me hicieron promesas, lloraron. Lo sabían todo de ti por las noticias, claro, y sabían que eras hermano de Jim. Tenían muchísimas ganas de venir, simplemente para ver a su padre en carne y hueso una vez, y prometieron comportarse.

—Créeme, Lorraine, lo entiendo perfectamente —dijo Reuben—. Por supuesto que querían venir a la fiesta. Yo también habría querido venir.

—Pero no debería haberlos traído —dijo ella, casi en un susurro—. Algún día, cuando ya no sean niños, cuando sean adultos, podrán conocer a su padre. Pero ahora no. Es demasiado vulnerable para que nos acerquemos a él ahora.

—¡Esto es increíble, Lorraine! Quiero contárselo a mi madre. Mira, no quiero ser grosero, créeme, pero la familia Golding y la familia Spangler, la de mi madre, son grandes defensoras de la archidiócesis de San Francisco...

—Reuben, soy consciente de eso. Estoy segura de que la influencia de tu familia allanó el camino para que Jim se ordenara.

Me contó en su carta que había sido completamente sincero y que había mostrado su arrepentimiento respecto a su pasado ante sus superiores. Y no lo dudo. Ellos aprobaron su sinceridad, su arrepentimiento, pero sin duda hubo donaciones para allanar el camino. —Su voz era suavemente elocuente y persuasiva. Hacía que todo pareciera muy lógico y elegante.

—¡Bueno, pues que le allanen el camino ahora para que pueda ver a sus hijos en privado, maldita sea! —exclamó Reuben—. Lo siento. Pido disculpas. Tengo que llamar a mi madre. Estará en éxtasis. Y tengo que encontrar a Jim. El problema ahora es que nadie sabe dónde está.

—Lo sé —dijo Lorraine—. Me he mantenido al tanto de las noticias y los niños también están al corriente. Estoy muy preocupada por Jim. No tenía ni idea de que su vida fuera tan peligrosa. ¡Ojalá no hubiéramos traído este problema a tu puerta precisamente ahora!

—Pero si es el mejor momento, Lorraine. Jim está sufriendo por la muerte de ese joven sacerdote en Tenderloin. —Habría querido poder contarle más, pero nunca le contaría a ella ni a nadie nada más—. Mira, estos niños van a ayudarlo a recuperarse.

Lorraine no estaba convencida. Lo miró inquisitivamente, con sus ojos suaves llenos de compasión y preocupación. ¡Qué amable era! Era exactamente tal y como Jim la había descrito. Suspiró y se quedó con las manos en el regazo, jugueteando con el cierre del bolso del mismo modo que Christine había retorcido obsesivamente el pañuelo.

—Entonces no sé qué hacer —dijo ella—. Simplemente no lo sé. Es todo muy sorprendente. Estaban resignados. Solo me pidieron ver a su padre desde cierta distancia. Querían saber qué aspecto tenía. No creí que eso pudiera causarle ningún perjuicio. Fuimos a la feria del pueblo y luego vinimos a la casa, al banquete. Jim nos miró directamente y no me reconoció, no se fijó en ellos. Yo había preparado a los niños para esto. Había muchos niños en la fiesta. Había críos por todas partes. Traté de mantenerme siempre lejos de Jim. La última cosa que quería era que me viera...

—Por eso no quisiste llevar sombrero, por eso te lo quitaste antes de la fiesta.

—¿Perdona?

—No importa. No es nada. Continúa. ¿Qué ocurrió?

—Bueno, Christine estaba inquieta. Ella se inquieta con facilidad. Siempre ha fantaseado sobre su padre, soñado con él, escrito historias sobre él. Empezó a dibujarlo en cuanto supo de su existencia, aunque no tenía la menor idea de qué aspecto tenía. Debería haber previsto que verlo en carne y hueso la afectaría. Y entonces, casi al final de la fiesta, ocurrió una pequeñez. —Negó con la cabeza. Su voz estaba cargada de tristeza—. Christine vio a Jim saliendo del pabellón con una niña pequeña. La llevaba de la mano. Estaba hablando con la niña y con una mujer mayor, su abuela quizá. Cuando Christine lo vio con esa niña, ¿te das cuenta?, sonriéndole y hablando con ella...

«Susie Blakely, por supuesto.»

—Oh, sí, me lo imagino —dijo Reuben—. Conozco a esa niña. Sí. Y me doy cuenta de por qué sintió Christine lo que sintió. Lo comprendo perfectamente. Lorraine, ¿te quedarás aquí esta noche, por favor? Por favor, quédate aquí mientras hablo de esto con Phil y Grace, mi madre y mi padre. Por favor. Lo tenemos todo preparado, todo: pijamas, camisones, cepillos de dientes, todo lo que puedas necesitar. Han preparado tres dormitorios. Quédate aquí con nosotros mientras tomamos esto en consideración, por favor.

Lorraine no estaba convencida. Tenía los ojos empañados.

—¿Sabes, Reuben?, te pareces mucho a tu hermano. Eres amable, igual que él. Tus padres tienen que ser maravillosos. Sin embargo, yo resulté un veneno para Jim.

—No, no fue así. Según él, tú no fuiste un veneno.

Reuben dejó el sillón y se sentó a su lado en el sofá.

—Prometo que esto va a funcionar. Te doy mi palabra. —Deslizó el brazo en torno a ella—. Por favor, quédate con nosotros esta noche. ¿Confías en mí para que me ocupe de esto? Por favor.

Al cabo de un largo momento, ella asintió.

—Muy bien —susurró. Abrió el bolso y sacó un pequeño fajo

de papeles doblados—. Esto es el análisis de ADN de los niños —dijo—. Tu madre es médico y podrá cotejarlo discretamente con el ADN de Jim.

—Lorraine, ¿puedo preguntarte algo?

—Por supuesto.

—¿Alguna vez el embarazo corrió peligro? ¿Tuviste que ir al hospital? Me refiero a después de la última vez que viste a Jim.

—No. En realidad no. Tuvimos una pelea. Fue horrible. Jamie..., bueno, Jamie estaba borracho y me abofeteó repetidamente. Pero no quería hacerlo. Nunca lo habría hecho estando sobrio. Me hizo varios cortes en la cara. Sangré mucho. Yo pegué a Jamie y las cosas fueron de mal en peor. En un momento dado me golpeé la cabeza con algo y me caí, pero no, el embarazo nunca peligró realmente, aunque fue una pelea espantosa, eso lo confieso.

—Asombroso —susurró Reuben.

—Tenía cortes en el labio y en una ceja. —Se pasó los dedos por la ceja derecha—. También un corte en la cabeza y muchos moretones. La hinchazón fue terrible, pero no, el embarazo no peligró. Evidentemente, Jamie creyó que había tenido un aborto. Me di cuenta claramente al leer sus cartas. Debo confesar que todavía estaba enfadada cuando recibí las primeras. Nunca respondí esas cartas...

—Por supuesto que estabas enfadada —dijo Reuben.

—Jamie no pensó en lo que cualquier doctor sabe: los cortes en la cara y el cuero cabelludo sangran mucho.

Reuben suspiró.

—Es asombroso, simplemente asombroso —susurró—. Gracias por confiar en mí. Gracias por contármelo.

—Reuben, sé lo que estás pensando. ¿Por qué dejé que Jamie creyera que había matado a nuestro hijo? Pero, como he tratado de explicarte, si le hubiera contado que no lo había hecho, bueno, quizá no habría llegado a ser sacerdote.

—Eso lo entiendo.

—Además, los niños eran felices. Ten eso en cuenta cuando me juzgues. Y el profesor Maitland no quería que yo le hablara a

Jamie de los niños. Los niños me salvaron a mí y al profesor. Nos dieron nuestros años más felices juntos. No podría haberme quedado con el profesor Maitland si no hubiera sido por los niños. Y no podía divorciarme de él. Nunca me habría divorciado de él. Literalmente me habría quitado la vida antes que hacer eso.

31

Grace no decepcionó a Reuben. Cuando le explicó la historia por teléfono, se quedó en silencio mucho más de lo que él la había visto callar en cualquier conversación. La había llamado por el fijo y con el iPhone le mandó las fotos de Christine, Jamie y Lorraine que acababa de hacer en la sala del desayuno.

Oyó a su madre llorando, la oyó luchando por decir que eran hermosas, la oyó diciendo entre lágrimas:

—Por favor, Jim, por favor, ven a casa.

Grace no podía ir a Nideck Point, a pesar de que lo deseaba con toda el alma. «Díselo a mis nietos», le pidió. Estaba de guardia todo el fin de semana y tenía dos casos en la UVI que no podía abandonar pasara lo que pasase. Aun así, insistió en que Reuben pusiera a Lorraine al teléfono.

Hablaron durante una media hora.

Para entonces el pequeño Jamie estaba discutiendo acaloradamente con Phil sobre la violencia de los deportes universitarios y si era justo presionar a los niños para que jugaran al fútbol o al fútbol americano. El propio Jamie se negaba a practicarlos. Phil opinaba que cumplían un propósito y trataba de explicarle su historia, mientras que Jamie insistía en que un niño de su edad podía demandar a las autoridades escolares para quedar exento de practicar deportes en los cuales podía romperse el cuello o la espalda o el cráneo. Jamie había investigado la cuestión en profundidad.

Era asombroso. Con esa voz juvenil británica, tan escueto, siempre tan educado, respondiendo tan velozmente a Phil, que se esforzaba por mantener la cara seria defendiendo el punto de vista opuesto.

—Qué tiene que ver la junta escolar con una población masculina joven cargada de testosterona y absolutamente incapaz de eliminarla o... —Phil estaba encantado con Jamie.

—Bueno, desde luego no tiene derecho a reducir nuestro número por muerte violenta o lesiones —repuso Jamie—. Mire, señor Golding, sabe tan bien como yo que el Estado y todas sus instituciones se enfrentan al mismo problema con los machos jóvenes en cualquier sociedad. Las Fuerzas Armadas existen para que sea posible desviar hacia ellas la exuberancia peligrosa de los machos jóvenes...

—Bueno, me alegro de ver que conoces el trasfondo de la cuestión —dijo Phil—. Tienes una asombrosa comprensión del asunto en su conjunto.

Christine se adormiló contra el respaldo de la silla del desayuno. Phil trató de que participara en la conversación, pero ella comentó con sueño:

—Jamie se exalta con estas cosas.

—No tienen ni idea de lo que es ser mellizo de una niña —les susurró Jamie confidencialmente a Phil y Reuben.

A la mañana siguiente, Lisa viajó al sur para recoger ropa y artículos personales de la familia Maitland, y Phil llevó a Lorraine, Christine y Jamie a pasear por el bosque en cuanto el sol asomó por detrás de las nubes.

Reuben pasó la mañana llamando a casas de huéspedes y hoteles de toda la pequeña ciudad de Carmel sin la suerte de encontrar a Jim. Grace descubrió que no había usado las tarjetas de crédito ni de débito desde su desaparición.

Felix y Sergei preguntaron a Reuben si quería que se unieran a la búsqueda. Podían viajar fácilmente a la península de Monterrey y empezar a buscar a Jim.

—Si estuviera seguro de que estuvo allí, os diría que sí —afirmó Reuben—. Pero no estoy seguro.

Tenía una corazonada. Empezó a buscar monasterios: comunidades monásticas aisladas que contaban con casas de huéspedes en un radio de ciento cincuenta kilómetros de San Francisco. Era frustrante hacer las llamadas. Jim podía haberse registrado con otro nombre y estaba contactando con zonas rurales remotas donde no sabían nada de las noticias diarias ni de la desaparición de Jim. A veces no entendía el marcado acento de la persona que le respondía; otras, nadie cogía el teléfono.

Por la tarde, Lorraine estaba absolutamente encantada con Phil. Le reía las bromas y captaba sus ocurrencias y sus citas literarias más crípticas. Por su parte, Jamie estaba tan fascinado, tan ansioso de argumentar con él sobre un millón de cuestiones, que su madre trataba de separarlos suavemente de vez en cuando, sin éxito. Phil estaba impresionado con el chico, capaz de hablar largo y tendido de todo, desde la superioridad del Barroco al actual estado de la política de San Francisco. Laura y Felix le enseñaron a Christine el invernadero, explicándole las diversas plantas tropicales. A la niña le encantaban los árboles de orquídeas y las exóticas heliconias. Preguntó qué pensaba el padre Jim Golding de esas plantas. ¿Tenía alguna favorita? ¿Le gustaba la música al padre Jim Golding? A ella le gustaba tocar el piano y mejoraba día a día, o eso esperaba.

Jamie no solo se parecía a Jim sino que hablaba como él. Reuben creía poder ver también algo de Jim en Christine. Ella era la tímida, la callada, la triste, y Reuben sabía que sería así hasta que Jim apareciera y le diera un abrazo. Pero era una niña muy lista. Su novela favorita era *Los miserables*.

—¡Porque ha visto el musical! —comentó Jamie con desdén.

Christine se limitó a sonreír. ¿Cuál era el autor favorito de su padre?, preguntó. ¿Había leído los poemas de Edgar Allan Poe? ¿Y a Emily Dickinson?

Lisa preparó una colosal cena en la casa de huéspedes, y Reuben trató de poner cara de valor cuando les aseguró que pronto tendrían buenas noticias de Jim. Salió al exterior para llamar a Grace, pero solo para confirmar que no había ninguna novedad. La policía había confirmado que Jim iba a pie cuando salió del hotel Fairmont. Habían registrado su apartamento y la cajita donde guardaba el dinero en efectivo, debajo de la cama, estaba vacía.

—Eso significa que probablemente lleva un par de miles de dólares y no tiene necesidad de usar las tarjetas de crédito —le dijo Grace por teléfono—. Tu hermano siempre guarda esa cantidad, solo para poder ayudar a gente. Si supiera lo que está ocurriendo... ¡El nuevo fondo para rehabilitación ya asciende a dos millones! La gente está haciendo donaciones en su nombre, Reuben. Y ese es el sueño de Jim, este albergue de rehabilitación justo al lado de la iglesia, donde pueda ofrecer habitaciones decentes a adictos en proceso de recuperación.

—Muy bien, mamá. Voy a volver a Carmel mañana por la mañana y cubriré toda la zona, aunque tenga que buscar en cada pequeña casa de huéspedes y hostal que exista entre Monterrey y el valle de Carmel.

Envió las últimas cuatro o cinco fotos que había sacado a Lorraine y los niños, procurando no incluir al robusto y radiante Phil en ninguna.

Se quedó en la fría oscuridad un buen rato, mirando por los cristales de la ventana el interior de la casa de huéspedes. Phil, sentado junto al fuego, leía en voz alta a Jamie y Christine. Lorraine estaba tumbada en la alfombra, con una almohada bajo la cabeza, delante del fuego. Reuben oyó pasos en la oscuridad, detrás de él, y luego captó el aroma de Laura, del cabello de Laura y del perfume de Laura.

—Pase lo que pase —dijo ella—, estarán bien.

—Eso lo sé —repuso Reuben con la voz espesa—. Forman parte de nuestra familia. —Se volvió y la estrechó entre sus brazos—. Ojalá pudiéramos estar a solas en el bosque esta noche —dijo—. Ojalá pudiéramos subir a la copa de los árboles y simplemente estar solos.

—Pronto —dijo ella—. Pronto.

Dentro de la casa caliente y acogedora, Lisa apareció con tazas humeantes en una bandeja. Reuben olió el chocolate y enterró la cara en el hombro caliente de Laura.

—Nunca me lo has dicho —susurró ella.

—¿Decirte qué?

—¿Cómo lo hice el día de Reyes?

Reuben rio.

—¿Estás de broma? —dijo—. Tu instinto fue perfecto.

Reuben estaba pensando, recordando, y no podía permitir que sus ideas humanas influyeran en lo que había ocurrido. Recordaba cada segundo, pero no sentía lo que había sentido cuando esa fiesta de Reyes estaba en su apogeo. «Estos son los monstruos, estos son los asesinos apestosos que asesinaron a un chico y a un sacerdote, que envenenan a críos, que trataron de mutilar y asesinar a Jim.»

—Fuiste una más de nosotros —le dijo a Laura—. No había macho y hembra, realmente, ni jóvenes y viejos, ni amante hembra y amante macho, ni padre e hijo. Éramos una familia. Solo una familia de la que tú formabas parte, como todos los demás.

Laura asintió.

—¿Y cómo fue para ti probar por primera vez la carne humana —preguntó Reuben.

—Natural —dijo ella—. Completamente natural. Creo que había pensado demasiado en eso de antemano. Fue sencillo. Esa es la palabra. No me supuso ningún conflicto en absoluto.

Era su turno de asentir. Sonrió. Pero fue una sonrisa lenta y sobria.

La pequeña reunión se disolvió alrededor de las ocho.

—Nos acostamos pronto en el campo —explicó Phil.

Lorraine estaba exhausta, pero Jamie quería saber si podía quedarse a ver las noticias de las once.

Subieron la cuesta hasta la casa y encontraron a Felix en bata y pijama, en la biblioteca. Le lanzó a Reuben una mirada conocedora. Phil cambiaría en algún momento cercano a la medianoche. Así les ocurría a los nuevos morfodinámicos. Felix no dejaría que se adentrara solo en el bosque.

Al día siguiente, reinaba en la casa un alboroto agradable. Felix desveló sus planes de construir, con la aprobación de Reuben, por supuesto, «una gran piscina cubierta» en la cara norte del invernadero que se extendería a lo largo de todo el muro occidental de la casa. Los planos arquitectónicos ya estaban hechos. A Jamie le parecieron la cosa más emocionante del mundo y se quedó mirando los complicados dibujos con asombro, preguntando si los habían hecho por ordenador o a mano. Por supuesto, el recinto sería una amplia y armoniosa extensión del invernadero existente, con mucho hierro colado, elementos de estilo victoriano, ventanas de hermosas formas y más plantas tropicales. Felix estaba sopesando la cuestión de la energía geotérmica para calefacción. Jamie sabía lo que era la energía geotérmica porque había estado leyendo acerca del tema en Internet.

Margon contemplaba todo aquello con diversión y Sergei llegó con Frank a desayunar y expresó su habitual rechazo amistoso pero cínico de los planes de Felix, que «siempre estaba construyendo algo, siempre haciendo planes y más planes».

—Y Sergei será el primero —le dijo Berenice a Laura con educación— en nadar cincuenta largos en esa piscina todas las mañanas en cuanto esté construida.

—¿Acaso he dicho que no nadaría en la piscina? —preguntó Sergei—. Pero ¿qué os parecería un helipuerto o una pista de aterrizaje? Mejor aún: un puerto donde pueda atracar un yate de treinta metros de eslora.

—No se me había ocurrido —dijo Felix, verdaderamente entusiasmado—. Reuben, ¿qué opinas? Imagínate: un puerto. Podríamos dragar un puertecito con un muelle para un yate.

—Creo que son unas ideas estupendas —repuso Reuben—. El lujo de una piscina cubierta completamente conectada con la casa... Maravilloso. Sí, adelante. Deja que vaya a buscar el talonario de cheques.

—Tonterías, querido —dijo Felix—. Yo me ocuparé de eso, por supuesto. Pero la cuestión es: ¿hacemos que el extremo norte de este nuevo recinto se conecte con la antigua antecocina o suprimimos esa habitación, por así decirlo, y la sustituimos por una luminosa zona de comedor en el extremo norte de la piscina?

Fue como una puñalada para Reuben. Marchent estaba trabajando en esa antecocina cuando sus hermanos, sus asesinos, habían entrado en la casa. Desde allí, ella había corrido a la cocina, donde la habían asesinado salvaje y brutalmente.

—Sí, eliminemos esa habitación —dijo—. O sea, abramos ese espacio al nuevo recinto.

Llegó Hockan, con actitud distante, aunque sonrió con bastante amabilidad y fue muy educado, como siempre, con Lorraine y los niños. Estudió los planos con asombro y murmuró respetuosamente algo así como «Felix y sus sueños».

—Todos necesitamos sueños —susurró Frank, que se había mantenido al margen, tomando café en silencio.

Hockan y Sergei se llevaron a Reuben en cuanto tuvieron ocasión.

—¿Cuándo quieres que empecemos a buscar a tu hermano? —le preguntó Hockan con sinceridad evidente—. Sergei, Frank y el resto de nosotros. Tenemos formas de encontrar a la gente que otros no tienen.

—Lo sé, pero ¿dónde lo buscamos? —preguntó Reuben—. Podemos volver a Carmel y empezar desde allí.

Tenía sus dudas, sin embargo.

—Tú mandas —dijo Sergei.

—Si mañana no hemos tenido noticias suyas, volveré allí con cualquiera que esté dispuesto a ayudarme.

Era sábado por la noche y en la casa la atmósfera era de celebración. Cenaron abundantemente en el comedor principal, con vinos extraordinarios. No faltaba nadie, y los miembros de la familia Maitland parecían impresionados por la luz de las velas, la exhibición de porcelana y plata, la conversación rápida y la suave música de piano procedente del salón donde Frank y Berenice tocaban piezas de Mozart.

Por primera vez desde su intempestiva llegada, Hockan estaba hablador y charlando de las bellezas de las islas Británicas con Lorraine y Thibault. Se mostraba tan atento, tan pulcramente educado, que a Reuben le preocupó un poco que hubiera una nota de tristeza y humillación en su modo de comportarse. No estaba seguro.

Stuart respetaba a Hockan pero no confiaba en él. De eso Reuben se daba perfecta cuenta. «Hockan se está esforzando mucho para participar en todo esto —pensó—. Para otros es algo natural. Felix lo hace con naturalidad, y Hockan trata de no desentonar.» Sin embargo, Reuben no pudo evitar fijarse en que Berenice lo estudiaba con desconfianza y que Lisa también lo miraba con cierta frialdad. ¿Quién sabía qué historias podían contar esas dos?

Todos y cada uno de los Caballeros Distinguidos y las Damas Distinguidas trataron de que los recién llegados participaran en la conversación, haciéndoles preguntas educadas aunque un tanto inusuales y dándoles pie para que hablaran. Phil y Jamie habían declarado una tregua en lo concerniente a ciertas diferencias irreconciliables en cuestión de política, arte, música, literatura y el destino de la civilización occidental. Christine ponía los ojos en blanco cuando Jamie hablaba sin descanso y Jamie hacía otro tanto cuando ella chillaba de risa con algún chiste de Sergei o con las bromitas de Felix. Pero Reuben detectó una profunda ansiedad detrás del discurso y la expresión siempre corteses y agradables de Lorraine. Él mismo se sentía a un tiempo feliz y desdichado, más feliz quizá que nunca, como si su vida fuera una escala de felicidad progresiva, sin dejar por ello de estar tan aterrorizado por Jim que apenas podía soportarlo.

Felix se levantó para hacer un brindis final.

—Esta noche, queridas damas y caballeros, y amados niños —dijo, levantando la copa— termina «el tiempo de Navidad». Mañana domingo terminará oficialmente cuando la Iglesia de Roma celebre la fiesta del bautismo de Jesucristo. En el calendario litúrgico empezará el lunes lo que se conoce solemne y hermosamente como «tiempo ordinario». Debemos reflexionar esta noche sobre lo que la Navidad significa para nosotros.

—Eso, eso —dijo Sergei—, y reflexionaremos sobre ello de la manera más profunda, breve y concisa posible.

—Oh, deja que Felix continúe —dijo Hockan—. Si ha terminado mañana a medianoche, cuando empieza el tiempo ordinario, podremos considerarnos afortunados.

—¿Vamos a hacer otro brindis mañana cuando las últimas horas del tiempo navideño se nos escurran entre los dedos? —preguntó Thibault

—Quizá lo que esta casa necesita es un sistema de megafonía —propuso Sergei—, para que Felix pueda emitir a intervalos regulares.

—Cualquiera que lo apagara sería detenido y confinado en las mazmorras que hay bajo nuestros pies —dijo Stuart.

—Y deberíamos imprimir el calendario litúrgico y colgarlo en la pared de la cocina —dijo Sergei.

Felix rio de buen grado, pero no se amilanó.

—Debo decir que este nuestro primer tiempo de Navidad en Nideck Point ha sido excepcional —continuó, alzando la copa una vez más—. Hemos repartido regalos y recibido regalos que no podríamos haber previsto de ninguna manera. Nuestro viejo y querido amigo Hockan vuelve a estar con nosotros. Jamie, Christine y Lorraine: habéis venido a nosotros como regalos (tú también, Berenice); regalos a nuestro querido Reuben y su amado padre Philip y a toda nuestra casa. Lo celebramos y os damos la bienvenida.

Hubo aplausos, vítores, abrazos y besos para Lorraine y Jamie y Christine.

—Y una plegaria para James —dijo Felix por último—. Que venga pronto a casa sano y salvo.

Todos se levantaron para tomar el postre y el café estilo bufé en el salón.

Alrededor de una hora más tarde, casi todos se fueron a dormir, leer, ver la tele o lo que fuera. La casa de repente parecía oscura y vacía, aunque sus fuegos rugían como siempre.

Felix fue a buscar a Reuben a la biblioteca, donde este buscaba en el ordenador los numerosos moteles y casas de huéspedes que pensaba visitar en persona al día siguiente.

—No te preocupes por tu hermano —le dijo con una sonrisa fácil.

—¿Y qué te hace decir eso? —le preguntó Reuben sin acritud—. Porque vosotros, mis queridos amigos, nunca decís nada porque sí.

—Sé que estará bien —dijo Felix. Había una luz en sus ojos oscuros—. Simplemente lo sé. Tengo un presentimiento. —Apuró el vino y dejó la copa al borde de la mesa—. Tengo un presentimiento —repitió—. No puedo decirte más, pero sé que tu hermano está bien. Y pase lo que pase, cuando se entere de lo de los niños, bueno, estará bien. Y ellos están infinitamente mejor ahora de lo que estaban antes sin el amoroso apoyo de tu familia.

Reuben se limitó a sonreír. No pudo responder.

—Bueno, buenas noches, querido —dijo Felix—. Debería llevar esta copa a la cocina, ¿verdad? ¡Me molesta mucho que la gente deje tazas y copas por toda la casa!

—¿Las cosas van bien con mi padre en el bosque?

—Espléndidamente —dijo Felix—. Pero estuvo bien que tuviera la fiesta de Reyes. Los morfodinámicos quieren cazar humanos por instinto. Creo que el bosque no se aprecia hasta que el deseo innato se ha saciado.

—Gracias, Felix —dijo Reuben—. Gracias por todo.

—De nada. No digas ni una palabra más. Creo que bajaré paseando por la colina para hacerle una visita a tu padre.

Durante un buen rato, Reuben se quedó allí pensando, reflexionando. Luego abrió una nueva página en blanco en el procesador de textos y empezó a escribir: «Morí a los veintitrés años, en la época del año que la Iglesia llama "tiempo ordinario". Ahora que volvemos otra vez al tiempo ordinario, quiero escribir la historia de mi vida a partir de entonces.»

Pasó otra hora escribiendo, parando solo brevemente de vez en cuando, hasta que hubo llenado unas quince páginas a doble espacio. «Y así pasé de ser ordinario, terriblemente ordinario, vergonzosamente ordinario fuera del "tiempo ordinario" a un mundo de expectativas y revelaciones excepcionales donde abundan los milagros. Y aunque me ha sido dado un lugar en este nuevo reino, el futuro está en mis manos y debo modelarlo con muchísimo más cuidado y más reflexión de la que jamás puse en mis acciones.»

Por fin dejó de escribir, miró hacia la ventana distante con sus inevitables gotas plateadas de lluvia y pensó con un suspiro: «Bueno, esto no me ha hecho olvidar nada. Si está muerto en el suelo de alguna habitación de motel, bueno, sabré que lo he matado. Lo maté. Maté su alma antes de matar su cuerpo. Él es la primera baja de mi familia a manos de aquello en lo que me he convertido. Si alguna vez cuento este secreto a otro ser vivo que no sea uno de nosotros, bueno, probablemente me convertiré también en el asesino de esa persona. Y eso no puede ocurrir.»

Si no dejaba de pensar en aquello iba a volverse loco. Sería mejor subir a preparar una bolsa para el día siguiente.

Las tres de la mañana.

Algo lo despertó.

Se volvió para alcanzar su iPhone.

Mensaje de correo electrónico de Jim.

Se sentó y lo leyó con rapidez: «He vuelto a mi apartamento. Acabo de llegar. ¿Puedo verte mañana después de la misa de las nueve en St. Francis? Gracias por enviar a Elthram. Solo Dios sabe cómo me encontró, pero hasta que llamó a mi ventana no tenía ni idea de que nadie me estuviera buscando.»

32

Hacía ya tiempo que la misa había empezado cuando Reuben se sentó en el tercer banco.

Había dejado a Lorraine y los niños con su madre, haciendo todo lo posible por esquivar el interrogatorio de por qué Phil no los había acompañado y prometiendo llevar a Jim a la casa de Russian Hill lo antes posible.

Se sintió tan aliviado al ver a Jim en el altar que casi se echó a llorar.

Su hermano llevaba la espléndida casulla blanca y dorada para la festividad del bautismo de Nuestro Señor y parecía completamente calmado durante la liturgia y el sermón, en cuyo transcurso bajó a caminar entre los bancos. El pequeño micrófono de clip amplificaba perfectamente su voz, como siempre, en la inmensa iglesia abarrotada. Solo sus ojos y su perceptible palidez revelaban que los últimos días podían haber sido un calvario.

Enseguida retomó el tema que Felix había abordado la noche anterior.

Aquel era, aunque muchos no lo sabían, el último día del tiempo de Navidad y al día siguiente sería el primer día de lo que la Iglesia llamaba poéticamente «tiempo ordinario».

—¿Qué es un bautismo? —preguntó a la congregación—. ¿Qué era el bautismo para Nuestro Señor? Él estaba libre de pecado, no necesitaba ser bautizado. Pero lo hizo por nosotros, ¿no?

Dio ejemplo. Su vida entera en este mundo fue un ejemplo, desde su nacimiento, a lo largo de la infancia y la edad adulta entre nosotros; murió como morimos todos y cada uno de nosotros hasta su resurrección de entre los muertos. No necesitaba ser bautizado. Pero fue un punto de inflexión para él, un renacimiento, el final de su vida privada y el inicio de su ministerio. Salió al mundo despiadado para enfrentarse a las tentaciones de Satán como un «nuevo ser». Está bien, ¿qué es un punto de inflexión? ¿Cuál es el significado del renacimiento, de la renovación? ¿Cuántas veces experimentamos algo así en nuestras propias vidas?

Enseguida pasó al tema de la Navidad, del solsticio de invierno y de todas las formas tradicionales en que la Iglesia y la gente de todas las naciones de Occidente celebran la fiesta navideña.

—Sabéis que durante siglos se nos ha criticado por injertar nuestra fiesta sagrada en una fiesta pagana —dijo Jim—. Estoy seguro de que habéis oído esos reproches. Nadie sabe con exactitud el día en el que Cristo nació. Pero el veinticinco de diciembre era una gran fiesta para los paganos del Viejo Mundo, el día en que el sol estaba en su punto más bajo y la gente se reunía en los campos, en los pueblos y en las entrañas del bosque para rogar al sol que volviera con plena potencia, para que los días se prolongaran una vez más y la calidez regresara al mundo, fundiendo las letales nieves del invierno y nutriendo las cosechas.

»Bueno, creo que fue un golpe de genio juntar estas dos fiestas —continuó Jim—. Cristo, nacido en este mundo, es un magnífico símbolo de transformación, de renovación completa: renovación del mundo físico y renovación de nuestras almas.

Aquello era notablemente (aunque no sorprendentemente) similar a lo que Felix había dicho acerca de la Navidad y el solsticio, y a Reuben le encantó. Se dejó arrullar por la voz de Jim cuando con facilidad y autoridad su hermano continuó diciendo que nuestra capacidad de renovación es el mejor regalo que hemos recibido en esta vida.

—Pensad en ello un minuto —insistió Jim, con los brazos ligeramente levantados, apelando suavemente a la congregación—. Pensad en lo que significa renovar, arrepentirse, empezar todo otra vez. Nosotros los seres humanos siempre hemos tenido esa capacidad. No importa lo grave que sea el tropiezo, podemos levantarnos e intentarlo otra vez. Por miserablemente que nos fallemos a nosotros mismos, fallemos a Dios y a quienes nos rodean, podemos levantarnos y empezar otra vez.

»No hay un invierno tan frío y tan oscuro que nos impida alcanzar la luz brillante con ambas manos.

Hizo una pausa, como si tuviera que controlar sus propias emociones, y luego reanudó su sermón lentamente, caminando arriba y abajo.

—Ese es el significado de las velas —dijo—, de las bombillitas de nuestros árboles de Navidad. El significado de todas las celebraciones de este período es que tenemos la esperanza de ser siempre y para siempre mejores de lo que somos, de triunfar sobre la oscuridad que podría habernos derrotado en el pasado y cobrar un resplandor inimaginable.

Jim hizo otra pausa, mirando a toda la congregación. Cuando vio a Reuben sentado allí, mirándolo, hubo un tenue destello de reconocimiento en sus pupilas, pero luego continuó.

—Bueno, no voy a reteneros en los bancos con una larga exhortación al arrepentimiento. Necesitamos reflexionar todos los días de nuestra vida sobre lo que somos, lo que hacemos, lo que deberíamos hacer. Tenemos que convertirlo en parte del tejido de nuestra vida. Por eso quiero hablar ahora de la curiosa expresión del calendario litúrgico «tiempo ordinario»: simple y esplendorosa. Cuando era niño y la oí por primera vez, me encantó: «Este es el primer día del tiempo ordinario.» Pero la razón por la que me encanta es que cada temporada, cada celebración, cada derrota y cada esperanza o aspiración que tenemos están enraizadas en el tiempo, dependen del tiempo, se nos revelan en el tiempo.

»No pensamos en eso lo suficiente. Pasamos demasiado tiempo maldiciendo el tiempo: el tiempo no espera a nadie; el tiempo dirá; oh, los estragos del tiempo; el tiempo vuela. No pensamos en el regalo del tiempo. El tiempo nos da la oportunidad de cometer errores y corregirlos, de regenerarnos, de crecer. El tiempo nos brinda la oportunidad de perdonar, de restituir, de hacerlo mejor que en el pasado. El tiempo nos da la oportunidad de lamentarlo cuando fracasamos y la de tratar de descubrir en nosotros mismos un nuevo corazón. —Su voz se había suavizado con la emoción y, haciendo una pausa otra vez, se situó frente a la congregación y dijo—: Ahora, con los pesebres de Navidad desmontados y los árboles de Navidad quitados y las luces guardadas otra vez en el desván, llegamos al final de este tiempo de Navidad y, una vez más, al milagro glorioso (me refiero al milagro puro y glorioso) del tiempo ordinario. Todo depende de cómo usemos este tiempo. ¿Aprovecharemos la oportunidad de transformarnos, de reconocer nuestros espantosos errores y nos convertiremos, contra toda probabilidad, en la persona que soñamos ser? Se trata de eso, ¿no? De convertirnos en la persona que soñamos. —Calló, como si estuviera reflexionando y ligeramente indeciso, antes de continuar—: Hubo un momento de mi vida en el que no era el hombre que quería ser. Hice algo insoportablemente cruel a otro ser humano. Y muy recientemente me he visto tentado a ser cruel otra vez. Sucumbí a esa tentación. Perdí la batalla contra la ira y contra la rabia. Perdí la batalla con el amor, con el solemne e inexorable mandamiento «amarás».

»Pero esta mañana, estando aquí, agradezco con toda el alma que el tiempo se extienda una vez más ante mí, proporcionándome la oportunidad de compensar hasta cierto punto (hasta cierto punto) las cosas que he hecho. Dios pone en nuestro camino muchas oportunidades para eso, ¿no? Hay mucha gente que necesita mucho de todos y cada uno de nosotros. Nos da gente a la que ayudar, gente a la que servir, gente a la que abrazar, gente a la que consolar, gente a la que amar. Mientras viva y respire estaré rodeado de infinitas oportunidades, seré bendecido con ellas. Así salgo de la Navidad, de ese gran banquete de riqueza, agradecido una vez más por el milagro absoluto del tiempo ordinario.

El sermón había terminado; la ceremonia prosiguió. Reuben se quedó sentado con los ojos cerrados, ofreciendo sus oraciones de agradecimiento. «Ha recuperado la entereza, está aquí otra vez, es mi hermano —pensó. Y al abrir los ojos, dejó que los colores intensos de los elegantes frescos y santos de la iglesia lo impregnaran y calentaran su alma—. No sé en qué diablos creo pero estoy agradecido, agradecido de que Jim esté en ese altar otra vez.»

Cuando llegó el momento de la comunión, se levantó y salió al aire fresco del patio a esperar a su hermano.

Muy pronto los feligreses empezaron a salir, y finalmente apareció Jim, con su larga casulla blanca y dorada, para dar la mano y ofrecer palabras de agradecimiento y aceptarlas.

Vio sin duda a Reuben esperándolo con paciencia, pero no se dio prisa, así que pasaron veinte minutos o más hasta que se quedaron solos por fin. El patio estaba frío y húmedo, pero a Reuben no le importaba.

Jim sonreía de oreja a oreja cuando lo abrazó.

—Estoy muy contento de que hayas venido —dijo—. Mira, cuando te mandé el mensaje de correo, olvidé que hacen falta cuatro horas para llegar aquí. Olvidé que no puedes coger un monorraíl y adormilarte hasta que llegues.

—¿Estás de broma? —dijo Reuben—. ¡Estábamos muy preocupados por ti!

—Dime, ¿cómo demonios me encontró Elthram? Estaba en pleno bosque, en el valle de Carmel, en un viejo lugar de retiro budista que ni siquiera tiene teléfono.

—Bueno, algún día te hablaré de Elthram —dijo Reuben—. Ahora mismo, no puedo decirte lo contento que estoy de que hayas vuelto. Si te parece que mamá estaba desquiciada, bueno, ¿qué crees que me estaba pasando a mí por la cabeza?

—Eso es lo que dijo Elthram, que estabas muy preocupado. Debería haberlo imaginado. Pero, Reuben, necesitaba tiempo para pensar.

—Sé lo que hiciste y sé que está bien. En cuanto me he sentado en el banco, he sabido que estabas bien. Eso es lo único que todos queríamos saber, que estás bien.

—Estoy bien, Reuben —dijo—. Pero voy a dejar el sacerdocio —lo dijo simplemente, sin emoción ni drama—. Ahora es inevitable.

—No...

—Espera. Escúchame antes de que empieces a protestar. Nadie sabrá nunca por completo la razón, pero tú conoces la causa, y quiero que me guardes ese secreto como yo guardo el tuyo.

—Jim...

—Reuben, un hombre no puede ser asesino y sacerdote al mismo tiempo —dijo, paciente y resignado—. Simplemente no es posible. Hace años fui aceptado a pesar de lo que le hice a Lorraine, como te conté. Pero cuando pegué a Lorraine era un borracho. Tenía esa excusa. De hecho, no es una excusa muy buena, es una excusa patética, pero aun así una excusa. No asesiné a sangre fría a ese niño. Fue otra clase de pecado, pero no un asesinato a sangre fría. —Hizo una pausa. Bajó la voz al acercarse a Reuben—. Pero esta vez no tengo excusa, Reuben. Te pedí que mataras a Fulton Blankenship y a sus secuaces; te dije dónde encontrarlo; te proporcioné un mapa.

—Jim, no eres un asesino, y esos hombres...

—Para. Ahora mira. Tenemos que ir a ver a mamá. Tendré que soportar todas sus preguntas sobre dónde he estado. Debes prometerme que no dirás ni una palabra de esto mientras vivas. Yo guardaré tu secreto, como estoy obligado a hacer, lo juro, y tú guarda el mío.

—Por supuesto —dijo Reuben—. ¡No hace falta ni decirlo!

—Iré a ver al arzobispo esta semana y le explicaré por qué le pido dejarlo. Cuando llegue el momento, se hará el anuncio oficial. No puedo contarle al dedillo cómo Blankenship y compañía dejaron este mundo, pero no tengo por qué. Solo tengo que contarle que deseé que ocurriera y que pedí a otros que lo hicieran. Aparte de eso, no diré nada. Puedo decir que mandé matar a Fulton Blankenship y que no fueron agentes de la ley los que lo hicieron. Lo diré en confesión, obligándolo a mantener las circunstancias en secreto, pero a actuar basándose en una información que verá que encaja.

Reuben suspiró.

—Jim, te habían marcado para matarte. Podrían haber matado a tu familia.

—Eso lo sé, Reuben —dijo—. No soy tan duro conmigo como

podrías pensar. Vi cómo sacaban a ese sacerdote de mi apartamento en una camilla. Y acabo de ver el cadáver del chico al que mataron. No soy un santo, Reuben, te lo dije, pero tampoco soy un mentiroso.

—¿Y si el arzobispo se entusiasma, cree que contrataste a unos mercenarios y llama a la policía?

—No lo hará —dijo Jim—. Me ocuparé de ello. Contaré la verdad pero no toda la verdad. Sé lo que tengo que hacer. —Sonrió. De hecho, parecía casi alegre y, desde luego, resignado—. Pero si por algún milagro me permite quedarme, bueno, entonces me quedaré. Eso es lo que quiero, quedarme, trabajar aquí mismo como he estado haciendo durante años, para cambiar las cosas. Aunque no creo que eso vaya a ocurrir, Reuben. Y no pienso que deba ocurrir.

De repente, buscó el teléfono debajo de su casulla.

—Es mamá que llama. Escucha, ven a la sacristía conmigo mientras me cambio. Tenemos que ir a verla. Y deja que te cuente lo que planeo hacer.

Se apresuraron a volver a la iglesia y recorrieron la nave hacia la sacristía, donde Jim se quitó rápidamente la casulla y se puso una camisa blanca limpia, el alzacuellos con la pechera negra y su siempre impecable abrigo negro.

—Te diré lo que estoy pensando, Reuben —estaba diciendo—. Estoy pensando que quizá pueda dirigir este centro de rehabilitación como seglar. No sé si sabes lo del centro de rehabilitación.

—Todo el mundo lo sabe, Jim —dijo Reuben—. Dos millones de dólares en donaciones hasta el momento, probablemente más.

—Sí, bueno, si no puedo ser el administrador de este proyecto, hay otros. Al fin y al cabo, no merezco serlo, y si el arzobispo me aparta de esta parroquia, bueno, lo merezco. Así que lo que he estado pensando... Tal vez con algunas donaciones tuyas, hermanito, y de mamá y papá, quién sabe, y quizá también de Felix, pueda crear una fundación privada tipo Delancey Street.

—Desde luego —dijo Reuben—. Eso es enteramente posible. Jim, eso podría ser lo mejor.

Jim se quedó mirando a los ojos de Reuben. Solo entonces este percibió el dolor, un atisbo del dolor que sentía su hermano por dejar el sacerdocio.

—Lo siento —susurró Reuben—. No pretendía que pareciera tan sencillo.

Jim tragó saliva y forzó una leve sonrisa de aceptación. Puso la mano sobre la de Reuben como para decir: «Está bien.»

—Quiero seguir trabajando con adictos y alcohólicos, lo sabes —dijo.

Al volver a salir cruzando la iglesia, Jim continuó hablando de los meses que había pasado trabajando en Delancey Street, estudiando su famoso programa, y lo que haría si tenía que ser el patrón de su propio barco. Cruzaron el patio y salieron.

—Pero ¿sabes?, mamá y papá se lo van a tomar mal si dejas el sacerdocio —dijo Reuben.

—¿Eso crees? ¿Cuándo han estado orgullosos mamá y papá de que me ordenara sacerdote?

—Quizá tengas razón —murmuró Reuben—. Pero yo siempre he estado orgulloso de ti y también lo estaba el abuelo Spangler. Estaré orgulloso de ti hagas lo que hagas.

—Mira, estoy pensando que puedo ser voluntario durante un tiempo en Delancey Street o en algún otro sitio. Hay muchas oportunidades, y todo esto llevará su tiempo...

Ya casi habían llegado al coche de Reuben cuando este levantó las manos y pidió ser escuchado.

—¡Espera un momento! —dijo—. ¿Me estás diciendo que después de todos estos años, simplemente te van a echar del sacerdocio porque me dijiste que ese malnacido, ese completo malnacido, ese malnacido que asesinó a ese joven sacerdote, ese malnacido que asesinó al joven del Hilton, ese malnacido que quería matarte...?

—¡Oh, vamos, Reuben! —dijo—. Sabes lo que hice. No soy tú. No tengo ninguna metamorfosis biológica a la que culpar por lo que soy. Ordené un asesinato como el hombre que soy.

Reuben se quedó en silencio, frustrado, enfadado.

—¿Y si lo hago otra vez? —susurró Jim.

Reuben negó con la cabeza.

—¿Y si la próxima vez ese malnacido acecha en estas calles matando niños y amenazándome por entrometerme?

—Bueno, ¿qué era todo eso sobre el arrepentimiento, la renovación y el milagro del tiempo?

—Reuben, el arrepentimiento empieza con la aceptación de lo que uno ha hecho. Y para un sacerdote empieza con la confesión. Ya he hecho mi parte con mi confesor, pero ahora el arzobispo debe saber lo que he hecho.

—Sí, pero, y si nadie... ¡Oh, no sé lo que estoy diciendo, por el amor de Dios! Jim, ¿has hablado con mamá esta mañana?

—No, y no tengo ganas de hacerlo. Está furiosa conmigo por desaparecer. Por eso cuento con que vengas conmigo y te las arregles para desviar la conversación hacia Celeste y el bebé y cualquier otra cosa que se te ocurra, por favor.

Reuben se quedó un momento en silencio. Luego abrió el Porsche y entró por el lado del conductor.

Jim también se subió y continuó con la misma energía, diciendo que estaba resignado.

—Es como cualquier fracaso, Reuben: es una oportunidad. Todos los fracasos son oportunidades y así debo considerarlo.

—Bueno, vas a enfrentarte a un futuro ligeramente más complejo e interesante de lo que crees —dijo Reuben.

—¿Y eso por qué? Eh, frena, ¿vale? Conduces como un piloto de carreras.

Reuben levantó el pie del acelerador, pero era domingo por la mañana y las calles habitualmente llenas estaban relativamente despejadas.

—Bueno, ¿a qué te refieres? —le preguntó Jim—. ¿Mamá y papá se van a divorciar? ¡Habla!

Reuben estaba pensando, pensando cómo hacerlo, qué camino seguir. Notaba el iPhone vibrando en el bolsillo de su abrigo, pero lo ignoró. Pensaba en Christine, en esos momentos preciosos por llegar cuando pusiera los ojos en Jim y Jim pusiera los ojos en ella. La pequeña sería muy vulnerable en ese momento, pero aquel hombre no iba a decepcionarla. Y Jamie, Jamie se acercaría a su padre como se había acercado a él y le tendería la mano. Reuben suspiró.

—¿Esto es una conversación? —se impacientó Jim—. ¿Qué es lo que no me estás diciendo?

El coche volaba ya hacia Russian Hill.

—No acabaste con el embarazo de Lorraine —dijo Reuben.

—¿De qué estás hablando? ¿Cómo lo sabes?

—Estuvo en la cena de Navidad —dijo Reuben.

—Maldita sea, me pareció verla —dijo Jim—. Creí verla y la busqué por todas partes, pero no pude encontrarla otra vez. ¿Quieres decir que has hablado con ella? ¿Desde cuándo sabes que estaba aquí?

—Ahora está en casa de mamá, esperándote.

Reuben decidió no decir ni una palabra más.

—¿Estás diciéndome que está aquí y que tengo un hijo? —preguntó Jim. Se ruborizó—. ¿Es eso lo que estás diciendo? Reuben, háblame. ¿Te refieres a que no maté al bebé? ¿Estás diciendo que tengo un hijo?

Jim disparó otras veinte preguntas a Reuben, que no dijo ni una palabra más. Al final enfiló el estrecho sendero de entrada de la casa de Russian Hill y apagó el motor.

Miró a Jim.

—No voy a entrar contigo —dijo—. Es tu momento. No hace falta que te diga que hay gente ahí dentro que depende de ti, que te espera ansiosa y que te estará vigilando, observando tus expresiones más sutiles, tu voz, y si tiendes los brazos hacia ellos o no.

Jim estaba sin habla.

—Sé que puedes manejar la situación —dijo Reuben—. También sé que es el mejor regalo que la Navidad podría darte. Todo el resto puede solucionarse, de alguna manera, todo irá bien... en el tiempo ordinario.

Jim estaba asombrado.

—Adelante —dijo Reuben—. Baja del coche y entra en casa.

Jim no se movió.

—Y deja que te diga una última cosa —dijo Reuben—. No eres un asesino, Jim. No eres un asesino. Blankenship lo era, y también lo eran sus lacayos. Sabes que lo eran. Yo he matado, Jim. Lo sabes. Y sabes que esos bastardos sanguinarios te la tenían jurada. ¿Quién sabe mejor que tú el pleno alcance de lo que hicieron y lo que pretendían hacer? Tomaste la mejor decisión. Pero ahora sigue adelante. Has dado rehenes a la fortuna y sin duda formarán parte de tu modo de resolver esto.

Reuben estiró el brazo y le abrió la puerta.

—Baja y entra —dijo.

Grace salió a la escalera delantera. Llevaba su vestido verde, con la melena pelirroja suelta sobre los hombros y la cara radiante de felicidad. Los saludó con entusiasmo, como si estuviera dando la bienvenida a un barco que entraba a puerto.

Jim por fin se bajó del coche. Miró a Reuben y luego a su madre.

Reuben se quedó sentado, observando a Jim subir lentamente los escalones hacia Grace. Qué recto y sereno, con el cabello castaño corto tan perfectamente peinado como siempre, con su traje negro clerical, sobrio y formal. Deseaba con todo su corazón subir con él, estar con él cuando posara los ojos en Lorraine y Jamie y Christine, pero no podía. Era verdaderamente el momento de Jim, tal como había dicho. No ayudaría en nada que Reuben se quedara allí, un recordatorio oscuro e ineludible para Jim de todo lo que compartían y que nadie más podía compartir.

Arrancó el Porsche y se alejó rumbo a su casa de Nideck Point.

33

Once de la noche en Nideck Point. La casa estaba en calma, los fuegos apagados. Laura se había ido al bosque con Berenice hacía rato. Felix y Phil habían regresado del bosque temprano y Felix se había acostado.

Reuben bajó solo la cuesta de la colina, bajo una lluvia suave y callada. Se acercó a la casa de huéspedes, levemente iluminada, esperando, rogando que su padre estuviera despierto, que pudieran sentarse a hablar.

Se sentía inquieto, ligeramente hambriento, con un pequeño dolor en el corazón.

Sabía que todo iba bien en San Francisco. Nunca había dudado de que iría bien. Lorraine y los niños iban a quedarse con Grace hasta el fin de semana. Grace no había podido expresar en palabras lo bien que iban las cosas, pero las numerosas fotos que habían llegado esa tarde contaban la historia. Una de toda la familia almorzando, incluidos el exultante padre, flanqueado por sus hijos, y una feliz Lorraine junto a una alegre y relajada Celeste. Otra de la pequeña Christine sentada con su radiante padre, junto a la chimenea. Una tercera de Grace con sus dos nietos. Otra más de Jamie delante de la misma chimenea, de pie, alto y tieso para el inevitable álbum, al lado de su papá orgulloso.

Nadie se aventuraba a especular adónde conduciría el futuro a Jim, pero Reuben no dudaba de que su hermano estaba en posesión de un tesoro raro e inestimable que le allanaría el camino independientemente del rumbo que siguiera. Pero Reuben estaba inquieto, y solo.

Al acercarse a la casita de huéspedes, se dio cuenta de que había dos personas dentro, tenuemente iluminadas, junto al fuego agonizante. Una de las dos era su padre, desnudo y descalzo, y la otra Lisa, con uno de sus típicos vestidos oscuros con cuello de encaje.

Su padre estaba abrazando a Lisa, besándola, besándola más apasionadamente de lo que nunca había visto Reuben a un hombre besar a una mujer. Aguardó, fascinado, sabiendo que no podía quedarse allí, que debía apartar la mirada, pero no lo hizo. Qué sano, qué fuerte era su padre, y qué flexible y complaciente Lisa cuando Phil le soltó la melena.

Mientras Reuben observaba, los dos se alejaron a la luz agonizante del fuego hacia la escalera de caracol que conducía al desván. Una ráfaga de lluvia golpeó los grandes ventanales. El viento gélido que soplaba desde el mar se colaba entre las ramas quebradizas y las hojas recién caídas que sembraban la terraza y el camino.

Reuben se sintió de repente alicaído y extrañamente inquieto. Estaba contento por Phil. Sabía que el tiempo de su padre con su madre había terminado. Se había dado cuenta de ello hacía tiempo. Sin embargo, le entristeció comprobarlo tan de repente, y se sintió extremadamente solo. Sabía en el fondo que Lisa era un macho, no una hembra, por más elaborados que fueran sus accesorios, y eso lo divertía y lo fascinaba ligeramente. ¡Qué poco importaba! «No hay vida normal, solo vida.»

Se quedó muy quieto en la oscuridad, consciente de que tenía frío y estaba mojado, con los zapatos empapados. Tenía que volver a subir la cuesta. Miró los árboles oscuros que lo rodeaban, los pinos que se alzaban sobre los arbustos, las formas oscuras y torturadas de los cipreses de Monterrey siempre aferrándose con desesperación a lo que nunca podrían alcanzar, y sintió una extraña necesidad de librarse de la ropa y salir al bosque solo, de escapar de la demasiado humana cáscara de incomodidad en un reino diferente y salvaje.

De repente, oyó una serie de sonidos cerca, tenues crujidos y susurros, y luego un aliento cálido en el cuello. Conocía las patas que se aferraban a sus hombros y los dientes que le tiraban del cuello de la camisa.

—Sí —susurró—, amor. Arráncamela.

En un momento se había vuelto y había cedido a ella, sintiendo su pelaje pegado al suyo mientras le quitaba la chaqueta y la camisa como si fueran el envoltorio de un regalo. Reuben se quitó los zapatos al tiempo que ella le desgarraba los pantalones. La ropa interior hecha jirones cayó cuando las patas lobunas se movieron sobre su pecho y piernas desnudos.

Reuben contuvo el cambio, a pesar de estar calado hasta los huesos. Acarició la melena y el pelaje de ella con brusquedad, adorando la sensación de la lengua de loba en su rostro desnudo. Oía la risa de Laura, una risa vibrante y profunda.

Ella lo levantó del suelo con el brazo izquierdo y corrió colina abajo hacia la profundidad del espeso bosque y luego subió a los árboles. Reuben tuvo que sujetarse con ambos brazos porque ella usaba los suyos para trepar. Estaba riendo como un niño. Enredó las piernas en torno al cuerpo morfodinámico, adorando la sensación de notar el poder natural de ella cuando iba subiendo más y más alto por las secuoyas, por los pinos. De árbol en árbol se aventuró. No se atrevía a mirar hacia abajo. Además, de todos modos no podía ver bien en la oscuridad, no podría hasta que cambiara, y estaba conteniendo la transformación con todas sus fuerzas.

—Y la bestia vio al bello —gruñó ella contra su oreja—, y se lo llevó.

Reuben nunca había reído con tantas ganas. Besó el suave pelaje sedoso del rostro de Laura.

—Bestia salvaje —dijo.

El hormigueo no iba a detenerse. Ya no podía combatir el cambio. La transformación se había desatado y ella reía, lamiéndolo como si eso fuera a acelerar la metamorfosis. Y quizá lo hizo.

Laura saltó entre las ramas que crujían y se quebraban, y cayeron juntos suavemente en la tierra húmeda cubierta de hojas. Reuben ya tenía el pelaje de lobo y forcejearon hasta que se abrazaron de lado, cara a cara, con el órgano masculino contra ella, que lo provocó hasta que finalmente lo dejó entrar.

Eso era él; eso era lo que quería; eso era lo que anhelaba, y en ese momento no sabía por qué se lo había negado a sí mismo durante tanto tiempo. Todas las victorias y derrotas del mundo humano estaban lejos.

Yacieron juntos en silencio un buen rato. Luego Reuben se levantó de un salto, instándola a seguirlo, y subieron otra vez a los árboles. Rápidamente avanzaron entre el follaje húmedo hacia la población durmiente de Nideck.

De vez en cuando se alimentaban de animales salvajes, de los muchos animalitos que correteaban por las copas de los árboles; de vez en cuanto se dejaban caer para lamer el agua de charcos relucientes. Pero sobre todo viajaron por el dosel del bosque hasta que llegaron al pueblo que dormía.

Mucho más abajo estaban los tejados relucientes, el destello amarillo de farolas, el olor persistente de fuego de roble en el aire. Reuben veía perfectamente el oscuro rectángulo del viejo cementerio e incluso el brillo de las lápidas húmedas. Veía el brillo suave del tejado de la cripta de Nideck y, más allá, las casas victorianas dormidas, algunas con luces muy suaves en el interior.

Él y Laura se abrazaron sobre una rama gruesa que los sostenía bien. Reuben no sentía ningún temor. Era como si nada en el mundo pudiera hacerles daño, y el pueblo, con su tenue franja de luces a lo largo de la calle principal, parecía en paz.

«Pueblecito de Belén, qué apaciblemente duermes. Sobre tu sueño profundo pasan estrellas silentes.»

—Quizás estén todos a salvo, en alguna parte —dijo Laura contra su pecho—. Todos los niños perdidos del mundo, los amados, los no amados, los jóvenes y los viejos. Quizás estén a salvo, o lo estarán de alguna manera, en alguna parte; incluso mis hijos, en alguna parte, a salvo y no solos.

—Sí, eso creo —dijo Reuben con suavidad—, con todo mi corazón.

Se conformaba con quedarse allí eternamente los dos mientras la lluvia caía con suavidad a su alrededor.

—Escucha, ¿oyes eso? —dijo ella.

Debajo, en el pueblo, un reloj estaba dando ruidosamente las doce.

—Sí —dijo Reuben, imaginando un pasillo pulido, un salón en silencio, una escalera enmoquetada—. Medianoche: la Navidad ha terminado —le susurró a ella— y empieza el tiempo ordinario.

Todas las casas le parecían de muñecas, y oyó el coro del bosque alzándose a su alrededor con los ojos cerrados, aguzando el oído, sondeando distancias cada vez mayores hasta que le pareció que todo el mundo cantaba. En todo el mundo la lluvia caía.

—Escucha —le dijo al oído a Laura—. Es como si el bosque estuviera rezando, como si la tierra estuviera rezando, como si las oraciones se elevaran al cielo desde cada hoja y cada rama brillante.

—¿Por qué estamos tan tristes? —preguntó Laura.

Qué tierna era su voz, pese a sonar más profunda y más ronca.

—Porque nos estamos alejando de ellos —dijo Reuben—, y lo sabemos. Y mi hijo, cuando venga a este mundo, no va a cambiar eso. No hay nada que podamos hacer para cambiarlo. ¿Puede un morfodinámico derramar lágrimas?

—Sí, podemos derramar lágrimas —respondió Laura—. Sé que podemos, porque lo he hecho. Y tienes razón: nos estamos alejando de ellos, de todos ellos, y profundizando en nuestra propia historia. Quizás así debe ser. Felix ha hecho todo lo posible para ayudarnos, pero nos estamos alejando con mucha rapidez de ellos, ¿qué podemos hacer?

Pensó en aquel pequeño, en la minúscula criatura que crecía en el útero de Celeste, en el tierno rehén de la fortuna que era tan suyo. ¿Crecería en la alegre casa de Russian Hill con Jamie y Christine? ¿Conocería allí la seguridad completa y la felicidad en la que Reuben antaño había confiado por completo? Parecía tan distante de repente, tan envuelto en tristeza, en pesar.

Grace era todavía joven, vital, una mujer en la flor de la vida. Cuando Celeste le confiara al recién nacido, ¿estaría Lorraine también allí para cogerlo en brazos? Vio a su hermano con claridad en la imagen que empezaba a forjarse, cada vez más clara aunque distante, en su mente. Oyó las palabras de Jim del sermón a los pies del altar: «Así salgo de la Navidad, de ese gran banquete de riqueza, agradecido una vez más por el milagro absoluto del tiempo ordinario.»

—Te quiero, amor mío —le dijo a Laura.

—Y yo te amo, precioso mío —respondió ella—. ¿Qué sería el don del lobo sin ti?

22 de junio de 2012 - 4 de febrero de 2013,
Palm Desert, California